Poppy J. Anderson ist das Pseudonym einer deutschen Autorin mit amerikanischen Wurzeln. Sie studierte Germanistik und Geschichtswissenschaft und arbeitet zurzeit an ihrer Dissertation. Schon seit ihrer Kindheit liebt sie es, sich Geschichten auszudenken. Ihre Romane über eine fiktive amerikanische Football-Mannschaft, die New York Titans, brachte sie ursprünglich im Selbstverlag als E-Books heraus – mittlerweile hat die Serie eine riesige Fangemeinde.

«Poppy J. Anderson ist derzeit der Star der Branche.» (Focus)

Poppy J. Anderson

Touchdown fürs *Glück*

Roman

Rowohlt Taschenbuch Verlag

Veröffentlicht im Rowohlt Taschenbuch Verlag,
Reinbek bei Hamburg, Februar 2015
Der Roman erschien zuerst in der CreateSpace
Independent Publishing Platform
Copyright © 2012 by Poppy J. Anderson
Copyright dieser Ausgabe © 2015 by Poppy J. Anderson
Umschlaggestaltung Hafen Werbeagentur, Hamburg
Umschlagabbildung Michaela Ravasio/Stocksy
Satz aus der Documenta ST, InDesign
Gesamtherstellung CPI books GmbH, Leck, Germany
ISBN 978 3 499 26932 5

1. Kapitel

Julian Scott betrat das noble Restaurant durch verglaste Doppeltüren und sah sich im Eingangsbereich suchend um. Zwar war es brechend voll, jedoch konnte er aufgrund seiner enormen Körpergröße über die meisten Köpfe hinwegschauen und stellte fest, dass anscheinend noch niemand auf ihn wartete. Ein Blick auf seine Rolex, die ihm erst vor kurzem überreicht worden war, als er seinen neuen Vertrag unterschrieben hatte, sagte ihm zudem, dass er zu früh war. Er zog den Ärmel seines schwarzen Sakkos wieder über die Uhr und rückte anschließend den offenen Kragen seines weißen Hemdes zurecht. Normalerweise machte es ihm nichts aus, Anzüge zu tragen, auch wenn er sich in lässiger Freizeitkleidung und Jeans viel wohler fühlte. Doch nach dem anstrengenden Footballtraining der letzten Tage hatte er einen heftigen Muskelkater und empfand die förmliche Abendkleidung als reine Zumutung.

Da er noch etwas Zeit hatte, bevor die anderen Gäste eintrudelten, konnte er kurz noch seinen Immobilienmakler anrufen, entschied er. Momentan wohnte er in einem Hotel – mitten in Manhattan – und würde morgen den Kaufvertrag für sein neues Haus unterschreiben. Zwar sorgte das exzellente Hotel nun schon seit einigen Wochen für sein Wohl, jedoch war ihm der Trubel, den ständig wechselnde Gäste und betrunkene Touristen verursachten, irgendwann auf die Nerven gegangen. Er sehnte sich danach, endlich einen ruhigen Rückzugsort zu haben. Das Haus, ein Altbau in SoHo, besaß zwei Etagen und war bereits bezugsfertig. Er musste nur ein Umzugsunternehmen aus Florida beauftragen, das ihm seine Möbel und den restlichen Kram nach New York schaffen würde, und konnte dann ohne Sorgen seinen neuen Job beginnen.

Julian war dreißig Jahre alt und sehr versiert in Umzügen. Durch seinen Job als *Wide Receiver* in der NFL hatte er in den vergangenen Jahren häufig den Ort wechseln müssen. In New York wollte er allerdings länger bleiben. Erst vor wenigen Wochen hatte er einen Vertrag über die nächsten fünf Jahre unterschrieben, und wenn alles glatt lief, würde er diese fünf Jahre auch erfüllen.

Er verließ die Eingangshalle des Restaurants, zückte draußen sein Handy und rief seinen Makler an, während er einige wenige Gäste des Restaurants beobachtete, die ebenfalls hinausgekommen waren, um eine Zigarette zu rauchen. Dass es sich bei diesem Restaurant um einen Treffpunkt der High Society New Yorks handeln musste, erkannte Julian an der teuren Kleidung der Gäste, der eleganten Einrichtung im Inneren und den protzigen Autos, die ständig vor dem Eingang hielten und von Angestellten weggefahren wurden. Da er sich in New York noch nicht auskannte, hatte sein neuer Arbeitgeber das Restaurant ausgesucht und ihn dorthin eingeladen. Es war ein milder Abend im April, jedoch war er an die tropischen Temperaturen Floridas gewöhnt und fror etwas. Deshalb vergrub er seine linke Hand in der Tasche seiner Anzugshose, während er darauf wartete, dass sein Makler ans Telefon ging.

Eine Frau mittleren Alters schien ihn zu erkennen, da sie ihren Mann aufgeregt auf ihn aufmerksam machte. Julian lächelte beiden freundlich zu, als sie das Restaurant betraten, und schaute wieder zur Straße.

Für ihn war es bereits Normalität geworden, auf offener Straße erkannt oder um Autogramme und Fotos gebeten zu werden. Das war Teil seines Jobs, und er machte es gern. Sicherlich gab es einige aufdringliche Fans, aber seiner Erfahrung nach waren sie eine Ausnahme, denn die meisten Menschen, die ihn ansprachen, benahmen sich außerordentlich höflich. Julian durfte sich nicht beschweren, denn ohne die Fans würde keine NFL existieren, die ihm einen Job bescherte, den er liebte und der ihm bisher einen Haufen Geld eingebracht hatte. Gleich nach dem College war er im *Draft* von den *Arizona Cardinals* verpflichtet worden und hatte seither eine großartige Karriere hingelegt.

«Travis hier», meldete sich eine Stimme am anderen Ende der Leitung.

«Hallo, Travis, hier spricht Julian Scott. Ich wollte nur den morgigen Termin bestätigen.»

«Gut, dass Sie anrufen.» Der Makler räusperte sich kurz. «Der Notar braucht noch ...»

Julian hörte die nächsten Worte nicht mehr, sondern starrte fassungslos auf die Frau, die gerade aus einem gelben Taxi stieg und die Autotür zuschlug. Sie drapierte ein riesiges Tuch über ihre Schultern und kam zielstrebig auf den Eingang des Restaurants zu. Ihr braunes Haar fiel in Locken über ihren Rücken. Sie schien in Gedanken versunken zu sein, doch als sie ihn sah, blieb sie abrupt stehen. Beide blickten sich über eine Distanz von wenigen Metern an, bevor sie langsam und zögernd auf ihn zukam.

«Hallo, Julian.» Sie blieb vor ihm stehen, rückte unbehaglich ihr Tuch zurecht und hielt die kleine Abendtasche wie ein Schild vor ihren Körper, der in einem grauen Abendkleid steckte.

Es dauerte eine Weile, bevor Julian antworten konnte. Verwirrt und aufgewühlt hatte er sie betrachtet, schluckte nun hart und krächzte: «Liv? Du ... was ... was tust du denn hier?»

Sie biss sich auf die volle Unterlippe und erwiderte zögerlich: «Ich lebe in New York.»

Julian schüttelte kurz den Kopf, als könne er immer noch

nicht glauben, dass sie vor ihm stand. Doch dann erinnerte er sich an das Handy in seiner Hand. «Travis, ich melde mich später noch mal.» Er legte auf und steckte es zurück in seine Hosentasche.

«Ich habe bereits davon gehört, dass du nach New York gewechselt bist.» Sie warf ihm ein verzerrtes Lächeln zu.

Julian antwortete nicht, sondern sah regungslos auf sie hinab.

«Nun ja ...» Peinlich berührt legte sie den Kopf ein wenig zur Seite. «Ich bin verabredet und muss mich wohl von dir verabschieden.»

Er trat einen Schritt vor und roch im gleichen Augenblick ihren Duft – Mandeln und ein Hauch Vanille, genauso wie früher. «Warte, Liv.»

Sie blickte ihn beinahe entsetzt an und trat unwillkürlich einen Schritt zurück.

«Liv ...» Seine Stimme vibrierte vor Anspannung. Im Hintergrund konnte man ein Auto hupen und eine Frau amüsiert lachen hören.

«Nicht, Julian», flüsterte sie und holte tief Luft. Mit einem unsicheren und unglücklichen Gesichtsausdruck blickte sie zu ihm hoch.

«Aber ...»

«Julian, da sind Sie ja schon», erklang eine gutmütige Stimme hinter ihnen. Liv schien die Unterbrechung sehr willkommen zu sein, da sie rasch beiseitetrat und aus Julians unmittelbarem Radius entwischte.

«Mr. MacLachlan!» Er sah seinen neuen Arbeitgeber auf sich zukommen und seufzte innerlich, da ihm dessen Erscheinen gerade sehr ungelegen kam.

«George reicht völlig, mein Junge», sagte der Besitzer des Footballteams, bevor er Liv interessiert und freundlich musterte. Der ältere Mann mit der glänzenden Halbglatze war kaum größer als sie, während Julian beide um Haupteslänge überragte. Er wollte sie einander vorstellen und war plötzlich unsicher.

«Ähm, darf ich Ihnen …»

«Olivia Gallagher.» Sie reichte dem älteren Mann resolut die Hand und kam somit Julian zuvor.

«Erfreut, Sie kennenzulernen, Olivia.» Lächelnd sah er zwischen beiden hin und her. «Woher kennen Sie Julian, wenn ich fragen darf?»

Sie erwiderte mit einem nichtssagenden Lächeln: «Wir kennen uns von der Uni.»

«Oh.» George MacLachlan hob erstaunt eine Augenbraue. «Dann haben Sie auch an der Washington State studiert?»

«Unter anderem.» Ihr Lächeln wirkte gezwungen. Sie schien sich sehr unwohl zu fühlen, was George MacLachlan anscheinend nicht bemerkte.

«Und nun haben Sie sich zufällig hier wiedergetroffen?» Er betrachtete sie wohlwollend. «Es wird Julian sicher freuen, in New York bereits jemanden zu kennen. Ständige Umzüge machen auf Dauer einsam.» Er schlug Julian väterlich auf die Schulter.

«Hmm», reagierte sie nichtssagend. «Es war sehr nett, Sie kennenzulernen, Mr. MacLachlan, aber leider habe ich einen geschäftlichen Termin und muss nun hinein.»

Bedauernd neigte er den Kopf. «Schade, meine Liebe. Jedenfalls wünsche ich Ihnen noch einen schönen Abend.»

Bevor Julian sie in irgendeiner Weise daran hindern konnte, einfach zu gehen, zog sie mit zitternden Fingern an ihrem Tuch, lächelte beide mit blassen Wangen an und verabschiedete sich eilig, bevor sie das Restaurant betrat.

«Entschuldigen Sie mich kurz, George?» Julian ließ seinen Boss einfach stehen, eilte ihr hinterher und holte sie an der Garderobe ein.

«Liv!» Er umfasste ihren Ellenbogen und bugsierte sie in eine

Ecke. Mit riesigen grünen Augen, die von dichten Wimpern umgeben waren, blickte sie ihn erschrocken an. «Was willst du?»

Ungläubig verzog er den Mund. «Ich habe seit über fünf Jahren nichts von dir gehört!»

Ein Schatten fiel über ihr Gesicht, und sie senkte den Blick.

«Du hast auf keine meiner Nachrichten reagiert, Liv. Ich wusste nicht einmal, dass du in New York lebst.»

Sie schluckte. «Ich werde sicher nicht hier und jetzt mit dir darüber reden, Julian.»

«Wann denn dann?» Er klang mittlerweile ein wenig ungehalten und musste seine Ungeduld zügeln.

Zögernd öffnete sie ihre Tasche und zog nach einigen Momenten eine Visitenkarte heraus, die sie ihm gab, auch wenn sie darüber wenig begeistert zu sein schien. «Du kannst mich im Büro anrufen … wenn du willst.»

«Aber du willst eigentlich gar nicht, dass ich dich anrufe, richtig?» Sein Gesichtsausdruck wurde verschlossen, und er ließ ihren Ellenbogen los.

Liv schaute ihn bedauernd an. «Fast sechs Jahre – das ist eine lange Zeit. Mein Leben hat sich verändert. Ich bin glücklich und will keine alten Wunden aufreißen.»

Beinahe wütend wich er zurück. «Schön für dich.» Julian zerknüllte die Visitenkarte in der Hand, drehte sich um und ging.

Das Eis im Scotchglas klirrte, als Julian es an die Stirn hob und stöhnend die Augen schloss. Er stand am Panoramafenster seiner Suite, schaute auf die Stadt unter sich und lehnte sich schließlich mit der linken Seite gegen die dicke Glasscheibe. Auf der Kommode rechts von ihm lag die Visitenkarte seiner Frau.

Sie nannte sich Gallagher.

Er hob das Glas an die Lippen und trank verbittert einen großen Schluck Scotch, der ihm in der Kehle brannte. Olivia Gallagher. *Verdammt!* Sie hatte also wieder ihren Mädchennamen angenommen, obwohl sie sich nicht hatten scheiden lassen. Schließlich hätte er es gewusst, wenn sie die Scheidung eingereicht hätte. Und das hatte sie nie getan.

Es war lange her, dass er sie im Geiste Gallagher genannt hatte. Außerdem war sie nie Olivia, sondern immer nur Liv gewesen.

Seine Liv.

Julian schluckte und starrte wie betäubt in den nächtlichen Himmel. Der Abend war eine absolute Katastrophe gewesen. Mit George MacLachlan und seinem neuen Coach, John Brennan, den er noch aus dessen aktiver Zeit in der NFL kannte, hätte er vergnügliche Stunden haben können. Er freute sich auf seine Zeit in New York, freute sich über seinen lukrativen Vertrag und auf neue Herausforderungen. Aber anstatt dies zu feiern, hatte er am reichgedeckten Tisch gesessen, nach Liv Ausschau gehalten und war eher wortkarg gewesen. Das köstliche Charolais-Rind hatte wie Sand geschmeckt und war ihm fast im Hals stecken geblieben. Liv hatte er nicht ein einziges Mal entdeckt, doch er hatte nicht aufhören können, an sie zu denken.

Er wusste, dass er unhöflich gewesen war, weil er sowohl George MacLachlan als auch John Brennan wenig Aufmerksamkeit geschenkt hatte, aber seine Frau nach fast sechs Jahren Trennung plötzlich wiederzusehen hatte ihm stark zugesetzt. Im Taxi hatte er die Visitenkarte herausgeholt, geglättet und die Firma über sein Handy gegoogelt. Sie war Architektin in einer äußerst bekannten und angesehenen Firma, die ihren Hauptsitz hier in New York hatte. Dort schien sie es weit gebracht zu haben, denn sie war Abteilungsleiterin und betreute momentan ein großes Projekt. Das abgebildete Foto, das sie regelrecht streng und nüchtern darstellte, trug zu seiner Verwirrung bei, denn Liv war nie streng und nüchtern gewesen. Viel eher hätte er sie als quirlig und schelmisch bezeichnet. Wenn er das Foto sah, konnte er glatt vergessen, dass Liv während der Studienzeit zur Tequilakönigin des Campus gewählt worden war, denn diese ernsthafte Person auf dem Bild konnte unmöglich die Studentin sein, die vor einer Horde von betrunkenen Footballspielern das T-Shirt hochgezogen hatte.

Ihr Lebenslauf beeindruckte ihn, auch wenn ihre Vita ganz entscheidende Punkte ihres Lebens außen vorließ – Punkte, die ihn betrafen.

Er hatte Liv niemals vergessen, aber sich irgendwann damit abgefunden, dass das Leben weiterging, und so war sie in seinem Kopf einfach weit nach hinten gerückt. Julian wusste, dass er Fehler begangen hatte, dass er manchmal ein richtiges Arschloch gewesen war, aber er hatte Liv geliebt. Und sie hatte gewusst, wie viel sie ihm bedeutete. Das war auch nie ihr Problem gewesen. Anfangs hatten sie eine wundervolle Ehe geführt und waren glücklich gewesen. Aber normalerweise ist niemand mit Anfang zwanzig in der Lage, große Probleme zu bewältigen, ohne dass irgendetwas oder irgendjemand auf der Strecke bleibt. Dass seine Frau ihn verließ beziehungsweise *Abstand brauchte*, wie sie es formuliert hatte, war eine zwangsläufige Reaktion gewesen. Dieser Abstand dauerte mittlerweile fast sechs Jahre an.

Seufzend stellte er sein Glas ab, schaute wieder einmal auf die Visitenkarte und ballte eine Faust. Sie war seine Frau, aber er kannte weder ihre Adresse noch ihre Freunde oder Arbeitskollegen. Frustriert knöpfte er die Ärmel sowie den Kragen seines Hemdes auf und legte sich auf das Bett – verärgert darüber, dass ihn das Treffen mit ihr nicht kaltgelassen hatte.

Olivia lief meistens vor der Arbeit durch den Park, um den Kopf freizubekommen. Normalerweise funktionierte das perfekt –

heute war dies nicht der Fall. Sie war fast eine Stunde auf und ab gejoggt, bevor sie den Park verlassen hatte und nach Hause zurückgekehrt war. In ihrer Wohnung hatte sie geduscht, ihre Haare zu einem Knoten gesteckt und sich ihr Lieblingskleid, ein olivfarbenes Etuikleid von Michael Kors, angezogen. Heute wollte sie sich wohl in ihrer Haut fühlen, weshalb sie nicht einfach nach einem Hosenanzug griff, sondern das elegante Kleid wählte, in dem sie sich erwachsen und stark vorkam.

Leider half das schöne Kleid jedoch wenig gegen ihre momentane Gemütsverfassung, wie Olivia im Büro feststellen musste. Nun war es bereits zwölf Uhr, und sie hatte noch nichts getan. Sie saß mit einer nervösen Anspannung in ihrem Büro, legte Papiere von links nach rechts und wieder zurück, konnte nicht stillsitzen und zupfte unablässig an ihrem Ohrläppchen herum.

Vor drei Wochen hatte sie Julians Namen in der Zeitung gelesen. Damals war ihr an der Küchentheke vor lauter Schreck fast der Bagel aus der Hand gefallen, aber sie hatte nicht damit gerechnet, ihm je persönlich zu begegnen. New York war eine Weltmetropole, es lebten Millionen Menschen auf dieser Insel – aber selbstverständlich musste sie da auf ihren Mann treffen, der sicher noch nicht einmal dazu gekommen war, seinen Koffer auszupacken, dachte sie ironisch.

Als sie ihn am Abend zuvor gesehen und seinen ungläubigen Blick auf sich gespürt hatte, war ihr beinahe das Herz stehengeblieben. Lange Zeit hatten die Blicke aus seinen samtigen dunkelbraunen Augen Herzflimmern, feuchte Hände und andere feuchte Stellen an ihrem Körper verursacht – gestern hatten sie nur Panik in ihr hervorgerufen. Olivia hatte geglaubt, dass sie endlich über ihn hinweg war, aber dem war wohl nicht so. Sie hatte Julian verdrängt, hatte ihre Ehe verdrängt und sich ein neues, ein anderes Leben aufgebaut. Jetzt musste sie erkennen, dass sie mit dem Thema *Ehe* noch längst nicht durch war.

Vermutlich hätte sie schon vor Jahren alle Verbindungen abbrechen müssen, indem sie einfach die Scheidung einreichte. Doch diese Vorstellung hatte sie immer abgeschreckt.

Das Telefon klingelte und riss sie aus ihren Gedanken.

«Guten Morgen», erklang eine tiefe Stimme. «Wie geht es dir heute, Olivia?»

Sie legte eine Hand an ihr wild pochendes Herz, um sich zu beruhigen. Es war nicht Julian – obwohl sie befürchtet hatte, dass er es sein könnte.

«Bist du dran?»

«Ja ... ja ... entschuldige, Harm, heute ist irgendwie nicht mein Tag.»

«Hmm ... kann ich etwas für dich tun?» Ein Lachen drang an ihr Ohr. «Ein Cocktail, ein Paar Schuhe, eine Massage, ein Urlaub?»

Olivia lehnte sich lächelnd zurück. «Für einen Cocktail ist es zu früh, Schuhe habe ich genug – und was die Massage und den Urlaub betrifft, muss ich erst recht passen.»

«Wie bitte?»

«Na ja, du bist mein Auftraggeber, da gehörte es sich nicht, wenn ich sowohl eine Massage als auch einen Urlaub von dir annähme.»

Er seufzte in den Hörer. «Eigentlich war ich nur verwundert, dass du behauptest, genügend Schuhe zu besitzen. Meine Exfrau besaß mehr Schuhe als unser Fernseher Kanäle.»

Olivia feixte innerlich. Harm Michaels war der Auftraggeber ihres momentanen Projektes – eines neuen Museums. Es war ihr erstes eigenes Großprojekt, das ihr sehr am Herzen lag. Harm war überaus charmant, sah unglaublich gut aus, und laut Bürotratsch war er frisch geschieden. Mit Mitte dreißig war er zudem ziemlich erfolgreich. Olivia mochte Harm, und sie fand ihn attraktiv, aber als ausführende Architektin konnte sie nicht mit ihm ausgehen, was sie ihm bereits gesagt hatte, als er sie zum Essen hatte einladen wollen. Jedoch war er hartnäckig, bemühte sich sehr um sie und überschüttete sie mit Aufmerksamkeit. Olivia gab es nicht gern zu, aber es schmeichelte ihr sehr.

«Bist du sicher, dass du keine Massage brauchst?»

«Wieso? Hast du schon das Öl gekauft?» Amüsiert rollte sie ihren Stift über den Tisch.

«Ob du es glaubst oder nicht, aber es steht vor mir.» Er lachte glucksend. «Nein, im Ernst, du wirktest gestern etwas angeschlagen. Deshalb wollte ich nachfragen, ob es dir bessergeht.»

Seine Nachfrage war sehr rücksichtsvoll. Am gestrigen Abend hatten sie ein Geschäftsessen gehabt, bei dem Olivia nicht wirklich anwesend gewesen war. Harm hatte es bemerkt – genau wie ihr Boss, der sie besorgt gefragt hatte, ob etwas passiert sei. Da sie ihm nicht sagen konnte, dass sie ihren Ehemann, einen berühmten Footballspieler, nach fast sechs Jahren das erste Mal wiedergetroffen hatte, musste sie lügen und behauptete, es gäbe einen Krankheitsfall in ihrem Freundeskreis. Ihr Boss war ein netter älterer Herr, der verständnisvoll reagiert hatte und ihr riet, am nächsten Tag einfach freizumachen.

Was sie selbstverständlich nicht tat.

«Mir geht es gut, danke.»

«Schön zu hören.» Harm seufzte in den Hörer. «Eigentlich wollte ich mich auch von dir verabschieden, da ich für zwei Wochen nicht in der Stadt sein werde.»

«Tatsächlich? Wohin geht es denn?»

«Ich habe meine Töchter seit fünf Monaten nicht gesehen und fliege nach Atlanta, um etwas Zeit mit ihnen zu verbringen.»

«Das ist doch nett.» Olivia sank in den Stuhl zurück. «Was werdet ihr unternehmen?»

«Das weiß ich noch gar nicht.» Er lachte heiser. «Wenn ich

zurück bin, wirst du dann mit mir ausgehen? Bevor du antwortest, solltest du wissen, dass ich himmlisch massieren kann.»

«Oh ...», Olivia tat, als müsste sie es sich überlegen. «Wer weiß. Hab du erst einmal eine schöne Zeit mit deinen Töchtern.»

Sie sprachen noch ein wenig über das Projekt, über Baugenehmigungen, den Etat und Interna, bevor Olivia auflegte. Aber anstatt sich auf die Arbeit zu konzentrieren und schnell ihre E-Mails abzuarbeiten, tippte sie nach einigen Sekunden die Adresse der *New York Titans* in den Browser ein und sah Julians Gesicht gleich auf der Startseite. Es war ein ausführlicher Artikel über seinen Vertragsabschluss mit Fotos der offiziellen Pressekonferenz vor wenigen Tagen. Mit einem mulmigen Gefühl klickte sie ein Foto an, das nun in der Totalen erschien.

Sein lachendes Gesicht füllte fast ihren gesamten Bildschirm aus. Olivia betrachtete ihn gebannt, sein blondes Haar, dessen Spitzen unter dem blauen Basecap hervorlugten, die dichten Augenbrauen, die fast gerade über den dunklen Augen lagen, seinen lachenden Mund und die weißen Zähne sowie die kräftige Kinnpartie. Auf dem Bild hatte er einen Bartschatten und trug ein langärmliges weißes Shirt, das seinen muskulösen und gebräunten Hals betonte. Seit ihrer Trennung vor sechs Jahren hatte er sich kaum verändert. Lediglich die winzigen Lachfältchen um seine Augen waren neu für sie.

Olivia schloss den Bildschirm und seufzte auf. Sie wusste, wo er in den letzten Jahren gespielt hatte. Es ließ sich kaum vermeiden, schließlich war Football omnipräsent, und so war sie auch ohne Interesse an der Karriere ihres Mannes darüber informiert gewesen, bei welchem Team er gerade spielte. Zuletzt waren es die *Miami Dolphins*, davor die *Denver Broncos* und vorher die *Arizona Cardinals*. Früher war sie selbst regelrecht footballverrückt gewesen, hatte ihn bei Spielen beobachtet, angefeuert und mitgelitten, wenn sein Team verlor. Mittlerweile interessierte sie sich nicht mehr für Football und sah sich auch kein Spiel mehr an. Sie hatte sich absichtlich davon zurückgezogen – kein Football, kein Super Bowl Sunday und kein Julian Scott. Wenigstens bis gestern.

2. Kapitel

Julian verließ die Kabine und trug seine Sporttasche zum Auto. Er hatte Ausdauer- und Krafttraining hinter sich, war müde und innerlich gereizt. Seine erste Woche im Team verlief nicht so, wie er es sich vorgestellt hatte – seine Kameraden waren klasse, witzig und motiviert – aber leider fand er noch keinen Draht zu ihnen. Anstatt mit ihnen in der Kabine und beim Training herumzublödeln, wie es eigentlich seine Art war, war er verschlossen, nachdenklich und mürrisch. Beinahe eine Woche war es her, dass er Liv gesehen hatte, und er hatte immer noch keine Ahnung, wie er damit umgehen sollte.

Aus der Presse und durch Bemerkungen seiner Mitspieler wusste er, dass die letzte Saison eine Katastrophe gewesen sein musste. Das Team hatte das schlechteste Ergebnis seit 20 Jahren eingefahren. John Brennan hatte sich nun wieder als Coach verpflichtet, und ganz New York hoffte, dass er an seine alten Erfolge anknüpfen konnte, als er als Quarterback des Vereins den Superbowl gewonnen hatte. Spannung und Motivation waren mit den Händen zu greifen, und eigentlich wäre Julian Feuer und Flamme gewesen, das Team nach oben zu katapultieren.

Er stand an seinem Landrover und packte die schwere Tasche in den Kofferraum, als er seinen Namen hörte. John Brennan kam in Jeans und einem blauen Kapuzenpulli der *Titans* auf ihn zu. «Hast du eine Minute, Julian?»

«Klar, Coach.» Er schloss den Kofferraum und drehte sich zu John um, der ihn angrinste.

«Bleib bei John. Wenn du Coach sagst, fühle ich mich uralt.»

Julian zuckte mit der Schulter. «Ich hab schon lange nicht mehr gegen dich gespielt, und jetzt bist du mein Trainer.»

Sein Gegenüber verschränkte die Arme vor der Brust. «Solange du mich nicht mit *Sir* ansprichst, ist mir alles recht.»

Julian lehnte sich gegen sein Auto und blickte ihn neugierig an. «Worum geht's?»

«Für heute Abend habe ich die Jungs eingeladen, ich will ein paar Drinks ausgeben. Du solltest unbedingt mitkommen.»

Fragend zog Julian eine Augenbraue hoch. «Ist es hier etwa Tradition, dass der Coach seine Spieler mit Alkohol abfüllt?»

John schüttelte lachend den Kopf und fischte sein Handy aus der Jeanstasche. «Abfüllen werde ich niemanden.» Er hielt ihm das Handy hin, auf dem ein Foto von einem winzigen Baby zu sehen war. «Das ist Jillian, meine Tochter.» Er grinste stolz. «Erst zwei Tage alt.»

Julian hob den Blick, sah seinen Coach an, der verträumt sein Töchterchen betrachtete, und seufzte innerlich, bevor er ihm die Hand hinhielt. «Gratulation, John.»

«Danke.» John steckte das Handy wieder ein und schüttelte Julians Hand. «Meine Frau und die Kleine werden erst morgen entlassen, deshalb wollte ich dem Team heute Abend ein Gläschen oder auch zwei spendieren.»

«Also kein Besäufnis der alten Schule wie bei einer Pinkelparty?»

Sein Gegenüber schüttelte den Kopf. «Jedenfalls nicht für mich. Was ihr Jungs ohne mich treibt, ist eure Sache. Ich hole morgen meine Familie vom Krankenhaus ab und muss nüchtern sein.» Er grinste schief und zeigte zwei Grübchen in den hageren Wangen. «Obwohl ich furchtbar nervös bin, dass ab morgen ein Baby in der Wohnung leben wird, und ich daher einen Drink gut gebrauchen könnte.»

Julian lächelte zurück. «Ich komme gern.»

«Wunderbar.» John sah auf seine Uhr. «Wir treffen uns alle gegen neun im Carmichaels – das ist eine Kneipe in der Lower East Side.»

«Werde ich schon finden.»

Sein Coach verabschiedete sich und ging gut gelaunt zurück ins Gebäude, während Julian weiterhin an seinem Auto lehnte und nachdenklich die Hände in den Hosentaschen seiner Jeans vergrub. Als sein Handy klingelte, erschrak er kurz, da er in Gedanken versunken war.

«Scott.»

«Hallo, Julian.» Er hörte eine helle Stimme, die ihm vertraut war. «Wie geht's dir, Liebling?»

«Hallo, Dina.» Er seufzte. «Ganz gut. Und dir?»

«Ich vermisse dich.» Der schmollende Unterton ging ihm gleich gehörig auf die Nerven. «Wieso sagst du nichts?»

Genervt kniff er die Augen zusammen und rieb sich den Nacken. «Ich bin sehr beschäftigt. Du hast mich zum falschen Zeitpunkt angerufen.»

«Seit Wochen habe ich nichts von dir gehört», ging die Litanei weiter. «Eigentlich hätte ich mich nicht mehr bei dir melden sollen, um dich büßen zu lassen. Aber ich halte es ohne dich einfach nicht aus.»

Julian wusste nicht, weshalb sie dieses Theater veranstaltete. Er kannte sie kaum und wusste nicht einmal, ob er sie wirklich mochte – oder ihr Geschwätz überhaupt aushielt. Und insgeheim kam er sich gerade wie ein Arsch vor. Fühlte sich wie ein Mann, der seine Frau betrog. In den letzten Jahren hatte er Livs Existenz gut verdrängen können, wenn er eine Frau kennenlernte und mit ihr ausging, weil er nie eine ernsthafte Beziehung führte und Liv schließlich diejenige gewesen war, die die Trennung verlangt hatte. Es gab keine Frau in seinem Leben, von der er behaupten konnte, sie wirklich gernzuhaben oder auch nur ansatzweise zu lieben. Ihm hatte es nie etwas ausgemacht, keine feste Freundin zu haben. Das Leben als Footballspieler war nicht einfach, und viele Beziehungen zerbrachen daran. Häufige Reisen, Groupies und der Ruhm brachten Eifersucht auf der einen und Untreue auf der anderen Seite hervor. Nach der Trennung von Liv hatte er sich auf seine Karriere konzentriert, daher standen Beziehungen ganz weit unten auf seiner Prioritätenliste – wenn überhaupt. Damit das so blieb, beschränkte er sich auf Hohlköpfchen, die so tiefgründig wie eine Pfütze waren.

Sein Sexualleben hatte in den letzten Jahren zwar nicht gelitten, aber er hatte der Suche nach willigen Partnerinnen wenig Zeit geopfert. Anders als viele seiner Kollegen hatte er nicht ständig Sex im Kopf, sondern kam auch gut eine Weile ohne ein aktives Liebesleben aus.

«Julian!» Die Stimme am anderen Ende der Leitung klang nun aufgebracht. «Bist du überhaupt noch dran?»

«Ja.» Er senkte den Kopf und verzog den Mund.

«Was sagst du nun? Soll ich dich besuchen kommen? Ich habe nächste Woche frei.»

«Äh …» Das fehlte ihm gerade noch. Dina war am Anfang sehr nett und zurückhaltend gewesen – zugegeben, sie war wirklich nicht die hellste Kerze am Baum, aber war bescheiden aufgetreten, bevor sie sich nach den ersten beiden Dates bar jeder Vernunft für seine feste Freundin gehalten hatte, der bald sein Ring am Finger stecken würde. Sie wusste nicht einmal, dass er bereits verheiratet war, dachte er und verzog das Gesicht. Seine Ehe, beziehungsweise was davon übrig war, hatte sich nie herumgesprochen. Fast niemand wusste davon. Er hatte schon geheiratet, als er noch an der Universität Football spielte, und bevor er aktiv einen Posten bei den *Cardinals* besetzt hatte, waren sie bereits getrennt.

«Du hörst dich nicht gerade begeistert an.»

Eigentlich hatte er gedacht, dass sein Umzug nach New York

und die Tatsache, dass er sich nicht meldete, Dina davon überzeugt hätten, dass er kein Interesse an einer Beziehung zu ihr hatte.

«In der nächsten Woche bin ich selbst kaum hier, sondern habe ständig irgendwelche Pressetermine...»

«Aber zu denen könnte ich dich begleiten!» Sie klang aufgeregt.

Verflucht, dachte Julian wütend, wieso hatte er sich überhaupt auf sie eingelassen? Jetzt hatte er den Salat.

«Hör zu, Dina, momentan muss ich mich auf meine Karriere konzentrieren...»

«Willst du etwa Schluss machen?» Sie schien hysterisch zu werden, was Julian überhaupt nicht gebrauchen konnte. Als er nicht antwortete, beschimpfte sie ihn in blumigen Worten, nannte ihn unter anderem einen Hurensohn und legte anschließend auf.

Julian setzte sich in seinen Landrover und umklammerte das Lenkrad. Er wusste nicht, wann er ein egoistischer Footballspieler geworden war, der Frauen mit miesen Ausreden abspeiste. Früher war er ein liebenswerter Kerl gewesen, der nur Augen für seine Frau hatte und andere einfach ignorierte. Und er hatte erst im zweiten Jahr der Trennung wieder begonnen, mit Frauen zu flirten und sie um ein Date zu bitten. Selbst dann war es merkwürdig gewesen, und er hatte sich wie ein Ehebrecher gefühlt.

Entschlossen, die Gedanken an seine katastrophale Ehe zu beenden, startete er den Motor und fuhr aus der Tiefgarage hinaus. Er würde heute Abend seine Mannschaftskameraden besser kennenlernen, seinen Coach feiern und Liv endgültig aus seinen Gedanken verbannen. Er war ein erfolgreicher Sportler, der eine glänzende Karriere hatte, und wollte sich das nicht kaputtmachen lassen.

Olivia kam aus einer Geschäftssitzung und war mehr als zufrieden. Ihre Ausführungen hatten Gefallen gefunden, und es hatte keine Kritik an ihren Konstruktionen gegeben. Die wenigen Auflagen hatte sie gelöst und konnte ihrer Kreativität nun freien Lauf lassen, was ihre Arbeit nicht nur erleichterte, sondern ganz besonders reizvoll machte. Am Wochenende würde sie etwas Zeit für sich haben, da ihre Arbeit so gut lief.

Lächelnd überlegte sie, was sie tun könnte, und dachte daran, ein Spa aufzusuchen oder sich einen spannenden Krimi zu kaufen, den sie im Bett lesen würde. Außerdem konnte sie endlich in aller Ruhe die Wohnung putzen, Wäsche machen und mit ihrer Nachbarin Christa einen Kaffee trinken gehen. Sie hatte sich in den letzten Wochen nur sehr selten bei ihr gemeldet und bekam langsam ein schlechtes Gewissen, weil Christa ihre Pflanzen goss und nach ihrer Post sah, wenn sie selbst geschäftlich unterwegs war.

Nachdenklich schlenderte Olivia in ihr Büro – um gleich darauf abrupt stehen zu bleiben. Julian stand da! Er blickte sich neugierig in dem Raum um und füllte ihn mit seiner starken Präsenz.

Lässig war er in Jeans, Pulli und eine Lederjacke gekleidet, während sie einen formellen Hosenanzug trug und ihre Locken zu einem Pferdeschwanz gebunden hatte. Langsam drehte er sich zu ihr um und musterte sie. Zwar war sie über seine plötzliche Anwesenheit erschrocken, andererseits überraschte sie sie auch nicht sonderlich.

«Was tust du denn hier?» Sie machte eilig die Tür zu und lehnte sich dagegen. «Wer hat dich reingelassen?»

«Die Empfangsdame», erwiderte er ruhig und sah sie nachdenklich an. «Dein Büro ist furchtbar nüchtern. Es gibt kein einziges Foto oder Bild.»

Sofort folgte sie seinem kritischen Blick durch ihr Büro, das zugegeben sehr spartanisch eingerichtet war. Außer ihrem Schreibtisch, Sitzgelegenheiten, einem Zeichentisch und Bücherregalen gab es keinerlei Einrichtungsgegenstände. Die einzige Dekoration waren Bücher und eine Schreibtischlampe.

«Ich bin minimalistisch veranlagt.»

«Seit wann?»

«Was geht es dich an?» Sie stieß sich von der Tür ab und trat hinter den Schreibtisch, um eine Grenze zu ihm zu ziehen. Leichthin legte sie Papiere zusammen und holte tief Luft.

Julian zuckte mit der Schulter. «Unser Haus war immer voll von Fotos, Aquarellen und Bildern. Deshalb wundert mich diese *minimalistische* Einrichtung.» Er sah sie an, als sei er auch von ihrer Aufmachung überrascht. Tatsächlich wirkte sie ziemlich bieder in ihrem grauen Anzug und den flachen Schuhen. Wenn das bildhübsche Gesicht und die weiblichen Formen nicht gewesen wären, die selbst in dem langweiligen Anzug nicht verborgen werden konnten, hätte er sie kaum wiedererkannt.

«Du bist sicher nicht hier, um über Aquarelle zu reden.»

Er zögerte, bevor er tief seufzte. «Ich muss dich um einen Gefallen bitten, Liv.»

«Was?» Sie sah ihn irritiert an.

Julian nickte, und sein Gesicht verzog sich schmerzerfüllt. «Granny liegt im Sterben. Mom hat mich heute Morgen angerufen, um es mir zu sagen und um mich zu bitten, nach Vermont zu kommen, damit ich mich verabschieden kann.»

Sie schluckte hart und spürte, dass ihre Augen feucht wurden.

«Was?», flüsterte sie. «Granny stirbt?»

Wieder nickte er unglücklich, vergrub die Hände in den Taschen und stellte sich ans Fenster. Seine Stimme war ziemlich rau. «Mom sagt, dass Granny uns sehen möchte. Sie hat sich gewünscht, dich noch einmal zu sprechen.» Er drehte den Kopf in ihre Richtung. «Was hat das zu bedeuten?»

Olivia starrte ihn traurig an. «Ich liebe deine Großmutter, Julian, und habe sie zum Geburtstag und zu den Feiertagen immer angerufen.»

«Davon hat sie nie etwas erwähnt.»

«Weil ich sie darum gebeten habe.» Sie schlang die Arme um sich. «Sei ihr deshalb bitte nicht böse.»

«Natürlich nicht», erwiderte er leise und beobachtete sie. Die Nachricht schien sie tief erschüttert zu haben, denn ihre Augen waren feucht.

«Was ist denn mit ihr? Zu Weihnachten klang sie noch völlig gesund.» Liv starrte ihn fassungslos an. Julian schüttelte bedauernd den Kopf.

«Krebs. Vermutlich wollte sie es dir nicht sagen.»

Erschüttert griff sie sich an den Hals.

Als hätte er die Frage in ihrem Blick gesehen, erklärte er ruhig: «Sicherlich wollte sie nicht, dass du dir Sorgen machst, und hat es dir deshalb nicht erzählt.»

Olivia schüttelte wie betäubt den Kopf.

Julian räusperte sich. «In den letzten zwei Wochen hat sich ihr Zustand rapide verschlechtert. Der Arzt glaubt, dass es bald … vorbei ist.» Er setzte wieder an: «Ich habe versucht, einen Flug zu organisieren, aber durch das Umsteigen wären wir länger unterwegs, als wenn wir ein Auto nähmen. Das heißt» – er blickte unsicher zu Liv –, «wenn du mitkommen willst.»

«Selbstverständlich komme ich mit», versicherte sie ihm ruhig und ohne zu zögern. «Für Granny», fügte sie hinzu, um klarzustellen, weshalb sie sich mit ihm gemeinsam in ein Auto setzen würde.

Julian nickte kurz. «Es ist viel verlangt, Liv, deshalb danke ich dir, dass du es trotzdem tust.» Er hob fragend eine Augenbraue. «Kannst du dir denn freinehmen?»

«Das geht schon in Ordnung», erwiderte sie leise und zupfte an ihrem Ohrläppchen, wie immer, wenn sie nervös war.

Unsicher hob er seine Schultern. «Ich weiß, dass ich dich damit überfalle, Liv, aber ich möchte noch heute losfahren.»

«Natürlich», murmelte sie leise und senkte den Blick. «Lass mich kurz mit meinem Boss sprechen und zu Hause schnell ein paar Dinge packen.»

Das Schweigen in seinem Landrover zerrte an Julians Nerven. Sie waren seit knapp einer Stunde unterwegs und sprachen kein Wort. Er hatte Liv abgeholt, ihre Tasche in den Kofferraum gepackt und war losgedüst, sobald sie sich angeschnallt hatten. Sie würden bis St. Albans, wo seine Großmutter lebte, etwa sechs Stunden unterwegs sein. Als seine Mutter ihm am Telefon erzählt hatte, wie es um seine Großmutter stand, war ihm das Herz in die Hose gesackt, denn er liebte sie und konnte sich nicht vorstellen, dass sie starb. Sie war stets eine agile Frau gewesen, hatte im letzten Sommer ihren sechsundsiebzigsten Geburtstag gefeiert und nur zwei Wochen später die Diagnose Krebs erhalten. Während seiner Kindheit in Idaho war Julian praktisch bei ihr groß geworden, da seine Eltern und Großeltern Tür an Tür gelebt hatten. Nachdem sein Großvater vor vier Jahren gestorben war, hatte sich Granny dazu entschlossen, zurück nach Vermont zu ziehen, da sie dort aufgewachsen war und ihre drei Schwestern immer noch in ihrer Heimatstadt wohnten.

Julian blickte Liv von der Seite an und sah, dass sie in Gedanken versunken war. Sie hatte sich umgezogen und trug schwarze Leggins, die in überdimensionalen Hausschuhen steckten, sowie einen großen Pulli in Zopfmuster, der ihr über die Oberschenkel reichte. Wenn sie früher zusammen mit dem Auto gereist waren, hatte sie auch immer bequeme Kleidung getragen. Er erinnerte sich sogar daran, dass sie einmal einen Pyjama angezogen hatte, weil sie nachts gefahren waren. Beinahe hätte er bei der Erinnerung gelächelt.

Es wunderte ihn nicht, dass sie sofort bereit gewesen war, seine Großmutter zu besuchen. Liv war ein Einzelkind und ohne Mutter aufgewachsen. Ihr Vater hatte sie in ein Internat gesteckt, als sie zehn Jahre alt gewesen war. Ihre Mom war gestorben, als Liv noch in den Windeln steckte, und ihr Dad war ein vielbeschäftigter Wirtschaftsboss, der in der Welt herumreiste.

Als Julian sie mit nach Idaho nahm, damit sie seine Familie kennenlernte, hatte Granny die neunzehnjährige Liv unter ihre Fittiche genommen und quasi adoptiert. Julian und sie waren erst seit einigen Wochen liiert gewesen, doch für Granny stand damals schon fest, dass Liv zur Familie gehörte. Im ersten Jahr ihrer Ehe war Granny häufig zu Besuch gekommen, um Liv zu unterstützen, während Julian als Nachwuchsspieler unterwegs war. Zu Granny hatte Liv immer die engste Beziehung in der ganzen Familie gehabt. Mit seiner Mom war sie auch gut zurechtgekommen, doch das Verhältnis zu Granny hätte nicht herzlicher, enger oder liebevoller sein können.

Julian hatte Livs Dad dreimal in seinem Leben gesehen und wusste fast gar nichts von seinem Schwiegervater – er glaubte auch nicht, dass sich Livs unterkühlte Beziehung zu ihm geändert hatte, während Granny ihr sehr viel zu bedeuten schien. Das sah man allein daran, dass sie nun neben ihm saß, obwohl sie in den vergangenen Jahren offenbar alles unternommen hatte, um ihm aus dem Weg zu gehen und ihn zu vergessen.

«Ist dir warm genug?» Er drehte den Belüftungsknopf automatisch nach unten, da sie im Auto gern warme Füße hatte.

«Danke», murmelte sie in ihren Pulli und schlang die Arme um sich. Wie er hatte auch sie eine Sonnenbrille gegen die grelle Sonne aufgesetzt, die ins Innere des Autos schien. Während er die klassische Pilotenbrille von Ray-Ban trug, war ihr Modell eckig und so dunkel, dass er ihre Augen dahinter nicht sehen konnte.

Julian zermarterte sich das Gehirn, wie er eine Unterhaltung in Gang bringen konnte. «Hattest du Probleme, dir freizunehmen?»

«Nein.» Sie seufzte und strich sich eine Locke hinter das Ohr. «Morgen ist sowieso schon Freitag, und ich hatte etwas vorgearbeitet.»

«Hmm.»

Liv winkelte ein Bein an. «Und du?»

«Ich?» Irritiert, dass sie den Hauch von Interesse zeigte, sah er sie kurz an, bevor er sich wieder auf den Highway konzentrierte.

«Du bist schließlich noch neu im Team.»

«Das war okay.» Er spielte an der Heizung herum. «Die Saison fängt noch lange nicht an. Momentan ist erst leichtes Training angesagt.»

«Hmm», erwiderte sie wie er zuvor. Als beide schwiegen, dachte er unvermittelt an die Zeit zurück, als sie sich bis spät in die Nacht über alles unterhalten hatten. Autofahrten waren nie langweilig gewesen – jedenfalls nicht mit Liv.

«Ähm ... wie läuft die Arbeit?»

«Gut», erwiderte sie einsilbig.

«Woran arbeitest du momentan?»

«An dem Bau eines neuen Museums.»

«Aha.» Er suchte nach weiteren Fragen, die er ihr stellen konnte. Warum war sie bloß so verschlossen? Früher hatten ihm manchmal die Ohren weh getan, weil sie ohne Punkt und Komma reden konnte. Es war ihm sogar anfangs schwergefallen, ihren hastigen Worten und den verwinkelten Gedankengängen zu folgen.

«Was wird es für ein Museum?»

«Ein Museum für experimentelle Kunst.»

«Aha ... was muss ich mir darunter vorstellen?», fragte er unsicher. Kunst war nicht sein Ding – er war Footballer.

«Lichtinstallationen, Live-Kunst, akustische Darbietungen ...» Sie machte eine vage Handbewegung.

«So, so.» Innerlich schnitt er eine Grimasse. Früher hätte er sich mit ihr darüber lustig gemacht, aber ihr Gesicht drückte pure Ernsthaftigkeit aus, weshalb er nicht den Fehler beging, über *Lichtinstallationen* zu spotten. Woher sollte er auch wissen, ob ihr diese experimentelle Kunst gefiel?

Da ihm die Fragen ausgingen, breitete sich wieder ein Schweigen aus, das er als unangenehm empfand. Liv schien es ähnlich zu gehen, weil sie hastig nach ihrem Handy griff und in den nächsten Minuten gespielt konzentriert damit beschäftigt war, bevor sie es wieder weglegte.

«Ähm ... falls du etwas trinken willst, ich habe Wasser und Gatorade im Kofferraum.»

Sie schüttelte den Kopf. «Danke, aber ich brauche nichts.»

Julian langte zögernd nach dem Radio. «Möchtest du Musik hören?»

Wieder schüttelte sie den Kopf. Er seufzte leise auf und zog seine Hand wieder zurück.

«Liv ...»

«Alles ist okay.» Sie sah geradeaus. «Ich muss nur an Granny denken.»

«Oh.»

Er konnte sehen, dass sie schluckte.

«Sie hätte mir sagen können, dass sie krank ist.»

Was sollte er darauf bloß antworten? «Ich denke, dass sie dich schonen wollte.»

«Ich weiß.»

Nach einer Weile sprach er sie wieder an.

«Darf ich dich etwas fragen, Liv?» Seine Stimme klang ruhig und ernst.

«Was denn?» Sie legte den Kopf an ihr Knie und sah ihn unsicher an.

Julian schluckte kurz. «Damals ... was hast du nach unserer Trennung gemacht?»

Sie lehnte sich zurück und verschränkte die Hände im Schoß. «Ich habe an der Tulane in New Orleans meinen Bachelor gemacht und dann in Harvard graduiert. Sofort nach dem Studium kam ich nach New York, weil man mir noch in Harvard einen Job anbot.»

Er schüttelte kurz den Kopf. «Das meinte ich nicht.» Seufzend blickte er geradeaus, bevor er dumpf erklärte: «Du hast gesagt, du würdest dich melden.»

«Ich weiß.»

«Hast du absichtlich gelogen?» Er sah auf ihren Scheitel. «Du wolltest dich melden, wenn du so weit warst.»

«Vielleicht war ich einfach nie so weit», antwortete Liv nach längerem Zögern.

Julian gab es auf, ihr weitere Fragen zu stellen, und fuhr schweigend weiter.

Sie war schon lange nicht mehr Liv gewesen. Olivia stand an der Kasse einer Raststätte und beobachtete heimlich Julian, der seinen Landrover auftankte. Sie waren noch immer auf dem Highway 87 und hatten noch fast drei Stunden Fahrt vor sich. Da die nächsten Tankstellen jedoch weit entfernt lagen, waren sie an diese größere Raststätte gefahren, um zu tanken, Kaffee zu kaufen und auf die Toilette zu gehen.

Er nannte sie Liv, überlegte Olivia verzagt, während sie in der Schlange weiter nach vorn rückte. Als Olivia fühlte sie sich erwachsen, fast wie ein völlig anderer Mensch. Liv war sie nicht mehr – und doch immer noch.

Heute fühlte sie sich beinahe wie früher. Liv war unsicher, jung und von Julians Liebe und Zuneigung abhängig gewesen. Bereits im ersten Monat an der Washington State hatte sie ihn kennengelernt. Auf dem Mädcheninternat, das sie besucht hatte, gab es keine männlichen Mitschüler, aber Olivia hatte sich für zu intelligent gehalten, um danach gleich auf einen Blender hereinzufallen. Nur war Julian kein Blender gewesen. Er war ein witziger, hübscher und unglaublich netter Junge und wie sie im ersten Jahr. Ein *Freshman*, in den sie sich Hals über Kopf verliebte. Eigentlich hielten solche Liebeleien nicht einmal das erste halbe Jahr, doch bei ihnen war es anders gewesen. Er war auch als Footballstar der Uni nicht abgehoben, sondern holte sie immer aus ihren Vorlesungen ab, hielt mit ihr Händchen und ignorierte die aufgedonnerten Cheerleader um ihn herum.

Olivia war eine fröhliche Studentin gewesen, die ihren Freund anhimmelte und überglücklich seinen Heiratsantrag annahm. Jetzt mit ihm unterwegs zu sein ließ sie wieder zu Liv werden. Liv, die ihm gefallen wollte und ihn angebetet hatte. Heute wollte sie ihm zwar nicht mehr gefallen, aber sie erinnerte sich an die vielen gemeinsamen Fahrten, als sie Familie und Freunde besucht hatten oder zu wichtigen Footballspielen gefahren waren. Im Auto hatten sie gelacht, geredet, gestritten und sich wieder versöhnt.

Nach ihrer Trennung war Olivia nach New Orleans gegangen, um ihr Studium zu beenden, und hatte sich langsam von ihrem alten Leben gelöst. Es war irgendwie natürlich gewesen, nicht mehr Liv zu heißen, sondern ihren vollen Vornamen zu gebrauchen. Das Problem war nur, dass Julian sie dadurch, dass er sie ständig bei ihrem Spitznamen nannte, an alles erinnerte, was sie einmal verbunden hatte.

Entschlossen griff sie ins Regal, nahm die mit Nüssen gefüllten M&M's heraus, packte Chips dazu und bestellte zwei Truthahn-Sandwiches sowie zwei Kaffee. Während sie auf die Sandwiches und die Getränke wartete, dachte sie darüber nach, ob es nicht doch richtig wäre, die Scheidung einzureichen. Bislang hatte sie sich darum nie kümmern wollen. Julian war weit weg gewesen und hatte keinen Kontakt zu ihr gehabt, außerdem hatte sie ihre Ehe gut verdrängt. Sie waren seit neun Jahren verheiratet und seit fast sechs Jahren getrennt. Keiner von beiden konnte einen neuen Partner heiraten, weil sie offiziell noch Mann und Frau waren. Wie sollte sie dieses heikle Problem jedoch ausgerechnet jetzt ansprechen, wenn sie zu seiner Granny fuhren, die im Sterben lag? Das mochte sie ihm nicht antun und war zugleich ziemlich froh, dieses unangenehme Gespräch auf später verschieben zu können.

Als sie die Tankstelle verließ und unter Schwierigkeiten die Einkäufe zum Auto trug, telefonierte Julian mit seinem Handy und lachte amüsiert. Er nahm ihr sofort beide Kaffeebecher aus der Hand und stellte sie auf das Dach des Landrovers.

«Danke.» Er blickte sie kurz an und erklärte daraufhin ins Handy: «Dich meinte ich nicht, Zach. Also, wenn deine Mom dich dieses Jahr ins Feriencamp schicken will, rede doch einfach mit ihr. Natürlich komme ich dich besuchen, wenn du willst. Oder du kommst zu mir nach New York, Kumpel, aber da müssen wir erst mit deiner Mom sprechen.» Er lachte laut auf. «Das mache ich gern. Okay, wir hören uns. Und vergiss das Zähneputzen nicht! Ja, bis bald.» Er legte grinsend auf und steckte das Handy in seine Sweatshirttasche, bevor er einen Schluck Kaffee trank. «Du kannst Gedanken lesen. Kaffee brauchte ich mehr als alles andere.»

Olivia sah ihn unschlüssig an – irritiert durch das Telefongespräch, das sie mitgehört hatte. Er dagegen stand locker neben dem Wagen, trank zufrieden seinen Kaffee und fuhr sich durch das blonde Haar. Seine Sonnenbrille hatte er abgesetzt, da es nun am Himmel dunkler wurde, und sie an den runden Ausschnitt seines roten Sweatshirts gehängt.

«Drei Stunden werden wir sicher noch unterwegs sein.» Er blickte sie über den Rand des Pappbechers an. «Ich habe gerade die Verkehrsmeldungen gehört, anscheinend gibt es auf unserer Route keine Staus.»

Olivia nickte nur und nahm einen Becher von ihm entgegen, um selbst einen großen, beruhigenden Schluck zu trinken.

«Es wird schätzungsweise neun Uhr abends sein, wenn wir ankommen.» Unbehaglich beobachtete er sie. «Bei Granny gibt es einige Zimmer, in denen wir schlafen können, oder soll ich Hotelzimmer buchen? In der Nähe steht ein Best Western.»

Etwas bleich schüttelte sie den Kopf. «Ich kann auf einer Couch schlafen.» Sie räusperte sich. «Mit wem hast du gerade telefoniert?»

«Oh ...» Erstaunt über diese Frage, blickte er auf. «Mit Zach, meinem Patenkind.»

«Deinem Patenkind?»

Lächelnd erwiderte er: «Er ist so etwas wie mein Patenkind. Kennst du die Organisation *BigFriends*?»

Als sie den Kopf schüttelte, fuhr er fort: «Sie vermittelt Patenkinder an Mentoren, die sich ein wenig um sie kümmern. Zach habe ich zwei Jahre lang betreut, aber er lebt in Florida, deshalb kann ich mich nicht mehr um ihn kümmern. Trotzdem telefonieren wir immer noch sehr oft miteinander, und ich werde ihn besuchen, wenn ich mal wieder da unten bin.»

Kurz darauf fuhren sie weiter. Olivia knabberte lustlos an ihrem Sandwich herum, während Julian die M&M's verschlang, die sie gekauft hatte. Er aß immer noch die mit den Nüssen am liebsten, wie sie bemerkte. Um sich von ihrer Sorge um Granny abzulenken, griff sie nach einigen Unterlagen, die sie mitgenommen hatte, und setzte ihre Lesebrille auf, bevor sie Protokolle durchging und sich am Rand Notizen machte. Im Inneren des Wagens war es bis auf das leise Radio still, sodass sie in Ruhe arbeiten konnte. Julian fuhr in gleichmäßigem Tempo und schien sie kaum mehr zu bemerken.

3. Kapitel

Es war stockfinster, als Julian vor einem hübschen freistehenden Backsteinhaus mit zwei Etagen anhielt. Mittlerweile war Olivia furchtbar verängstigt. Sie hatte Angst, dass Granny bereits gestorben sein könnte, und war andererseits nervös, wenn sie darüber nachdachte, was sie ihr zum Abschied sagen sollte. Julians restliche Familie verbannte sie aus ihren Gedanken. Mit zitternden Knien stieg sie aus dem Auto und schlug die Beifahrertür leise zu. Julian holte ihre beiden Taschen aus dem Kofferraum und trug sie wie selbstverständlich zum Haus. Olivia folgte ihm und schulterte ihren ledernen Beutel, in dem sie Portemonnaie, Papiere, Handy und Brille verwahrte. Beide hatten sich noch nicht umgezogen, sondern trugen immer noch die bequemen Sachen von der Fahrt. Eigentlich hätte Olivia etwas dem Anlass Entsprechendes anziehen sollen, anstatt in Leggins, UGG-Boots und beigefarbenem Zopfpulli an Grannys Sterbebett aufzutauchen, aber dafür hatte sie jetzt einfach keine Gedanken.

Julian schien es ähnlich zu gehen, da er Jeans, Sweatshirt und Sneakers trug.

Bevor sie die Terrasse betreten konnten, wurde die Eingangstür schon geöffnet, und Julians Zwillingsschwester Amber stürmte ihnen entgegen. Sie umarmte ihn stürmisch. «Gut, dass du da bist.» Ihre Stimme schwamm in Tränen und war nur ein Flüstern. «Oh, Julian. Es ist so furchtbar!»

Er umfasste sanft ihre Schultern und schob sie etwas von sich. Amber war sehr viel kleiner als er und allem Anschein nach hochschwanger. «Beruhige dich, bitte.» Seine Stimme klang liebevoll und aufmunternd. «Du darfst dich nicht aufregen. Marten sollte dir einen Tee machen.»

«Marten ist noch nicht da», flüsterte sie unglücklich, «er hat keinen Flug bekommen und muss bis morgen warten.»

«Dann mache ich dir einen Tee.» Er drückte sie noch einmal kurz an sich.

Amber blickte an ihm vorbei. «Hallo, Liv.» Tränen stiegen ihr in die Augen. «Schlimm, dass wir uns unter diesen Umständen wiedersehen.»

«Hallo, Amber.» Olivia trat vor und drückte aufmunternd ihre Hand. «Julian hat recht. Lass uns hineingehen und dir einen Tee machen.»

Sie betraten das Haus. Julian stellte beide Taschen neben die Treppe und führte seine Schwester in die Küche. Olivia folgte ihnen und musterte die Einrichtung. Zwar hatte sie mit Granny telefoniert, sie jedoch niemals besucht, um nicht irgendeinem Familienmitglied in die Arme zu laufen. Das Haus war gemütlich eingerichtet, sah momentan allerdings recht unordentlich aus, als ob niemand Zeit hätte, die alltäglichen Dinge wieder wegzuräumen.

«Der Arzt ist gerade da. Mom und Dad sind mit ihm oben bei Granny.» Amber setzte sich schwerfällig auf einen Stuhl und schnäuzte in ein Taschentuch. «Onkel Robert ist vorgestern am Blinddarm operiert worden und kann nicht kommen.»

Olivia stellte ihren Lederbeutel beiseite und sah Julian an, der hilflos seine aufgelöste Schwester betrachtete. «Setz dich zu ihr. Ich mache einen Tee.»

Er nickte, ließ sich neben Amber nieder, legte einen Arm um sie und murmelte tröstende Worte in ihr Ohr. Olivia setzte Wasser auf und räumte die Spülmaschine ein, bevor sie diese anstellte und Teetassen aus dem Schrank holte. Granny liebte Tee und bewahrte einen ganzen Kasten mit allerlei Sorten auf, wie Olivia feststellte, als sie den Schrank durchforstete. Sie nahm Kamille heraus, füllte die Teekanne mit dem mittlerweile kochenden Wasser und stellte die Tassen vor Amber und Julian auf den Tisch.

«Es ging alles so schnell», flüsterte Amber traurig, während Olivia ihr einschenkte, «vor wenigen Tagen hätte niemand gedacht, dass sie schon so krank ist.» Sie biss sich auf die Unterlippe. «Meistens habe ich den Krebs völlig vergessen, weil sie gesund und fit wie immer wirkte.»

Unsicher schob sich Olivia auf die Eckbank und reichte Julian eine Teetasse.

«Danke», murmelte er.

«Granny wird nie mein Baby sehen …» Amber schluchzte auf und vergrub das Gesicht in ihren Händen, während Julian über ihren bebenden Rücken strich.

«Du musst dich beruhigen, Amber. Bitte, das ist nicht gut für dein Kind.» Ratlos blickte er auf und sah hilfesuchend in Olivias Augen. Sie wusste selbst nicht, was sie sagen konnte, um Amber zu trösten. Genauso wie Julian war Amber fast bei ihrer Großmutter aufgewachsen, während ihre Eltern beide arbeiten gingen. Olivia konnte sehr gut nachvollziehen, dass Amber dermaßen aufgelöst war, zumal sie schwanger war.

Julian tröstete seine Schwester und sprach ihr immer noch gut zu, als sein Dad mit dem Arzt die Treppe herunterkam und sich verabschiedete. «Danke, Dr. Miller.»

«Gern geschehen.» Der Arzt schlüpfte in seine Jacke und sah den älteren Mann mitfühlend an. «Scheuen Sie sich nicht, mich anzurufen, auch wenn es mitten in der Nacht ist.»

Sobald sich die Tür hinter dem Arzt geschlossen hatte, kam Aaron Scott in die Küche. Er sah mitgenommen aus, wirkte müde und um Jahre gealtert. Olivia hatte ihren Schwiegervater lange nicht gesehen und erschrak über sein graues, mit Falten durchzogenes Gesicht.

«Da seid ihr ja.» Er blieb am Tisch stehen, tätschelte Olivia ungelenk die Schulter, um sie zu begrüßen, als hätten sie sich erst kürzlich gesehen, und strich sich anschließend über das Gesicht. «Julian, am besten geht ihr gleich nach oben.» Er sah seinen Sohn seufzend an. «Granny ... sie ist nicht mehr ganz bei sich. Seit Stunden verschlechtert sich auch ihr geistiger Zustand. Heute Morgen konnte man sich noch ganz normal mit ihr unterhalten, jetzt driftet sie immer wieder ab.»

«Okay, Dad.» Julian stand auf und stellte seine Tasse in die Spüle. Er wirkte erschrocken, war bleich und unsicher.

«Soll ich wirklich mitkommen?» Olivia sah zwischen Aaron und Julian hin und her. Sie kam sich fast wie ein Eindringling vor, weil sie eigentlich nicht mehr zur Familie gehörte. «Oder willst du lieber erst einmal allein mit Granny sprechen?»

«Geh mit.» Aaron legte seiner Tochter liebevoll die Hand auf den Kopf und blickte Olivia gutmütig an. «Granny hat sich so gefreut, dass du mit Julian herkommst.»

Sie nickte und stand leicht schwankend auf, weshalb Julian sie am Ellenbogen umfasste und aus der Küche führte. Im oberen Stockwerk roch es unangenehm nach Krankheit. Olivia blieb erschrocken stehen und krallte ihre Finger ins Julians Sweatshirt.

«Schon gut», flüsterte er. «Wenn es dir zu viel wird, kannst du gern nach unten gehen, Liv.»

Panisch schluckte sie und ließ sich weiterführen. Leise klopfte Julian an eine Tür und öffnete sie zaghaft. Im Zimmer brannten einige Lichter, die eigentlich eine gemütliche Atmosphäre geschaffen hätten, wenn nicht eine todkranke Frau im Bett gelegen hätte. Dass sie todkrank war, sah man auf den ersten Blick.

Granny war immer etwas mollig gewesen, mit einem runden und fröhlichen Gesicht, aber jetzt sah man nichts mehr davon. Sie lag ausgezehrt und mit schmalen Wangen im Bett und sah wie ein völlig anderer Mensch aus. Für Olivia war es wie ein Schlag in den Magen, Granny so zu sehen, und sie bedauerte plötzlich, sie in den vergangenen Jahren nicht besucht zu haben.

«Mom, schau mal.» Karen Scott erhob sich von ihrem Stuhl neben dem Bett ihrer Mutter. «Julian und Liv sind da.» Sie strich ihrer Mutter das dünne Haar aus der Stirn.

«Hallo, Granny!» Julian trat vor und setzte sich auf die Bettkante. Seine Mom legte ihm eine Hand auf die Schulter, beugte sich hinab und flüsterte ihm etwas ins Ohr. Julian nickte knapp. «Ich weiß, Mom.»

Karen lächelte schwach und trat beiseite. Auch sie begrüßte Olivia, als hätten sie sich nicht vor sechs Jahren das letzte Mal gesehen, und drückte sie kurz und wortlos an sich, bevor sie das Zimmer verließ und die Tür schloss.

Olivia bemerkte, dass Julian furchtbar erschrocken war und seine Großmutter fassungslos ansah, während er seine Hand über ihre legte.

«Hallo, Junge.» Granny sah ihn schmerzverzerrt an, während ihr Atem schrecklich rasselte. «Hast du ... deine Frau ... mitgebracht?» Das Sprechen schien ihr sehr schwer zu fallen. Olivia schluckte und setzte sich Julian gegenüber auf die Bettkante.

«Hi, Granny.» Sie beugte sich zu ihr und küsste sie zärtlich auf die faltige Stirn. «Es tut mir leid, dass ich erst jetzt gekommen bin.»

Olivia hätte heulen können. Granny sah schrecklich aus und schien furchtbare Schmerzen zu haben. Die Krankheit war überall zu spüren, zu riechen und zu schmecken.

«Unsinn ...» Granny versuchte zu lächeln. «... mein Schatz.»

Mit Tränen in den Augen blickte Olivia sie an. «Ich habe dich sehr vermisst.»

«Bist du ... denn glücklich?»

Olivia nickte und wischte eine Träne beiseite.

«Auch ohne ... meinen Enkel?»

Sie schaute erschrocken zu Julian, weil sie sich fürchtete, Granny aufzuregen. Doch die alte Dame hatte nur scherzen wollen, wie das Funkeln in ihren Augen bestätigte. Julian lachte und tätschelte amüsiert die Hand seiner Großmutter.

«Granny, du bist vielleicht eine Nummer!»

«Hat ... dein Grandpa ... auch immer gesagt.»

«Witze auf dem eigenen Totenbett zu reißen ...»

«Julian!» Entsetzt sah Olivia zu ihm rüber. Granny fand das aber komisch und lachte kurz auf, bevor sie sofort wieder husten musste. Alarmiert betrachtete Olivia die alte Dame.

«Granny ...»

«Wenn ... ich nicht mehr ... lachen kann ... ist es eh ... vorbei.»

«Ach, Granny.» Olivia weinte leise.

«Livi ... Maus, weine nicht.» Granny tätschelte schwach Olivias Hand. «Mein Leben ... war schön ... zwei Kinder, zwei Enkelkinder, du ... und meinen Mann ... sehe ich auch bald wieder.» Sie atmete schwer aus.

«Sag Grandpa nicht, dass ich für die *Dolphins* gespielt habe.» Julian betrachtete sie zärtlich. «Du weißt ja, dass er dieses Team nicht ausstehen konnte.»

Amüsiert kräuselten sich ihre Lippen. «Du ... unterschätzt ... deinen Grandpa, Julian, er weiß es ... bestimmt längst.»

«Und sicherlich hat er dort oben ein riesiges Trara veranstaltet.»

Wieder funkelten ihre Augen vergnügt. Olivia war beeindruckt – Julian war selbst tieftraurig, heiterte seine Großmutter jedoch auf.

«Deinen Grandpa ... habe ich ... sehr vermisst.» Sie keuchte leise auf. «So ein ... sturer Mann.»

«Wirklich?» Julian grinste sie an. «Eigentlich hast du doch immer deinen Kopf durchgesetzt.»

Ein verzerrtes Lächeln erschien auf ihrem Gesicht. «Weil ...

er ... es zuließ.» Sie blickte Olivia an. «Ehemänner ... die ihre Frauen lieben ... lassen sie ... gehen, Liv.»

«Oh, Granny.» Sie legte ihre Hand fest über die von Julians Großmutter. «Wir sollten nicht darüber sprechen.»

Entschlossen schüttelte Granny den Kopf, während Julian aufseufzte und Olivia ansah, als wollte er sagen: *Du kannst sie nicht bremsen, wenn sie in Fahrt ist.*

«Julian, sag ihr ... dass du sie ... verstanden hast ... und deshalb ... gehen ließest.»

«Das weiß sie, Grandma.» Julian sprach mit ruhiger Stimme. «Zwischen Liv und mir ist alles geklärt. Mach dir um uns keine Sorgen.»

«Liv kann ... immer ... nach Hause kommen ... zu dir?»

Bevor Julian etwas sagen konnte, fragte seine Großmutter urplötzlich: «Wo ist eigentlich Sammy?»

Olivia holte erschrocken Luft und sah Julian entsetzt an.

«Aber ...»

«Sammy geht es gut.» Julian lächelte seine Großmutter an. «Er ist gerade im Kindergarten.»

Trotz seiner fröhlichen Stimme sah Olivia genau, dass sein ganzer Körper angespannt war. Auch sie hatte sich zusammengekrümmt.

«Oh, bring ihn ... später vorbei, dann können wir einen ... Kuchen backen.»

«Das wird ihm bestimmt gefallen.» Julian nickte. «Deine Kuchen sind die besten.»

«Gestern hat er mir ... ein Bild gemalt.» Die alte Dame seufzte gerührt auf. «Es hängt am Kühlschrank.»

«Stimmt. Das habe ich gerade gesehen.»

«Ein schönes ... Bild. Der Kleine hat Talent.»

«Das Talent hat er von seiner Mom.»

«Hmm.» Granny schloss kurz die Augen. «Bring ihn später her ... jetzt bin ich ... müde.»

Granny starb in den frühen Morgenstunden. Die Familie hatte die ganze Nacht mal gemeinsam, mal abwechselnd an ihrem Bett verbracht. Als sie aufhörte zu atmen, waren Julian und seine Eltern im Zimmer, während Olivia und Amber unten im Wohnzimmer saßen, um einen Tee zu trinken, denn Amber war ein nervliches Wrack. Olivia hatte sich entschieden, auf Amber achtzugeben und sie nicht allein zu lassen. Die gleichaltrige Schwägerin schien kurz vor einem Zusammenbruch zu stehen und wurde auf die Couch verfrachtet, um sich auszuruhen.

Das Beerdigungsunternehmen kam bereits um acht Uhr in der Frühe und holte Grannys Leichnam ab. Olivia stand etwas abseits, die Arme um den Körper geschlungen, und weinte leise vor sich hin. Als Julian sie sah, kam er auf sie zu, zog sie an sich und umarmte sie kraftvoll. In diesem Moment vergaß Olivia alles, was zwischen ihnen stand, presste ihren Kopf an seine Brust, schlang die Arme um seinen Rücken, weinte hemmungslos und ließ sich von ihm trösten.

Karen war sehr gefasst, telefonierte mit ihrem Bruder und informierte ihre Tanten sowie Grannys Freunde. Julian und Olivia räumten die untere Etage auf, während Amber sich hinlegte. Julians Vater unterstützte seine Frau bei dem Gespräch mit dem Bestatter. In der Küche spülte Olivia die unhandlichen Töpfe mit der Hand, Julian sortierte draußen den Müll und kam anschließend herein, um ihr zur Hand zu gehen. Er sah so müde aus, wie sie sich fühlte. Nachts hatten sie keine Minute geschlafen und kaum etwas gegessen. Nach dem anstrengenden Tag zuvor war es kein Wunder, dass beide wie gerädert waren.

«Gibt es eigentlich schon einen Beerdigungstermin?»

Julian schüttelte den Kopf und nahm ihr eine Pfanne aus der Hand, um sie mit dem Geschirrtuch abzutrocknen. «Granny wollte in Idaho beerdigt werden. Ich glaube, Mom, Dad und Onkel Rob werden als Einzige dabei sein.»

«Hmm.»

Mit hängenden Schultern legte Julian das nasse Handtuch über die Heizung. «Wir sollten heute wieder zurückfahren, Liv.»

«Heute schon?» Sie räusperte sich. «Wir können deine Eltern doch jetzt nicht alleinlassen.»

Er lehnte sich gegen die Spüle und verschränkte die Hände unter den Achseln. «Marten wird bald da sein und mit Amber noch etwas hierbleiben. Mom und Dad regeln alles Weitere allein – es geht ihnen gut. Es bringt nichts, wenn wir im Haus herumstreifen und traurig dreinschauen.» Er blickte sie müde an. «Am besten legen wir uns jetzt aufs Ohr und fahren am frühen Nachmittag los.»

Ganz Gentleman, überließ er ihr ein Gästezimmer und legte sich ins Wohnzimmer auf die Couch. Olivia duschte schnell und schlief anschließend für eine Weile, auch wenn es ihr zunächst schwerfiel, einzuschlafen.

Als sie wach wurde, sich für die Fahrt anzog und ihre Tasche nach unten trug, saß Julian bereits geduscht am Küchentisch und unterhielt sich mit seinem Dad. Sie aßen noch einige Häppchen, die von Nachbarn vorbeigebracht worden waren, tranken Kaffee und verabschiedeten sich schließlich von der Familie.

Olivias Schwiegermutter umarmte sie fest. «Es hat ihr viel bedeutet, dass du gekommen bist, Liv. Und mir auch. Danke.»

«Gern geschehen», flüsterte Olivia erstickt und war froh, als Julian und sie in seinem Landrover saßen.

Wieder breitete sich Schweigen im Auto aus, aber dieses Mal machte es Olivia nichts aus. Sie war sehr dankbar dafür, nicht reden zu müssen. Die letzten 24 Stunden hatten sie seelisch ungemein belastet, deshalb war sie nicht in der Lage, höfliche Konversation zu betreiben, und versuchte, ihren Schmerz so gut wie möglich zu verdrängen. Grannys Tod, das Treffen mit

Julians Familie und die ständige Nähe zu ihm zerrten an ihren Nerven. Sie wollte einfach nur nach Hause, sich ins Bett legen und schlafen.

Nach knapp einer Stunde Fahrt manövrierte er plötzlich das Auto auf den Standstreifen.

«Was ist los?» Irritiert blickte Olivia ihn an. Er umklammerte das Lenkrad und starrte betrübt durch das Windschutzfenster.

«Alles okay, Julian?»

Er räusperte sich, weil seine Stimme zitterte. «Granny beim Sterben zuzusehen war verdammt hart.» Er blickte Olivia aus dunklen, schmerzerfüllten Augen an. «Warum habe ich nie darüber nachgedacht, was du bei Sammy ganz allein durchmachen musstest?»

Ihr Gesicht verlor alle Farbe.

«Liv ...» – bedauernd griff er nach ihrer linken Hand – «es tut mir leid, dass ich damals nicht bei dir war.»

Abrupt entzog sie ihm die Hand. «Das will ich nicht hören! Hast du verstanden, Julian? Kein Wort will ich hören!» Sie schrie beinahe und blickte starr nach vorn. «Fahr einfach weiter.»

«Aber ...»

«Nein!» Sie atmete hektisch ein und aus.

Entschlossen, das Thema nicht fallenzulassen, wagte sich Julian wieder vor. «Du hast ganz allein bei ihm gesessen, Liv, und ...»

«Ich war nicht allein.» Sie schluckte und ballte eine Hand zur Faust. «Granny war bei mir.» Ihre Stimme brach. «Bitte, Julian. Bitte ... fahr weiter.»

Nach längerem Zögern startete er den Motor und fuhr zurück auf die Straße. Bis sie in Manhattan eintrafen, sprach keiner von beiden mehr ein Wort.

4. Kapitel

Olivia stöhnte, rollte sich im Bett zusammen und setzte sich dann plötzlich auf, weil sie schlagartig wach war. Schweißnass presste sie ihr Kissen gegen die Brust, ließ den Kopf darauf sinken und begann zu weinen. Ihr weißes Tanktop war völlig verrutscht, bemerkte sie, als ihre Hand zum wild klopfenden Herzen in ihrer Brust fuhr. Solch einen schlimmen Traum hatte sie seit ewigen Zeiten nicht mehr gehabt. Nach Atem ringend, schluchzend und zitternd legte sie sich auf die Seite, zog die Beine an den Körper und starrte in ihr finsteres Zimmer.

Sammy.

O Gott, Sammy! Sie schloss ihre Lider, unter denen dicke Tränen hervorquollen, und presste eine Hand fest gegen ihren Magen, der sich schmerzhaft zusammengezogen hatte. Es war schon schlimm genug gewesen, dass Granny ihn erwähnt hatte. Aber warum hatte Julian auch noch davon anfangen müssen? Deshalb hatte sie ja den Kontakt abgebrochen! Sie konnte einfach nicht an Sammy denken, ohne verrückt zu werden – ohne den Wunsch zu verspüren, sich in die Badewanne zu legen und einfach nicht mehr aufzustehen. Oder noch Schlimmeres.

Mit bitterer Kehle setzte sie sich langsam auf und schaltete das kleine Licht neben ihrem Bett an. Verwirrt und verängstigt fuhr sie sich durch die unordentlichen Locken und glättete das Betttuch. Nach einigen Momenten schaffte sie es, aufzustehen und zu ihrem Kleiderschrank zu gehen, um eine Kiste von dem unteren Brett zu nehmen, die sie zögernd öffnete. Mit einem schmerzlichen Lächeln fuhr sie über die Babydecke, holte das weiche blaue Material heraus und rieb es an ihrer Wange. Es roch immer noch schwach nach ihrem Sohn. Neue Tränen sammelten sich in ihren Augen und tropften auf die Decke. Mit bebenden Atemzügen faltete sie die Decke zusammen und legte sie wieder in die Kiste, bevor sie sie in den Schrank zurückstellte und ihn verschloss. In einen Strickmantel gehüllt setzte sie sich auf einen Sessel am Fenster, schlug die Beine unter und starrte hinaus.

Ihr Baby war seit sechs Jahren tot. Damals war er schon gar kein Baby mehr gewesen, sondern zweieinhalb Jahre alt – ein Energiebündel, das lachte, hin und her hüpfte und von allen geliebt wurde. Sammy war ein wundervolles und wunderschönes Kind gewesen.

Erschöpft lehnte sich Olivia zurück. Auch wenn sie mit Anfang zwanzig ungewollt schwanger geworden war, hatte sie ihr Kind von Anfang an geliebt. Genauso wie Julian. Sie waren beide noch auf der Washington State gewesen, als sich nach zwei Jahren Beziehung plötzlich Nachwuchs anmeldete. Sie hatten geheiratet, als Olivia im vierten Monat war, waren in ein kleines Haus in der Nähe des Campus gezogen, und bis zur Geburt hatte sie weiterstudiert. Julian hatte Football gespielt und nach seinen vier Jahren an der State einen Vertrag bei den *Arizona Cardinals* erhalten. Damals war Sammy zwei Jahre alt. Olivia hatte durch ein Jahr Babypause noch keinen Abschluss, wollte diesen jedoch in Arizona nachholen, sobald Sammy in den Kindergarten ging.

Natürlich kannten sie diese typischen Klischees von jungen Eltern, die sich stritten, trennten und ihre Kinder nicht liebten, sobald diese Arbeit machten. Julian und sie hatten sich nie darüber gestritten, wer mit dem Windelwechseln dran war, sie hatten keine großen Auseinandersetzungen und wären niemals auf den Gedanken gekommen, sich wegen der großen, ungewohnten Belastung in ihrem Alltag scheiden zu lassen.

Als Sammy ein Säugling war, hatte Granny sie unterstützt und war ein Weilchen geblieben, bis Julian und sie keine Berührungsängste vor dem perfekten Winzling mehr hatten. Olivia hatte das Leben als Mutter genossen, viel Zeit mit Sammy verbracht und Julian in seinen Sportambitionen unterstützt. Im Gegenzug hatte Julian ihr keinen Grund zum Nörgeln gegeben. Er ging ohne sie nicht aus, kam immer pünktlich nach Hause, nahm ihr Sammy ab, damit sie ihre Freundinnen treffen konnte, und half ihr bei der Hausarbeit.

Vielleicht hätte es anders ausgesehen, wenn sich Julian verletzt hätte oder sie in finanziellen Nöten gewesen wären. Doch er erhielt ein gutes Stipendium, und das Geld, das Olivia von ihrer Mutter geerbt hatte, sowie die finanzielle Unterstützung ihres Dads ermöglichten ihnen ein sorgenfreies Dasein. Als sie nach Arizona zogen, hätte das Leben nicht schöner sein können. Julians Vertrag war vielversprechend, weshalb sie nach einem halben Jahr aus ihrem Mietshaus auszogen und sich ein Eigenheim kauften.

Julian war furchtbar stolz darauf gewesen, seiner Familie ein hübsches und geräumiges Haus kaufen zu können. Mitten im Umzug hatte er die Nachricht erhalten, dass er beim nächsten Spiel im Kader sein würde. In der Nacht, bevor er nach San Diego fliegen sollte, um gegen die *Chargers* zu spielen, hatten sie in ihrem übersprudelnden Glück beschlossen, dass Sammy bald ein Geschwisterchen bekommen sollte. Es war ein Wunder, dass Julian am nächsten Morgen fit genug war, um an einem Footballspiel teilzunehmen, weil sie sich gegenseitig die ganze Nacht wach gehalten hatten. Olivia war am nächsten Morgen hundemüde, dabei kamen doch Handwerker ins Haus, die das obere Badezimmer renovieren sowie die Wasserleitungen überprüfen sollten. Gleichzeitig waren Monteure gekommen, die eine neue Küche aufbauten. Weil Sammy oben nicht in Ruhe spielen konnte, hatte sie ihn ins Wohnzimmer gebracht und den Fernseher eingeschaltet, damit er Trickfilme sehen konnte. Olivia hatte sich zu ihm auf die Couch gesetzt und Papierkram abgearbeitet, der in den Tagen zuvor liegengeblieben war.

Beklommen dachte sie heute daran, wie jemand sie damals nach oben gerufen hatte, weil er Fragen zu den Fliesen hatte. Zu den Fliesen!

Als sie wieder nach unten kam, war Sammy verschwunden. Er war immer schon sehr aktiv gewesen und schien keinen Spaß an der Fernsehsendung gehabt zu haben. Irritiert suchte Olivia die untere Etage nach ihm ab und entdeckte bald, dass die Terrassentür offen stand. Sie hatte die Tür selbst vor wenigen Stunden abgeschlossen. Hastig war sie nach draußen geeilt, hatte Sammy jedoch nicht gesehen.

Bei dem Gedanken, wie sie ihn leblos im Pool entdeckt hatte, zog sich noch heute alles in ihr zusammen. Was in den Minuten danach passiert war, wusste sie Jahre später nur noch bruchstückhaft. Sie erinnerte sich an große Hände, die auf Sammys kleinen Brustkorb gedrückt hatten, an das schrille Piepen von Maschinen und eine wilde Fahrt ins Krankenhaus.

Im Krankenwagen hatten sie Sammy zweimal reanimiert. Im Krankenhaus ein weiteres Mal. Er wurde in ein künstliches Koma versetzt, während Olivia danebenstand. Julian war nicht zu erreichen. Sie hatte ihn alle fünf Sekunden angerufen und auch sonst niemanden aus dem Verein erwischen können. Die Ärzte hatten nicht viel gesagt, außer dass sie abwarten mussten. Völlig allein hatte sie stundenlang im Krankenhausflur gesessen und sich den Kopf zerbrochen, wie der Unfall hatte passieren können. Die Tür war abgeschlossen gewesen, sie hatten außerdem eine Poolabsperrung für Kinder aufgestellt, und Sammy hatte gewusst, dass er nicht allein in den Garten gehen durfte. Aber sein Dad hatte mit ihm erst wenige Tage zuvor ausgelassen im Pool gespielt, weshalb die glitzernde Oberfläche ihn eher fasziniert haben musste als langweilige Trickfilme im Fernsehen.

Kurz nachdem Olivia sich zu Sammy ans Bett setzen durfte und beobachtete, wie er beatmet wurde, kam eine hagere Ärztin herein und begann, über Organspenden zu reden. Es zog Olivia den Boden unter den Füßen weg. Sie schrie die Ärztin an und wäre beinahe handgreiflich geworden, wenn zwei andere Ärzte sie nicht festgehalten hätten. Niemand hatte ihr bis dahin mitgeteilt, dass Sammy hirntot war. Er wurde nur noch von Maschinen am Leben erhalten, bis sich seine Eltern entschieden, diese abzustellen oder seine Organe freizugeben. Man hatte über lebenserhaltende Maßnahmen und die Tatsache geredet, dass Sammy keine Spontanatmung zeigte und auch keine Hirnströme mehr gemessen werden konnten.

Immer noch war Julian nicht zu erreichen gewesen. Als Granny plötzlich auftauchte, weil sie geplant hatte, sie in ihrem neuen Heim zu besuchen, stand Olivia vor einem Nervenzusammenbruch. Stundenlang hatte sie allein die Sorge und Verantwortung für Sammy getragen, hatte sich Vorwürfe gemacht und verzweifelt versucht, Julian zu erreichen.

Wieder und wieder hatten die Ärzte sie gedrängt und ihr erklärt, dass ihnen die Zeit davonlief, weil ein kleines Mädchen dringend auf ein neues Herz wartete. Sie erzählten von einem Jungen, der eine neue Niere brauchte. Olivia musste sich mitten im Krankenhausflur übergeben und hörte Grannys wütende Stimme nur am Rande. Julians Handy war immer noch abgeschaltet gewesen.

Den Satz *Ohne meinen Mann kann ich das nicht entscheiden* hatte sie alle fünf Minuten wiederholt. Granny hatte abends jemanden von den *Cardinals* erreichen können, bis dahin aber war Olivia nicht mehr in der Lage, auch nur ein Wort zu sagen. Schweigend saß sie bei Sammy am Bett, hielt seine kleine, pummelige und perfekte Hand in ihrer und betrachtete sein

Gesicht, aus dem Schläuche ragten. Sein pausbäckiges Gesicht war völlig entspannt, weshalb sie sich manchmal einbildete, dass er nur schlief und gleich seine grünen Augen öffnen würde. Ihre Augen.

Sie quälte sich mit der Frage, ob er große Angst gehabt hatte, als er in den Pool fiel, oder ob er darauf vertraut hatte, dass Mama und Papa kämen. Olivia fragte sich hysterisch, ob er nach Hilfe gerufen hatte, schließlich konnte er schon seit Monaten sprechen, doch dann erinnerte sie sich an den Krach im Haus und dass sie ihn vermutlich gar nicht gehört hätte. Sie gab sich die Schuld, gab den Handwerkern die Schuld und gab sogar den Zeichentrickfilmen die Schuld – nur Julian, der um elf Uhr nachts ins Zimmer gestürmt war, gab sie niemals die Schuld. Er hatte sie so fest an sich gedrückt, dass ihre Knochen knackten, ihr ins Ohr geschluchzt, dass er erst vor einer Stunde von dem Unfall gehört hatte, und hatte den Ärzten nicht zuhören wollen, als sie davon sprachen, dass Sammy nie wieder aufwachen würde.

Während des ganzen Tages war Olivia abgestumpft, emotionslos und beinahe teilnahmslos geworden. Julian stritt mit einem Arzt, nannte ihn einen verfluchten Quacksalber und ließ sich auch von Granny nicht beruhigen. Olivia dagegen blieb an Sammys Bett sitzen, berührte seine babyweiche Wange und erinnerte sich daran, was er für ein liebes Baby gewesen war. Als hätte sie sich alles einprägen müssen, war sie über seinen Kopf gefahren, die Arme, den Bauch, seine Beine bis zu seinen Füßen. Sie hatte den kleinen Leberfleck hinter seinem rechten Ohr berührt und die winzige Narbe ertastet, die sich seit einem halben Jahr an seinem linken Knie befand, als er beim Toben mit seinem Dad hingefallen war. Äußerlich gefasst hatte sie ihn auf die Stirn geküsst, über seine blonden Locken gestrichen, seinen Geruch eingeatmet und dem Arzt, der mit Julian vor der Tür stand, erklärt, dass sie seine Organe freigab.

Olivia stand auf und legte die Wange an das kühle Glas des

Fensters. Lange hatte sie nicht mehr so intensiv an Sammy und seinen Tod gedacht. Seit Jahren verdrängte sie jede Erinnerung an ihr totes Kind und wusste, dass sie den Traum nur wegen Grannys Tod und Julians plötzlichen Wunsch nach Aussprache gehabt hatte.

In den Wochen nach Sammys Beerdigung war Julian verständnisvoll und zärtlich zu ihr gewesen, hatte sich rührend um sie gekümmert und die eigene Trauer durch seine Sorge um sie überwunden. Er war außerdem gleich nach der Beerdigung wieder zum Team zurückgekehrt und hatte sich keine Auszeit genommen. Auf diese Weise war er abgelenkt genug gewesen und hatte keine Zeit gehabt, über den Verlust nachzudenken. Olivia hatte es ihm nie verübelt, dass er gleich wieder mit dem Footballspiel angefangen hatte, sondern hatte ihn um die Ablenkung sogar beneidet.

Wenn er unterwegs war, blieb Granny bei ihr und kümmerte sich wie eine Glucke um sie. Doch Olivia konnte es nach einer Weile nicht mehr ertragen. Sie war vierundzwanzig Jahre alt, hatte ihr Kind verloren und fand keinen Draht mehr zu ihrem alten Leben. Das Haus ertrug sie ebenso wenig wie Arizona selbst oder den Gedanken an ihre Zukunft. Wenn sie Julian ansah, sah sie Sammy, und wenn Freunde oder Nachbarn anfingen, von Sammy zu reden, hatte sie sofort den Wunsch, sich ins Auto zu setzen und mit zweihundert Sachen gegen eine Betonwand zu fahren.

Und tatsächlich setzte sie sich eines Tages ins Auto und fuhr einfach los. Julian war natürlich außer sich, als sie einige Tage später nach Hause kam – mit einem wilden Blick in den Augen –, ohne zu erklären, wo sie gewesen war und was sie getan hatte. Am nächsten Tag eröffnete sie ihm, dass sie eine Auszeit benötigte. Auf seine Frage, ob sie verreisen sollten, schüttelte sie den Kopf und erklärte unumwunden, dass sie Abstand zu ihm bräuchte, um zu sich zurückzufinden.

Es hatte Geschrei, Diskussionen und letztendlich die Einsicht gegeben, dass er sie gehen lassen musste. Eigentlich hatte Olivia ihn nicht verlassen wollen und war davon ausgegangen, dass sie einige Zeit durch die Welt reisen und auf andere Gedanken kommen würde, bevor sie gestärkt und geheilt zu ihrem Mann zurückkehrte. Es war anders gekommen.

Zurück zu Julian zu gehen hätte bedeutet, dass sie sich an die Erinnerung an Sammys Tod, an ihre Trauer sowie an ihre Schuldgefühle gefesselt hätte. Sammy war seinem Dad so ähnlich gewesen – sie wollte nicht jeden Tag daran erinnert werden, was sie verloren hatte. Also hatte sie sich bei Julian nicht mehr gemeldet. Heute ging sie davon aus, dass er es bereits gewusst hatte, als er sie zum Flughafen fuhr, und dass er sogar dankbar und erleichtert gewesen war, ihre Trauer nicht mehr ertragen zu müssen.

Viele Ehen zerbrachen an dem Verlust eines Kindes. Bei ihnen war es nicht anders gewesen.

5. Kapitel

He, Scott!» Dupree Williams boxte ihn unsanft gegen den Oberarm und lehnte sich mit seinem massigen Körper, der lediglich von einem Handtuch um die Hüften verhüllt wurde, grinsend an die Wand. «Es geht das Gerücht um, dass du keinen mehr hochkriegst.»

«Willst du Beweise, Dupree?» Feixend sah Julian seinen Teamkollegen an, während er aus der Mannschaftsdusche kam. «Wusste gar nicht, dass du so einer bist.»

Dupree Williams legte den Kopf in den Nacken und lachte schallend. Er war ein richtiger Koloss mit stattlichen 138 Kilogramm, die sich auf 197 Zentimeter verteilten. Auf dem Feld wirkte er noch viel furchteinflößender als in der Kabine. Der Kerl war erst zweiundzwanzig, frisch in der NFL, leider nicht sehr helle in seinem Rastazopfköpfchen, dafür aber ein liebenswerter Typ und ein grandioser Tackle. Wer ihn in Aktion erlebte, vergaß ihn nicht so schnell. Julian war verdammt froh, schneller und wendiger zu sein als Dupree, weil er ungern von ihm getackelt wurde. Und das war nur Training.

Jetzt, mit dreißig, musste Julian härter an Kondition und Schnelligkeit arbeiten als noch vor fünf Jahren, doch es machte ihm nichts aus, gedrillt zu werden. Dupree im Nacken zu haben war dagegen etwas anderes. Der Junge kannte keine Gnade und wollte sich, aber auch allen anderen beweisen, was er für ein Teufelskerl war – Dupree hätte es vermutlich anders ausgedrückt. Er sagte gern Hurensohn, wenn er jemanden bewunderte, und nannte Typen, die für Julian Flaschen waren, schlichtweg Opfer. In seinen Worten wäre er selbst also ein geiler Hurensohn gewesen.

«Jetzt sag schon!» Dupree grinste breit und zeigte schneeweiße Zähne, die mit Diamanten verziert waren. Es konnten aber auch nur Swarovski-Kristalle sein. «Wie ist das als alter Mann? Hast du noch genügend Öl im Getriebe?»

Julian seufzte genervt, schnappte sich ein Handtuch und trocknete sich damit die Haare ab. Er hatte mehr Zeit in Männerumkleidekabinen verbracht, als für einen heterosexuellen Mann gut war, und kannte alle Ausführungen männlicher Geschlechtsteile. Dass Dupree ein riesiger Typ war, ließ sich nicht leugnen, aber das beharrliche Tragen eines Handtuchs um die Hüften und diese anscheinend harmlosen Frotzeleien ließen darauf schließen, dass der Offense Tackle einen winzigen Schwanz hatte.

Er wollte den großspurigen Rookie nicht hochnehmen oder blamieren, also ging er aufs Ganze und erklärte: «Frag doch deine Schwester, Williams. Sie hat sich nicht beschwert – deine Mutter übrigens auch nicht.»

Die Kabine grölte, Dupree täuschte einen Boxkampf vor und verschwand dann amüsiert zu seinem Spind – immer noch mit dem Handtuch bekleidet. Julian dagegen warf sein nasses Handtuch in einen Wäschekorb und lief nackt zu seinem Platz. Die anderen Spieler blödelten untereinander rum, zogen sich an, jammerten wie Kleinkinder über blaue Flecken und packten ihre Sachen zusammen.

Julian schlüpfte in seine Jeans und rückte alles zurecht, was Dupree so interessant gefunden hatte, als Brian Palmer auftauchte und sich in Boxershorts bekleidet auf die Bank vor seinen Spind fallen ließ. Brian war der Quarterback, ebenfalls in den besten Jahren, in seinem Fall 28, und sah mitleiderregend groggy aus.

«Alles okay, Rabbit?»

Brian blickte ihn böse an. «Halt's Maul, Scott!»

Julian lachte – nicht im mindesten eingeschüchtert. Brian war noch zu Collegezeiten von seinem Coach in flagranti erwischt worden, als er es mit einer Cheerleaderin in der Asservatenkammer getrieben hatte. Der Coach war außer sich gewesen, schließlich handelte es sich bei der Cheerleaderin um seine Tochter, hatte den nackten Brian nach draußen gejagt und ihn als hirnlosen Rammler beschimpft, der sein Testament machen konnte. Die Geschichte hatte sich in Windeseile an alle Colleges verbreitet, sodass Brian noch heute Rabbit genannt wurde, auch wenn er es hasste.

«Du siehst scheiße aus.»

«Danke.» Brian verzog das Gesicht. «Dagegen kann ich nix machen – die Nase hab ich von meiner Mom.»

Lachend schlüpfte Julian in ein weißes T-Shirt. Brian war ein attraktiver Hurensohn – jedenfalls hätte Dupree es so ausgedrückt.

«Du weißt, was ich meine.»

«Brennan ist mörderisch.» Brian beugte sich vor und ließ die Hände zwischen seinen Beinen baumeln. «So ein hartes Training hatte ich noch nie.»

«Faulheit rächt sich halt.»

Der Quarterback nickte unglücklich. «Thompson war ein Arsch. Kein Wunder, dass wir so scheiße gespielt haben.»

Thompson war der katastrophale Trainer gewesen, der John Brennan folgte, nachdem dieser gekündigt hatte. Nun hatte Brennan wieder übernommen und wollte das Team topfit machen. Der Quarterback musste besonders leiden und hatte eine Sondereinheit erhalten, als alle anderen schon unter der Dusche standen.

«Wenigstens verlangt Brennan nichts, was er nicht selber leistet.»

«Du hast ja recht.» Stöhnend bewegte Brian seine Schulter.

«Der Mann ist topfit und steckt mich locker in die Tasche.» Ächzend lehnte er sich zurück. «Heute werden die Ladys kein Vergnügen an mir haben.»

«Sag das nicht zu laut.» Julian schlüpfte in seine Schuhe. «Sonst fragt dich Dupree, ob du überhaupt noch einen hochkriegst.»

«O Mann!» Brian schüttelte angewidert den Kopf. «Der Rookie ist besessen von dem Thema! Entweder ist er noch Jungfrau, oder er kriegt wegen jahrelangen Anabolika-Missbrauchs seinen winzigen Schwanz selbst nicht mehr hoch.»

Gerade noch konnte sich Julian beherrschen, nicht laut loszulachen, also verlegte er sich auf amüsiertes Prusten.

«Bist du heute Abend verabredet?» Brian stand auf und ließ die Boxershorts fallen. «Ein paar Jungs und ich wollen einen Happen essen gehen.»

«Wann wollt ihr denn los?»

Nachdenklich kratzte sich Brian an der nackten Hüfte. «Ich schätze mal, gleich. Wenn alle geduscht haben.»

«Geht klar. Ich muss nur telefonieren.» Julian stopfte die gebrauchten Klamotten in seine Tasche und verließ die Kabine, in der gerade ein Streitgespräch über die weibliche Anatomie begann. Mittlerweile war er solche Diskussionen seiner Teammitglieder gewohnt und kannte sie bereits so gut, dass er voraussagen konnte, welcher Spieler welchen Frauentyp bevorzugte. Es waren lediglich ein paar Drinks und einige gemeinsame Abende nötig gewesen, um sich in seinem neuen Team pudelwohl zu fühlen. Das Zusammensein mit den Jungs tat ihm gut, denn wenn man Spielzüge trainierte, vor riesigen Tackles davonlaufen musste und eine ganze Umkleidekabine mit Spielern zum Lachen brachte, rückte der Gedanke an den Tod der Großmutter zwangsläufig in den Hintergrund.

Er suchte sich ein ruhiges Eckchen und wählte Livs Nummer. Wie immer ging ihre Sekretärin dran.

«Hi, Melissa. Ich bin's schon wieder. Ist sie zu sprechen?»

«Äh, ich muss schauen, ob ...»

«Geben Sie sich keine Mühe.» Er seufzte ärgerlich in den Hörer – genervt davon, dass Liv sich verleugnen ließ. Es war vier Tage her, seit er sie nach ihrer traurigen Reise zu Hause abgesetzt hatte, und er wollte nur wissen, wie es ihr ging, weil er sich Sorgen machte. Im Auto war sie ausgeflippt, als er Sammy erwähnte, und hatte danach kein Wort mehr mit ihm gesprochen.

Er kam sich wie ein Bittsteller vor, der um ihre Aufmerksamkeit buhlte. Doch er würde sicher nicht hinter ihr herkriechen. Sie dankte ihm, dass er sich Sorgen um ihre Verfassung machte, dadurch, dass sie seine Anrufe einfach ignorierte. Das verletzte ihn nicht nur, sondern ließ ihn richtig wütend werden.

«Richten Sie meiner Frau doch bitte aus, dass ich langsam sauer werde.» Er hörte noch das erschrockene Luftholen der Sekretärin und legte einfach auf.

Sicher würde sich jetzt schnell herumsprechen, dass Liv verheiratet war, denn sie hatte das bestimmt nicht im Lebenslauf erwähnt. Julian atmete aus – es war ihm scheißegal, wie sie das fand.

Olivia saß an ihrem Zeichentisch und konzentrierte sich auf ihren Entwurf. Kurz nachdem das Telefon im Vorzimmer geklingelt hatte, klopfte Melissa zaghaft an die Tür. Olivia wusste sofort, was das zu bedeuten hatte.

Seufzend legte sie den Stift beiseite und lehnte sich auf dem Hocker zurück. «War er schon wieder dran?»

Ihre Sekretärin nickte.

Seit gestern rief Julian ständig an und wollte sie sprechen. Sie wollte *ihn* jedoch nicht sprechen. Nach Grannys Tod war sie entsetzlich traurig geworden und konnte es nicht gebrauchen, von Julian daran erinnert zu werden. Ihr furchtbarer

Traum von Sammy hatte ihre Gefühlswelt noch mehr auf den Kopf gestellt. Momentan dachte sie dauernd an ihn und Granny. Auf ihre Arbeit konnte sie sich nur schwer konzentrieren. Zudem riss das häufige Klingeln des Telefons sie immer wieder aus ihren Gedanken – und dann war es auch noch Julian. Olivia wusste nicht, was er damit bezweckte und was er von ihr wollte. Wenn er die Scheidung wollte, konnte er ihr durch seinen Anwalt einfach die Papiere zuschicken lassen. Worüber wollte er also so dringend mit ihr sprechen?

«Ähm ...» – Melissa sah sie erstaunt an – «Ihr Mann lässt ausrichten, dass er langsam sauer wird.»

Olivia hob lapidar die Hand. «Ich bin weiterhin nicht zu ... was?» Entsetzt blickte sie zur Tür, als ihr die Bedeutung der Worte aufging.

«Miss Gallagher ... ich meine, Mrs. Scott, niemand wusste, dass sie mit Julian Scott verheiratet sind», hauchte Melissa bewundernd. Kichernd verschwand sie wieder und schloss die Tür hinter sich.

Olivia war sich ganz sicher, dass morgen früh jeder Mitarbeiter Bescheid wissen würde, denn Melissa hätte eigentlich Klatschreporterin werden sollen. Außer sich stürzte sie zu ihrem Schreibtisch und wählte seine Nummer, die sie entgegen aller Vernunft notiert hatte, als er das erste Mal angerufen hatte.

«Hallo, hier spricht Julian Scott. Leider bin ich zurzeit nicht zu erreichen, aber Sie können mir gern eine Nachricht hinterlassen.» Es piepte.

«Du verdammtes Arschloch!», brüllte sie unbeherrscht in den Hörer und knallte diesen anschließend auf den Tisch.

Ein belustigtes Räuspern kam von der Tür. Olivia lief feuerrot an und starrte entsetzt den Besucher in ihrer Tür an. «Harm ...»

Lachend schloss er die Tür hinter sich. «Ich hoffe, das galt nicht unserem Bauleiter.» Er deutete hinter sich. «Es tut mir leid, dass ich hier reingeplatzt bin, aber deine Sekretärin war nicht da.»

Wütend biss sie die Zähne zusammen und ließ einen unterdrückten Schrei los. Der Tratsch wurde demnach gerade losgetreten. Sie würde Melissa heute noch feuern, dieses illoyale Miststück!

«Wie erfrischend ...» Harm klang ganz begeistert und trat näher. «Darf ich erfahren, worum es geht?»

Olivia schluckte. Harm sah sie ehrlich interessiert an. Im Gegensatz zu Julian wirkte er gediegener, ausgeglichener und kultivierter. Mit seinem schlanken Körper, den feinen Gesichtszügen, den dunklen Haaren und grauen Augen war er das genaue Gegenteil ihres Mannes. Er stand in einem erstklassigen dunklen Anzug vor ihr, war Geschäftsmann vom Scheitel seiner ordentlich zurückgekämmten Haare bis zu den Sohlen seiner italienischen Lederschuhe. Außerdem war er an ihr interessiert. Harm würde sicherlich niemals von ihr verlangen, ins Gebüsch zu pinkeln, weil die Toiletten im Stadion überfüllt und die Halbzeit bald zu Ende war. Zugegeben, damals waren Julian und sie neunzehn Jahre alt gewesen, aber trotzdem. Julian hatte zu Liv gepasst – vielleicht passte Harm ja zu Olivia?

«Um meinen Mann.»

Erstaunt hob er eine Augenbraue. «Du bist verheiratet?»

Olivia seufzte. «Wir leben seit sechs Jahren getrennt.» Sie blickte in seine hellen Augen und stellte wieder Vergleiche an, da Harm zwar groß war, aber nicht Julians Größe von 191 cm erreichte.

«Habt ihr euch nie scheiden lassen?»

«Es ist kompliziert.» Sie schluckte. «Seit unserer Trennung gab es keinen Kontakt. Jetzt ist er in New York, und wir haben geredet.»

«Was hat er getan, dass du so wütend bist?», fragte Harm

ernsthaft nach. «Geht es um Unterhalt, den er von dir haben will? Ich kann dir meinen Anwalt empfehlen ...»

Unweigerlich amüsiert, schüttelte sie den Kopf. «Darum geht es nicht. Er hat sehr viel mehr Geld als ich.» Sie hob die Schultern. «Ich weiß nicht, worum es geht. Aber er hat meiner Sekretärin verraten, dass er mein Mann ist.» Unsicher murmelte sie: «Er ist Julian Scott.»

«Wer?»

Olivia lachte auf. «Du bist kein großer Footballfan, oder?»

«Ein Footballspieler?» Auf ihre Frage schüttelte er den Kopf. «In meiner Schulzeit bin ich gesegelt.» Sein Ausdruck wurde wieder ernster. «Um auf deinen Mann zurückzukommen – meinst du, dass er sich von dir scheiden lassen will?»

In einer fragenden Geste hob sie die Hände.

«Willst du dich denn scheiden lassen?»

Sie wich seinem Blick aus. «Julian und ich ... wir haben eine gemeinsame Vergangenheit.» Seufzend fuhr sie fort: «Es ist nicht leicht, sich davon zu lösen.»

«Was ich gut nachvollziehen kann.» Harm umfasste ihre Schulter und drückte sie sanft. «Du kannst auf mich zählen, wenn es Probleme mit diesem Footballspieler gibt.»

Scherzhaft rümpfte sie die Nase. «Du würdest ihn verprügeln?»

«Eigentlich dachte ich daran, ihn mit dem Auto anzufahren.»

Trotz allem musste Olivia lachen.

Harm hielt sie immer noch fest und grinste auf sie nieder. «Schön, dich lachen zu hören.»

«Danke für die Aufmunterung.»

«Und ich werde mich an deinen Auftritt am Telefon erinnern, um dich bloß nie zu verärgern.» Plötzlich wurde er ernster. «Gehst du wegen ihm nicht mit mir aus?»

«Du bist mein Auftraggeber, Harm. Deshalb gehe ich nicht mit dir aus», erwiderte sie seufzend.

Harm schüttelte den Kopf. «Vergiss heute den Auftraggeber.» Er beugte den Kopf und küsste sie direkt auf den Mund. Olivia war lange nicht geküsst worden, aber verlernt hatte sie es nicht. Langsam öffnete sie ihm den Mund, antwortete seinen weichen Lippen und spürte den sanften Druck seines Mundes. Der Kuss war sehr zärtlich, seine Zunge bewegte sich tastend an ihrer, während seine Hände ihre Oberarme streichelten. Er presste sie weder leidenschaftlich an sich, noch trat er ihr körperlich zu nahe. Es war ein angenehmer, liebevoller und neugieriger Kuss.

Als sich Harm schließlich löste, war Olivia nachdenklich, denn der Kuss hatte ihr gefallen. Nur hatte er sie nicht umgehauen.

«Ich hab dir etwas mitgebracht.» Harm griff in seine Jackentasche und überreichte ihr mit tadellos manikürten Fingern ein kleines Päckchen. Zögernd öffnete sie es. Eine Seidenblume lag in der Schachtel. Olivia hatte keine Ahnung, was sie damit sollte.

Erklärend fügte Harm hinzu: «Blumen sind das ultimative Zeichen, dass ein Mann an einer Frau interessiert ist. Blumen verwelken nur leider schnell – doch diese Blume wird nie verwelken.»

Olivia fand es irgendwie süß und lächelte ihn an. Er lächelte zurück.

Er rief kein aufgeregtes Herzklopfen, Schmetterlinge im Bauch oder ein Dauergrinsen hervor – doch Harm war ein lieber und guter Mann, der ihr sein Herz öffnete. Sie brauchte keine wilden Küsse, die ihre Lippen wund werden ließen und ihr feuchte Höschen bescherten. Ein angenehmes Gefühl beim Küssen war besser als nichts. Sie hatte einmal die Liebe auf den ersten Blick erlebt. Wer sagte denn, dass sich Liebe nicht auch aus Freundschaft entwickeln konnte?

6. Kapitel

Wenige Tage später erschien Julians Handynummer wieder einmal auf ihrem Display. Olivia seufzte, biss unschlüssig auf ihrem Stift herum und nahm schließlich ab.

«Was willst du?»

Er lachte in den Hörer. «Süße, dein Charme haut mich einfach um.»

Frustriert stöhnte sie auf. «Julian! Ich habe zu arbeiten!»

«Eigentlich wollte ich nur hören, wie es dir geht. Nach deinem netten *Rückruf* vor vier Tagen war ich mir nicht sicher, ob bei dir alles okay ist.»

«Nichts ist bei mir okay», wütete sie, «seit vier Tagen habe ich unzählige Ticketwünsche entgegengenommen! Hinz und Kunz schneit in mein Büro rein, um mich scheinheilig zu fragen, wie es mir geht, bevor ich nach Tickets für die nächste Footballsaison angehauen werde! Was hast du dir eigentlich dabei gedacht?»

Sie konnte sein Grinsen beinahe hören. «Das mit den Tickets geht okay.»

«Scheiß auf die Tickets! Wieso hast du herumposaunt, dass du mein Mann bist?»

«Weil ich sauer war, dass du dich hast verleugnen lassen», erwiderte er einfach.

Genervt massierte sie sich die Nasenwurzel. Julian brachte sie um den Verstand.

«Mal ehrlich, Liv, geht's dir gut?» Seine tiefe Stimme wurde eine Spur besorgter.

«Natürlich», erwiderte sie heftig. «Deshalb musst du mich nicht ständig im Büro anrufen! Mir geht's wunderbar!»

«Ich würde dich ja zu Hause anrufen, habe aber deine Privatnummer nicht.»

Sie ging auf den Wink mit dem Zaunpfahl nicht ein. Er wusste, wo sie wohnte, und brauchte wahrhaftig nicht auch noch ihre Privatnummer. Sie hatten eh schon viel zu viel Kontakt, fand Olivia frustriert.

«War es das, Julian? Ich bin sehr beschäftigt.»

«Sei doch nicht gleich so zickig, Liv!»

Da er amüsiert klang, raufte sie sich die Haare. Gerade war sie noch in Gedanken versunken gewesen, hatte über ihr gestriges Date mit Harm nachgedacht und wurde dann ausgerechnet von Julian gestört.

«Ich bin nicht zickig, sondern habe keine Zeit, weil ich arbeiten muss, Julian.»

«Okay.» Er seufzte einsichtig. «Ich rufe heute an, weil Mom mir ein Paket für dich geschickt hat.»

«Was?»

«Sie haben in den letzten Tagen Grannys Sachen sortiert. Granny wollte dir irgendetwas hinterlassen – keine Ahnung, was es ist. Heute Abend bin ich zu Hause, du kannst also vorbeikommen und es abholen.» Er nannte ihr seine Adresse.

«Moment mal! Deshalb komme ich sicher nicht vorbei!»

«Wenn du es nicht haben willst, werfe ich es weg.»

Entsetzt holte sie Luft. «Wag es nicht, Julian!»

«Willst du es jetzt haben oder nicht?»

«Natürlich will ich es haben – kannst du es nicht mit einem Kurier bringen lassen?» Sie wollte ihn nicht sehen. Und ganz sicher wollte sie nicht zu ihm nach Hause fahren. Sie brauchte Abstand, wieso verstand er es nicht?

«Nö, kann ich nicht. Bis heute Abend.» Es klickte, weil er einfach aufgelegt hatte.

Olivia biss die Zähne zusammen, stand auf und lief zu ihrem Zeichentisch. Dank Julian war das angenehme Gefühl, das sie seit ihrem gestrigen Date mit Harm gehabt hatte, verpufft. Jetzt war sie nur in Rage.

Sie griff nach ihrem Zeichenstift und ließ sich auf dem Hocker nieder, um weiter an ihrer Skizze zu arbeiten.

Harm hatte sie in ein wunderschönes Lokal geführt, den Wein ausgesucht und ihr Speisen empfohlen. Sie hatten über Gott und die Welt geredet. Schon lange hatte sie keinen so angenehmen Abend mehr erlebt. Harm war ein aufmerksamer Zuhörer und guter Gesprächspartner. Da sie ihm letztens von ihrem Mann erzählt hatte, sprach auch er von seiner Scheidung und der Trauer darüber, seine Töchter nur noch selten zu sehen. Er zeigte ihr Fotos der kleinen Mädchen und berichtete amüsiert über deren neuesten Fimmel, unbedingt ein Kätzchen haben zu wollen. Olivia hörte sich höflich die Kindergeschichten an – so wie sie es seit sechs Jahren tat, wenn jemand über Kinder sprach. Doch sie empfand daran keine Freude mehr. Sie wollte nichts mehr über Kinder hören, verdrängte lieber jeden Gedanken daran, vor allem an ihr eigenes Kind.

Olivia legte den Zeichenstift wieder weg. Dass sie sich im Kreis drehte, wusste sie selbst. Heute Abend wäre der passende Moment, um Julian auf eine Scheidung anzusprechen. Sicherlich würde er ihr zustimmen. Eine Scheidung war die beste und vernünftigste Lösung.

Olivia stand vor einem wunderschönen Altbau in SoHo und ließ ihren Blick über die mit Backstein verzierte Fassade wandern. Obwohl es sich um eins der typischen steil nach oben ragenden Häuser New Yorks handelte, die dicht an dicht gebaut waren, war dieses Haus sogar ziemlich breit. Drei großzügige Fenster lagen unten nebeneinander, und nach oben zu der glänzend polierten Eingangstür führten breite Stufen. Sie waren mit schmiedeeisernen Geländern begrenzt. Anhand der Breite ließ sich bereits von außen feststellen, dass es innerhalb des Hauses viel Platz geben musste, da diese Häuser immer eine enorme Tiefe besaßen. An der linken Seite befand sich eine in den Keller eingelassene Garage, die groß genug für Julians Landrover zu sein schien. Die gleichen schmiedeeisernen Streben wie an den Stufen befanden sich vor den hohen Fenstern in beiden Etagen und passten wundervoll zu der Fassade aus rot gebrannten Backsteinen. Als Architektin schätzte Olivia solche charmanten Häuser sehr und fragte sich, wie viel Julian dafür berappt hatte, denn SoHo war begehrt. Zudem war diese Straße sehr ruhig und gefiel durch die vielen Bäume an den gepflegten Bürgersteigen.

Wenig begeistert darüber, Julian zu sehen, aber neugierig auf das Innere des Hauses, stieg sie die Stufen zur Eingangstür hoch und klingelte. Kurz darauf summte es, und Olivia betrat das Haus. Es gab keinen Flur, sie stand sofort in einem riesigen Wohnzimmer, in dem sich haufenweise Umzugskartons befanden. Möbel standen mitten im Raum und waren mit Folie geschützt. Julian schien gerade im Umzug zu stecken. Auf der rechten Seite des Wohnzimmers befand sich eine breite Treppe, die nach oben führte und über deren Geländer Jacken, Mäntel und anderes Zeug hingen.

«Ich bin hinten!» Sie hörte seine fröhliche Stimme und Rockmelodien aus dem hinteren Teil des Hauses. Während sie das Wohnzimmer durchquerte, bewunderte sie die hohen Decken und die feinen Renovierungsarbeiten, die den eigentlichen Charme des Altbaus hervorgeholt hatten. Die Wände waren nicht einfach strahlend weiß gestrichen worden, sondern schimmerten elfenbeinfarben, was herrlich mit den dunklen Holzböden korrespondierte. Aus den großen Fenstern fiel Tageslicht auf die Stuckarbeiten an den Decken, die Olivia entzückt betrachtete. Wenn der Umzug erst einmal über die Bühne gebracht wäre, hätte sie sich das fertige Haus zu gern intensiver angesehen, denn es war ein richtiges Schmuckstück.

Olivia durchquerte ein weiteres Zimmer, in dem ein riesiger Tisch sowie eingepackte Stühle standen, bevor sie sich schräg rechts hielt und eine offene Küche betrat.

Auch hier herrschte Chaos, doch Julian lehnte gelassen an einem Kühlschrank, trank Bier aus der Flasche und grinste einen anderen Mann an, der verkehrt herum auf einem Stuhl saß und ebenfalls an einer Bierflasche nuckelte. Interessiert blickte der sie aus blauen Augen an und verzog den Mund zu einem verruchten Lächeln. Irgendwie wusste Olivia sofort, dass er Footballspieler sein musste.

«Hallo.» Olivia sah sich unbehaglich um und steckte die Hände in die Taschen ihrer Hose.

«Schön, dass du da bist.» Julian verlagerte sein Gewicht auf das rechte Bein. «Brian und ich erholen uns gerade von stundenlanger Plackerei.»

«Aha», erwiderte sie zögernd. Beide waren tatsächlich verschwitzt und sahen geschafft aus. Aus dem kleinen Radio auf der Küchentheke ertönten *The Doors*. Olivia blickte in Julians dunkle Augen, die ihr zuzwinkerten, und konnte nichts gegen das aufgeregte Pochen in ihrer Herzgegend tun.

«Scott! Wärst du bitte so nett und könntest uns vorstellen?», beschwerte sich sein Gast. «Oder hat dich deine Mama nicht vernünftig erzogen?»

Beinahe hätte Olivia gelächelt, weil er so eindeutig nach Südstaaten klang, dass sie frittiertes Hühnchen beinahe auf ihrer Zunge schmecken konnte.

Julian verdrehte genervt die Augen. «Liv, das ist mein Kollege, Brian Palmer – Quarterback bei den *Titans*, auch wenn seine Wampe was anderes sagt.»

Brian grunzte warnend, was ein Bluff war, denn Brians sogenannte Wampe war nicht existent.

«Liv ist meine …» Er sah in ihre entsetzten Augen, zögerte und fuhr fort: «Sie war meine Freundin auf der Universität.»

«Krass!» Brian hob die Flasche an die Lippen. «Und ihr habt immer noch Kontakt?»

«Sieht so aus.» Julian senkte den Kopf und sah zu Boden, was Olivia die Möglichkeit gab, ihn kurz zu mustern. Wie konnte ein Mann, der so groß und breit wie ein Schrank war, der sein Geld mit Kontaktsport verdiente und Testosteron versprühte wie eine Parfümerieangestellte Eau de Toilette, manchmal so liebenswert und schuljungenhaft wirken? Innerlich stöhnte sie ärgerlich über ihre Gedanken, während sie ihn weiter betrachtete. Seine Jeans waren abgetragen und hingen tief auf seinen Hüften, auch sein schwarzes Metallica-Shirt hatte schon bessere Tage erlebt, während sein Haar in alle Richtungen abstand. Außerdem war er barfuß.

Brian seufzte auf. «O Mann, Scott! Kein Wunder, dass es mit dir und den Frauen nicht klappt!» Er deutete auf sein Bier. «Du musst die Lady als Nächstes fragen, was sie trinken möchte.»

Sofort schoss Julian tiefe Röte ins Gesicht.

«Schon gut.» Olivia lächelte heiter. «Ich will gar nicht lange bleiben, sondern nur etwas abholen.»

«Wenn Sie gleich wieder gehen, wird er es nie überwinden und keine Frau mehr ansprechen.»

Sie lachte laut auf. «Das bezweifle ich doch stark!»

«Nein, ehrlich», versicherte Brian und erhob sich vom Stuhl, um seine leere Flasche auf die Theke zu stellen, «lassen Sie sich von Footballspielern nicht täuschen. Im Inneren sind diese knallharten Kampfmaschinen butterweich und sensibel wie Hundewelpen.»

«Ach wirklich?» Sie sah ihn zweifelnd an und versuchte vergeblich, ihr Lachen zu unterdrücken.

«Ich schwöre es, Ma'am.» Brian hielt eine Hand hoch. «Auf dem College kannte ich einen Tackle, Jim Bernado, der fast

150 Kilogramm wog und selbst den Terminator in die Flucht getrieben hätte. Ich meine den bösen Terminator aus dem ersten Teil, nicht den umprogrammierten Menschenfreund, der den Babysitter für John Connor spielte.»

«Natürlich», echote Olivia, die sich königlich amüsierte.

«Jim war furchteinflößend und galt als gemeingefährlich, doch wenn er von einem Mädchen eine Abfuhr kassierte, kam es vor, dass er sich im Mannschaftsbus an meiner Schulter ausweinte – stundenlang!» Er setzte ein ernstes Gesicht auf. «Wollen Sie etwa einen tränenüberströmten, schluchzenden, 150 Kilogramm schweren Tackle fast auf dem Schoß sitzen haben?»

«Ganz sicher nicht», antwortete sie fröhlich, «obwohl ich mir das bei Julian nicht vorstellen kann.»

«Wer weiß.» Brian zuckte mit der Schulter. «Niemand hätte damals geglaubt, dass Jim ein warmer Bruder werden würde, aber mittlerweile lebt er in einer eingetragenen Lebensgemeinschaft mit seinem Carl.»

Sie prustete los. «*Das* kann ich mir bei Julian wirklich nicht vorstellen!»

Bevor Brian weiter Scheiße labern konnte, stieß sich Julian vom Kühlschrank ab. «Danke für deine Hilfe, Rabbit. Wir sehen uns morgen.»

«Hey», protestierte sein Teamkollege vorwurfsvoll, «nur weil die Lady und ich uns gut verstehen, musst du mich nicht rauswerfen.»

Julian ignorierte das, packte Brian am Nacken und führte ihn zur Tür. Der Quarterback grinste und murmelte verschwörerisch: «Sie ist ein heißer Feger, Alter! Vermassle es nicht!»

Die braune Bomberjacke flog Brian dafür fast ins Gesicht, doch der Quarterback lachte nur, hob die Hand zum Abschied und verschwand.

«Wenn meine Arbeitskollegen so nett wären, hätte ich am Tag mehr zu lachen!» Liv stand zwischen Esszimmer und dem riesigen Wohnraum. «Warum eigentlich Rabbit? Irgendwie ist das ein merkwürdiger Beiname für einem Quarterback.»

«Das ist eine alte Geschichte.» Grinsend schloss Julian die Tür und kam auf sie zu. «Und nicht jugendfrei.»

«Ich kann es mir fast denken.» Sie strich sich eine lose Haarsträhne beiseite und zupfte anschließend an ihrem Ohrläppchen – für Julian ein untrügliches Zeichen dafür, dass sie nervös war.

Innerlich grinste er breit – erfreut darüber, sie nervös machen zu können. Er wusste, dass sie nicht hier sein wollte und ihn nicht sehen wollte. Pech! Er wollte sie sehen und hatte keine Skrupel, sie dazu zu zwingen. Natürlich hätte er ihr das Paket auch schicken können, aber er hatte sich davon überzeugen wollen, dass es ihr besserging. Tatsächlich sah sie gut aus und erinnerte ihn wieder an die fröhliche Liv, die sich auch mal gehen ließ und nicht nur Hosenanzüge trug. Sie hatte mit Brian herumgewitzelt, trug lässige Hosen und sportliche Schuhe sowie einen Parka. Vergessen war die streng aussehende Architektin, die so nüchtern wirkte.

Als sie gelacht hatte, war ihm das Herz aufgegangen, denn diesen Laut hatte er seit ewigen Zeiten nicht gehört. Dieses wirklich amüsierte Lachen, das tief aus dem Bauch heraus kam. Das letzte Mal, dass er sie so lachen gehört hatte, war zwei Tage vor Sammys Unfall gewesen.

Sie hatte morgens mit Sammy in der Küche gestanden, Pfannkuchen gebacken und Musik gehört. Wenn er jetzt darüber nachdachte, musste er feststellen, dass im Haus immer Musik gelaufen war. Damals war es der Lambada – bis heute ertrug er das Lied nicht mehr.

Er hatte damals gerade mit seinem Coach telefoniert, der ihn beim Spiel gegen die *Chargers* aufstellen wollte. Außer sich vor

Freude war er in die Küche gestürmt, hatte Sammy aus dem Hochstuhl gehoben und wie einen Football unter den Arm geklemmt, bevor er zum Lambada tanzte und seiner Frau gutmütig auf den Hintern schlug. Sammy hatte wie verrückt gekreischt, Liv hatte sich kaum eingekriegt vor Lachen, während er seine besten Tanzkünste zeigte und sie an sich zog. Dass die Pfannkuchen angebrannt waren, hatte niemanden gestört.

«Dein Haus gefällt mir.»

Aus seinen Erinnerungen gerissen, blickte er in ihre grünen Augen. Sie war immer noch wunderschön. Ihr zartes Gesicht mit der geraden Nase, den sanft geschwungenen Augenbrauen und den vollen Lippen war genauso anziehend wie früher, auch wenn es mittlerweile jegliches Anzeichen von Babyspeck verloren hatte. Als er sie kennengelernt hatte, waren ihre Wangen ein wenig voller gewesen, auch wenn sie nie dick gewesen war. Julian hatte sie immer wunderschön gefunden. Eine ganze Woche lang hatte er sie auf dem Campus beobachtet, bevor er endlich den Mut fand, sie anzusprechen, denn er befürchtete eine Abfuhr. Dass sie mit ihm ausging, hatte er kaum glauben können, denn seiner Meinung nach gab es kein anderes Mädchen an der Washington State, das so hübsch, klug und witzig wie Liv war.

Anders als früher würde sie jetzt jedoch nicht einfach ihr T-Shirt ausziehen, ihn in einen Sessel stoßen und sich lachend auf seinen Schoß setzen. Ihr fehlte die übersprudelnde Wärme und der Schalk im Blick, wenn sie ihn ansah. Irgendwie glaubte er nicht, dass es nur an seiner Anwesenheit lag, dass sie ihren Humor und ihre Fröhlichkeit verloren hatte.

«Danke. Wie du siehst, bin ich mitten im Einzug.»

«Hmm.» Sie drehte sich um und ging auf den antiken Kamin zu, um ihn eingehend zu studieren. «Die früheren Renovierungen haben dem Stil des Hauses nicht geschadet.»

«Ich bin kein Experte wie du.» Mit einem Fuß schob er eine

kleine Kiste beiseite und trat ebenfalls an den Kamin. «Mir gefiel einfach das Haus.»

«Eigentlich dachte ich, dass ihr reichen Footballspieler in ultramodernen Lofts oder fetten Villen lebt.» Sie hob die Augenbrauen und sah ihm ins Gesicht.

«Andere Footballspieler tun das bestimmt, Liv. Aber ich?» Er lächelte schief. «Du kennst mich doch.»

Röte stieg ihr in die Wangen, weil er so dicht vor ihr stand, unwiderstehlich lächelte und gut roch. Nach warmer Haut, Schweiß und purer Männlichkeit. Seine braunen Augen erinnerten sie noch immer an köstliche Schokolade, die ihr einen genießerischen Schauer über den Rücken laufen ließ.

Verlegen trat sie einige Schritte zurück und tat, als würde sie sich die Wände, Decken und Fußböden genauer anschauen. «Du hattest sicher großes Glück, ein solches Haus zu bekommen.»

Julian betrachtete sie, wie sie sich scheinbar auf sein Haus konzentrierte und sich völlig unbeteiligt gab. Stirnrunzelnd beugte er sich zu einem Karton, hob ihn hoch und trug ihn an Liv vorbei. «Mit Glück hatte es wohl weniger zu tun», erwiderte er ungerührt und stellte den Karton auf den massiven Esstisch, «sondern mit der Höhe des Angebotes.»

Kichernd stellte sie sich an das große Fenster, von dem aus man in den Garten sehen konnte. «Das kann ich mir denken.»

«Trotzdem wollte ich es haben – ein Haus mit Geschichte und Charakter, nicht eine durchgestylte, weichgespülte Wohnung, in der nichts angefasst werden darf, um Fingerabdrücke auf Glas und Stahl zu vermeiden.»

Sie musste ihm recht geben. Stahl und Glas waren auch ihr ein Horror.

«Das Haus ist perfekt, und die Gegend gefällt mir sehr.» Er legte einen Stapel Bücher auf den Tisch. «Es ist ruhig hier, aber einige Straßen weiter gibt es nette Cafés, Kneipen und Restaurants. Ich habe eine Garage, einen Keller für Werkeleien, einen Garten, um Barbecues zu veranstalten, und genügend Zimmer. Und ich bin unglaublich froh, endlich aus dem Hotel raus zu sein.»

Sie beobachtete ihn, wie er seine Bücher stapelte. «In der Zeitung stand etwas von einem Fünfjahresvertrag.»

Lächelnd runzelte er die Stirn. «Du hast etwas über mich gelesen?»

«Bild dir bloß nichts ein.» Abwehrend verschränkte sie die Arme vor der Brust. «Ich kann nichts dafür, dass diese Stadt sportbegeistert ist und kein anderes Thema mehr als die *Titans* kennt.»

Julian zuckte mit der Schulter. «Es wird mein letzter Vertrag gewesen sein. Ich werde die fünf Jahre erfüllen können, wenn ich Glück habe und mich nicht verletze.» Er lehnte sich mit der Hüfte gegen den Tisch. «Die *Titans* waren in Nöten und haben eine miese Saison hinter sich. Wäre das Angebot nicht so phantastisch gewesen, würde ich immer noch für Miami spielen. Aber einen Vertrag über fünf Jahre und ein bombastisches Gehalt konnte ich nicht ausschlagen – vor allem nicht in meinem Alter.»

«Da hast du recht», erwiderte sie zustimmend.

«Darf ich dir wirklich nichts anbieten? Außer Bier habe ich Mangosaft da und natürlich Wasser.»

Sie schüttelte den Kopf. «Ich habe keinen Durst.»

«Hunger?»

Wieder schüttelte sie den Kopf.

«Wie kommt dein Projekt voran?»

«Gut, danke.» Sie sah ihn seufzend an. «Eigentlich möchte ich nur das Paket abholen, Julian.»

«Kein Plausch?»

Olivia verneinte stumm. Enttäuscht zeigte er mit seinem Kopf zur Treppe. «Ich habe es oben in meinem Arbeitszimmer.»

Da er voranging, folgte sie ihm einfach und fragte sich, wie die obere Etage wohl aussehen mochte. Sie betraten einen dunklen Flur, in dem er gleich das Licht anschaltete und die letzte rechte Tür öffnete, nachdem sie den Gang hinuntergelaufen waren. Olivia erhaschte einen Blick auf ein großes Schlafzimmer, das weiter geradeaus lag. Hier oben gab es mehrere Zimmer, die offenbar ungenutzt bleiben würden, er schien lediglich Schlafzimmer und Arbeitszimmer zu bewohnen. Im Arbeitszimmer befanden sich ein großer Schreibtisch, zwei Bücherregale, die bereits gefüllt waren, eine grüne Couch und ein Schreibtischstuhl. Wie in den anderen Räumen standen auch hier Umzugskartons herum.

Julian trat an den Schreibtisch, auf dem sich Briefumschläge und Unterlagen stapelten, und griff nach einem Paket, das er ihr in die Hände drückte, bevor er sich auf die Ecke des Schreibtisches setzte und wartete.

Zögernd öffnete sie das Paket, auch wenn sie es lieber allein getan hätte, und wühlte in dem Verpackungsmaterial herum. Außen war notiert, dass der Inhalt zerbrechlich sei. Olivia konnte sich beim besten Willen nicht vorstellen, was Granny ihr hinterlassen hatte. Sie ertastete rauen, unregelmäßigen Stein und runzelte verwirrt die Stirn, als sie den Inhalt zutage förderte.

Julian schnappte nach Luft und rutschte von seinem Schreibtisch, während Olivia wie vom Donner gerührt auf den Gipsabdruck in ihren Händen starrte.

«Liv...»

«Soll das ein makabrer Scherz sein?» Sie blickte Julian aufgelöst und gleichzeitig wütend an, und sah, dass sich seine Kehle bewegte, als wisse er nicht, was er sagen sollte.

«Verdammt, Julian!»

«Ich wusste es nicht!» Er trat vor. «Woher soll ich wissen, dass Granny dir den Gipsabdruck hinterlassen wollte?»

«Du musst gewusst haben, was in dem Paket war!»

Er brauste auf: «Ich habe keine Röntgenaugen wie Superman! Ich hatte keine Ahnung, Liv!» In dem Moment flatterte eine kleine Karte aus dem Paket zu Boden. Er bückte sich und hob sie auf.

Zitternd hielt Olivia ihm den Gips entgegen. «Ich will ihn nicht.»

Julian ignorierte es und reichte ihr die Karte. Als sie ihn widerstrebend ansah, seufzte er und las vor: *«Liebste Livi, viele Jahre habe ich Sammys Handabdruck bewahrt und möchte ihn dir nun zurückgeben. Wenn ich ihn sah, musste ich immer lächeln und mich daran erinnern, wie ihn mir dieser liebenswerte Junge zu meinem Geburtstag geschenkt hat. Damals habe ich mich sehr gefreut und hoffe, dass du dich auch darüber freuen kannst.»*

Sie blickte Julian weiterhin schockiert an.

«Liv ...» – Julian fuhr sich ruckartig durch die Haare – «Granny wollte dir damit sicher nicht weh tun.»

«Egal.» Sie schüttelte heftig den Kopf. «Ich will den Abdruck nicht. Nimm du ihn!»

«O Gott, Liv!» Er stieß einen Laut zwischen Zähneknirschen und mitleidigem Seufzen aus. «Es ist Sammys Handabdruck. Kannst du ihn nicht ... nicht als schöne Erinnerung an unseren Sohn aufbewahren?»

Sobald sie Sammys Namen hörte, rastete sie aus. Julian konnte ihr gerade noch den Gips abnehmen, bevor sie ihn damit attackiert hätte.

«Was ist bloß los mit dir?»

«Was ist los mit *dir*?» Sie boxte gegen seine Schulter.

«Autsch!»

«Es geht dich nichts an, hörst du? Mein Leben geht dich rein gar nichts an!» Ihre wütenden Augen funkelten. «Lass mich in Ruhe!»

Sie wollte herumwirbeln und verschwinden, aber Julian packte ihre Hand. Alles Zerren nutzte nichts, weil er sie nicht losließ.

«Wir hatten ein Kind, Liv.» Er sprach beherrscht, auch wenn seine Stimme fast brach. «Wir hatten einen wunderschönen, lustigen Sohn, den wir wie verrückt geliebt haben. Es gab Sammy!»

Wütend kniff sie die Lippen zusammen. «Erzähl das deinem Psychologen! Lass mich endlich los, Julian!»

«*Du* brauchst einen Psychologen!» Er schüttelte sie grob. «Du bist nie über seinen Tod hinweggekommen, stimmt's? Anstatt seinen Tod zu verarbeiten, hast du einfach getan, als hätte es ihn nie gegeben.»

«Halt die Klappe!»

«Gib es doch zu!»

«Was weißt du schon von mir?» Aufgebracht blickte sie ihn an. «Du bist nur wütend, weil ich mir ein Leben ohne dich aufgebaut habe.»

«Das nennst du ein Leben?» Mit zornigen Augen sah er sie an. «Du hast dich völlig verändert und scheinst innerlich tot zu sein! Du hast dein Leben nicht weitergelebt, sondern dich abgeschottet – von der Erinnerung an Sammy, von mir ...»

Das kam der Wahrheit so nahe, dass sie ihn anbrüllte, endlich loszulassen.

«Um Gottes willen, Liv.» Er seufzte schwer. «Ist das deine Patentlösung? Alles zu vergessen, was gewesen ist?»

Sie atmete tief ein. «Julian ... was ich mache, geht dich nichts an!»

«Es ist meine Schuld.» Er schluckte. «Ich war nicht für dich da, Liv. Wir hätten ...»

«Wir hätten gar nichts!»

Er nickte vehement, als hätte es ihren Einwurf nicht gegeben. «Damals war mir nicht klar, was du allein durchgemacht hast. Wenn ich mich mehr um dich gekümmert hätte, würde es dir jetzt bestimmt bessergehen.»

«Mir geht es gut!»

Unglücklich sah er sie an. Sein attraktives Gesicht war von Kummer gezeichnet, die dunklen Augenbrauen hatten sich schmerzlich zusammengezogen. «Du hast dich so verändert. Manchmal erkenne ich dich kaum wieder – es ist traurig, dass du nicht mehr die fröhliche Frau von früher bist.»

Wütend fauchte sie: «Dein Mitleid kannst du dir ...»

«Sammy war unser gemeinsamer Sohn. Gemeinsam hätten wir seinen Tod verarbeiten müssen.»

«Ich will nicht darüber reden, Julian!» Sie griff nach seiner Hand, die ihre Faust umklammert hielt.

«Wir *müssen* darüber reden – verstehst du das nicht?»

«Verstehst du nicht, dass ich es hinter mir gelassen habe?» Mit entschlossenem Gesicht sah sie ihn an.

«Wie kannst du ihn vergessen?» Seine Stimme schwamm in Tränen. «Wie kannst du alle diese schönen Erinnerungen einfach vergessen? Fast jeden Morgen denke ich daran, wie er neben mir am Waschbecken auf einem Hocker stand und so tat, als würde er sich so wie ich rasieren ...»

Liv japste nach Luft. «Das will ich nicht hören!»

Er fuhr unbeirrt fort: «Ich habe so viele Erinnerungsstücke an ihn. Ein Foto in meinem Portemonnaie ...»

«Lass das.» Als sie sah, dass er nach seiner Geldbörse greifen wollte, trat sie ihn vor das Schienbein. Julian zog sie dicht an sich, damit sie ihn nicht noch einmal treten konnte.

«Liv!»

«Verdammt noch mal, Julian!» Sie atmete hektisch ein und aus. «Du bist nicht der Einzige von uns beiden, der Erinnerungsstücke von Sammy hat!» Zitternd holte sie Luft. «In meinem Schrank liegen seine Babydecke und sein Kuscheltier. Auch ich habe Fotos von ihm!»

«Liv...»

Sie schüttelte den Kopf. «Als ... als er gestorben ist ...» Sie stockte. «Mein Kind ist tot. Es nutzt nichts, wenn ich ... Erinnerungen an ihn zelebriere. An ihn zu denken schmerzt einfach zu sehr.»

Julian ließ ihre Hand los und umfasste ihren Rücken. «Ich weiß, aber ...»

«Nein.» Sie hob die Hand, um ihm Einhalt zu gebieten. «Ich habe ihm beim Sterben zugesehen ... ich habe ihn aus dem Pool gezogen ... und ... und ich war dabei, als ... als man ihn reanimierte, Julian. *Daran* kann ich nicht denken! Verstehst du das?» Ihre Stimme brach. «Das kann ich nicht!»

Er sagte nichts, zog sie in eine Umarmung und wiegte sie hin und her. Dagegen wollte sie sich gar nicht wehren, sondern schloss die Augen und vergrub das Gesicht an seiner bebenden Brust. Seine Hand fuhr über ihren Hinterkopf und streichelte ihn zärtlich.

«Es tut mir leid, mein Schatz.» Er lehnte sich zurück und hielt ihren Kopf in seinen Händen. Tröstend küsste er ihre Schläfe. «Es tut mir so leid.»

«Ach, Julian ...» Erschöpft, zitternd und verängstigt verharrte sie bei ihm, während er tröstliche Worte murmelte und sie auf Stirn, Schläfe, Wange und Nase küsste. Sein Mund berührte federleicht ihre Lippen, verschwand wieder und kam dann zurück. Seine Arme schlangen sich in einer kraftvollen Umarmung um sie, während er dumme Kleinigkeiten in ihr Ohr murmelte, bevor seine Lippen wieder ihren Mund fanden. Er küsste sie zärtlich und leicht, trotzdem lief es ihr heiß und kalt über den Rücken. Sie wollte ihn zurückstoßen, klammerte sich jedoch automatisch an sein Metallica-Shirt. Seine Küsse waren zu vertraut, sein Geruch war ihr zu bekannt, und seine Berührungen waren zu zärtlich, als dass sie ihn hätte wegstoßen können.

«Liv ...» Seine Finger streichelten ihren Hals, fuhren über ihren Nacken und sandten damit heiße Schauer und anschließend eine Gänsehaut nach der anderen über ihren Körper. Heiß küsste er sie, stützte ihren Kopf mit einer Hand, während er ihre Lippen verschlang, an der vollen Unterlippe saugte und seine Zunge hineinglitt. Hätte er sie nicht festgehalten, wären die Beine unter ihr weggeknickt.

Julian stöhnte in ihren Mund, fuhr mit seiner linken Hand über ihren Rücken und presste sie noch enger an sich. Da sie noch ihren Parka trug, streifte er ihr diesen ab, ohne seinen Kuss zu unterbrechen.

«Das dürfen wir nicht», flüsterte sie, schmiegte sich jedoch gleichzeitig an seinen starken Körper und küsste ihn ebenfalls, bevor sie ihm das T-Shirt über den Kopf zog. Seine Hände legten sich auf ihre Hüften.

«Liv, du bist so schön!» Seine heisere Stimme verursachte Schmetterlinge in ihrem Bauch und aufgeregtes Pochen in ihrem Herzen sowie in tieferen Regionen. Ihre Hände strichen über seinen stahlharten Bauch, die breite Brust und seinen Hals, bevor sie sich um seinen Nacken schlangen. Liv küsste seitlich seine Kehle, presste ihre Brüste an ihn und registrierte zufrieden sein tiefes Stöhnen, als ihre rechte Hand durch die blonden Haare auf seiner Brust fuhr. Gleich darauf war ihre Bluse verschwunden, auch der weiße BH segelte zu Boden. Seine warmen Hände fuhren bewundernd über ihre Schultern, glitten zu ihrem Rücken, berührten ihren Bauch und umfassten anschließend ihre Brüste. Sie erschauerte und schmiegte sich an seinen heißen Oberkörper. Gleichzeitig streichelte er sie zärtlich.

Julian senkte den Kopf und küsste sie wieder hungrig, während seine Daumen federleicht über ihre Brustwarzen strichen. Liv stöhnte auf und erbebte vor Lust und Verlangen. Als seine Hände über ihren Rücken hinab zum Po fuhren, diesen umfassten und sie eng an seinen Körper zogen, konnte sie kaum mehr denken, sondern konzentrierte sich völlig auf die Erektion, die sich durch seine Jeans gegen ihren nackten Bauch drückte. Als er sie dann auch noch leicht in die Stelle zwischen Ohr und Hals biss, sah Liv Sterne und sank aufstöhnend gegen ihn. Sie hörte sein heiseres Lachen, spürte seine geschickten Hände, die ihre Hose öffneten, und schlüpfte aus ihren Schuhen, bevor er ihr Hose und Höschen nach unten streifte. Sie griff nach seinem Oberarm, um sich festzuhalten, weil sie die Hose wegtreten wollte, als er mit seiner anderen Hand rotzfrech zwischen ihre nackten Beine griff.

«O Gott.» Sie krallte ihre Finger in seinen Arm.

«Sag *o Julian*», flüsterte dieser Quälgeist belustigt in ihr Ohr, während er sie gekonnt streichelte. Sie war feucht, zitterte vor Verlangen und fühlte Hitze in ihr Gesicht steigen.

Erregt und stöhnend lehnte sie sich an ihn, bis sie ungewollt aufschrie: «O Gott, Julian!»

«Das ist sogar noch besser.» Zufrieden packte er seine splitternackte Frau, hob sie auf die Arme und trug sie ins Schlafzimmer, wo er sie aufs Bett legte und kurz betrachtete. Ihr Gesicht war gerötet, die Augen vor Erregung glasig, und ihre braunen Locken lagen wie ein Heiligenschein um ihren Kopf. Sie presste ihren Kopf in die Matratze. «Komm, bitte.»

«Noch nicht.» Er kniete sich auf das Ende seines Bettes, küsste sie auf den Hals und fuhr mit seinen Küssen zu ihren Brüsten hinunter. Zufrieden sah er die aufgestellten und harten Brustwarzen, die er abwechselnd in den Mund nahm.

Liv stieß einen Schrei aus und griff nach seinem Kopf. Grinsend drückte er Küsse auf ihren Bauch, umrundete mit seiner Zunge den Nabel und schob eine Hand zwischen Matratze und Po. Als sein Mund tiefer wanderte, protestierte Liv.

«Nicht ...» Sie hob den Kopf ein wenig und sah ihn aus verschleierten Augen an. «Das ist unfair. Bislang hattest du keinen Spaß.»

Grinsend hob er eine Augenbraue. «Du weißt, wie viel Spaß ich daran habe.» Und das zeigte er ihr sofort. Liv stöhnte und schrie, aber er hörte erst auf, als er es wollte. Atemlos lag sie auf dem Bett, presste ihren Kopf in die Matratze und rollte verzückt die Zehen ein, während sein Kopf zwischen ihren Schenkeln lag und er ihr größtes Vergnügen schenkte. Schwach sah sie zu, wie er sich nach einer Ewigkeit erhob, die Jeans abstreifte und sich auf sie legte. Sofort umklammerten ihre Schenkel seine Hüften. Doch er betrachtete sie ruhig und stützte sich mit den Unterarmen neben ihrem Kopf ab.

«Julian?» Sie wollte ihm eine blonde Strähne aus der Stirn streichen, doch er griff nach ihrer Hand und drückte ihr einen heißen Kuss in die Innenfläche.

«Ich hab dich vermisst.» Er bewegte seine Hüfte ein wenig und drang in sie ein. Liv streckte sich, während ihr der Atem entwich. Kraftvoll schob er sich über sie, senkte den Kopf und küsste sie hungrig. Seine Hände hielten ihre neben ihrem Kopf fest, sein Bauch klebte an ihrem, und er stieß langsam und gemächlich in sie. Sie schlang ein Bein um seine Hüften, um ihn dazu zu bringen, sich schneller zu bewegen, doch Julian ließ sich nicht aus der Ruhe bringen und setzte seinen Rhythmus fort.

Frustriert entzog sie ihm den Mund und sah das vergnügte Funkeln in seinen Augen.

«Das machst du absichtlich!»

Lachend schob er sich etwas höher und fand einen besonders empfindlichen Punkt, denn Liv stöhnte auf.

«Hier?»

Erneut stöhnend bejahte sie und schlang das Bein noch fester um ihn, was nun auch ihn aufstöhnen ließ. Für Liv dauerte es eine Ewigkeit, bis er sein Tempo endlich steigerte und hart zustieß. Keuchend lag sie unter ihm, streckte ihm das Becken entgegen und hörte sein Gemurmel, mit dem er sie fragte, ob es gut sei, ob sie es mochte und ob sie käme. Als sie kam, schrie sie unwillkürlich auf und verlor beinahe das Bewusstsein, während Julian genauso schweißgebadet wie sie auf ihr lag und seinen Atem gegen ihr Ohr keuchte.

Julian hielt Liv zufrieden in den Armen, streichelte die zarte Haut ihres Oberarms und drückte ihr von Zeit zu Zeit kleine Küsse auf den Scheitel. Er war glücklich – und das überraschte ihn trotz allem. Erst jetzt merkte er, wie sehr er Liv wirklich vermisst hatte. Wie sehr ihm ihr Lachen gefehlt hatte, wie viel Spaß er mit ihr gehabt hatte und wie immens wichtig sie ihm war. Automatisch drückte er sie noch enger an sich und seufzte leise auf. Sie war seine Frau, sie gehörte zu ihm und sollte nicht getrennt von ihm leben.

Vielleicht konnten Liv und er eine Paartherapie machen? Sammys Tod hatte sie auseinandergebracht, hatte Liv mehr zugesetzt, als er vermutet hatte, deshalb mussten sie jetzt endlich zusammen darüber hinwegkommen. Das wäre vernünftig, entschied er innerlich und zog die warme Bettdecke ein wenig höher, damit Liv nicht fror, während sie schlief. Er hatte sich nie ernsthaft damit auseinandergesetzt, wie Liv den Unfall erlebt hatte und wie sehr sie darunter litt. Jetzt konnte er sie besser verstehen. Das war sicher eine gute Grundlage, auf der sie aufbauen konnten.

Liv schlief jedoch nicht, sondern starrte mit halb offenen Augen auf Julians Brust vor sich. Im Zimmer war es dunkel, nur das Licht im Flur erleuchtete das Innere spärlich. Verstört presste sie die Lippen zusammen und schluckte kurz. Sie war hergekommen, um mit ihm über eine Scheidung zu sprechen – nicht um mit ihm zu schlafen. Schuldgefühle und Selbstvorwürfe prasselten auf sie nieder. Sie hatte sich trösten lassen, sich küssen lassen und hatte ihn geküsst. Ohne Protest oder Widerwillen hatte sie sich ausziehen lassen, war in sein Schlafzimmer getragen worden und hatte nicht einmal der Form halber lamentiert. Nach ihrem Gefühlsausbruch hatte sie Nähe gebraucht, nach Trost gebettelt, und Julian hatte ihn ihr gegeben. Beim Sex hatte sie die Trennung verdrängt und sich wie seine Frau gefühlt. Es war völlig natürlich gewesen, mit ihm zu schlafen.

Im Rückblick sah es anders aus.

So etwas durfte nicht passieren. Sie wollte nicht in ihr altes Leben zurück und an ihre kaputte Ehe anknüpfen. Und sie wollte nicht jeden Tag mit Julian verbringen, der sie ständig an Sammy erinnern würde.

Seufzend setzte sie sich langsam auf und spürte seine Finger, die zärtlich über ihre Wirbelsäule fuhren.

«Hast du geschlafen?» Seine raue Stimme klang sexy und verführerisch, aber Olivia wollte sich nicht mehr einwickeln lassen. Sie drehte den Kopf und sah ihn an, wie er nackt gegen das Bettgestell lehnte – mit zerzausten Haaren, satten Augen und einem verflucht heißen Lächeln. Er fuhr sich mit seinen langen Fingern kurz über die muskulöse Brust und streichelte anschließend ihren nackten Schenkel.

«Sollen wir duschen und dann etwas essen?» Er beugte sich vor und küsste sie auf die nackte Schulter.

«Ich muss nach Hause.» Sie zog die Decke über ihre Blöße, sodass Julian nun völlig nackt auf der Matratze saß.

«Wieso denn?» Er runzelte die Stirn. «Hast du morgen nicht frei?»

«Doch...»

«Dann bleib hier.» Seine Hand fuhr unter die Decke, streichelte ihre Hüfte und wollte zwischen ihre Beine entwischen. «Wir schlafen lange, und dann lade ich dich zum Frühstück ein.»

«Julian ...» Sie packte seine Hand und schob sie beiseite. «Lass das.»

Irritiert setzte er sich auf. «Was ist denn los?»

«Das funktioniert nicht.» Sie seufzte und strich sich ein paar zerzauste Locken aus dem Gesicht.

«Gerade hat es wunderbar funktioniert.» Er klang ärgerlich, sie schaute ihn jedoch nicht an, sondern raffte die Decke über ihren Brüsten zusammen.

«Du weißt, wie ich das meine.»

«Unsinn.» Er verschränkte die Arme vor seiner breiten Brust. «Ich hab keine Ahnung, was du meinst! Du bist meine Frau, Liv, und wir –»

«Ich habe jemanden kennengelernt.» Obwohl ihre Stimme leise war, schlugen ihre Worte wie eine Bombe ein.

«Was?»

Sie nickte. «Ich kenne ihn schon länger, aber wir…» Sie zuckte unsicher mit den Achseln. Vielleicht würde Julian sie endlich in Ruhe lassen, wenn er von einem anderen Mann erfuhr.

«Ihr seid ein Paar?»

Unsicher blickte sie ihn an. «Es entwickelt sich gerade erst.»

Julian sprang aus dem Bett und baute sich vor ihr auf. «Verdammt! Liv!»

«Julian» – sie rutschte an die Bettkante –, «versteh doch…»

«Du sitzt nackt in meinem Bett.» Er ballte wütend die Hände zu Fäusten. «Wir haben uns fast die Seele aus dem Leib gevögelt…»

«Mach es bitte nicht zu etwas Schlechtem!»

«Zu was soll ich es denn sonst machen?» Er schluckte aufgebracht. «Du bist meine Frau und erzählst mir in meinem Bett von einem anderen Mann?»

Bedauernd legte sie den Kopf schief. «Wir haben uns getröstet, Julian. Es ist eine altbewährte Art, sich gegenseitig zu trösten.»

Fassungslos schüttelte Julian den Kopf. «Es geht hier nur um Sammy, oder?»

«Wir sind seit sechs Jahren getrennt», erwiderte sie betont ruhig, «es ist viel passiert. Wir können nicht einfach an den Tag anknüpfen, an dem du nach San Diego gefahren bist und wir Sammy verloren haben.»

Sie erhob sich und eilte nackt in sein Arbeitszimmer, um sich rasch anzuziehen. Kurz darauf stand er im Türrahmen, bekleidet mit seiner offenen Jeans.

«Also willst du den heutigen Abend einfach vergessen – so wie du unsere Ehe in den letzten Jahren vergessen hast.» Er klang verbittert und starrte sie finster an.

Olivia schloss hektisch den BH und fühlte sich schrecklich unzulänglich, nur in Unterwäsche vor ihm zu stehen. Eigentlich hätte sie ihn gern daran erinnert, dass er ihre Ehe in den letzten Jahren auch nicht allzu ernst genommen hatte, ließ es jedoch sein.

«Ich habe nichts vergessen, Julian.»

«Aber es hat dich nicht interessiert.»

Sie schluckte und schlüpfte in ihre Hose. «Sei nicht unfair.»

«Schatz» – sarkastisch blickte er sie an –, «eines bin ich nicht: unfair.»

Sie wollte sich nicht an den Sex erinnern lassen, spürte jedoch gleichzeitig die Röte in ihre Wangen fahren.

«Egal, was ich sage, du wirst nicht glücklich damit sein.» Sie knöpfte ihre Bluse zu.

«Das denke ich auch.»

Ärgerlich seufzte sie auf. «Soll ich mich dafür entschuldigen, dass ich ein anderes Leben führe als früher?»

Julian antwortete erst nicht, bevor er gehässig wissen wollte: «Was willst du deinem Freund sagen? Dass du mir der guten alten Zeiten wegen erlaubt hast, den Kopf zwischen deine Beine zu stecken?»

«Sei nicht so vulgär!»

«Vulgär?» Er stellte sich in bedrohlicher Pose vor sie hin.

«Baby, du hast Nerven! Mich vulgär zu nennen und gleichzeitig einen anderen Mann zu erwähnen, während wir nackt im Bett liegen!»

Als sie nichts antwortete, sondern sich weiter hastig anzog, fragte er sie betont gleichmütig: «Was wird er sagen, falls du jetzt von mir schwanger wirst?»

Olivia erstarrte und blickte ihn mit dermaßen erfrorenen Gesichtszügen an, dass er seine Worte beinahe bereut hätte.

«Was?»

«Ist dir nicht aufgefallen, dass wir kein Gummi benutzt haben?»

Sie antwortete verkrampft: «Ich nehme die Pille.»

«Aha. Dein Freund...»

Finster sah sie zu ihm auf. «Es geht ihn nichts an.»

Er lachte auf und schüttelte angewidert den Kopf. «Ich geh ihn nichts an, und er geht mich nichts an. Du machst es dir echt leicht, Liv!»

Sie schnappte sich ihren Parka und drehte sich um. «Leck mich doch!»

«Schon geschehen.»

Wütend wollte sie den Raum verlassen, aber Julian rief ihr hinterher: «Bei Problemen bist du weg! Hau doch ab, darin bist du schließlich Weltmeisterin!»

Es reichte ihr, also wirbelte sie herum, trat auf ihn zu und verpasste ihm eine schallende Ohrfeige. Julian glotzte sie verwundert an und hielt sich die Wange.

«Es war mir wie immer ein Vergnügen», fauchte Olivia, rannte die Stufen hinab und knallte die Eingangstür hinter sich zu.

7. Kapitel

Wir sind uns sicherlich alle einig, dass wir noch vor Saisonbeginn eine gezielte Medienkampagne starten müssen.» Archie aus der PR-Abteilung der *Titans* deutete auf seine Präsentation und schwafelte über Marktanteile, Merchandising und Gewinneinbrüche. Archibald Callums galt als Nervenbündel und als größter Trottel des Vereins. So viel hatte sogar Julian schon mitbekommen.

Die Jungs verzogen sich schnell, wenn Archie erschien, weil er alle mit seinen Ideen nervte. Natürlich hieß er nur unter den Spielern Archie und wusste nicht, dass er ständig verarscht wurde. Offiziell begrüßten die Jungs ihn mit Mr. Callums und nickten freundlich, wenn sie ihn sahen.

Die Anzugträger am langen Konferenztisch stimmten ernsthaft zu, als Archie weiter über Medienstrategien quatschte, während sich Julian fragte, was er hier sollte. Generell fühlte er sich auf dem Feld wohler als an Konferenztischen, war jedoch normalerweise geduldig und hörte sich das Geschwafel höflich an. Seine Geduld kannte aber auch Grenzen. In den letzten zehn Tagen war das Team in halb Amerika unterwegs gewesen, um Freundschaftsspiele zu absolvieren, Pressetermine wahrzunehmen und Promotion zu betreiben. Sie waren erst letzte Nacht wiedergekommen und hatten seit zehn Uhr in der Früh ihr Training durchgezogen. Es war Wochenende und jetzt bereits später Nachmittag. Julian war müde, erledigt und gereizt, was auch daran lag, dass er fast zwei Wochen zuvor mit Liv geschlafen hatte und dann schnöde abserviert worden war.

Die Ohrfeige hatte echt gesessen. Drei Tage nach dem glorreichen Abend war er mit dem Team aufgebrochen, und er hatte vor, sich am kommenden Montag bei ihr zu melden, um sich zu entschuldigen und sich mit ihr auszusprechen. Auf beiden Seiten waren Emotionen hochgekocht – das kam vor. Julian sah es nicht tragisch, dass sie ausgeflippt waren, sondern schrieb es dem verkorksten Abend zu.

«Wir können unsere Prozentzahlen sicherlich steigern, wenn ...»

Er hob eine Hand, als sei er in der Schule. «Eine Frage, bitte.»

Archie wurde leicht rot und nickte begeistert darüber, dass sich Julian einbringen wollte. «Sehr gern, Mr. Scott.»

«Was tue ich hier?»

Als alle ihn verwirrt anstarrten, erklärte er lässig: «Ich habe zwar einen Universitätsabschluss, aber sicher gibt es klügere Köpfe im Verein als mich, die sich gern um» – er deutete auf die vielen Präsentationstabellen – «das da kümmern werden. Ich bin Ihnen bestimmt keine große Hilfe.»

«Oh.» Archie kicherte verlegen und wischte sich den Schweiß von der Stirn. «Hat es Ihnen niemand gesagt, Mr. Scott? Wir möchten den Vertragsabschluss zwischen den *Titans* und Ihnen richtig ausschlachten.»

«Ausschlachten?»

«Ja, ja ... Werbeplakate, Werbeverträge mit hiesigen Firmen, Werbespots in den umliegenden Medien. Sie sind ein Superstar in der NFL und werden uns viele, viele Zuschauer bringen. Coach Brennan weigert sich ja beharrlich, unserer PR-Abteilung Bilder seiner kleinen Tochter zur Verfügung zu stellen, deshalb sind Sie das beste Pferd im Stall, wenn ich es so sagen darf.»

Das hatte ihm gerade noch gefehlt.

«Haben Sie schon konkrete Angebote, Mr. Callums? Mein Manager und mein Anwalt werden weitere Werbepartner prüfen müssen. Der Vertrag mit *Nike* lautet, dass jede Zusammenarbeit mit anderen Herstellern von Sportartikeln strengstens untersagt ist.»

«Wir werden natürlich darauf achten, Mr. Scott, und haben uns bereits mit Ihrem Manager in Verbindung gesetzt.»

Innerlich knirschte er mit den Zähnen, weil er einfach übergangen worden war und weil sein Manager Matthew Abernathy ihn noch nicht kontaktiert hatte.

Als es an der Tür des Konferenzraumes klopfte und diese kurz darauf geöffnet wurde, sahen alle Anwesenden Mrs. Maloy, die Empfangsdame, an, die schüchtern in die Runde lächelte.

«Was gibt es, Mrs. Maloy?» Archie schien die Unterbrechung gar nicht gut zu finden.

«Entschuldigen Sie die Störung, aber ein Kurier wartet vor der Tür auf Mr. Scott.»

«Auf mich?» Verwirrt blickte Julian auf.

«Jawohl, Sir.» Die ältere Frau sah ihn nervös an. «Er sagt, dass es dringend sei und dass er Sie persönlich sprechen muss.»

Julian erhob sich und folgte ihr in den Vorraum. Durch die Glasfenster konnten die Männer aus dem Konferenzzimmer alles genau beobachten, und da Julian die Tür nicht geschlossen hatte, auch mithören, dass der Kurier fragte: «Mr. Julian Samuel Scott?»

«Ja.» Er sah den kleinen, schmächtigen Mann ahnungslos an.

«Bitte unterzeichnen Sie hier die Empfangsquittung.»

Julian nahm den Stift und unterschrieb auf dem elektronischen Tablet.

«Was ist das?»

«Ihre Scheidungspapiere. Ordentlich zugestellt durch den Staat New York.» Er händigte ihm einen großen, flachen Briefumschlag aus. «Guten Tag, Sir.»

Julian stand fassungslos da und sah dem Kurier nach, bevor

sein Blick auf den Umschlag fiel. Hastig riss er ihn auf, zerrte die Papiere heraus und überflog hektisch den Text. Liv forderte die Scheidung – wegen unüberbrückbarer Differenzen.

«Das gibt es doch nicht!» Er schüttelte den Kopf, biss die Zähne zusammen und hörte anschließend ein verlegenes Räuspern.

Archie trat in den Türrahmen und schaute Julian verzagt an. «Mr. Scott …»

«Schon gut.» Er winkte ab und ächzte: «Keine Beileidsbekundungen bitte.»

«Nein, das meinte ich nicht.» Archie schüttelte entsetzt den Kopf. «Sie müssen das verhindern! Eine Scheidung wird unsere Werbestrategien zunichtemachen!»

«Was?»

Archie schien Julians Tonfall und dessen eisigen Gesichtsausdruck nicht bedrohlich zu finden. «Eine Scheidung ist absolut unmöglich! Das gibt schlechte PR. Als Junggeselle lassen Sie sich gut verkaufen, aber ein Footballspieler, dessen Frau die Scheidung einreicht» – er pfiff abwertend –, «das sieht nicht gut aus. Die Leute denken an Groupies, Ehebruch …»

Julian trat vor und packte Archie am Kragen. Der kleine PR-Berater quietschte erschrocken auf.

«Verpiss dich, Archie!»

«Hier, bitte.»

«Danke.» Olivia nahm das Glas Rotwein entgegen und rückte etwas beiseite, um Harm Platz auf ihrer Couch zu machen. Vor wenigen Minuten hatte er vor ihrer Tür gestanden, mit einer Flasche Rotwein und den neuesten Bauplänen in den Händen. Sie hatte ihn hereingelassen, Käse und Brot auf den Couchtisch gestellt und Gläser aus der Vitrine genommen. Natürlich war er nicht wegen der Baupläne hier, sondern um Zeit mit ihr zu verbringen. Es kam ihr sehr gelegen, an einem Samstagabend nicht allein in ihrer Wohnung zu hocken – nicht nach den ereignisreichen letzten Wochen.

«Woran denkst du?» Seine Finger streichelten ihr Nackenhaar und fuhren in den Haaransatz. Die Berührung war ihr unangenehm, weil ihr Pferdeschwanz zu fest gebunden war, aber sie wollte ihn nicht vor den Kopf stoßen und ließ es daher zu.

«Sag nicht, dass du an die Arbeit denkst», scherzte er.

«Ich dachte, deshalb wärst du hier.»

Harm lächelte spitzbübisch. «Aber sicher doch.»

Verdammt! Sie waren einige Male ausgegangen, Harm hatte sie seinen Freunden vorgestellt, sie wie eine Prinzessin hofiert und sie kein einziges Mal übergebührlich geküsst. Jedesmal, wenn er ihr einen harmlosen und beinahe keuschen Kuss auf die Lippen gedrückt hatte, war sie innerlich zusammengezuckt und hatte an Julian denken müssen. Sie kam sich wie eine Schlampe vor und hätte Harm von Julian erzählen sollen. Harm war so nett und verständnisvoll, dass sie sich selbst dafür verabscheute, ihm weder von Sammy noch von ihrem Ausrutscher mit Julian zu berichten. Was war bloß los mit ihr?

Sie blickte in sein lächelndes Gesicht und fühlte, wie sie Magenschmerzen bekam. Er würde doch wohl nicht mit ihr schlafen wollen? Ihre innere Stimme flüsterte eindringlich, dass kein Mann abends mit einer hundert Dollar teuren Weinflasche vorbeikam, um gemütlich mit einer Frau Fernsehen zu schauen. Sie hätte Migräne vorschützen sollen und ihn nicht hereinlassen dürfen. Momentan war sie einfach noch nicht so weit, mit ihm zu schlafen! Das konnte sie nicht über sich bringen. Nicht nachdem sie vor zwei Wochen mit Julian im Bett gelandet und so durcheinander wegen der Scheidung und ihrer Beziehung zu ihm war.

Sie schluckte und fragte sich, ob er schon die Scheidungspapiere erhalten hatte. Vielleicht wäre der ganze Spuk endlich vorbei, wenn sie geschieden wären. Möglich, dass sie Harm gegenüber dann offener sein könnte.

Sie war völlig in Gedanken versunken, als er plötzlich erklärte: «Du bist eine schöne Frau, Olivia.»

Errötend antwortete sie lahm: «Danke.»

«Du glaubst mir nicht.» Er rümpfte die Nase. «Das gibt es doch nicht!»

«Danke für das Kompliment, Harm.»

«Ist es dir peinlich, wenn ich dir sage, dass du schön bist?»

Sie zuckte unbeholfen mit der Schulter. Harm stellte sein Glas beiseite und nahm ihr auch ihres ab.

«Was tust du?», fragte sie überflüssigerweise, als er sie auf seinen Schoß zog.

«Dir beweisen, wie schön ich dich finde.» Er senkte seinen Mund auf ihren Hals und öffnete gleichzeitig ihren Pferdeschwanz. Beinahe hätte sie aufgeschrien, weil es sich anfühlte, als würden einige Haare ausgerissen, doch sein Mund auf ihrem Hals beschäftigte sie viel mehr. Normalerweise mochte sie es, auf den Hals geküsst zu werden, aber sie konnte sich nicht gehenlassen und wurde steif wie ein Brett, weil ihr Harms Berührungen unangenehm waren. Sein Mund senkte sich auf ihre Lippen, während seine Hände ihre Schultern streichelten. Olivia legte die Hände abwehrend gegen seine Brust.

«Alles okay mit dir?», fragte er mit leicht heiserer Stimme.

Sie schüttelte den Kopf und befreite sich zaghaft aus seiner Umarmung, um aufzustehen. «Es tut mir leid, Harm, aber … das geht mir zu schnell.» Hastig glättete sie ihre Kleidung und entfernte sich ein wenig von der Couch.

«Dafür musst du dich nicht entschuldigen.» Er errötete.

«Ich hole noch etwas Obst und Wein», sagte sie hastig und brachte ihr Glas in die Küche. Dort schloss sie kurz die Augen und atmete tief ein und aus, bevor sie das Glas mit Wasser füllte und es rasch austrank. Ein harmloser Kuss brachte sie dazu, sich schuldig zu fühlen. Schuldig ihrem Ehemann gegenüber. Vor fast sechs Jahren hatte sie ihn verlassen, war aber immer noch nicht in der Lage, sich auf einen anderen Mann einzulassen, sondern schreckte wie eine Jungfrau zurück, wenn Harm sie küssen wollte.

Sie lugte um die Ecke und schaute zu ihm. Er saß immer noch auf der Couch und nippte an seinem Wein. Harm hatte nichts falsch gemacht und schien wirklich interessiert an ihr zu sein, aber Olivia konnte seine Zärtlichkeiten einfach nicht zulassen. Eine Hand presste sie gegen ihren schmerzenden Magen, mit der anderen rieb sie sich über die Augen.

Was machte ein Kuss mit Harm schon aus, wo sie doch schon viel schlimmere Dinge getan hatte? Olivia zuckte zusammen und schlang die Arme um sich.

Nach Sammys Tod war sie ausgeflippt, ins Auto gestiegen und irgendwann in einem schäbigen Motel gelandet. Wenn sie heute daran dachte, verspürte sie einen gewaltigen Brechreiz, doch damals hatte sie irgendeinen Unbekannten mit in ihr Zimmer genommen. Sie hatte der Sache unbeteiligt und wie von außen zugesehen und nichts gespürt. Am liebsten hätte sie sich die Pulsadern aufgeschnitten. Anschließend hatte sie unter der Dusche gestanden, sich die Haut am kochend heißen Wasser verbrüht und gewünscht, einfach nur wieder sauber zu sein. Tage später war sie nach Hause gekommen und hatte mit keinem Wort erwähnt, was sie getan hatte. Julian scharwenzelte um sie herum, versorgte sie, kümmerte sich um sie und zeigte ihr mit allem, was er tat, dass er sie innig liebte. Doch sie hatte ihn nicht mehr sehen können, hatte sich selbst nicht mehr ertragen können und sich gewünscht, niemals geboren worden zu sein.

Mit den Jahren hatte sie fast vergessen können, was in diesem Motel irgendwo in Arizona passiert war. Seit damals hatte sie mit niemanden mehr geschlafen – außer mit Julian vor zwei

Wochen. Seltsamerweise hatte sie nicht für eine Millisekunde an diese schreckliche Nacht in Arizona gedacht, als Julian sie geliebt hatte.

Sie konnte mit Harm nicht schlafen.

«Olivia?» Harm stand in der Tür und lächelte. «Ich weiß, dass etwas nicht stimmt.» Er sah sie freundlich an. «Ist es okay, wenn ich dich in den Arm nehme? Einfach nur um dich zu trösten?»

Dankbar nickte sie. Er umarmte sie und klopfte ihr mitfühlend auf den Rücken.

«Es wird alles gut werden.»

«Wirklich?» Sie wischte sich eine Träne beiseite.

«Manchmal ist das Leben beschissen.»

Sie lachte erstickt, weil er sonst niemals Schimpfwörter gebrauchte.

«Aber manchmal ist das Leben auch wunderschön. Morgen sieht die Welt schon wieder anders aus.»

Das klang so kitschig, dass sie sich wieder beruhigte und tief durchatmete. Sie brauchte Ruhe und Erholung. Und sie brauchte diese Scheidung. Ohne Julian konnte sie endlich vergessen, was sie verloren hatte. Er riss alte Wunden auf und zerrte sie in die schmerzhafte Realität zurück, ohne sich dessen auch nur bewusst zu sein.

«Es tut mir leid, dass ich so eine furchtbare Gastgeberin bin.»

«Unsinn!» Lachfalten erschienen um Harms Augen. «Ich habe mich selbst eingeladen und war ziemlich unhöflich, dich einfach zu überfallen. Soll ich gehen?»

Hin- und hergerissen schüttelte sie den Kopf. «Können wir bitte einfach die Baupläne studieren?»

«Gern. Ich muss dich aber warnen, dass ich nicht mehr ganz nüchtern bin und dir sicherlich keine große Hilfe sein werde.»

Olivia zwang sich zu einem Lächeln, ging wieder ins Wohnzimmer und griff nach den Plänen, die sie auf dem Boden ausrollte. Harm setzte sich im Schneidersitz auf den Teppich und beobachtete, wie Olivia einen Notizblock holte, als es plötzlich laut an der Eingangstür klopfte. Sie war noch so durcheinander, dass sie sich nicht die Mühe machte, durch den Türspion zu schauen, sondern einfach öffnete. Julian drängte sich hinein und schien vor Wut zu explodieren.

«Die Scheidung!» Er ballte die Hände zu Fäusten. «Du willst die Scheidung!»

«Was tust du denn hier?»

Er sah sie an, als wäre sie schwachsinnig. «Ich habe heute die Scheidungspapiere zugestellt bekommen! Was denkst denn du, was ich hier will?»

Zitternd blickte sie zu ihm auf. «Aber ...»

«Was aber», wütete er, «hättest du nicht mit mir sprechen können, bevor irgendein Kurier mir bei der Arbeit die Scheidungspapiere aushändigt? Du hast keinen Ton darüber verloren, dass du dich scheiden lassen willst, Liv!»

Als Harm sich erhob, schien Julian zum ersten Mal seine Anwesenheit zu registrieren. Er taxierte das schwach erleuchtete Wohnzimmer, sah Wein und Käse, Kissen auf dem Teppichboden und Olivias wirres Aussehen. Sie merkte, dass er gleich ausflippen würde, und packte seine Hand, doch Julian entzog sie ihr sofort.

«Schlafen Sie mit meiner Frau?» Er trat einen bedrohlichen Schritt auf Harm zu, der merklich zusammenzuckte.

«Julian!» Entsetzt blickte sie ihn an. «Wie kannst du es wagen?»

«Wie kannst *du* es wagen!» Er sah mit funkelnden Augen auf sie nieder, umklammerte ihre Schultern und brüllte: «Ich lass das nicht zu, Liv! Ich lass das nicht zu!»

«Bitte, lassen Sie Olivia los.» Harm trat näher. «Es ist ihr gutes Recht, sich von Ihnen scheiden zu lassen.»

«Halt dein Maul, du Pisser!»

«Julian, es reicht.» Olivia versuchte, seine Hände beiseitezuschieben. «Ich möchte, dass du jetzt gehst.»

Er schnaubte auf. «Das könnte dir so passen! Ich gehe, damit ihr hier deine Scheidung feiern könnt, oder was?» Zornig schüttelte er den Kopf.

«Olivia hat Sie gebeten zu gehen. Bitte nehmen Sie Rücksicht.»

Julian warf Harm einen abwertenden Blick zu, bevor er sich wieder an Olivia wandte. «Wo hast du diesen Schwächling denn aufgegabelt?»

Erschrocken holte sie Luft, aber Harm kam ihr zuvor. «Verlassen Sie einfach die Wohnung.»

«Oder was?» Zornig schüttelte Julian den Kopf. «Wollen Sie mit mir vor die Tür gehen? Das können wir gern tun.»

«Harm geht nicht mit dir vor die Tür, damit ihr euch prügeln könnt!», bellte Olivia aufgebracht.

«Sonst hättest du ja auch gleich nichts mehr von ihm», spie Julian aus, «er sieht im Übrigen nicht so aus, als könnte er dich im Bett zum Schreien bringen.»

«Bist du verrückt geworden?»

«Schläfst du mit ihm?»

«Das geht dich gar nichts an!»

«Falsche Antwort!»

Harm ging zum Sofa und kramte in seinem Mantel. «Ich werde die Polizei rufen.»

«Nein!» Olivia schüttelte rasch den Kopf. «Nein, ruf nicht die Polizei.»

«Hört sich doch nach einer tollen Party an», spottete Julian, «lass ihn ruhig die Bullen rufen!»

«Komm mit.» Sie stemmte ihre Hände gegen seine Brust, aber Julian wollte sich keinen Zentimeter bewegen.

Er blickte Harm drohend in die Augen und sprach so ruhig,

dass seine Worte äußerst glaubhaft wirkten: «Wenn Sie meine Frau noch einmal anfassen, sind Sie ein toter Mann.»

«Das reicht jetzt.» Olivia zog ihn vor die Tür und schloss diese vernehmlich. Sie standen im hell erleuchteten Flur. «Hör zu, es tut mir leid, dich mit der Scheidung überfallen zu haben ...»

Er unterbrach sie mit einem Schnauben.

«Aber es war abzusehen, also tu nicht so überrascht», fuhr sie fort.

«Es war abzusehen?» Er klang ungläubig und kam einen Schritt näher. «Vor zwei Wochen waren wir *sehr* verheiratet, Liv. Wir haben uns gegenseitig die Klamotten vom Leib gerissen ...»

«Das hat nichts mit unserer Ehe zu tun!»

«Sag das mal meinem Anwalt.»

«Wie bitte?» Sie wurde bleich und starrte in seine glühenden Augen.

«Du hast mir in New York die Scheidungspapiere bringen lassen.» Sein Gesicht wurde starr vor Anspannung. «Hier gilt ein Trennungsjahr ...»

«Wir sind seit sechs Jahren getrennt!»

Julian schüttelte den Kopf. «Juristisch sind wir das nicht, wenn wir erst vor zwei Wochen miteinander geschlafen haben.»

«Tu das nicht, Julian», flüsterte sie erstickt, «lass uns nicht so auseinandergehen.»

«Das sagst ausgerechnet du!» Er deutete auf die Wohnungstür. «Du fickst einen anderen Mann und willst –»

«Wie kannst du es wagen, bei mir aufzutauchen und dich wie ein eifersüchtiger Ehemann aufzuführen?», schrie sie ihn unbeherrscht an.

«Schläfst du mit ihm?», wiederholte er hitzig seine Frage.

Mit funkelnden Augen verpasste sie ihm einen Schlag gegen die Brust, weil er ihr zu nahe kam. «Das geht dich nichts an!»

«Und ob es mich etwas angeht! Du bist meine Frau!»

«Wag es nicht», zischte sie, «wag es nur ja nicht!»

«Ich sage, wie es ist.»

Olivia explodierte. «In den letzten Jahren habe ich ständig Fotos von dir und deinen Eroberungen in Zeitungen gesehen – und jetzt stehst du hier und willst mir Vorhaltungen machen?»

Verblüfft sah er sie einen Moment lang an, bevor er ein wenig ruhiger erklärte: «Das ist etwas anderes.»

«Rede keinen Scheiß!»

Unwirsch zischte er: «Zwei Jahre lang habe ich auf dich gewartet und keine Frau angerührt!»

«Oh», spottete sie, «soll ich dir dafür dankbar sein?»

«Nein, aber du könntest Verständnis zeigen.»

«Wofür soll ich Verständnis zeigen?», rief sie. «Dass du hirnlose Playmates gevögelt hast?»

«Du bist eifersüchtig», warf er ihr vor.

«Unsinn!» Keuchend stand sie vor ihm. «Bleib auf dem Teppich, Julian. Du bist schließlich kein Kind von Traurigkeit...»

«Was?»

«Und wer im Glashaus sitzt, sollte nicht mit Steinen werfen.»

Stur schüttelte er den Kopf. «Was du getan hast, als wir getrennt waren, geht mich nichts an, Liv, aber jetzt...»

«*Jetzt* geht es dich auch nichts an», betonte sie.

«Doch! Du gehst mich etwas an, Liv.»

«Wir sind immer noch getrennt und bleiben es auch», bekräftigte sie mit hartem Gesichtsausdruck.

«Da habe ich auch noch ein Wörtchen mitzureden.»

Hilflos hob sie die Hände, während es aus ihr herausbrach: «Was willst du eigentlich, Julian? Vor sechs Jahren warst du froh, mich los zu sein! Lass es doch dabei bleiben.»

«Was?» Er starrte sie erschrocken an. «Ich war nicht froh, dich los zu sein!»

«Sei wenigstens ehrlich.» Wütend verzog sie das Gesicht. «Du warst mich los und konntest dich auf deine Karriere konzentrieren. Ein gefeierter und umschwärmter Footballheld, der mit Zuneigung überhäuft wurde.»

«Fuck! Was redest du da?»

«Es war bestimmt die schönste Zeit deines Lebens», spottete sie, «ungebunden und umgeben von Silikontitten. Du hattest keine Verantwortung mehr für mich, warst kein Ehemann mehr, der Rücksicht nehmen musste, warst kein Dad mehr, der …» Erschrocken stockte sie.

Julian wich zurück, schneeweiß im Gesicht. Er sah Olivia an, als hätte sie ihm ein Messer in den Bauch gerammt.

«Julian …» Sie streckte die Hand nach ihm aus, aber er wich zurück. «O Gott … das … das habe ich nicht so gemeint.» Mit zitternden Knien schluckte sie und fühlte sich erbärmlich. «Ich …»

«Was ist das hier für ein Krach?» Ihre ältere Nachbarin stand plötzlich im Morgenmantel im Flur und sah sie missbilligend an. «Andere Menschen sind schon im Bett!»

«Es tut mir leid, Mrs. Hammond», sagte Olivia beschwichtigend in Richtung der älteren Frau.

«Das will ich auch hoffen.» Strafend blickte sie Olivia an. «Wenn Sie hier weiterhin so laut sind, rufe ich die Polizei.»

«Es wird nicht wieder vorkommen», beteuerte Olivia hastig.

«Gut.» Mrs. Hammond wirbelte herum, bevor sie die Tür vernehmlich zuknallte.

Julian blickte Olivia mit versteinerter Miene an.

«Bitte, Julian, ich habe es nicht so gemeint.»

Er schluckte und erwiderte mit rauer Stimme: «Jetzt verstehe ich, warum du dich so verändert hast. Und warum du mich hasst.»

Hektisch schüttelte sie den Kopf. «Ich hasse dich nicht, Julian.»

«Du hast mir all die Jahre vorgeworfen, dass ich Sammys

Unfall vergessen und verarbeitet habe.» Sein Gesicht verschloss sich noch mehr. «Nur hast du mir keinen Ton davon gesagt.»

«Nie habe ich dir etwas vorgeworfen, Julian.»

«Schon gut.» Er hob eine Hand.

«Nein, es ist nicht gut. Das hätte ich nie sagen dürfen.»

«Aber du denkst es.»

Wieder schüttelte sie den Kopf. Julian drehte sich um und ging zwei Schritte in Richtung Aufzug. Doch dann blieb er stehen und sagte, ohne sich umzudrehen: «Du kriegst die Scheidung.»

«Danke», flüsterte sie und betrachtete seinen blonden Hinterkopf.

Er wandte sich ihr zu, zog die Mundwinkel nach unten und antwortete dumpf: «Erstick dran, Liv.»

8. Kapitel

Da sich die Eheleute seit sechs Jahren in Trennung befinden, wird die Scheidung nach Klärung aller offenen Fragen in kürzester Zeit rechtskräftig sein.» Julians Anwalt blickte über seine Brille hinweg zu Olivia und ihrem Anwalt, die ihnen gegenüber an dem kleinen Tisch in seinem Büro saßen.

Julians Anwalt war gleichzeitig sein Freund und hatte eigentlich den großen Konferenztisch seiner Kanzlei vorgeschlagen, aber Julian hatte auf Tonys Büro bestanden. Es gab keinen Grund, große Distanz zu wahren, denn sie waren sich einig, die Scheidung schnell über die Bühne zu bringen. Sie mussten um kein Sorgerecht, Umgangsrecht oder um Unterhaltszahlungen streiten, daher rechnete er damit, in weniger als einer halben Stunde wieder gehen zu können. Tony würde die Verträge aufsetzen, sie ihrem Anwalt zur Prüfung schicken, dann mussten beide nur unterschreiben, bevor ein Richter die Scheidungspapiere gegenzeichnete.

Dann hatte Liv endlich ihren Willen bekommen.

Am liebsten hätte er den Kragen seines Hemdes gelockert, die Krawatte geöffnet und wäre gegangen. Aber das war nun einmal nicht möglich. Daher blieb er in seinem dunklen Anzug an diesem Tisch sitzen und verspürte leichte Kopfschmerzen, als er Olivia musterte. Sie saß steif wie ein Brett und kühl wie eine Madonna neben ihrem grauhaarigen Anwalt, von oben bis unten streng zugeknöpft und sehr schweigsam. Er konnte an ihrem Gesicht nicht ablesen, ob sie glücklich war oder gleich zu weinen anfangen würde. Außerdem vermied sie es, ihm in die

Augen zu sehen. Selbst bei ihrer Begrüßung hatte sie ihn nicht angeschaut, sondern über seine Schulter hinweg einen Punkt fixiert und ein leises Hallo gemurmelt.

«Mr. Scott hat seine Vermögenseinkünfte und Besitztümer offengelegt, damit die Höhe der Abfindung ersichtlich wird.» Tony räusperte sich und schob ein Papier über den Tisch.

Als ihr Anwalt danach greifen wollte, legte Liv ihm eine Hand auf den Arm.

«Das wird nicht nötig sein.» Sie blickte blass in die Runde. «Ich möchte keine Alimente.»

Während beide Anwälte verdutzt dreinschauten, kam es für Julian nicht überraschend. Schon als sie sich damals von ihm getrennt hatte, hatte sie sein Geld rigoros abgelehnt.

Ihr Anwalt flüsterte ihr aufgeregt etwas ins Ohr, doch sie schüttelte hartnäckig den Kopf.

«Das ist keine Verhandlungsbasis.» Julian lehnte sich in den Sessel zurück. «Wenn du das Geld nicht nimmst, stimme ich einer Scheidung nicht zu.»

Nun sah sie ihn doch an. «Ich will dein Geld nicht, Julian.»

«Es ist auch dein Geld», erwiderte er ruhig und blickte ihr in die Augen. «Wenn du mich nicht unterstützt und dich nicht um Sammy gekümmert hättest, würde ich es heute nicht besitzen.»

Stirnrunzelnd schüttelte sie den Kopf. «Das ist nicht wahr.»

«Ich möchte, dass du versorgt bist.»

Sie seufzte. «Ich bin versorgt. Meine Mutter hat mir Geld vererbt, und ich bekomme ein gutes Gehalt, Julian.» Auch sie klang sehr ruhig – und sehr müde.

«Darum geht es mir nicht. Du bist ... du warst meine Frau» – er räusperte sich kurz –, «ich möchte dich gut versorgt und glücklich wissen.»

«Aber ...»

Langsam beugte er sich vor. «Nimm mir das nicht auch noch, Liv. Ich war nicht immer ein toller Ehemann, aber ich will die Gewissheit haben, dass ich wenigstens auf diesem Gebiet nicht versagt habe … dass ich dazu imstande war, meiner Frau ein sorgenfreies Leben zu ermöglichen.»

Sie hatte einen Kloß im Hals und nickte. Daraufhin lehnte er sich wieder zurück. Die Anwälte faselten weiter in ihrem juristischen Kauderwelsch, doch Liv wirkte nun, als würde sie gleich zusammenbrechen. Julian betrachtete sie mit einem engen Gefühl in der Brust.

«Außerdem muss Mrs. Scott –»

«Gallagher», fiel ihr Anwalt seinem Kollegen gutmütig, wenn auch warnend, ins Wort.

«Wie auch immer» – Tony sah ihn strafend an –, «wir möchten, dass sie eine Verzichtserklärung unterschreibt, die Ehe mit Mr. Scott sowie Details zu ihrem Verhältnis zu ihm nicht öffentlich zu machen.»

«Moment!» Julian sah Tony fassungslos an. «Davon hast du kein Wort gesagt.»

«Eine reine Vorsichtsmaßnahme», erklärte er ihm, «damit dein Name nicht irgendwann …»

Liv räusperte sich. «Ich unterschreibe es.»

«Nein, du unterschreibst nichts dergleichen.» Julian warf seinem Freund und Anwalt einen finsteren Blick zu. «Es wird keine Verzichtserklärung geben, Tony.»

«Ich bin dein Anwalt und rate dir –»

«Nein.»

Damit war das Thema für ihn erledigt. Sein Anwalt seufzte ärgerlich, musste sich jedoch fügen. Als alles andere geklärt war, erhob Julian noch einmal das Wort und sah Liv bittend an. «Ich möchte noch einmal kurz allein mit dir sprechen.»

«Dagegen protestiere ich.» Livs Anwalt schüttelte kategorisch den Kopf.

«Es ist gut, Howard.» Liv nickte Julian zu. «Natürlich spreche ich mit dir.»

Nach einigen weiteren Protesten verließen beide Anwälte den Raum, und Julian blieb mit ihr allein zurück. Er rückte einen Stuhl neben ihren und setzte sich.

«Warum wolltest du nicht, dass ich die Verzichtserklärung unterschreibe?», fragte sie leise.

Unbehaglich zuckte er mit der Schulter, senkte den Kopf und erwiderte: «Du warst meine erste richtige Freundin, Liv, die erste Frau, die ich von Herzen geliebt habe, und auch die einzige.»

«Julian», flüsterte sie erstickt und verzog das Gesicht.

Er lächelte herzerwärmend. «Ich hatte immer Respekt vor dir. Und mit Respekt soll auch unsere Ehe enden.»

Der Kloß in ihrem Hals wurde immer dicker, und sie konnte kaum noch atmen.

Auch seine Stimme schien beinahe zu brechen. «Es gibt noch einige Dinge, die ich dir sagen möchte.» Er nahm ihre Hände in seine. «Du hast es nicht so gemeint, aber ... aber du sollst wissen, dass ich meine ganze Karriere und alles Geld dafür hergeben würde, Sammy zurückzubekommen.» Er stockte kurz. «Und ich möchte dir danken, dass du mir dieses wundervolle Kind geschenkt hast.»

Sie begann zu weinen. Behutsam strich er ihr die Tränen von den Wangen. «Eigentlich wollte ich dich nicht zum Weinen bringen», gestand er.

Liv sah, dass er ebenfalls weinte, und legte ihm zärtlich eine Hand auf die Wange.

«Das ist nicht schlimm.»

Er versuchte ein Lächeln zustande zu bekommen, bevor er sich verlegen über die Augen wischte. «Du glaubst es vielleicht nicht, aber ich will wirklich, dass du glücklich bist.»

«Ich glaube dir», antwortete sie flüsternd.

Er lehnte seine Stirn an ihre und seufzte halb kläglich, halb amüsiert auf. «Und wenn du mit diesem Schwächling glücklich wirst . . . bin ich zufrieden.»

«Danke.»

«Er mag dich vielleicht Olivia nennen – aber für mich bleibst du Liv.» Er küsste sie auf die Stirn und umfasste noch einmal ihre Wangen, um sie zu streicheln. «Pass gut auf dich auf, Liv.»

«Du auch auf dich», erwiderte sie aufschluchzend. Zum Abschied küsste er ihre Hand und ließ sie dann allein zurück.

9. Kapitel

Kurz vor Saisonbeginn verletzte sich Julian beim Training. Glücklicherweise war es keine schwerwiegende Verletzung, und mit etwas Glück war er beim Auftaktspiel wieder völlig genesen, was ihn sehr erleichterte. Das Handgelenk war verstaucht und musste geschont werden, weshalb er einen dicken Verband am linken Arm trug und Schwierigkeiten hatte, die alltäglichen Dinge zu erledigen, die immer anfielen. Das nervte ihn mächtig. Doch als Wide Receiver waren seine Hände, die die Pässe fingen, so wichtig wie seine Beine, die ihn in die Endzone trugen. Daher hielt er sich strikt an die ärztlichen Vorgaben und hoffte auf eine rasche Genesung.

Im Team wurde er damit aufgezogen, dass er glücklicherweise Rechtshänder war und sein Sexleben somit nicht vernachlässigen musste.

Palmer, der seine letzte Beziehung vermasselt hatte und deswegen gehänselt wurde, hing ständig bei ihm rum und war beinahe wie ein Mitbewohner. Brian war der einzige Mensch, dem er von seiner Scheidung vor einigen Monaten erzählt hatte und der glaubte, seinen Teamkollegen aufheitern zu müssen. Oder vielleicht fühlte er sich einfach mit ihm verbunden, weil seine Freundin ihm erst in aller Öffentlichkeit eine Szene gemacht und sich dann von ihm getrennt hatte. Julian wusste nicht, was Brian mehr auf der Seele lag – dass seine Freundin ihn in die Wüste geschickt oder dass sie ihm zuvor eine Riesenszene mitten in einem Restaurant gemacht hatte. Fotos, wie das Model mit dem Namen Calinda ihm Wein ins Gesicht schüttete, waren in allen Medien veröffentlicht worden und setzten dem enttäuschten Spieler sehr zu.

Nun ja, Brian war nicht der treueste Geselle und hätte nicht den Fehler machen dürfen, vor den Augen seiner gereizten Freundin einer Kellnerin auf den Hintern zu starren. Nicht einmal eine Woche nach ihrer Trennung gab es bereits Kussfotos von Calinda und einem Baseballspieler. Vermutlich war der wirkliche Grund, warum Brian so fertig war, der, dass er Baseball für einen *Pussy-Sport* hielt.

Letztendlich ging es Julian trotz der Scheidung gut. Er war für einige Tage in Florida gewesen und hatte Zach besucht, dann hatte er mit Kumpels Urlaub gemacht und anschließend seinen neugeborenen Neffen kennengelernt, der in Vermont zur Welt gekommen war. Seine Schwester lebte mit ihrem Mann mittlerweile in Grannys altem Haus, sodass er sie nun öfter sehen konnte. Momentan steckte er jedoch in den letzten Vorbereitungen zum Saisonbeginn, erholte sich von seiner Verstauchung und gewöhnte sich an sein neues Patenkind, das er seit zwei Monaten betreute.

Derek war anders als Zach – etwas schüchterner, und er taute langsamer auf. Anfangs hatte er sich nicht getraut, ihn einfach Julian zu nennen, sondern hatte ihn immer mit Mr. Scott angesprochen. Sie machten jedoch große Fortschritte, und Julian mochte den liebenswerten Zehnjährigen sehr, der nur wenige Blocks entfernt wohnte und manchmal nach der Schule vorbeikam, damit sie zusammen ein Videospiel spielen konnten.

Eigentlich waren Videospiele gar nicht Julians Ding, doch er hatte sich eine Konsole und passende Spiele für einen Zehnjährigen gekauft, nachdem Derek und er zusammen großen Spaß in einer Spielhalle gehabt hatten. Wenn Derek nicht da war, spielte Brian die meiste Zeit damit und nervte Julian gewaltig mit den lauten Geräuschen von simulierten Autocrashs. Der Quarterback besaß von Natur aus den sportlichen Ehrgeiz, gewinnen zu wollen, und lieferte sich mit Derek eine wilde Autojagd nach der anderen, während Julian wegen seiner verstauchten Hand im Moment nur zuschauen konnte.

Was ihn neben seiner Verletzung in letzter Zeit wirklich nervte, war die furchtbare Medienkampagne der *Titans*, die Archie nach dem katastrophalen Zusammenstoß dennoch durchgesetzt hatte. Überdimensionale Fotos von ihm prangten auf Plakatwänden, Werbespots liefen im Fernsehen, und er hatte ein Tonband fürs Radio aufnehmen lassen müssen. Sicherlich gab es im Football viele Primadonnen, aber Julian gehörte nicht dazu, und es war ihm peinlich, sein Bild überall zu sehen. Ob es an dieser medialen Präsenz oder an der Neugier am neuen Team lag, die Tickets für die kommende Saison waren beinahe ausverkauft.

Julian war also dermaßen beschäftigt gewesen, dass er kaum Zeit gehabt hatte, über seine Scheidung und über Liv nachzudenken. Er wusste, dass er sich mit Arbeit eindeckte, um nicht darüber nachdenken zu *müssen*, und es störte ihn auch nicht, diesen unangenehmen Gedanken aus dem Weg zu gehen. Wütend hatte er zunächst auf ihre Forderung nach Scheidung reagiert, sich dann zähneknirschend damit abgefunden und sich schließlich mit bittersüßer Trauer von ihr verabschiedet. Er hatte eingesehen, dass es so besser war und das Leben weitergehen musste. Liv lebte ihr Leben ohne ihn, also durfte er sich nicht an die Vergangenheit klammern und musste sie gehen lassen. In den letzten vier Monaten hatte er sich an die neue Situation gewöhnt, ein geschiedener Mann zu sein.

Wenige Tage später durfte er seinen Verband abnehmen, wurde untersucht und für gesund befunden. Sein Orthopäde signalisierte, dass einem Spieleinsatz nichts im Wege stünde. Erleichtert verließ Julian die Praxis und fuhr gut gelaunt zu einem Termin, den er bei *BigFriends* hatte, der Organisation, die ihm sein Patenkind vermittelt hatte. Da er bereits zwei Jahre lang Zach in Miami betreut hatte, war das sonst monatelange Aufnahmeprozedere in New York auf zwei Wochen verkürzt worden, und es hatte nicht lange gedauert, bis er Derek kennenlernen durfte. Sein Ansprechpartner war Martin Wingate, der sie beide betreute. Deshalb hatte es ihn gewundert, um einen Termin bei einer Emma Townsend gebeten zu werden, die in der Presseabteilung der Organisation arbeitete.

Eigentlich hatte er sie sich als ältere Dame vorgestellt, doch eine quirlige Blondine begrüßte ihn herzlich und führte ihn in ihr Büro, dessen Wände von unten bis oben mit Kinderbildern beklebt waren. Emma verzauberte ihn mit ihrem leicht texanischen Akzent, den funkelnden blauen Augen und den niedlichen Grübchen in den Wangen. In hochgekrempelten Jeans, einer ärmellosen Bluse und Sandalen reichte sie ihm eine Tasse Kaffee und nahm anschließend ihm gegenüber Platz.

«Ich muss Ihnen danken, dass Sie so kurzfristig Zeit hatten, Mr. Scott.»

«Nennen Sie mich bitte Julian.»

«Gern.» Sie deutete leicht auf sich. «Emma.»

Julian lehnte sich zurück und ließ den Blick verstohlen über ihre Gestalt gleiten, während er an seinem Kaffee nippte. Jemand, der ein so großes Büro mitten in Manhattan hatte, musste eigentlich älter sein als sie, denn sie sah wie eine dreiundzwanzigjährige Studentin aus. Wie eine gutgebaute und sehr hübsche Studentin.

«Vermutlich ist es Ihnen ein Graus, von mir um einen Gefallen gebeten zu werden», begann sie ernst und stellte ihre Tasse beiseite.

«Ganz und gar nicht», erwiderte er amüsiert, «was kann ich denn für Sie tun?»

«Ich brauche Sie ganz dringend.» Als sie merkte, was ihr herausgerutscht war, errötete sie tief, während Julian schallend lachte.

«O Gott!»

«Schön, das zu hören.» Er zwinkerte ihr zu, was sie noch tiefer erröten ließ.

Beschämt legte sie sich eine Hand über die Augen. «Können wir bitte so tun, als hätte ich das nicht gesagt?»

«Natürlich.» Dennoch kicherte er immer noch ein wenig.

Trotz ihrer verlegenen Röte begann sie: «Bevor ich Sie um den Gefallen bitte, muss ich Ihnen erst einmal erklären, dass wir in den letzten Monaten immense Probleme hatten, sowohl Mentoren als auch Kinder zu finden.»

«Tatsächlich?» Er sah sie verwirrt an.

«Leider. Durch die schrecklichen Pädophilie-Fälle, die in den letzten Monaten überall in den USA Schlagzeilen gemacht haben, wollen sich nur noch wenige Erwachsene hier engagieren, um nicht in den Verdacht zu kommen, Kindern zu nahe zu treten. Die Eltern wiederum haben verständlicherweise Angst, dass ihren Kindern etwas passieren könnte, und wollen sie nicht irgendwelchen Fremden überlassen.»

Julian schüttelte den Kopf. «Diese Pädophilie-Fälle hatten doch überhaupt nichts mit dem Mentoring-Programm zu tun.»

«Das stimmt, jedoch sind die Menschen sehr viel vorsichtiger geworden.» Emma seufzte auf.

«Wenn ich zurückdenke, welche Informationen über mich eingeholt wurden, dass psychologische Gespräche stattfanden und Leumundszeugen über mich befragt wurden, kann ich mir überhaupt nicht vorstellen, dass Pädophile eine Chance hätten, hier aufgenommen zu werden.» Er presste seine Lippen zusammen.

Emma lächelte dankbar. «Das ist Teil unserer Aufklärungsarbeit. Wir möchten die Menschen für unsere Organisation sensibilisieren und hätten Sie gern dabei.»

«Mich?»

Sie erhob sich, nahm eine Mappe von ihrem Schreibtisch

und reichte sie ihm. Während er darin blätterte, fuhr sie fort: «Sie sind sehr prominent und können andere Menschen sicherlich davon überzeugen, dass es eine gute Sache ist, sich hier zu engagieren. Ich weiß, dass ich Sie damit überfalle, Julian, aber es wäre ein großer Gewinn für unsere Kampagne, wenn Sie teilnehmen könnten.»

Er sah sie neugierig an. «Was haben Sie sich denn vorgestellt?»

«Nichts Zeitaufwendiges», versicherte sie hastig, «ich weiß, dass bald die Saison anfängt. Sie haben sicherlich sehr viel im Kopf. Ein Interview wäre toll – und ein paar Fotos von Ihnen und Derek. Wir könnten es wie eine Homestory aufziehen und erzählen, was Sie und Ihr Patenkind zusammen unternehmen.»

«Nun ja» – er zögerte –, «ich weiß nicht, was Derek dazu sagt. Oder seine Mutter.»

«Wenn Sie damit einverstanden sind, würde ich mit Dereks Familie sprechen. Und mit Derek selbst natürlich.»

Eigentlich gefiel es John nicht, dass der Kleine vor eine Kamera gezerrt werden sollte. Er war manchmal noch sehr unsicher im Umgang mit ihm. Außerdem sollte er nicht als sozial vernachlässigtes Kind dargestellt werden, das er im Grunde nicht war.

«Derek und ich kennen uns erst seit zwei Monaten. Ich weiß nicht, ob es nicht zu früh ist, uns als glückliches Tandem zu zeigen.»

«Keine Sorge», beruhigte Emma ihn, «wir wollten an Ihr zweijähriges Tandem in Florida anknüpfen und erwähnen, dass Sie nach Ihrem Umzug jetzt die Betreuung eines anderen Kindes übernommen haben. Es wäre sehr schön, wenn die Menschen sehen, dass sich eine Beziehung zwischen dem Mentor und dem Kind mit der Zeit entwickelt.»

«Hmm.»

«Ich versichere Ihnen, dass wir nichts manipulieren werden.» Sie hob eine Hand. «Das schwöre ich Ihnen. Keine dramatischen Fragen, keine mitleiderregenden Geschichten über geschlagene Kinder, die endlich zu lächeln lernen.» Emma schnitt eine Grimasse. «Und keine gestellten Situationen.»

«Derek soll sich nicht als Vorführobjekt vorkommen.»

Nickend schenkte sie ihm ein weiches Lächeln. «Das verspreche ich. Es soll alles ganz natürlich werden. Wenn sich Derek nicht wohl fühlt, brechen wir es ab und interviewen Sie allein.»

«Und wenn *ich* mich nicht wohl fühle?», fragte er mit Schalk im Blick.

Emma Townsend musste lachen. «Da fällt mir sicher irgendetwas ein.»

Julian hatte sich viel zu große Sorgen um Derek gemacht, denn der Junge war gleich Feuer und Flamme, als er hörte, dass er interviewt werden sollte und dass Fotos von ihm und Julian in der Zeitung erscheinen würden. In der Woche vor den Aufnahmen rief er Julian täglich an, berichtete von der Schule und von dem T-Shirt, das er sich für die Fotos gekauft hatte. Derek war ein riesiger Comic-Fan und hatte jetzt ein Superman-Shirt, das er beim Shooting tragen wollte. Seine Aufregung amüsierte Julian. Er stellte sein Haus für die Aktion zur Verfügung und räumte am Tag vorher in der unteren Etage gründlich auf.

Glücklicherweise war sein Haus groß genug, denn Emma kam mit drei Fotografen und Assistenten im Schlepptau vorbei, während Derek von seiner Mom und seinem besten Freund begleitet wurde. In der Küche standen Getränke und Snacks bereit, die Julian morgens in einem Geschäft um die Ecke besorgt hatte.

Der Fotograf, der sich Miguel nannte und ein rosafarbenes Poloshirt von Ralph Lauren sowie eine hellgrün karierte Golfhose trug, prüfte die *Location*, besprach mit seinen Mitarbeitern verschiedene Szenen und nahm dann Julian sowie Derek in Augenschein. Bewundernd blickte er Julian an und schenkte ihm ein verführerisches Lächeln. «An Ihnen müssen wir nicht herumdoktern – eigentlich schade. Aber Sie sehen großartig aus.»

Julian lächelte gequält und warf Derek eine Grimasse zu, über die der kleine Junge lachen musste.

«Als Erstes sollten wir alle in den Garten gehen.» Miguel schnappte sich seine Kamera und deutete auf seinen Assistenten. «Bring den Football mit!»

«Football?» Julian sah ihn zweifelnd an und war heimlich froh, dass er am Tag zuvor auch noch den Rasen gemäht hatte.

«Aber ja, Schätzchen.» Miguel grinste. «Ein kleines Football-spiel im Garten. Das wird herrliche Bilder geben.»

Wie übertrieben, dachte Julian.

«Das ist aber sehr plakativ», warf auch Emma zweifelnd ein.

«Ach was! Ein paar Bilder zum Warmwerden», entschied Miguel und ging durch die Küche nach draußen in den Garten.

Julian und Derek warfen sich im Garten den Ball zu, täusch-ten ein Footballspiel an und lachten spontan, als der Ball aus Dereks Händen flog und Miguel beinahe getroffen hätte. Dieser fand das weniger witzig und blickte beide strafend an. Emma dagegen stand mit einer Mappe, die sie an ihre Brust drückte, amüsiert neben Dereks Mom und biss sich auf die Lippen, um nicht lachen zu müssen.

Julian warf ihr einen verstohlenen Blick zu und betrachtete wohlwollend, wie sie, in einem hellblauen Sommerkleid und mit flachen Sandalen bekleidet, dem Assistenten etwas ins Ohr flüsterte. Ihr blondes Haar glänzte im Sonnenlicht.

«Kleiner!» Miguel kam auf Derek zu und betrachtete sein T-Shirt zweifelnd. «Du ziehst dich besser um.» Er zeigte auf sei-nen Assistenten. «Wir haben ein *New York Titans*-T-Shirt für dich mitgebracht. Das sieht bestimmt toll aus.»

Derek verzog traurig den Mund. Bevor Julian etwas sagen

konnte, mischte sich Emma ein. «Wenn er ein *Titans*-T-Shirt trägt, wirken die Fotos viel zu übertrieben, Miguel. Sie sollen nicht gestellt aussehen.»

Strahlend ließ sich Derek weiter in seinem Superman-Shirt fotografieren.

Es dauerte ewig, bis Miguel mit den Außenaufnahmen zufrieden war und vorschlug, dass sie nun zusammen an Julians Auto herumschrauben sollten.

«Sie haben doch ein Auto, oder?»

Unwirsch nickte Julian. «Schon, aber ich repariere mein Auto nicht selbst. Das ist ein Hybrid, davon habe ich keine Ahnung.»

Miguel seufzte, als hätte er es mit einem Schwachkopf zu tun. «Sie sollen auch nicht wirklich daran herumschrauben, Julian, sondern nur so tu-hun.» Er betonte das letzte Wort so deutlich, dass Julian die Zähne zusammenpresste.

Derek war verwirrt. «Wir basteln nie am Auto herum! Wir spielen Videospiele, fahren Fahrrad und backen Pizza zusammen.»

Wieder seufzte der Fotograf auf. «Kleiner, wir wollen euch wie einen Dad und einen Sohn präsentieren. Väter und ihre Söhne spielen Football im Garten und schrauben zusammen an Autos herum, aber sie backen keine Pizza.»

Julian wurde langsam wütend, von diesem nervigen Typen wollte er sich wirklich nicht vorschreiben lassen, wie er fotografiert werden sollte.

«Fotos von Väter und Söhnen, die an Autos basteln, sehen immer gestellt aus.» Emma versuchte zu vermitteln. «Außerdem geht es hier um das Prinzip einer Patenschaft, Miguel.»

«Derek ist mein Kumpel» – Julian legte dem verunsicherten Rotschopf eine Hand auf die Schulter –, «wir essen Eis vor dem Fernseher, schauen uns Sport an und spielen Videospiele – wie es Kumpels halt tun.»

Derek grinste ihn von unten an. «Genau, wir sind Kumpels.»

Die vertrauensvolle Äußerung des Kindes erfreute Julian. Es war schön anzusehen, wie natürlich sich Derek mittlerweile verhielt und dass er keine Scheu mehr zeigte. Der einzige Wermutstropfen an diesem Tag war Miguel, der Julian mächtig auf den Keks ging.

«Das ist schön», erwiderte der Fotograf gereizt, «aber wie ihr vor dem Fernseher sitzt, gibt nicht viel her.»

Als der Assistent auch noch vorschlug, ein Foto in der Küche zu machen, wie beide Eiscreme aßen, wäre Miguel vermutlich ausgerastet, wenn Emma ihn nicht gebändigt hätte. Also wurden dann Fotos gemacht, wie Derek mit einem Schälchen Eis neben der Spüle saß und seine Beine locker herunterbaumeln ließ, während Julian mit seinem Eis neben ihm stand. Außerdem wurden sie dabei fotografiert, wie sie Videospiele spielten und wie sie auf der Außentreppe saßen und sich unterhielten, damit die Fassade des schönen Hauses im Bild war.

Sobald die Bilder fertig waren, verschwanden Miguel und sein Team, sodass Emma in Ruhe die Interviews mit Derek und Julian führen konnte. Ein kollektives Seufzen ertönte, als sich die Tür hinter dem nervenden Fotografen schloss.

«Es tut mir leid, dass wir keinen anderen bekommen haben.» Emma sah Julian und Dereks Mom Nicole bedauernd an. «Er wurde mir wärmstens empfohlen, deshalb wusste ich nicht, wie schwierig er tatsächlich ist.»

Nicole lächelte. «Die Fotos sehen dafür aber toll aus. Ich konnte sie auf dem Monitor sehen. Unglaublich hübsche Bilder von Derek sind dabei herausgekommen.»

«Später rufe ich die Agentur an und lasse Ihnen die Fotos zukommen», versprach Emma ihr.

Die beiden Jungs spielten derweil an der Spielkonsole und kreischten vor Vergnügen, wenn sie Punkte machten. Derek musste sich losreißen, um sich mit Emma an den Tisch im Esszimmer zu setzen und ihr einige Fragen zu beantworten.

Grinsend hörte Julian zu, wie der Kleine ihn wie einen Helden beschrieb und erzählte, dass er sich auf den Zeitungsartikel freute, weil seine Schulklasse ihm nicht glaubte, dass er tatsächlich Julian Scott kannte. Emma stellte ihm ein paar wirklich nette Fragen und beanspruchte ihn nicht allzu lange, weil der Junge schon ziemlich müde aussah.

Kurz darauf verabschiedete Julian Derek und seinen Anhang, verabredete sich mit ihm für die kommenden Tage und brachte sie hinaus.

«Ich habe ein richtig schlechtes Gewissen, Sie so lange beansprucht zu haben, Julian.» Emma sah ihn schuldbewusst an. «Und Ihr Haus sieht aus wie ein Schlachtfeld.»

«Schon gut.» Lachend schloss er die Tür. «Sie sollten sich hier umschauen, wenn meine Teamkollegen zu Besuch kommen.»

«Hätten Sie etwas dagegen, wenn ich Ihnen meine Fragen stelle, während ich Ihnen beim Aufräumen helfe?»

Obwohl er eigentlich hätte protestieren sollen, nickte er und sah sie dankbar an. «Das wäre nett.»

Sie begannen ein unverfängliches Gespräch über die kommende Footballsaison und räumten dabei das schmutzige Geschirr in die Küche. Als Julian heißes Wasser in das Becken einließ, sah Emma ihn fragend an. «Haben Sie keine Spülmaschine?»

«Doch.» Er lächelte und tat Spülmittel in das heiße Wasser. «Aber ich unterhalte mich gern beim Abwasch. Noch heute führe ich mit meiner Mutter die besten Unterhaltungen, wenn wir nach einem Festessen in der Küche stehen und spülen.»

«Das hört sich ja sehr harmonisch an.»

«Ist es auch.» Er legte die Gläser in das heiße Wasser und griff nach einem Schwamm. «Meine Eltern leben in Idaho, deshalb sehen wir uns nicht sehr oft, aber wenn ich sie besuche, freue ich mich sehr.»

«Wie nett.» Emma nahm ein Handtuch und begann das erste

Glas abzutrocknen. «Aber ist es nicht sehr hart, so weit weg von seiner Familie zu leben?»

Er zuckte mit der Schulter. «Mit neunzehn Jahren bin ich nach Pullman gezogen – zwar ist Idaho nicht weit entfernt, aber ich war nicht oft zu Hause. Danach lebte ich in Arizona, Denver und Florida. Jetzt in New York. Für mich ist das völlig normal.»

«Meine Eltern wohnen auf Long Island», witzelte sie, «meine Mom ruft mich jeden Tag an, mein Dad schneit oft im Büro herein, und mein Bruder sitzt mehrmals in der Woche bei mir zu Hause herum.» Sie schnitt eine Grimasse. «Es ist oft schon zu viel.»

«Kann ich mir vorstellen.»

Emma stellte das trockene Glas beiseite und ergriff das nächste. «Auf dem College fand ich es furchtbar», gestand sie, «so weit weg von meiner Familie.»

«Wo haben Sie studiert?»

«In Texas.»

«Haben Sie Ihren texanischen Akzent daher?»

Lachend schüttelte sie den Kopf. «Ich bin in Texas zur Grundschule gegangen, danach zogen wir nach Long Island, und zum Studium bin ich wieder in Texas gelandet.»

«Wenn Sie aus Texas stammen, müssen Sie ja von Geburt an ein eingefleischter Football-Fan sein.»

Seufzend legte sie die Hand an ihr Herz, als wolle sie einen Eid ablegen. «Gott, Vaterland und Football.»

Lachend spülte er weiter.

«Nun ja, die Reihenfolge stimmt nicht ganz. Zu Hause dreht es sich nämlich immer um Football. Mein Dad ist ein riesiger *Cowboys*-Fan.» Entschuldigend hob sie die Schultern.

«Das kommt in den besten Familien vor», seufzte er bedauernd.

Emma versetzte sie ihm einen freundschaftlichen Stoß.

«Mittlerweile schwärmt er auch ein wenig für die *Titans*, würde das jedoch niemals offen zugeben.»

«Woher kommt es? Lokalpatriotismus?»

«Das schreibe ich eher Ihrem Coach zu.»

Er sah sie fragend an. «Brennan? Weshalb?»

«John Brennan war Quarterback, als die *Cowboys* den Superbowl holten – mein Dad verehrt ihn.» Sie verdrehte die Augen. «Zwar drückt er immer noch Dallas die Daumen, strahlt jedoch übers ganze Gesicht, sobald er Brennan auf der Trainerbank der *Titans* sieht.»

«Wenn die Saison anfängt, besorge ich Ihnen und Ihrem Dad gern Tickets. Nach dem Spiel kann ich ihm den Coach ja mal vorstellen.»

Beinahe fiel ihr das Glas aus der Hand. Sie starrte ihn an, als hätte er sich plötzlich als ein Marilyn Monroe imitierendes Marsmännchen geoutet. «Das ... das wäre grandios! Ich meine, falls ...» – sie errötete überrumpelt – «falls es Ihnen keine Umstände bereitet.»

«Überhaupt nicht. Ich mache es wirklich gern.» Julian verzog seinen Mund zu einem ehrlichen Lächeln.

«Dann danke ich Ihnen, Julian. Mein Dad wird ausrasten vor Freude.»

Sie sprachen noch weiter über Football, trockneten das Geschirr zusammen ab und machten sich einen Kaffee, bevor Emma endlich auf sein Engagement zu sprechen kam.

«Wie haben Sie eigentlich von unserer Organisation erfahren?»

«Das war noch in Denver, kurz bevor ich nach Florida gewechselt bin. In einer Frühstückssendung wurde das Programm vorgestellt, und ich habe mir die Homepage angeschaut. Als ich dann in Florida war, habe ich mich beworben.»

«Und sind gleich genommen worden, richtig?»

Feixend schüttelte er den Kopf und setzte sich mit ihr auf die

Couch. «Ganz und gar nicht. Es dauerte ewig, bevor sie mir signalisierten, dass ich im Spiel sei.»

«Im Spiel?»

«Das ist der Footballer in mir», entschuldigte er sich. «Mit Zach habe ich mich sofort verstanden. Vor kurzem habe ich ihn in Florida besucht, und wir haben eine Tour durch die Everglades gemacht.» Er fügte lächelnd hinzu: «Er ist ein richtiger Draufgänger.»

«Und Derek?»

«Derek ist ein wenig schüchterner.» Julian umklammerte seine Kaffeetasse. «Und er braucht vor allem jemanden, der ihm zuhört. Es ist schon seltsam, wie unterschiedlich gleichaltrige Jungen sein können.»

«Schön, dass Sie sich mit Derek verstehen. Er mag Sie sehr – das konnte man heute sehen.»

«Ich mag ihn auch sehr.»

Emma lehnte sich etwas zurück. «Prominente Menschen wie Sie haben immer sehr viel zu tun. Es ist bewundernswert, dass Sie sich so viel Zeit für Ihr Patenkind nehmen.»

Nachdenklich schüttelte Julian den Kopf. «Das hat nichts mit Zeitmanagement zu tun, sondern mit Prioritäten. Es gibt viele Menschen, die hart arbeiten müssen, Geldsorgen haben und sich trotzdem um ihre Mitmenschen kümmern. Bei mir sieht es etwas anders aus.»

«Wie meinen Sie das?»

«Nun ... ich habe einen Job, der mir Spaß macht und mir» – er grinste leicht – «ein sorgenfreies Leben ermöglicht. Es wäre vermessen, wenn ich mich nur auf mich selbst konzentrieren würde.»

«Also möchten Sie der Gesellschaft etwas zurückgeben?»

Amüsiert runzelte er die Stirn. «Wenn Sie es so ausdrücken wollen.»

«Ist das der Grund, weshalb Sie sich um Derek kümmern?»

«Unter anderem.» Er nippte an seiner Kaffeetasse.

Glücklicherweise bohrte sie nicht weiter, sondern stellte interessiert noch andere Fragen, die sie für ihren Artikel benutzen konnte, und machte sich Notizen.

Julian fand ihre Nähe sehr angenehm und stellte fest, dass sie eine interessante Gesprächspartnerin war. Sie stellte genau die richtigen Fragen, ohne aufdringlich zu sein, und er war der festen Überzeugung, dass sie einen passenden Artikel schreiben würde.

«So – jetzt bin ich, glaube ich, fertig», erklärte sie nach einer Weile.

«Schon?» Er sah sie überrascht an, bevor sein Blick zur Uhr glitt.

Lachend wiederholte sie: «Schon? Ich nerve Sie seit Stunden!»

«Sie nerven mich überhaupt nicht. Ganz im Gegenteil, ein so nettes Interview habe ich noch nie geführt.»

«Vielen Dank für das Kompliment.»

«Ich meine es ernst. Sicherlich wird es ein phantastischer Artikel.»

«Das will ich hoffen, schließlich möchte Derek mit Ihnen angeben.» Nachdem sie ihre Unterlagen in ihrer Aktentasche verstaut hatte, schlenderte sie zielstrebig auf den Kamin zu, auf dem einige gerahmte Fotos standen.

«Ist das Zach?» Sie nahm ein Foto in die Hand, das ihn und einen dunkelhaarigen Jungen vor einer Achterbahn zeigte.

«Ja.» Julian trat näher und krauste amüsiert die Nase. «Als wir den Vergnügungspark verlassen haben, hätte er fast gekotzt.»

Emma lachte und stellte das Bild wieder hin, ehe ihr ein weiterer Schnappschuss ins Auge fiel. Neugierig nahm sie auch diesen Rahmen hoch und betrachtete ein Foto von ihm und einem Kleinkind.

Mit einem Kloß im Hals stellte Julian fest, dass es das Foto

war, das ihn und Sammy zeigte, als er dem einjährigen Blond-
schopf das Laufen beibringen wollte.

«Oh! Wie süß.» Emma grinste unwillkürlich, was Julian
nicht wunderte, denn Sammys fröhliches Gesicht ließ jeden
Betrachter automatisch lächeln. «Was für ein nettes Kind.» Sie
sah ihn erwartungsvoll an.

«Das ist mein Sohn.» Er nahm ihr den Rahmen ab und betrachtete das Bild selbst einige Momente, bevor er es auf den
Kamin zurückstellte.

«Sie können stolz sein.» Emma legte den Kopf schief. «Ein
hübscher Bengel. Wie heißt er denn?»

«Sammy. Eigentlich Samuel Aaron.»

«Ein schöner Name.»

«Danke.»

«Und wie alt ist Sammy?»

Julian holte Luft. «Sammy ist vor einigen Jahren gestorben.»

Emmas Reaktion erfolgte prompt, indem sie leichenblass
wurde und ihn erschrocken anblickte. «O Gott! Das tut mir
leid ...»

«Schon gut.» Julian stieß seinen Atem aus. «Natürlich vermisse ich ihn ... aber es tut nicht mehr so weh, über ihn zu
sprechen.»

Sie rang um Worte. «Wenn ich es gewusst hätte ... ich hätte
niemals gefragt.»

«Das konnten Sie ja nicht wissen.» Beruhigend sah er sie an.
«Die wenigsten Menschen wissen, dass ich einen Sohn hatte.»
Er zögerte. «Ich wäre Ihnen dankbar, wenn Sie das nicht erwäh-
nen würden.»

Emma nickte mitfühlend. «Sie können sich darauf verlassen,
Julian, ich werde Sammy mit keinem Wort erwähnen.»

Nachts konnte Julian kaum schlafen und machte sich Sorgen,
ob Emma Townsend ihr Wort halten würde. Sicherlich wäre

es eine tolle Hintergrundgeschichte, wenn sein toter Sohn erwähnt würde. Er war untröstlich, ihr von Sammy erzählt zu haben, weil sie es sicher als Grund anführen würde, weshalb er sich um fremde Kinder kümmerte. Vorwurfsvoll nannte er sich einen Idioten und dachte an Liv. Sie würde einiges durchmachen müssen, wenn Sammys Tod in der Öffentlichkeit ausgebreitet wurde – das konnte sie gewiss nicht verkraften.

Während er schlaflos in seinem Bett lag und über die Auswirkungen nachdachte, die ein solcher Artikel nach sich ziehen würde, erinnerte er sich ungewollt an die Zeit nach Sammys Tod. Obwohl die Nacht relativ warm war, fror er bei dem Gedanken an seine Beerdigung und verschränkte die Arme vor der nackten Brust. Seit Liv ihm unbedarft vorgeworfen hatte, dass er nach ihrer Trennung alle Verantwortung los gewesen sei und sein Leben als erfolgreicher Footballstar genossen hätte, konnte er nicht aufhören, an ihre Vorwürfe zu denken.

Mit dem Tod seines Sohnes war eine Welt für ihn zusammengebrochen. Julian hatte nicht geglaubt, diesen Schmerz zu überwinden, und hatte sich nicht vorstellen können, wie er ohne Sammy weiterleben sollte. Zwar hatte er Emma Townsend erzählt, dass er wieder in der Lage sei, über Sammy zu sprechen, aber er war nicht ehrlich gewesen. Er vermisste seinen Sohn schrecklich und verzweifelte auch heute noch bei dem Gedanken daran, dass Sammy bei seinem Tod furchtbare Angst ausgestanden haben musste – und dass er nicht da gewesen war, um ihn zu beschützen.

Als Sammy geboren worden war, hatte Julian ihn stundenlang im Arm gehalten und sich geschworen, immer auf ihn aufzupassen. Er hatte entsetzliche Angst davor gehabt, diesem kleinen Wesen, das Liv ihm nach achtundzwanzig Stunden Wehen beschert hatte, kein guter Vater zu sein und ihm vielleicht sogar weh zu tun – schließlich war er ein junger Student, der zwar wusste, wie man einen Football fangen musste, aber keine Ahnung davon hatte, wie man einen Säugling ins Bett brachte. Doch Sammy war ein pflegeleichtes Baby gewesen, und Julian war schnell in die Rolle eines jungen Vaters hineingewachsen. Seine Familie war das Zentrum seines Lebens. Seine Ehe war perfekt, sein Sohn ebenfalls, und sein Leben hätte nicht schöner sein können. Als ihn der Mannschaftsbetreuer nach seinem erfolgreichen Debüt in der NFL plötzlich beiseitenahm und von einem schrecklichen Unfall sprach, zerbrach einfach alles. Selbst sechs Jahre später zerriss ihn das Bild von Sammys kleinem Körper, der an Maschinen angeschlossen war, beinahe.

Er hatte an jenem Tag nicht nur seinen Sohn verloren, sondern auch seine Ehe mit Liv war zerbrochen. Zwar war er vor Trauer und Schmerz wie gelähmt gewesen, aber für seine Frau hatte er stark sein müssen, denn ihr Zustand hatte ihm die größten Sorgen bereitet. Bei Sammys Beerdigung war sie zusammengebrochen und hatte ein Beruhigungsmittel bekommen, während Julian aufgelöst neben dem Bett stand und sie entsetzt anstarrte. Er hatte Sammy verloren und durfte nicht auch noch sie verlieren. Deshalb war seine Trauer in den Hintergrund gerückt, damit er sich um sie kümmern konnte und sie nicht noch mit seinem eigenen Schmerz belastete. Liv war völlig apathisch und depressiv gewesen – selbst noch Monate später war von ihrer eigentlichen Persönlichkeit nichts zu sehen. Sie schottete sich von allen Freunden ab, die immer seltener zu Besuch kamen, da auch sie nicht wussten, wie man mit der Situation umgehen sollte. Und irgendwann ignorierte Liv auch ihn. Er hatte sich dagegen gewehrt, dass sie ihn verließ, aber mit einer Mischung aus Optimismus und Hoffnung daran geglaubt, dass sie irgendwann zu ihm zurückkäme.

Seufzend fragte er sich, wie sein Leben verlaufen wäre, wenn Sammy nicht gestorben wäre. Mit Bestimmtheit konnte er es nicht sagen, aber wahrscheinlich wären sie noch miteinander verheiratet und hätten vielleicht ein weiteres Kind – wenn nicht sogar mehrere – bekommen.

Julian schüttelte diesen Gedanken schnell ab, denn er schmerzte zu sehr. Er hatte Liv vorgeworfen, dass sie ihr Leben nicht weitergelebt hätte. Das machte ihn zu einem Heuchler, denn auch er hatte sein Leben nicht wirklich weitergelebt. Ernsthafte Beziehungen hatte er gemieden, emotional war er keine Bindungen eingegangen und hatte sich stur an die Vergangenheit geklammert. Zwar kümmerte er sich ehrenamtlich um ein Patenkind und kompensierte auf diese Weise seine Schuldgefühle sowie sein Bedürfnis nach kindlicher Zuneigung, aber allein der Gedanke, wieder Vater zu werden, hatte ihn immer in Panik versetzt. Er wollte Sammy nicht ersetzen und hatte auch Liv nie ersetzen wollen.

Die letzten Monate hatten ihm in gewisser Weise die Augen geöffnet. Er würde Sammy sein Leben lang vermissen und war sich nicht sicher, ob er jemals so weit wäre, wieder ein Kind zu bekommen, aber er konnte nicht länger auf der Stelle treten, was Beziehungen anging. Er sehnte sich nach einer festen und liebevollen Partnerschaft mit einer Frau, die ihn interessierte und die er vielleicht lieben konnte. Sein Leben mit Liv war endgültig vorbei. Vielleicht war es wirklich an der Zeit, eine neue Frau in sein Leben zu lassen.

Eine Woche später erschien der Artikel in der Zeitung, eine größere Reportage wurde zudem auf der Homepage von *Big-Friends* veröffentlicht und in den monatlichen Schriften abgedruckt, die landesweit verteilt wurden. Hastig überflog Julian den Artikel und fand tatsächlich keine Stelle, an der Sammy erwähnt wurde. Erleichtert las er das Interview in Ruhe, sah sich die abgedruckten Fotos an und war mehr als zufrieden.

Einige Tage später rief er Emma Townsend an, um sich bei ihr für den netten Artikel zu bedanken, und lud sie zu einem Date ein.

10. Kapitel

Kurz bevor Olivia ihr Büro verlassen wollte, klingelte ihr Telefon. Harm rief bestimmt schon zum vierten Mal am heutigen Tag an. Sie gab es nicht gern zu, aber langsam war sie genervt. Auf ihrem Schreibtisch häufte sich die Arbeit, sie hatte einen Geschäftstermin um 12 Uhr gehabt und hatte einen weiteren Termin in einer halben Stunde. Nicht zu vergessen die allwöchentliche Verabredung mit seinen Freunden, die am Abend stattfinden sollte. Sie hatten sich gestern gesehen, würden sich in wenigen Stunden sehen, und morgen wären sie ebenfalls den ganzen Tag zusammen, weil das Projekt beinahe abgeschlossen war und die letzten Feinheiten besprochen werden mussten.

Sie brauchte etwas mehr Zeit für sich, aber Harm schien das nicht zu verstehen, sondern engte sie ein, forderte von ihr mehr, als sie momentan zu geben bereit war. Dabei musste sie die letzten Monate verarbeiten, die Scheidung bewältigen und zu sich selbst finden. Da konnte sie es nicht gebrauchen, von ihm und seinen unterschwelligen Forderungen beinahe erdrückt zu werden.

Natürlich wusste Olivia, dass er unzufrieden war, dass er gern eine richtige Beziehung mit ihr führen wollte, aber dazu war sie nicht bereit. Zwar zeigte er ihr niemals seine Enttäuschung oder drängte sie während eines Kusses zu mehr Leidenschaft, aber sie konnte sich denken, dass es für ihn frustrierend war, nicht mit ihr zu schlafen.

Alles in allem führten sie ja eine Beziehung – irgendwie. Eine sehr erwachsene Beziehung, die aus Rendezvous in eleganten Restaurants, Opernbesuchen und Weinverkostungen mit seinen Freunden bestand. Er informierte sie über alles, bestand darauf, in den Restaurants die Rechnungen zu bezahlen, plante Wochenendfahrten aufs Land für den Herbst und gebrauchte in Gesprächen mit anderen nur noch das Wort *wir*. Für sie wurde es langsam zu viel, weil sie auf der Strecke blieb und für andere nur noch Teil einer Beziehung war, anstatt als eigenständige Person wahrgenommen zu werden. Dagegen schien Harm aufzublühen, umklammerte in Gesellschaft ihren Arm und klebte den ganzen Abend an ihr wie eine Klette.

Kurz nach der Scheidung vor vier Monaten hatte sie Harm gesagt, dass sie noch Zeit brauchte. Er hatte es akzeptiert und ihr versichert, dass er sie nicht drängen würde – was er mittlerweile jedoch tat.

Harm war nett, er war freundlich und sehr verständnisvoll – aber manchmal ging ihr seine distinguierte Art gegen den Strich. Er fluchte nie, regte sich beispielsweise nie über andere Autofahrer auf und kam ihr in letzter Zeit einfach – sterbenslangweilig vor.

Du bist unfair, sagte sich Olivia selbst immer wieder. Insgeheim verglich sie Harm in letzter Zeit ständig mit Julian, überlegte sich, wie Julian dies und das getan hätte und ob Julian genauso wie Harm lächelnd darüber hinweggesehen hätte, als sie eines Abends auf dem Heimweg ein Betrunkener angespuckt und als Schlampe bezeichnet hatte. Es war frustrierend für sie, Julian plötzlich nur noch positiv zu sehen.

Vor einigen Monaten hatte sie ihren Willen bekommen und sich von Julian scheiden lassen. Rigoros hatte sie ihn abgewiesen und bekam nun die Quittung dafür. Vielleicht lagen ihre seltsamen Vergleiche zwischen beiden Männern auch einfach daran, dass Julian überall zu sehen war. Es verging kaum ein Tag, an dem sie ihn nicht auf Plakaten, in der Werbung oder in der Zeitung entdeckte. Erst gestern war ein großer Artikel von ihm erschienen, der von seinem Engagement bei seinem Patenkind Derek berichtete.

Das Foto, auf dem er auf der Treppe vor seinem Haus saß, hatte sie irgendwie gefesselt. Julian hockte freundschaftlich mit einem charmanten Rotschopf zusammen und lachte über etwas, was der Junge gesagt haben musste. Auf dem Foto trug Julian sein Haar etwas länger als gewohnt, und sein Gesicht war von der Sommersonne tiefbraun. Olivia hatte mit einem mulmigen Gefühl seine dunklen Augen betrachtet, die sie magnetisch anzogen, und den kräftigen Körper gemustert, der in lockerer Haltung auf den Stufen lümmelte. Im Interview berichtete er darüber, was das Mentoring-Programm ihm bedeutete, und erzählte, was sie als Tandem zusammen unternahmen. Auch wenn Julian davon sprach, dass er durch seinen Job privilegiert sei und er sich deshalb ehrenamtlich engagierte, wusste Olivia, dass er es auch wegen Sammy tat.

Da das Telefon immer noch schrillte, nahm sie endlich ab.

«Hallo, Liebling.»

«Hallo, Harm.»

«Du hörst dich merkwürdig an.» Er klang besorgt.

Sie biss die Zähne zusammen. «Es ist alles okay. Ich bin nur sehr gestresst.»

«Tatsächlich?»

«Ja, ich versinke in Arbeit.»

«Oh» – er klang wieder besorgt –, «wirst du vor dem Abendessen überhaupt Zeit haben, dich umzuziehen?»

«Warum soll ich mich umziehen?», fragte sie verwundert.

«Thomas und Meredith sind heute damit dran, ein Lokal auszusuchen. Wir gehen zu dem neuen Franzosen, der erst letztens in der Times erwähnt wurde.»

«Und du meinst, mein Business-Outfit ist nicht gut genug.» Olivia seufzte.

«Meredith, Shelley und Carla werden sicherlich Abendkleidung tragen. Du wirst dich doch nicht unwohl fühlen wollen?»

«Natürlich nicht», erwiderte sie ruhig, auch wenn sie innerlich wütete. Warum zum Teufel schrieb er ihr vor, was sie tragen sollte? Sie wollte seine Freunde außerdem gar nicht beeindrucken, weil sie nicht wirklich mit ihnen warmwurde. Meredith, Shelley und Carla waren furchtbar verwöhnte Zicken, die immer etwas auszusetzen hatten und sich gern als Luxusweibchen am Arm ihrer erfolgreichen Männer präsentierten. Bei ihnen kam alles nur auf den äußeren Schein an. Ihre Männer Thomas, Henry und Marcus waren zwar wohlgelittene Aktienhändler und Vorstandsheinis mit dicken Konten, standen privat jedoch alle unter den Pantoffeln ihrer hochnäsigen Frauen, die in ihren Penthousewohnungen der Upper East Side das Personal tyrannisierten.

Anfangs hatte Olivia noch geglaubt, dass Harm die anstrengenden Frauen seiner Freunde notgedrungen tolerierte, musste mit der Zeit jedoch begreifen, dass er überhaupt nichts gegen sie hatte, sondern sie auch noch zu beeindrucken versuchte, indem er ihr selbst teuren Schmuck und edle Designerkleider kaufte – mit dem Hinweis, dieses oder jenes doch beim nächsten Treffen mit seinen Freunden zu tragen. Es war ihr unangenehm, dass er Geld für sie ausgab, weil sie sich ihm nicht verpflichtet fühlen wollte, aber Harm schien das nicht zu verstehen, sondern hatte ihr erst vor einer Woche einen Seidenschal von Chanel geschenkt, den sie furchtbar fand. Sie war nicht der Typ für Seidenschals, auf denen auf penetrante Art und Weise jeder Zentimeter des Stoffs mit dem Markenlogo bedruckt war, damit bloß jeder sehen konnte, dass der Schal von Chanel war. Tatsächlich war Harms Geschmack für Damenmode etwas altbacken, weshalb mittlerweile unzählige reizlose Kleider in gedeckten Farben in ihrem Kleiderschrank hingen und sie deprimierten. Auch den Perlenschmuck, den er ihr in den letzten Monaten geschenkt hatte, fand sie deprimierend, weshalb sie ihn in die unterste Schublade ihrer Kommode gelegt hatte. Am schlimmsten war die Perlenbrosche, die er so bezaubernd fand. Olivia konnte sich nicht erinnern, jemals eine Brosche getragen zu haben.

«Hör zu, Harm. Ich muss wirklich los, damit ich nicht zu spät komme.»

«Zu deinem Termin?»

«Genau», antwortete sie gereizt und legte auf. Ständig fragte er nach, was sie donnerstags denn für einen Termin hatte, obwohl er wusste, dass sie es ihm nicht sagen wollte.

Es ging ihn nichts an, dass sie seit zwei Monaten eine Therapeutin besuchte, nachdem sie eingesehen hatte, dass es nichts nutzte, sich vor der Vergangenheit zu verkriechen. Die Gespräche taten ihr gut, weil sie mit jemandem stattfanden, der sie nicht mit Mitleid überschüttete, sondern alles aus einer anderen Perspektive betrachten konnte. Erst nach einer Weile hatte sie begonnen, von Sammy zu sprechen, und sie hatte auch schon über das nicht existente Verhältnis zu ihrem Vater geredet.

Mittlerweile ging es in ihren Gesprächen auch um Harm und seine Ansprüche. Die Frage ihrer Therapeutin, weshalb sie Harm bislang nichts von Sammy erzählt hatte, konnte sie nicht beantworten.

Die heutige Sitzung schenkte ihr wieder etwas innere Ruhe, nachdem sie eingesehen hatte, dass Harm nur Druck auf sie ausüben konnte, wenn sie es zuließ. Mit dem Vorsatz, das Abendessen mit seinen merkwürdigen Freunden einfach auf sich zukommen zu lassen, fuhr sie in ihre Wohnung, zog sich trotz Harms Bemühungen, sie in Abendgarderobe zu präsentieren, sehr leger an und nahm ein Taxi.

Im Restaurant flippten Thomas und Meredith beinahe aus, beschuldigten sich gegenseitig des Versagens und machten eine fürchterliche Szene, weil es keine Reservierung für ihren Tisch gab. Der Abend begann mit Gekeife und der Frage, wo sie stattdessen etwas essen konnten. Acht Leute spontan in diesem Lokal unterzubringen war unmöglich, weshalb sie ein anderes aufsuchen mussten. Meredith schimpfte immer noch mit ihrem Mann, als sie einen Pub betraten, der für sein gutes Essen bekannt war.

Bis auf Liv waren dort natürlich alle ziemlich overdressed und fielen auf wie bunte Hunde. Ein paar Studenten, die mit Biergläsern bewaffnet nach draußen gingen, um eine Zigarette zu rauchen, sahen sie verblüfft an und betrachteten irritiert die Smokings der Männer und die aufwendigen Abendkleider der Frauen. Livs Outfit bestand aus einem schwarz-grau gestreiften knielangen Sommerkleid mit kurzen Ärmeln und grauen Ballerinas. Sie hätte mit dieser Kleidung problemlos bei dem noblen Franzosen bestanden, passte jedoch auch in den Pub, was man von ihren Begleitern nicht sagen konnte.

Naserümpfend sahen Meredith und die anderen Frauen auf das rustikale Design von dunklem Holz, setzten sich eher widerstrebend auf die Holzstühle und schauten sich zweifelnd um.

Liv fand es hier herrlich. Die Atmosphäre erinnerte sie an Studentenkneipen, an feuchtfröhliche Abende und schallendes Gelächter. Tatsächlich hörte man aus einem Nebenraum heftiges Gegröle sowie laute Bässe.

«Himmel, Thomas.» Harm sah ihn verwundert an. «Was hast du dir denn dabei gedacht?»

Thomas sah sich unbehaglich um. «Ein Arbeitskollege schwärmt immer von den Rippchen, die es hier gibt.»

«Rippchen?» Meredith machte ein angewidertes Gesicht. «Ich dachte an Froschschenkel oder getrüffelte Entenbrust. Du suchst wegen Rippchen diesen Laden aus?»

Der blasse Henry sah hinter seinen Brillengläsern ernst

in die Runde. «Wenn es genießbar ist, esse ich alles. Seit dem Frühstück habe ich nichts zu mir genommen.»

Als hätte jemand ihn gehört, kam eine Kellnerin herbei, zündete die Kerzen an und verteilte Speisekarten, die eingeschweißt waren.

«Hallo, Leute!» Die Kellnerin mit dem Namensschildchen *Lola* an der imposanten Brust lehnte sich mit der Hüfte an den Tisch. «Was kann ich euch zu trinken bringen?»

Fassungslose Blicke folgten, da Lola ganz gegen die gesellschaftliche Etikette ihre Gäste so zwanglos begrüßt hatte und sich des eklatanten Verstoßes gegen die guten Sitten nicht einmal bewusst war.

«Haben Sie Wein im Angebot?» Carla sah sie zweifelnd an.

«Sicher. Wollt ihr einen Weißen oder einen Roten?»

Liv versteckte ihr Grinsen, indem sie zur Seite schaute und Plakate von Rockbands betrachtete, die hier gespielt haben mussten.

«Ich nehme ein Wasser», entschied Carla, worauf auch alle anderen ein Wasser bestellten.

Liv sah Lola amüsiert an. «Ein Guinness für mich.»

«Du trinkst Bier?» Harm sah sie verwirrt an.

«Ab und zu, ja.»

«Äh, wenn Olivia ein Guinness nimmt, bestelle ich auch eins.» Carlas Mann Marcus sah erleichtert aus und senkte seine Nase schnell in die Karte, bevor seine Frau etwas dagegen sagen konnte.

«Der Shepard's Pie ist klasse», erläuterte Lola, «aber von den Maccheroni würde ich die Finger lassen.»

Liv glückste und gab ihr unbesehen die Karte zurück. «Ich nehme den Pie.»

«Gute Wahl, Süße.»

«Wie frittieren Sie die Tintenfischringe?» Shelley blickte stirnrunzelnd auf.

«In Öl», erwiderte Lola irritiert.

«Natürlich» – Shelley verdrehte versnobt die Augen –, «aber in *welchem* Öl?»

«In dem Öl, das in der Fritteuse ist.»

Kichernd beschäftigte sich Liv mit den Bierdeckeln, die auf dem Tisch lagen.

«Lassen wir das. Ich nehme den Salat mit Truthahnscheiben, aber bitte ohne Dressing, ohne Hülsenfrüchte und ohne Brot», entschied Shelley.

«Für mich auch, aber lassen Sie auch das Salz sowie die Truthahnscheiben weg.»

Meredith sagte seufzend: «Ich nehme auch den Salat, aber keine Karotten, kein Sahnedressing und kein Weißmehlbrot.»

Lola sah ziemlich verwirrt aus, notierte sich jedoch alles brav. Die Männer bestellten samt und sonders Huhn mit Reis.

«Man sollte mit dem Manager sprechen.» Carla blickte kopfschüttelnd in die Runde, als Lola verschwunden war. «Was für ein unhöfliches Benehmen diese Kellnerin an den Tag legt!»

«Das meine ich auch», blies Shelley ins gleiche Horn, «da bekomme ich auch noch eine patzige Antwort auf meine Frage, in welchem Öl die Tintenfischringe frittiert werden.»

Liv, die außen saß, erwiderte schlicht: «Ich mag sie.»

Die anderen glotzten sie verwundert an. «Das meinst du doch nicht ernst?»

Sie blickte Henry an, sah sein farbloses Gesicht und seufzte auf. «Doch. Ihre Art ist sehr erfrischend.»

An den Blicken, die sich die anderen verstohlen zuwarfen, erkannte Liv, dass sie sie für geschmacklos hielten. Harm sah überhaupt nicht glücklich aus, da seine Freundin einen Fauxpas begangen hatte. Innerlich verdrehte Liv nur die Augen.

Lola kam sehr schnell zurück und servierte ihnen alle Getränke mit großer Professionalität und Geschick. «Das Essen dauert nicht lange ...»

Lautes Gelächter von nebenan unterbrach sie kurz.

«Wir haben heute eine Karaoke-Nacht im Nebenraum. Wenn ihr Bock habt, macht ruhig mit.»

Als hätte Liv vergessen, mit wem sie unterwegs war, schaute sie fragend auf – und blickte in entsetzte Gesichter. Sobald Lola verschwunden war, schüttelte Meredith den Kopf.

«Karaoke? Das ist ja so gewöhnlich», näselte Meredith.

«Karaoke betreiben doch nur betrunkene Selbstdarsteller.»

«Sehen wir etwa aus, als würden wir Karaoke singen?» Carla schüttelte sich angewidert.

Nein, ihr seht aus, als wärt ihr aus dem Phantom der Oper entlaufen, schoss es Liv durch den Kopf, und sie lachte spontan auf, woraufhin alle sie erneut anstarrten.

«Sag nicht, dass du Karaoke magst?» Carla sah sie nachdenklich an.

«Auf dem College habe ich oft Karaoke gesungen.» Liv wurde beinahe melancholisch. Mit Julian hatte sie häufig auf der Bühne gestanden und gesungen.

Wieder wurden Blicke ausgetauscht, die davon zeugten, wie niveaulos Harms Freundin war.

«Na ja … auf dem College», wiegelte Shelley schließlich ab, «auf dem College macht man halt solche verrückten Dinge.»

Sie hielt Karaoke für verrückt? Im ersten Jahr war Liv mit ihrer damaligen Mitbewohnerin total betrunken über den Campus gelaufen und hatte vor wildfremden Menschen das T-Shirt hochgezogen. Und das war noch nichts im Vergleich zu den verrückten Ideen gewesen, die Julian in die Tat umgesetzt hatte.

Harm erzählte schnell, um seine Freunde von den Verfehlungen seiner Freundin abzulenken: «Olivia und ich werden am nächsten Wochenende das Ballett besuchen, nicht wahr, Liebes?»

«Hmm.» Sie zeigte so viel Begeisterung für das Ballett wie

ein Mensch für eine Darmspiegelung, doch niemand schien es zu bemerken, weil sie bereits ein pseudofachliches Gespräch über Ballett und Theater begonnen hatten.

Liv dagegen lehnte sich zurück und genoss ihr Guinness. Immer wieder schallten laute Lacher und begeistertes Klatschen zu ihnen herüber.

«Du lieber Himmel, müssen diese Menschen dort drüben so laut sein?», beschwerte sich Thomas.

Marcus schien von seinem halben Glas Guinness bereits angeheitert zu sein und legte seiner pikierten Frau den Arm um die Schulter, um sie zu befummeln. Liv schaute erheitert und gespannt zu, als Carla ihrem Mann ins Ohr zischte: «*Deshalb* sollst du keinen Alkohol trinken, Marcus!»

Marcus war ein lieber Trottel, wie Liv schon immer gefunden hatte, aber er kam gegen seine bestimmende Frau einfach nicht an. Momentan sah er aus wie ein Kerl, der seit Monaten nicht mehr gevögelt hatte.

Carla erhob sich schließlich mit einem bösen Blick auf ihren Mann und sagte: «Ich gehe mich frisch machen.» Hoheitsvoll schwebte sie von dannen.

Liv folgte ihr kurz darauf, ging jedoch zur Theke, die sich im Nebenraum befand, und bestellte bei Lola acht Schnäpse mit dem Hinweis, sie bitte sehr schnell zu bringen und kein Sterbenswörtchen davon zu sagen, dass sie dahintersteckte. Lola grinste nur. Sie konnte der jungen Kellnerin beinahe die Frage vom Gesicht ablesen, was sie eigentlich in dieser versnobten Runde zu suchen hatte. Mittlerweile fragte sie sich das selbst.

Liv blieb noch ein wenig an der Theke stehen und schaute zur Bühne, auf der zwei Mädchen standen und ihr nächstes Lied ankündigten – einen absoluten Karaoke-Klassiker: *I got you, Babe* von Sunny und Cher. Lächelnd setzte sie sich auf einen freien Barhocker und lauschte den Mädels, die mit hübschen Stimmen das Lied im Duett sangen. Julian und sie hatten es bestimmt hundertmal zusammen gesungen, obwohl sie sich immer schrecklich angehört und dennoch großen Jubel geerntet hatten. Ob es an dem stets angetrunkenen Zustand des Publikums oder ihren Entertainmentqualitäten gelegen hatte, wusste Liv bis heute nicht.

Wenige Tage nachdem sie beide von der Schwangerschaft erfahren hatten, waren sie mit seinem kompletten Football-team in einem riesigen Lokal gewesen. Es war ein Sonntag, und Sonntag war immer Karaoke-Tag. Das Team war in das Finale der Collegemeisterschaften gekommen, was natürlich gefeiert wurde. Liv war wie fast immer dabei, denn sie verstand sich mit seinen Teamkameraden blendend, war manchmal Schiedsrichterin bei Saufspielen und oft sogar selbst Teilnehmerin.

An jenem Abend hatte sie sich an Limonade gehalten und dennoch Spaß gehabt, als die Jungs lauthals sangen und auf ihren Erfolg anstießen. Julian und sie waren anfangs zwar darüber erschrocken, dass sie schwanger war, doch sie glaubten unbekümmert daran, dass sie es schon schaffen würden. In diesem Punkt hatten sie sich nicht geirrt.

Als Julian auf die Bühne trat, hatten seine Kollegen applaudiert und gegrölt, weil es immer witzig war, wenn er sang – seine Stimme war einfach katastrophal.

Er hatte das Mikro genommen, Liv über die anderen Gäste hinweg angeblickt und gesagt: «Das ist nur für dich, Baby.»

Jemand hatte ihr lachend auf den Rücken geklopft, während Julian ins Mikro säuselte: «Komm schon hoch und sing mit mir! Allein kann ich kein Duett singen, Liv.»

Lachend ließ sie sich von ihm auf die Bühne ziehen, schlang einen Arm um seine Taille und sang so schief wie er. Die Menge brach in frenetischen Jubel aus, und der Boden bebte. Und Julian hatte ihr nach dem Lied leicht atemlos ins Ohr geflüstert: «Liv, mit niemand anderem auf der Welt würde ich dieses Lied singen. Lass uns heiraten.»

Aus ihren Erinnerungen gerissen, als das Lied endete, lehnte sich Olivia gegen die Theke und klatschte mit den anderen Gästen, während die erröteten Mädchen von der Bühne kletterten. Bedauernd verließ sie den Raum und kehrte auf ihren Platz zurück. Die Schnäpse standen unangetastet auf einem kleinen Tablett mitten auf dem Tisch. Marcus blickte zwar immer wieder sehnsuchtsvoll hin, traute sich jedoch nicht, auch nur die Hand danach auszustrecken.

Henry, Harm und Thomas unterhielten sich über Aktien, Wertpapiere und Anlagemöglichkeiten. Shelley und Meredith redeten vermutlich über ihre Kinder, die beide natürlich hochbegabt und im zarten Alter von zwei Jahren bereits hochgebildet waren.

«Meine Aktien musste ich wegen der Scheidung verkaufen.» Harm schüttelte leicht zornig den Kopf. «Danach sind sie sprunghaft angestiegen, als hätte meine Exfrau einen Pakt mit dem Teufel geschlossen. Sie wurden völlig unter Wert verkauft, und ich habe einen riesigen Verlust gemacht.»

Ein wirklich wunder Punkt für Liv war, dass Harm oft schlecht von seiner Exfrau sprach. Sie kannte sie zwar nicht, aber laut Harm musste es sich um ein geldgeiles Miststück handeln, das alles getan hatte, um ihm so viel Geld wie möglich aus den Rippen zu schneiden. Die Scheidung der beiden hatte sich sehr lange Zeit verzögert, weil sie sich, vor allem was die Abfindungszahlungen betraf, nicht hatten einigen können. Seine Exfrau hatte mehr Geld für sich und die beiden Töchter verlangt, doch Harm hatte nicht eingesehen, ihr Alimente zu zahlen. Schließlich konnte sie doch wieder arbeiten gehen, da beide Mädchen in der Vorschule beziehungsweise in der Schule ganztags betreut wurden.

Olivia kam es so kleinlich vor, sich über Geld zu streiten, während die Familie der beiden Mädchen zerbrach und sie ihren Dad nur noch alle paar Monate sahen. Wie Olivia erfahren hatte, war die Scheidung im Gerichtssaal beendet worden. Harm und seine damalige Frau waren bis zur letzten Instanz gegangen, bis ein Richter endgültig Sorgerecht, Unterhaltszahlungen und Vermögensausgleiche festlegte. Bis heute kommunizierte Harm mit der Mutter seiner Kinder nur über ihre Anwälte. Wenn er die Mädchen sehen wollte, legte sie ihm Steine in den Weg, und er weigerte sich, Sonderzahlungen für Hausreparaturen zu leisten oder die Zusatzversicherung seiner Exfrau zu bezahlen. Ein respektvoller Umgang miteinander sah anders aus.

Als das Essen gebracht wurde, ließen die Gespräche über Aktienhandel glücklicherweise nach. Der Shepard's Pie war köstlich, und Olivia ignorierte das Genörgel der Frauen über deren Salate, während Marcus und Henry neidisch ihren brutzelnden Pie anstarrten, der vor Käse und Hackfleisch nur so überquoll.

«Was wirst du nächste Woche mit den Mädchen unternehmen, Harm?» Shelley sah ihn lächelnd an.

Olivia fragte sich nicht zum ersten Mal, ob zwischen den beiden irgendwann mal was gelaufen war. Henry war ein blasser und dünner Typ, während Harm gut aussah, einen sportlichen Körper besaß und viele bewundernde Frauenblicke auf sich zog. Shelley taxierte Harm oftmals mit dem Blick einer Frau, die um die sexuelle Fähigkeit eines Mannes wusste und nicht abgeneigt war, sie ein weiteres Mal zu testen. Man musste Harm zugutehalten, dass er ihre Blicke ignorierte und sie mit der gleichen Freundlichkeit wie Carla und Meredith behandelte. Im Grunde konnte sich Olivia nicht vorstellen, dass Harm mit der Frau seines Freundes geschlafen hatte.

«Leider sind sie ja nur für fünf Tage da.» Er zuckte mit der Schulter. «Vermutlich gehen wir ins Naturkundemuseum und ins MoMA.»

Olivia sah ihn erstaunt an. Seine Töchter waren fünf und sieben Jahre alt. Sicherlich wollten sie nicht in ein Museum gehen oder sich Bilder von toten Malern ansehen, wenn sie ihren Dad besuchten.

«Warum geht ihr nicht ins Kino?», schlug sie deshalb vor. «Ab Sonntag soll ein lustiger Kinderfilm laufen.»

«Ich weiß nicht» – er druckste herum –, «Kinos sind so wenig lehrreich.»

«Dafür aber umso unterhaltsamer», warf sie ein. «Die Mädchen werden sicherlich Spaß haben, Harm.»

«Dann geht lieber ins Kindertheater.» Carla beugte sich vor und schob ihren Salat beiseite. «Eine Freundin erzählte mir, dass sie Shakespeares *Romeo und Julia* für Kinder umgeschrieben haben und dort aufführen.»

Zwar mochte Olivia Carla nicht besonders, aber die Idee fand sie toll. «Das hört sich doch super an, Harm. Die beiden werden bestimmt begeistert sein.»

Er bewegte nachdenklich den Kopf. «Es könnte Sarah und Clarissa vielleicht gefallen.»

«Und, Olivia?» Meredith sah sie lächelnd von der Seite an. Es war jedoch kein ehrliches Lächeln, sondern eher berechnend. «Habt ihr beide, Harm und du, schon über Kinder gesprochen? Es wird langsam Zeit, oder?»

Bevor sie etwas antworten konnte, unterbrach Harm sie.

«Leider müssen wir dich enttäuschen, Meredith. Olivia und ich haben uns gegen Kinder entschieden.» Er zwinkerte Olivia zu, als hätte er ihr aus der Patsche geholfen und ein unangenehmes Thema elegant umschifft.

Sie sah ihn verwirrt an, während der Pie ihr in der Kehle stecken blieb. Sie sprachen nicht über Kinder – sie hatten nicht einmal Sex, wie sollten sie da übers Kinderkriegen sprechen?

«Ach, wie schade», säuselte Carla. «Dennoch kann ich es verstehen. Zwar liebe ich meine Tochter, aber sie macht auch einen Haufen Arbeit. Manchmal wünsche ich mir die Zeit zurück, zu der ich noch keine Mutter war.»

Anstatt erschrocken zu reagieren, blickte Olivia die andere Frau angewidert an. «Wie bitte?»

«Du verstehst das nicht, meine Liebe.» Gutmütig blickte Carla sie über den Tisch hinweg an. «Das kannst du einfach nicht verstehen, weil du keine Mutter bist. Wenn man Mutter ist, beschränkt sich das ganze Leben allein auf das Kind. Für meine Bedürfnisse habe ich kaum noch Zeit.»

Liv blickte zynisch auf professionell maniküre Finger und aufwendig frisiertes Haar, das sicherlich von einem Stylisten bearbeitet worden war. Dass Carla angeblich keine Zeit für ihre Bedürfnisse hatte, konnte sie nicht glauben.

«Die kleinen Biester sind manchmal nicht zu ertragen.» Carla lächelte sacht.

«Tatsächlich?» Liv sah fassungslos in die Runde.

Auch Meredith nickte. «Es gab bei mir auch schon Momente, in denen ich es bereut habe, Mutter geworden zu sein, anstatt Karriere zu machen.»

Karriere als was, fragte sich Liv wütend, Karriere als böse Hexe bei Hänsel und Gretel?

«Du hast es richtig gemacht.» Shelley sah sie regelrecht bewundernd an, auch wenn Neid in ihrem Blick mitschwang. «Du machst Karriere.»

«Nicht nur das ...» Carla schüttelte frustriert den Kopf. «Wenn ich an die viele Zeit denke, die ich im Fitnessclub verbracht habe, nur um diese leidigen Babypfunde loszuwerden, kommt mir das schlechte Essen gleich wieder hoch.»

Harm griff über den Tisch nach Olivias Hand und sagte lächelnd: «Olivia ist einfach nicht der mütterliche Typ. Nicht so wie ihr.»

Olivia hatte das Gefühl, lauter durchgeknallten Typen gegenüberzusitzen. Das konnte doch nicht wahr sein! Harm hielt diese lieblosen, egoistischen Zicken für mütterliche Typen? Sie kam sich wie in einer schlechten Komödie vor.

Sie entriss Harm ihre Hand, griff nach Jacke sowie Tasche und blickte noch einmal in die verwirrten, versnobten Gesichter. Sie hätte ihnen sagen wollen, dass sie sich schämen sollten, dass sie sich glücklich schätzen sollten, gesunde Kinder zu haben, und dass sie selbst ihren Job mit Freuden hergeben würde, um Sammy im Arm halten zu können. Doch sie sagte nichts dergleichen, sondern fauchte nur: «Ihr kotzt mich alle an.»

Am nächsten Morgen wurde Liv sehr früh wach und lag eine lange Zeit nachdenklich in ihrem Bett. Sie schämte sich nicht für ihren Ausraster, sondern fühlte sich erleichtert und geradezu euphorisch, die verwöhnten Zicken schockiert zu haben. Harm war ihr ein Rätsel, weil sie nicht begriff, wie ein sympathischer und intelligenter Mann solche Menschen seine Freunde nennen konnte.

Anfangs war ihr gar nicht so recht aufgefallen, wie versnobt und oberflächlich sie alle waren – weil es ihr nicht wichtig genug gewesen war. Meistens hatte sie still danebengesessen, während sie sich über banale Themen unterhielten, hatte ab und zu gelächelt und sich mit ihnen abgefunden. Die letzten Monate jedoch hatten sie verändert, obwohl sie selbst nicht sagen konnte, warum. Sie ertrug das hohle und selbstverliebte Gerede dieser Clique nicht mehr, wollte auch nicht in eine langweilige und nur nach außen perfekte Beziehung zu Harm gedrängt werden, sondern sehnte sich nach mehr Lebenslust. Früher war sie witzig, aktiv und kontaktfreudig gewesen, hatte gelacht und Freunde gehabt. Und jetzt? Viele Jahre hatte sie sich verkrochen, war durch Trauer einsam und zu einer anderen Person geworden, die sie nun aber nicht mehr sein wollte.

Die Einsicht löste zwar das Problem nicht, aber Olivia stand entschlossen auf, um das Beste aus dem Tag zu machen. Sie ließ ihre tristen Businesslooks hängen und entschied sich für eine weiße Leinenhose, eine bunte Tunika sowie hohe Sandalen. Fröhlich schminkte sie sich etwas und kam sogar zu spät, weil sie für die Arbeitsbesprechung ein Dutzend Donuts kaufte, die von den anderen begeistert gegessen wurden.

Harm war ebenfalls anwesend. Seiner Miene nach zu urteilen, war er nicht nur durch ihre saloppe Kleidung verunsichert, sondern wegen des gestrigen Abends ziemlich aufgebracht. An seinen zusammengezogenen Augenbrauen störte sich Olivia jedoch nicht, sondern kaute genüsslich auf einem mit rosa Zuckerguss überzogenen Donut herum, während Budgetpläne verteilt wurden. Die Besprechung dauerte lange und war an manchen Stellen ziemlich trocken, doch Olivia ließ ihre Gedanken schweifen und dachte zwischenzeitlich darüber nach, am Wochenende etwas zu unternehmen. Sie sollte mal wieder ausgehen und neue Menschen kennenlernen!

Kaum war die Besprechung zu Ende, nahm Harm auch schon ihren Arm und führte sie in ihr Büro.

«Du bist gestern nicht mehr ans Telefon gegangen», beschuldigte er sie ohne Einleitung.

Ungläubig sah sie auf. «Ist das denn ein Wunder?»

Wütend presste er seine Lippen aufeinander. «Hättest du wenigstens so höflich sein können abzuheben? Ich habe mir Sorgen gemacht.»

Olivia lehnte sich gegen ihre Bürotür und verschränkte die Arme vor der Brust. «Du hast dir keine Sorgen gemacht, sondern warst wütend und wolltest dich streiten.»

«Sag mir nicht, welche Absicht ich hatte», blaffte er sie an.

«Von mir aus» – sie zuckte mit der Schulter –, «aber jetzt will ich nicht streiten.»

«Wir müssen uns auch gar nicht streiten», erwiderte er seufzend, «ich sehe ein, dass es unsensibel von mir war, dich als nicht mütterlich dargestellt zu haben, Olivia, aber musstest du unsere Freunde so vor den Kopf stoßen?»

Wieder klang er dermaßen würdevoll und ruhig, dass sie kurz davor war zu platzen.

«*Deine* Freunde.»

«Wie bitte?»

«Ich sagte, dass es *deine* Freunde sind, nicht meine.»

Er blickte sie verwirrt an. «Es sind doch unsere Freunde...»

«Nein, es sind deine Freunde, Harm, obwohl ich nicht weiß, warum du dich mit diesen Leuten verstehst.»

«Was soll das denn schon wieder heißen?»

«Es soll heißen, dass Meredith, Carla und Shelley versnobte, unhöfliche, überhebliche und wenig liebenswerte Menschen sind, mit denen ich nichts gemein habe.»

Aus aufgerissenen Augen blickte er sie verständnislos an.

«Und ich möchte auch nichts mit ihnen zu tun haben.»

«Warte einen Augenblick, Olivia.» Er schüttelte den Kopf. «Wenn du sie nicht magst, warum hast du denn nie einen Ton darüber verloren?»

«Ich sage es dir jetzt.»

«Du hättest gestern nicht so ausfallend werden müssen.»

Trocken lachte sie auf. «Ausfallend? Entschuldige, aber diese Ausgeburten von liebevollen Müttern beschwerten sich über ihre Kinder und bedauerten, überhaupt Kinder bekommen zu haben!»

Er machte eine hilflose Handbewegung. «Das haben sie nicht so gemeint.» Aufseufzend blickte er sie an. «Kinder können wirklich anstrengend sein, Olivia. Sarah hat mich sicherlich schon hundertmal zur Weißglut gebracht.»

«Soll das etwa eine Entschuldigung sein?»

Verwirrt runzelte er die Stirn. «Weshalb echauffierst du dich darüber eigentlich so?»

«Echauffieren?» Es lag ihr auf der Zunge, ihm zu sagen, dass sie ihr Kind hatte beerdigen müssen, aber Harm sollte dieses persönliche Detail nicht erfahren. «Vergiss es.»

Harm räusperte sich. «Du musst dir keine Sorgen machen, dass wir nicht mehr eingeladen werden, mein Liebling. Ich habe ihnen gesagt, dass du eine schwierige Zeit im Büro hast. Sie waren sehr verständnisvoll.»

Hatte er ihr überhaupt zugehört? Fassungslos sah sie ihn an. «Harm, hast du überhaupt verstanden, was ich gesagt habe?»

«Lass uns nicht mehr streiten.»

«Ich – mag – deine – Freunde – nicht.» Sie betonte jedes Wort gelassen, doch ihre Stimme war fest.

Er seufzte. «Du hattest einen schlechten Tag und warst gestresst.»

«Nein! Es war vielleicht ein stressiger Tag, aber mir hat es in dem Pub dort gefallen. Das Essen war köstlich, das Guinness schmeckte wunderbar, nur die Gesellschaft war scheiße.»

«Olivia!» Er war so entsetzt, dass sie lachen musste.

Keineswegs reuig hob sie das Kinn. «Was ist an dem Wort falsch, verdammt noch mal?»

«Sei nicht so vulgär.»

Ihre Schultern sackten hinunter. «Harm…»

«Pass auf», unterbrach er sie schnell, zog sie an sich und wollte sie küssen, aber Liv entzog sich ihm und stellte sich hinter ihren Schreibtisch.

«Am Wochenende machen wir es uns gemütlich, Liebling. Wir vergessen einfach diesen dummen Streit und … und unternehmen etwas mit *deinen* Freunden.» Abwartend legte er den Kopf schief.

Welche Freunde?, fragte sie sich trostlos. Sie hatte kaum noch Freunde.

«Olivia?»

«Warum willst du eigentlich mit mir zusammen sein?»

«Wie bitte?» Er wirkte überrumpelt.

Sie machte eine vage Handbewegung. «Mal ehrlich, Harm. Was liegt dir an mir?»

Wie aufs Stichwort errötete er. «Du bist eine schöne und kluge Frau, Olivia.»

«Aber wir schlafen nicht einmal miteinander. Stört dich das nicht?»

Seine Gesichtsfarbe wurde noch dunkler, und er stotterte: «Das ... das Körperliche ist mir nicht so wichtig. Irgendwann wird es bestimmt dazu kommen, aber momentan bin ich damit zufrieden, wie es ist.»

Wie konnte ein agiler und junger Mann damit zufrieden sein, keinen Sex zu haben? Plötzlich ging ihr ein Licht auf. «Schläfst du mit Shelley?»

Er riss erschrocken die Augen auf und spielte einen kurzen Moment später den Schockierten. Liv hatte ihre Antwort. Sie war weder wütend noch erstaunt oder verletzt.

«Liebst du sie?»

«Nein, Olivia, ich ...»

Lächelnd sah sie ihn an. «Sei ehrlich, Harm. Liebst du Shelley?»

Er zögerte und schüttelte dann wie ein überführter Straftäter den Kopf. «Nein, ich liebe sie nicht.»

«Warum schläfst du dann mit ihr? Sie ist die Frau deines Freundes.»

Verlegen blickte er zu Boden. «Ich weiß es nicht.» Er zuckte mit der Schulter und sah sie bedauernd an. «Vielleicht weil sie mich will.»

Das klang auf verquere Weise sogar logisch.

«Und weil *du* mich nicht willst.»

«Oh, Harm ...»

Er ließ sich auf den kleinen Gästesessel fallen. «Was stimmt nicht mit mir? Je näher ich dir kommen will, desto mehr Abstand forderst du. Ich ... ich mag dich sehr, Olivia, und empfinde tiefe Gefühle für dich. Wir wären ein tolles Paar und könnten sehr glücklich sein.»

«Willst du keine leidenschaftliche, wilde und verzweifelte Liebe?», fragte sie halb scherzhaft.

Bestimmt schüttelte er den Kopf. «Ich möchte eine solide und auf gemeinsamen Interessen aufbauende Beziehung. Es tut mir sehr leid, dass ich mit Shelley geschlafen habe, Liebes, es wird nie wieder vorkommen.» Hoffnungsvoll lächelte er sie an.

Olivia setzte sich seufzend auf die Schreibtischkante. «Harm, ich habe dir gesagt, dass ich zu keiner neuen Beziehung bereit bin, und du drängst mich zu sehr. Das mit uns funktioniert einfach nicht.»

Zerknirscht erwiderte er: «Shelley war ein dummer Ausrutscher ...»

«Es geht mir gar nicht um Shelley» – sie stieß die Luft aus –, «ich bin auch nicht eifersüchtig, was Beweis genug dafür ist, dass es zwischen uns nicht funktioniert.»

«Wie meinst du das?» Misstrauisch verengten sich seine Augen.

«Wenn du mir mehr bedeuten würdest, Harm, und ich dich auch nur ein kleines bisschen lieben würde», erklärte sie schonungslos, «dann wäre ich sicher eifersüchtig bei dem Gedanken, dass du mit einer anderen Frau geschlafen hast.»

Ihre Offenheit schockierte ihn.

«Vermutlich haben wir nicht einmal gemeinsame Interessen, Harm.»

«Aber unsere Opernbesuche ...»

«Fand ich grässlich.» Entschuldigend verzog sie den Mund.

«Die Weinverkostungen ...»

«Bier mag ich viel lieber.»

«Und unsere Abende, die wir über Skizzen und Entwürfen gebeugt verbracht haben?»

«Die habe ich sehr genossen», sagte sie lächelnd, «weil du da ein Freund warst und nicht mein Partner.»

Harm schüttelte den Kopf. «Und ich dachte, dass es gut zwischen uns laufen würde, Olivia.»

Olivia. Plötzlich wollte sie nicht mehr Olivia sein, sondern wieder Liv werden. Sie sehnte sich regelrecht danach, wieder Liv zu sein, die Spaß am Leben hatte, scherzen konnte und sich mit Freunden traf.

«Es ist nicht gut gelaufen. Ich konnte deine Anwesenheit nur dann genießen, als du *ein* Freund warst. Als *deine* Freundin würde ich mich nicht wohl fühlen.»

Nachdenklich rümpfte er die Nase. «In der letzten Zeit hast du dich verändert.»

«Eigentlich nicht. Ich finde nur langsam wieder zu meinem alten Ich zurück.»

Enttäuscht murmelte er: «Nächste Woche wollte ich dich meinen Töchtern vorstellen.»

«Das kannst du gern tun», erklärte sie nachsichtig, «als *eine* Freundin.»

«Eigentlich hatte ich dich als ihre zukünftige Stiefmutter gesehen.»

Nun errötete sie doch ein wenig. «Wirklich?»

Ernst nickte er. «Ich mag dich nun mal sehr.»

Lange Zeit sagte sie nichts, bevor sie sich die Stirn rieb. «Harm, ich kann wirklich nicht mit dir zusammen sein. Und ich will es auch nicht.»

Stumm verzog er das Gesicht.

Entschuldigend hob Liv eine Hand. «Das habe ich erst in der letzten Zeit herausgefunden. Zunächst einmal muss ich einiges mit mir selbst ausmachen, bevor eine weitere Person in mein Leben tritt.» Sie schluckte. «Doch als einen Freund möchte ich dich nicht verlieren.»

«Geht es um deinen Exmann?»

Sofort schüttelte sie den Kopf. «Unsinn! Julian hat damit nichts zu tun.»

«Du liebst ihn noch.»

Das war keine Frage, sondern eine enttäuschte Feststellung.

«Nein, Harm. Es geht nur um mich, nicht um ihn.»

«Sei bitte ehrlich.» Weil er den Satz wiederholte, den sie zuvor gesagt hatte, rang er sich ein schwaches Lächeln ab.

«Ich bin ehrlich.» Liv biss sich auf die Unterlippe. «Mag sein, dass er mir etwas bedeutet, aber nicht wegen ihm komme ich zu der Einsicht, dass wir beide kein gutes Paar abgeben.»

Harm schien wenig überzeugt, akzeptierte ihre Entscheidung jedoch – wenn auch widerwillig.

Liv spürte Erleichterung in sich aufsteigen, ihm endlich gesagt zu haben, dass sie keine Beziehung mit ihm führen wollte. Sie fühlte sich gleich besser und befreiter.

«Tust du mir bitte zwei Gefallen, Harm?» Sie sah ihn fragend an.

«Kommt darauf an.» Ein trauriges Lächeln ging über seine Gesichtszüge.

Liv stand auf und begleitete ihn zur Tür, die sie jedoch noch nicht öffnete.

«Schlaf nicht mehr mit Shelley. Das Weib ist eine arrogante Zicke.»

Harm errötete beschämt. «Und der zweite Gefallen?»

«Unternimm mit deinen Töchtern was Schönes, aber bitte nicht Besuche in Museen und Galerien.»

11. Kapitel

Julian drehte im Pulk seiner Mannschaftskameraden Runden auf dem Trainingsgelände, als Brian neben ihm auftauchte, rückwärtslief und ihn angrinste.

«Was ist?»

«Wohoo», wieherte der dunkelhaarige Brian lachend, «das ist kein gutes Zeichen.»

«Was ist kein gutes Zeichen?»

«Deine Gereiztheit.»

«Ich bin nicht gereizt.»

«Erzähl das deinem Therapeuten.»

«Ich habe keinen Therapeuten.» Julian verdrehte die Augen.

«Hehe.»

«Was ist denn los?»

«Hab dich gestern Abend zu Hause besuchen wollen. Du warst nicht da.» Brian zeigte ein lüsternes Lächeln. «Ich weiß, was das zu bedeuten hat.» Mit beiden Händen machte er eine wenig schmeichelhafte Geste nach.

«Ich weiß auch, was das zu bedeuten hat», erwiderte Julian, «du brauchst ein Hobby.» Er zeigte Brian den Mittelfinger.

Sein Kumpel lachte keuchend, da das stetige Rückwärtslaufen wohl doch zu anstrengend war. Also drehte er sich um und trabte neben Julian her.

«He, Rabbit!» Von hinten erklang ein dreckiges Lachen. «Hat dich deine neueste Häsin ordentlich rangenommen? Oder warum keuchst du wie ein asthmatischer Rammler?»

«Halt die Schnauze, Blake!» Wütend sah sich Brian um.

«Er wurde in den Kaninchenbau gelockt und ordentlich flachgelegt», gluckste ein weiterer Spieler, und alle lachten. Brian dagegen sah finster aus der Wäsche.

«Hoffentlich hat sich seine Häsin untenrum rasiert...»

«Vielleicht steht er auf haarige Häsinnen...»

Sie waren echt nicht originell oder witzig, doch sie kamen ihrem Ziel, den Quarterback auf die Palme zu bringen, immer näher.

Der Runningback Blake O'Neill kicherte wie ein angetrunkenes Schulmädchen. «Ich hab gehört, Rammler können zwar ständig, aber schaffen es nicht, länger als eine Minute durchzuhalten.»

«Lass dich nicht provozieren», zischte Julian seinem Kumpel zu, weil Brians Nacken knallrot anlief und sein Augenlid nervös zuckte. Blake hätte besser seine Klappe gehalten, denn Brian reagierte empfindlich auf dieses Thema, nachdem seine Exfreundin vor wenigen Wochen verkündet hatte, dass der Quarterback eine Niete und ein Schnellschießer im Bett sei.

«Blake!», brüllte Julian nach hinten. «Warum fickst du dich nicht selbst? Tut ja sonst keiner!»

Die Sprüche verstummten glücklicherweise. Julian und Brian setzten sich vom Feld etwas ab und liefen schweigend nebeneinander her, bis Julian fragte: «Was wolltest du denn bei mir?»

«Mir war langweilig.»

«Aha.»

«Und? Wie läuft's mit ihr?»

«Mit Emma?»

«Genau.»

«Gut.»

Brian seufzte amüsiert auf. «Erzähl schon!»

«Sie ist nett, witzig, hübsch ... ich mag sie.»

«Details, bitte.»

«Soll das ein Frauengespräch werden?», fragte Julian misstrauisch.

«Sehe ich so aus?» Brian schnaubte. «Ist es was Ernstes?»

«Ich weiß nicht», erwiderte Julian nach einer Weile, «wir gehen ja noch nicht lange miteinander aus.»

«Immerhin schläfst du bei ihr.»

«Woher willst du das wissen?»

Brian zog provokant eine Augenbraue hoch.

«Hör zu» – Julian seufzte –, «ich will nicht drüber reden.»

«Wieso so empfindlich?»

«Weil ich sie mag. Emma ist keine Schnalle aus einer Bar und kein One-Night-Stand. Wir lernen uns gerade richtig kennen.»

«Okay.»

«Echt jetzt, Brian. Sie ist kein Gesprächsthema für die Umkleidekabine.» Er sah ihn warnend an.

«Schon kapiert.»

In dem Moment ertönte eine Trillerpfeife. Die Mannschaft trottete langsam zur Mitte des Rasens, wo der Coach stand und auf ein Klemmbrett starrte.

Schnaufend, prustend und jammernd blieben die Spieler stehen.

«Jungs, im Großen und Ganzen bin ich zufrieden mit euren Gesundheitschecks und Konditionsergebnissen...»

«Können wir dann gehen?», witzelte irgendjemand in der Menge.

Brennan sah hitzig auf und fixierte jemanden. «O'Neill, zurück auf die Bahn! Zwei Runden extra! Marsch!»

Der Runningback hatte vermutlich nicht damit gerechnet, dass Brennan hören konnte, wer ihn unterbrochen hatte. Murrend trottete er zurück und begann seine Runden zu drehen.

Julian hatte schnell gemerkt, dass Brennan nicht zu unterschätzen war. Der Coach, nur wenige Jahre älter als er selbst und vor seiner Verletzung ein phantastischer Quarterback, konnte ein netter und umgänglicher Zeitgenosse sein. Doch er wusste genau, was er wollte, und ließ sich nicht vorführen.

«Gibt es hier noch mehr Spezialisten, die die nächste Saison so beginnen wollen, wie die letzte geendet hat?»

Natürlich erwiderte niemand etwas.

«Es ist todernst, Jungs! Wir spielen in weniger als zwei Wochen gegen die *Saints*, da muss jeder Spielzug passen. Ich erwarte absoluten Ehrgeiz und vollste Konzentration von euch.»

In Julians Blickfeld tauchte Blake auf, der keuchend und mit rotem Kopf die Bahn entlangjoggte. Brennan folgte seinem Blick und erlaubte sich ein kleines Lächeln, bevor er über das Feld brüllte: «Das ist kein Kindergeburtstag wie bei dir zu Hause, O'Neill! Hau rein!»

Der Runningback legte einen Zahn zu und bekam nun einen knallroten Kopf.

«Tja … was die Kondition betrifft, bin ich anscheinend bei einigen doch noch nicht so zufrieden.» Brennan machte sich Notizen.

O'Neill tat Julian beinahe leid.

«Morgen besprechen wir weitere Spielzüge.»

Ein Seufzen ging durch die Mannschaft, aber der Coach schüttelte den Kopf. «Ihr seid noch nicht fertig. Gleich kommt Abby und macht mit euch Yoga.»

Als die Jungs protestieren wollten, blickte Brennan mit einem eisigen Blick in die Runde, woraufhin alle verstummten.

Abby war nicht etwa eine knackige Yogatrainerin, sondern der schwule Aerobic-, Pilates- und Yogatrainer des Teams, der erst seit einem Monat mit ihnen trainierte, um sie geschmeidiger und beweglicher zu machen. Nebenbei arbeitete er auch als Physiotherapeut. Er war knapp 1,70 groß und wog 60 Kilo – ein hagerer Typ, der leicht als Balletttänzer durchging. Alle Jungs, kampferprobt und durchaus gefürchtet, hatten eine Heidenangst vor ihm, obwohl sie ihn mit Leichtigkeit in den

Boden hätten rammen können. Höchstwahrscheinlich hegten sie merkwürdige Vorstellungen darüber, welche Gedanken ihrem homosexuellen Aerobiclehrer durch den Kopf schwebten, während sie irgendwelche Yogaübungen machen durften. Julian hatte kein Problem mit Abby oder seiner sexuellen Orientierung, schließlich arbeitete er rein professionell und machte einen guten Job. Jedoch gab es einige Spieler, die sich gedanklich noch immer im Kindergarten befanden. Julian fand es amüsant zu beobachten, wie unsicher die sonst so vorlauten Kerle dem schmalen Yogalehrer gegenüber wurden.

«Da es bald losgeht, muss ich euch sicherlich *nicht* sagen, dass ich Saufgelage oder andere Exzesse, die euch körperlich beanspruchen» – er sah Palmer direkt an –, «nicht tolerieren werde.»

Aus der hinteren Reihe erklang ein Kichern, weil Brian rot anlief.

«Keine Stripclubs, keine nächtlichen Pokerabende und keine Alkoholvergiftungen.» Er verdrehte die Augen. «Wenigstens nicht in den zwei Nächten vor einem Spiel! Ich will euch topfit haben, verstanden?»

Brian, dieser Spaßvogel, grinste ihn an. «Gilt das auch für Sie, Coach? Sie sind doch frisch verheiratet.»

«Ich habe zu Hause ein kleines Baby, du Trottel! Das hält mich vom Schlaf ab.»

«Aha. Und ich dachte schon ...» Amüsiert wackelte Brian mit den Augenbrauen.

Lässig verschränkte Brennan seine muskelbepackten Arme vor der Brust. «Kümmere dich lieber um dein eigenes Sexleben, Rabbit, wie ich höre, liegt da einiges im Argen.»

Das Team grölte, während Brennan seinen Quarterback mit einem fetten Grinsen bedachte.

«Was hab ich verpasst?», keuchte O'Neill, der seine Runden beendet hatte und herantrat.

«Der Coach hat Palmer gedisst.»

Brian versank fast im Erdboden, und Julian unterdrückte schmerzhaft einen Lachkrampf, um seinen Kumpel nicht noch mehr aufzubringen.

Es folgten weitere Späße auf Kosten des Quarterbacks, bis Abby auftauchte. Der heißblütige Aerobiclehrer aus Chelsea hatte bereits in einigen Musicals mitgewirkt, wie er in seiner ersten Stunde stolz verraten hatte.

Abby war ein absolutes Original – Streisand-Fan, immer farbenfroh gekleidet, und er steckte wahrscheinlich mehr Zeit in sein Styling, als die meisten Jungs im Team auf dem College verbracht hatten. Doch er verstand etwas von seinem Job, was ihm im Laufe der Zeit Julians Respekt eingebracht hatte.

Abby gab einige Aufwärmübungen vor und ging umher, um die Ausführungen zu überprüfen.

«Mann», raunte Brian, «so ein Scheiß! Was sollen wir mit Yoga anfangen?»

«Yoga ist okay» – O'Neill versuchte angestrengt die Balance zu halten, was kopfüber gar nicht leicht war –, «meine Ex war fanatische Yoga-Anhängerin.» Er blickte verstohlen nach oben. Abby schien nicht in der Nähe zu sein, da er fortfuhr: «Gott, die Kleine konnte sich wie eine Brezel verbiegen! Der Sex war unglaublich.»

Brian kicherte. «Vielleicht sollte ich mich mal in einem Yoga-Studio anmelden, wenn es da heiße Schnecken gibt.»

«Ich kann Ihnen gern eins empfehlen, Brian.» Abby stand plötzlich neben ihm und legte locker seine Hand auf Brians Oberschenkel. Erschrocken holte der Luft, kam aus dem Gleichgewicht und fiel auf den Hintern.

«Vielleicht sollten Sie vorher dennoch an Ihrer Performance arbeiten, bevor Sie die ganzen Yoga-Mäuschen abzuschleppen gedenken.»

Julian grinste breit. Abby gefiel ihm immer mehr.

Nachdem das Training endlich beendet war, duschte er rasch und fuhr anschließend zu einer rustikalen Bar, die ganz in der Nähe von Emmas Wohnung lag. Sie waren zum Abendessen verabredet, und Emma wollte ihren Bruder mitbringen, damit Julian ihn kennenlernen konnte. Als er das Lokal betrat, saß Emma schon an einem Tisch und schrieb gerade eine SMS. Lächelnd nahm er ihr das Handy weg, hörte ihren erschrockenen Aufruf, bevor er sie auf den Mund küsste und begrüßte. Errötend sah sie ihn an, als er ihr das Handy zurückgab und sich neben sie setzte.

«Hi.»

«Hi.»

Das Stadium von Kosenamen hatten sie noch nicht erreicht, schließlich gingen sie erst seit wenigen Wochen miteinander aus. Daher begrüßten sie sich eher zurückhaltend – jedenfalls war das bei ihr der Fall. Generell war Emma ein ziemlich schüchterner Mensch, was Julian sehr niedlich fand.

«Wo ist dein Bruder?»

«Der kommt gleich.» Sie legte ihr Handy auf den Tisch. «Irgendwelche Probleme mit einem Professor. Deshalb hat er es nicht pünktlich geschafft.»

«Ich auch nicht.» Julian sah mit einer Grimasse auf die Uhr. «Wartest du schon lange?»

«Nein, überhaupt nicht.» Lächelnd berührte sie seinen Arm. «Stau?»

«Nein – Abby.»

«Abby?»

Grinsend verdrehte er die Augen. «Unser Yogalehrer.»

«Euer Yoga*lehrer*?»

«Hmm.» Er deutete einem Kellner über mehrere Tische hinweg an, dass er gern zwei Bier bestellen würde, bevor er Emma wieder ansah und einen Arm um ihre Schulter legte. Leicht verlegen sah sie zu ihm auf und errötete entzückend.

«*Yoga* ... da müsst ihr Jungs ja einen Heidenspaß gehabt haben.»

«Die meisten haben eher eine Heidenangst vor Abby.»

«Warum das denn?»

Er senkte das Kinn ein wenig. «Dass ein schwuler Yogalehrer körperliche Übungen mit uns macht, irritiert einige Jungs ziemlich.»

«Irritiert? So, so ...» Sie kicherte.

«Ich spreche nicht von mir», wies er sie leicht entrüstet zurecht.

«Natürlich nicht!»

«Hey», beschwerte er sich, «er ist ein guter Yogalehrer. Was seine sexuelle Orientierung angeht ... Jeder soll tun und lassen, was er will.»

«Schön, dass du so entspannt bist, was sexuelle Orientierungen angeht.»

«Du machst dich über mich lustig!»

«Nur ein bisschen.»

«Und wie war dein Tag?»

«Guter Themawechsel.»

Erwartungsvoll blickte er sie an.

Seufzend nahm sie ihr Bierglas, das der Kellner auf den Tisch gestellt hatte, und trank einen Schluck. «Nichts Besonderes – Überarbeitungen unseres Internetauftritts. Oh, bevor ich es vergesse, Julian, am ersten Spieltag werde ich doch nicht ins Stadion kommen können.»

«Warum denn nicht?» Er runzelte die Stirn. «Ich habe für dich und deinen Dad bereits die Karten besorgt. Mit dem Verein ist ebenfalls alles geklärt, und ihr könnt euch im Stadion frei bewegen.»

«Es tut mir leid, aber ich werde an einem mehrtägigen Seminar über Medienpräsenz in San Francisco teilnehmen. Einen Tag vor dem Spiel fliege ich los.» Sie fingerte an ihrem

Glas herum. «Mein Boss kam heute zu mir, um es mir zu sagen. Eigentlich sollte eine Kollegin daran teilnehmen, weil ich alle erforderlichen Seminare bereits besucht habe, aber sie hat irgendetwas vor.»

«Irgendetwas?» Julian schüttelte den Kopf. «Was denn?»

Emma sah ihn verwirrt an. «Das weiß ich nicht.»

«Willst du nicht wissen, weshalb du für sie einspringen musst? Du hast dein Soll geleistet und musst wegen ihr alle Pläne über den Haufen werfen ...»

«Ich kann doch nicht fragen, warum ich fahren soll!» Ungläubig sah sie auf. «Ich finde es auch schade, nicht zum Spiel kommen zu können, aber daran ist nichts zu ändern.»

«Es geht nicht nur um das Spiel.»

«Eigentlich machen diese Seminare Spaß. Also wird es gar nicht so schlimm.» Sie lächelte zufrieden.

«Darum geht es doch nicht! Du hast schließlich auch etwas vorgehabt, Emma. Es ist rücksichtslos, dich einfach so kurzfristig einzuplanen, ohne zu fragen, ob du überhaupt Zeit hast.»

Nun runzelte sie leicht die Stirn. «Aber ich fahre gern auf Seminare, Julian.»

Er wollte wegen dieser Sache keinen Streit vom Zaun brechen, schließlich war es ihm egal, zu welchem Spiel sie kommen würde. Also sagte er zu ihren Plänen kein Wort mehr, auch wenn es ihn wütend machte, dass sie es anscheinend nicht schlimm fand, wenn über ihren Kopf hinweg solche Entscheidungen gefällt wurden.

Glücklicherweise stieß ihr Bruder wenige Minuten später zu ihnen und hielt ihn davon ab, doch noch einmal auf ihr Seminar zurückzukommen. Trev war ein fröhlicher und sympathischer junger Mann, der sich locker auf die Sitzbank setzte und die beiden musterte.

«Sie sind also der Grund dafür, dass meine Schwester kaum noch zu Hause ist?»

«Trev!»

Julian sah ihn grinsend an. «Das kann sein.»

«Ihnen ist aber klar, dass Sie einen schlechten Start bei meinem Dad haben werden, oder? Er ist *Cowboys*-Fan und nimmt es Ihnen persönlich übel, den letzten Touchdown in den Play-offs vor drei Jahren gemacht und sein Team damit aus dem Wettbewerb herausgekickt zu haben.»

«Das hast du mir nicht erzählt», warf Julian Emma gutmütig vor.

Seufzend rümpfte sie die Nase. «Irgendwie kam es mir nicht wie eine geeignete Story beim Kennenlernen vor.»

«Schäm dich.» An Julian gewandt sagte Trev: «Dad wird Sie auf Herz und Nieren prüfen, weil Sie mit seinem kleinen Mädchen ausgehen.»

«Hörst du wohl auf!» Emma sah ihn mit funkelnden Augen und knallroten Wangen an. «Ich bin siebenundzwanzig Jahre alt, Herrgott noch mal!»

Trev lachte schallend. «Aber du bist Dads kleiner Augenstern.»

«Das hört sich interessant an.» Julian hob eine Augenbraue.

«Lass dir nichts einreden. Mein Dad wird nichts dergleichen tun. Trev will dich nur hochnehmen.»

Wieder lachte ihr Bruder. «Früher oder später wird er merken, dass ich keinen Spaß gemacht habe.»

«Hörst du wohl auf, Trev! Julian kriegt noch Angst davor, Dad zu treffen ...»

«Er ist Footballspieler und wird sicher keinen Schiss vor unserem Dad haben.»

Julian lehnte sich amüsiert zurück und beobachtete die Geschwister, die sich gegenseitig neckten. Den ganzen Abend lang ging es so weiter, während Trev ihn zugleich über alles Mögliche löcherte. Tatsächlich verstand er sich mit Emmas kleinem Bruder blendend und konnte sehen, dass sie erleichtert darauf reagierte. Kurz bevor sie später gehen wollten, verschwand Trev auf der Toilette, und Julian küsste Emma auf den Mund.

«Kommst du heute mit zu mir?»

Errötend schüttelte sie den Kopf. «Nein, das geht leider nicht. Trev schläft heute Nacht bei mir.»

«Sicherlich macht es ihm nichts aus, allein zu bleiben.»

«Bestimmt nicht, aber mir wäre es nicht so recht. Außerdem muss ich noch an einem Artikel arbeiten», fügte sie schnell hinzu.

Seufzend lehnte er sich zurück. «Eigentlich schade.»

«Ja», erwiderte Emma lächelnd. «Wirklich schade.»

12. Kapitel

Hallo?»
Irritiert drehte sich Liv zu der schmeichelnden Stimme hinter ihr um und sah in lachende blaue Augen, die sie aus einem attraktiven Gesicht anstrahlten. Der Mann kam ihr bekannt vor, aber sie konnte ihn nicht sofort einordnen.

«Äh...?» Sie sah ihn entschuldigend an.

Er ging um sie herum und setzte sich auf den Barhocker neben ihrem. «Brian Palmer. Wir haben uns kurz bei Julian gesehen. Das ist aber schon einige Monate her.»

«Ach ja.» Sie gab ihm die Hand. «Jetzt erinnere ich mich an Sie, der Quarterback.»

«Aua!» Vorwurfsvoll sah er sie an und griff sich theatralisch ans Herz. «Dass Sie mich vergessen haben, schmerzt zutiefst.»

«Aber nein», erwiderte sie fröhlich, «natürlich habe ich Sie nicht vergessen. Aber die Trennung tat zu weh, deshalb habe ich versucht, Sie aus meinen Gedanken zu verdrängen.»

Der gut aussehende Footballspieler grinste zufrieden.

«Haben Sie schon etwas bestellt?»

Liv schüttelte den Kopf.

«George, machst du uns zwei von deinen Spezialdrinks?» Er blickte über den Tresen zum Barkeeper.

«Spezialdrinks?» Liv hob beide Augenbrauen.

«Warten Sie es ab.» Brian hob beschwörend die Hand. «Ist eine geile Sache, ich schwör's.»

«Okay.» Sie nickte grinsend. «Es scheint, als kämen Sie öfter her.»

«Ab und zu.» Brian sah sich in der angesagten Cocktailbar mitten in Manhattan um. «Was treiben Sie hier, Liv?»

«Sie erinnern sich an meinen Namen?»

Seine Lippen verzogen sich jungenhaft. «Namen von hübschen Ladys vergesse ich nie.»

«Aha.»

«Kein Aha. Ich meine es ernst.»

«Aber sicher.»

Großspurig zuckte er mit den Achseln.

«Ich kann mich auch schwach daran erinnern, dass Julian Sie Rabbit genannt hat.»

Er stöhnte frustriert auf, was sie zum Lachen reizte.

«Da es wohl ein nicht jugendfreier Grund war, weshalb Sie Ihren Spitznamen bekommen haben, frage ich nicht nach den Details.»

«Das wäre nett. Danke.»

«Gern geschehen.»

«Und, Liv? Was treiben Sie nun hier?»

«Raten Sie.»

Der Barkeeper stellte zwei riesige Cocktailgläser auf den Tresen.

«O Gott.» Liv sah den gewaltigen Becher ungläubig an. «Was ist das?»

«Georges Spezialdrink. Probieren Sie mal.»

Mit beiden Händen umklammerte sie den eisigen Pokal und hob ihn vorsichtig an die Lippen, um einen Schluck zu trinken. Besondere Aromen und leicht bittere Alkoholika trafen in ihrem Gaumen zusammen, die eine wahre Geschmacksexplosion hervorriefen. Liv trank einen weiteren Schluck und stellte den Pokal vorsichtig wieder ab, damit bloß keine Flecken auf ihrem neuen Kleid landeten.

«Wollen Sie mich betrunken machen, Brian?» Sie spürte sofort, wie der Alkohol in ihren Kopf stieg.

«Funktioniert es denn?»

«Was ist denn da alles drin?» Sie starrte den Becher kritisch an.

«Das will ich lieber nicht wissen», gestand der Quarterback und nahm selbst einen großen Schluck.

Liv lachte, schnappte sich die rote Maraschino-Kirsche, die an dem überdimensionalen Glas hing, und aß sie auf, bevor sie einen weiteren Schluck des köstlichen Cocktails zu sich nahm.

«Nicht so schnell», warnte Brian, «sonst sind Sie sofort betrunken.»

«Ist das nicht Sinn und Zweck dieses Getränks?» Gespielt enttäuscht schüttelte sie den Kopf. «Lassen Sie mich raten! Erst spendieren sie armen, unschuldigen Mädchen diesen Drink und schleppen die willenlosen Opfer dann ab.»

Als sich sein Gesicht ein wenig verfinsterte, musste sie kichern.

«Machen Sie sich keine Hoffnungen, Brian. Auf dem College war ich ein Jahr lang die Tequila-Königin des Campus. Mich haut Ihr Drink nicht so schnell weg.»

«Aber vielleicht zwei davon?»

Lachend schüttelte sie den Kopf. «Dazu wird es nicht kommen. Ich habe noch etwas vor.»

«Und was?»

«Raten Sie», wiederholte sie und sah ihn belustigt an.

Nachdenklich ließ er den Blick von ihren locker hochgesteckten Locken über ihre roten Lippen zu dem schwarzen Kleid, das eine Schulter freiließ und eng anliegend war, bis zu ihren schwarzen Highheels wandern.

«Ein Date?»

Vertraulich beugte sie sich vor und flüsterte rau: «Ein *heißes* Date.»

«Oho!» Er wackelte mit den Augenbrauen. «So etwas höre ich gar nicht gern.»

Beiläufig zuckte Liv mit einer Schulter, widmete sich wieder ihrem Drink und sah sich um.

«Ich glaube, da vorn stehen zwei sehr willige Opfer.»

Fragend sah er sie an.

«Auf zehn Uhr, *nicht* hinsehen», zischte sie kichernd, als er seinen Kopf nach hinten verrenken wollte. «Ich beschreib sie Ihnen. Eine Blondine, hübsches Lächeln, groß, lange Beine und ein knallenges Kleid.»

«Hmm.» Er grinste breit.

«Die andere hat schwarzes Haar, einen ordentlichen Vorbau» – Livs Augen weiteten sich gespielt erschrocken –, «Grübchen, eine schmale Taille und ein noch engeres Kleid.»

«Hört sich gut an.»

«Sie starren die ganze Zeit zu Ihnen. Da könnte was laufen, Brian.»

«Sind Sie mein Flügelmann und helfen mir beim Flirten, oder was?», scherzte er ungläubig.

Liv legte den Kopf schief. «Warum nicht?»

Doch Brian wehrte ab: «Heute widme ich Ihnen meine ganze Aufmerksamkeit.»

«Es wird aber nichts zwischen uns laufen», erklärte sie freundlich und bestimmt.

«Natürlich nicht.» Er schien verletzt. «Wir blödeln nur rum. Sie sind Julians Exfrau, und er ist mein Kumpel!»

Merkwürdigerweise war sie nicht einmal erstaunt, dass er davon wusste.

«Wie geht es ihm denn so?»

«Ganz gut.» Brian stellte sein Glas ab und fuhr sich durch das kurze Haar. «Er hat sich vor einigen Wochen verletzt, aber mittlerweile ist er wieder fit und wird im ersten Spiel zum Einsatz kommen.»

«Das ist schön zu hören», sagte sie lächelnd. «Es hätte ihn fuchsteufelswild gemacht, wenn er nicht hätte spielen können.»

«Meinen Sie wirklich?» Seine hellblauen Augen starrten sie nachdenklich an.

Liv gluckste auf. «Wären Sie denn nicht sauer, wenn Sie das erste Spiel verpassen müssten?»

Amüsiert stellte sie fest, dass er leicht errötete.

«Die *Titans* spielen gegen New Orleans, oder?»

«Sind Sie footballinteressiert?»

Zögernd erwiderte sie: «Ein bisschen. Das bleibt ja nicht aus, wenn man mit einem Footballspieler verheiratet war.»

«Waren Sie Cheerleaderin?»

«Nein!» Sie schnaubte auf und strich den schwarzen Stoff ihres Kleides über den Oberschenkeln glatt. «Auf dem Mädcheninternat, das ich besuchte, gab es selbstverständlich kein Footballteam. Daher hatten wir auch keine Cheerleader.»

«Wie bedauerlich.»

Liv lachte rau. «Das fand ich weniger. Ich mag das Herumgehüpfe und Gekreische nicht. Mir lag die Leichtathletik viel mehr.»

«Eigentlich meinte ich, dass es bedauerlich ist, auf ein reines Mädcheninternat gehen zu müssen.» Seine Mundwinkel kräuselten sich. «Wobei ich persönlich nichts dagegen einzuwenden hätte.»

«Geben Sie es zu» – ein schwaches Grinsen breitete sich auf ihrem Gesicht aus, während er nach seinem Glas griff –, «Sie haben gerade schmutzige Phantasien, die von sexuell frustrierten Schülerinnen handeln, die im Schlafsaal lesbische Erfahrungen machen und dabei kurze Schuluniformen tragen, die sie sich gegenseitig ausziehen.»

Brian verschluckte sich an seinem Cocktail und bekam einen roten Kopf.

Gönnerhaft schlug sie ihm auf den Rücken und schnalzte mit der Zunge. «Nicht so gierig, Brian.»

Es dauerte ein wenig, bis sich seine Gesichtsfarbe normalisiert hatte. «Ihnen ist doch klar, dass wir uns in der Öffentlichkeit befinden?»

Liv sah an ihm vorbei und ließ anschließend den Blick durch die Bar schweifen, die gedämpft beleuchtet war. Besonders voll war es noch nicht, jedoch zog ihr Begleiter ständig die Blicke junger Frauen und neugieriger Männer auf sich. Während die Frauen danach zu gieren schienen, ein Autogramm des gut aussehenden Quarterbacks auf ihre nackten Hintern geschrieben zu bekommen – jedenfalls verrieten das ihre offensiven Blicke –, verhielten sich die Männer unsicher, als ob sie nicht wüssten, wie sie sich dem Footballspieler gegenüber verhalten sollten.

«Als ob ein kleiner, unbedeutender Plausch über lesbische Phantasien Ihrem Ruf schaden würde ...» Mit ironischem Gesichtsausdruck nahm sie durch den Strohhalm einen weiteren Schluck.

«Ich habe eine blütenweiße Weste und keinen schmutzigen Ruf», verteidigte er sich.

«Aber natürlich!» Liv tätschelte beruhigend seine Hand. «Wenn Sie wüssten, was Mädchen in einem Internat so tun, bekäme Ihr jungfräuliches Herz vermutlich einen Schlag, und der Barkeeper müsste Sie reanimieren.»

Interessiert sah er auf. «Was tun Mädchen in einem Internat denn?»

«Jedenfalls fallen sie nicht im Schlafsaal übereinander her.»

«Wirklich schade.» Er seufzte.

Belustigt lehnte sich Liv zurück und sah in das beinahe jungenhafte Gesicht des Quarterbacks. Er war ein angenehmer Zeitgenosse, ein charmanter Gesprächspartner und gut aussehender Mann, der mit der leicht schiefen Nase sogar noch interessanter wirkte. Doch obwohl er sehr anziehend war, ließ er sie völlig kalt. Er verursachte bei ihr weder Herzklopfen noch das Bedürfnis nach einer Berührung. Entspannt seufzte sie innerlich.

«Sind Sie sicher, dass Sie keine kleinen Geheimnisse haben, die Sie mir verraten könnten?»

Gespielt enttäuscht sah sie ihn an. «Ich fürchte nicht.»

«Da habe ich endlich die Chance, Einblicke in das geheime Treiben von Teenagern auf dem Internat zu bekommen, und Sie weigern sich, mir Auskunft zu erteilen!»

«Es ist viel harmloser, als Sie denken.»

«Ach wirklich?»

Vielleicht war der leichte Alkoholnebel in ihrem Kopf daran schuld, dass Liv gestand: «Wirklich! Meinen ersten richtigen Kuss habe ich auf dem College bekommen.»

«Von Julian?» Sein leicht entsetzter Gesichtsausdruck war komisch.

«Schuldig im Sinne der Anklage.» Sie hob eine Hand, bevor sie sich wieder dem Cocktail widmete.

«Kaum zu glauben», murmelte er.

Liv erwiderte nichts, sondern strich leicht verlegen eine Haarsträhne beiseite.

«Schade, dass Sie sich im Guten von Julian getrennt haben.»

Fragend zog sie beide Augenbrauen in die Höhe. «Wieso?»

«Na ja» – er grinste breit –, «sonst würde ich Ihnen einen Kuss auf die Lippen drücken, um Julian eifersüchtig zu machen.»

Liv lachte schallend über die großspurige Art des Quarterbacks. «Das sollten Sie lieber nicht versuchen.»

«Warum nicht?»

Abschätzend hob sie das Kinn. «Weil ich weiß, was man bei aufdringlichen Männern machen soll.»

Er verdrehte die Augen. «‹Feuer› schreien? Wie ich gehört habe, wird das angeblich in Selbstverteidigungskursen immer geraten.»

«Das wäre zu banal.» Sie schüttelte kurz den Kopf und beugte sich etwas vor. «Ich kenne da viel wirksamere Methoden. Eine Schulfreundin ist Tierärztin» – sie grinste diabolisch – «und hat mir gezeigt, wie dominante Männchen kastriert werden.»

Typisch Mann, zuckte Brian sofort zurück, als er das Wort *kastriert* hörte, und verzog gequält das Gesicht. «Das war gar nicht nett», beschwerte er sich. Es war ein Wunder, dass er sich nicht schützend zwischen die Beine griff, fand Liv. Sie dagegen trank feixend einen weiteren Schluck.

«Über so etwas macht man keine Scherze.»

«Warum so empfindlich?», neckte sie.

Er krächzte nur.

«Männer sind alle gleich, wenn es um dieses Thema geht. Ein kleiner Schnitt hier . . .»

«Bitte, keine Details!»

Lachend lehnte sie sich gegen die Theke.

Brian sah sie nachdenklich an. «Wissen Sie, dass Sie über die gleichen Dinge Witze reißen wie Julian?»

«Vermutlich würde er keine Kastrationswitze erzählen», erwiderte sie milde.

«Jetzt verstehe ich auch, weshalb er so früh geheiratet hat. Zusammen haben Sie sicher alle Partys aufgemischt und waren für Ihren Witz berühmt-berüchtigt.»

Liv zuckte nur kurz mit der Schulter und nahm einen großen Schluck, weil sie nicht über Julian und sich sprechen wollte.

Brian betrachtete fassungslos ihr leeres Cocktailglas, das sie auf die Theke gestellt hatte. «Sie sind betrunken!»

«Noch nicht einmal ansatzweise.»

«In dem Cocktail ist sehr viel Alkohol.» Entsetzt riss er seine Augen auf.

«Beschwipst zu sein bedeutet nicht, betrunken zu sein.» Sie hob eine Hand und legte sie beschwörend auf ihre Brust.

Finster runzelte er die Stirn. «Wenn Sie betrunken sind, kann ich Sie nicht allein lassen.»

«Ich bin nicht betrunken.»

«Ihr heißes Date wird Ihren Zustand ausnutzen ...»

«Da bin ich mir sicher», prustete sie los.

«Hören Sie, Liv, ich meine es ernst.» Er sah ziemlich besorgt aus. «Es laufen viele Arschlöcher herum, die betrunkene Frauen mit nach Hause nehmen.»

«Woher wissen Sie das?»

Ungeduldig rückte er näher. «Das hört man ständig in den Nachrichten.»

«Machen Sie sich keine Sorgen um mich.» Ihre Hand tätschelte amüsiert seine Wange.

«Wenn Ihnen etwas passiert, wird ...»

«Mir passiert nichts», wiederholte sie belustigt.

«Wenn Julian herausfinden sollte, dass ich Sie allein gelassen habe, als Sie betrunken waren, und Ihnen dann auch noch etwas passiert ist, wird er mich zu Hackfleisch verarbeiten ...»

Bevor sie etwas antworten konnte, ertönte neben ihnen eine Stimme.

«Liv?»

«Hallo, Claire.» Liv drehte den Kopf ein wenig und lächelte ihrer neuen Arbeitskollegin zu.

«Tut mir leid, dass es etwas später geworden ist.» Sie schob sich eine Strähne ihres feuerroten Haares zurück. «Aber es hat ewig gedauert, bis ich ein Taxi bekommen habe.»

«Kein Problem.» Liv deutete gut gelaunt auf ihren Begleiter. «Ich habe mir mit Brian die Zeit vertrieben.»

Brian blinzelte die rothaarige, rassige Frau fasziniert an und schien die Sprache verloren zu haben.

«Claire, darf ich dir Brian vorstellen? Er ist Quarterback bei den *Titans*.» An Brian gewandt erklärte sie: «Claire ist meine Arbeitskollegin und heute auch mein Date.»

Claire lachte mit ihrer rauen Stimme laut auf. «Genau! Mittlerweile bin ich eh kurz davor, lesbisch zu werden.»

«Ha!» Liv sah Brian aus den Augenwinkeln an. «Wir hatten gerade ein interessantes Gespräch darüber, wie Männer sich lesbische Schulmädchen vorstellen.»

Wieder errötete er.

«Auf der Highschool hat doch jeder lesbische Erfahrungen gemacht.» Claire stemmte die Hände locker in ihre weiblichen Hüften. «Eigentlich dachte ich, ich sei über diese Phase hinweg. Aber nach meinen letzten Erfahrungen mit Männern sollte ich noch einmal über die lesbische Liebe nachdenken.»

«Bitte nicht!» Brian schenkte ihr ein lässiges Lächeln und stand auf, um ihr den Barhocker zu überlassen. Liv vermutete eher, dass er sie auf seine Körpergröße aufmerksam machen wollte. «Welche Verschwendung wäre es, wenn Sie lesbisch wären.»

«Puh.» Sie fixierte ihn mit schrägen Augen. «Sie sind also Baseballspieler?»

«Was?» Entsetzt blickte er sie an. «Sehe ich etwa wie ein jammerndes Weichei aus, das diesen Pussysport betreibt?»

Die beiden Frauen blickten sich mit funkelnden Augen an, bevor sie in prustendes Gelächter ausbrachen. Brian war wie ein Dorftrottel auf ihre Neckereien hereingefallen und entspannte sich jetzt gut gelaunt.

«Ladys, das wird ein grandioser Abend werden.»

«Schminken Sie sich einen Dreier ab.» Claire sah ihn von oben herab an, auch wenn sie viel kleiner war. «Dafür sind Liv und ich nicht zu haben.»

Grinsend bestellte er eine neue Runde Getränke.

13. Kapitel

Derek blickte mit großen Augen auf den gigantischen Löwen, der träge auf der Seite lag und seine Zuschauer mit goldenen Augen fixierte.

«Meinst du, er würde uns fressen?» Der Junge sah Julian von unten halb erschrocken, halb fasziniert an.

Zweifelnd musterte Julian den Löwen. Dieser hatte sich zu einem Nickerchen in der prallen Spätaugustsonne entschlossen und wälzte sich im Sand seines Geheges so lange herum, bis er eine gemütliche Stelle gefunden hatte.

«Wahrscheinlich nicht.»

«Ehrlich?» Derek klang enttäuscht.

«Der macht lieber ein Nickerchen, anstatt uns zu jagen.»

«Das sieht so aus.» Derek seufzte frustriert. «Dabei dachte ich, Löwen seien wilde Jäger und gefährlich für Menschen.»

Julian schob sich seine Sonnenbrille wieder auf die Nase. «Löwen in Afrika jagen ihre Beute. Aber Löwen im Zoo tun es nicht. Die werden gefüttert und müssen gar nicht jagen.»

«Ah, okay.» Derek gab sich mit dieser Erklärung zufrieden und setzte sich auf das Geländer, um seine Beine baumeln zu lassen. Julian lehnte neben ihm und zog am Kragen seines blauen T-Shirts herum. Selbst in dem dünnen Shirt und den beigen Bermudashorts war es unerträglich warm. Derek schien es in seinem grünen T-Shirt, das mit dem unglaublichen Hulk bedruckt war, und weiten Sporthosen, die bis zu den Knien reichten, ähnlich zu gehen, da Schweißtropfen auf seiner Stirn glitzerten.

«So, bitte.» Emma kam auf sie zu und reichte ihnen Limonaden. Anders als Julian und Derek schien ihr die Hitze weniger auszumachen.

«Danke, Emma!» Derek sprang vom Geländer und nahm ihr eine Flasche ab. Gierig trank er das süße Getränk und seufzte anschließend.

Amüsiert beobachtete Julian den Kleinen. Derek war mit allem zu begeistern, aber ein Zoobesuch stand anscheinend ganz oben auf seiner Liste von Aktivitäten, die ihm gefielen. Dass Emma mitgekommen war, schien ihn nicht zu stören. Ganz im Gegenteil. Auf dem gesamten Weg zum Zoo hatte er sich den Mund fusselig geredet, ihr von dem Klassenhamster Alvin erzählt, von seiner guten Mathearbeit, von einem besonders coolen Softballspiel auf der Straße, von seinem neuen Lieblingswitz und von seinem Englischlehrer, der bei diesem heißen Wetter ständig Schweißflecken auf seinem Hemd hatte, worüber die ganze Klasse lachen musste. Julian kannte alle Geschichten bereits in- und auswendig, aber es war schön zu sehen, wie Derek aufblühte.

«Dadrüben ist ein Souvenir-Shop. Komm, wir kaufen dir eine Mütze, Kumpel.»

Derek stieß einen begeisterten Tarzanschrei aus und rannte vor.

«Der Zucker scheint ihm zu bekommen.»

«Was?» Julian nahm Emmas Hand und folgte Derek.

«Er ist total aufgedreht.» Sie lächelte schwach. «Vielleicht hätte er lieber Wasser trinken sollen.»

«Das liegt weniger an der Limo, sondern an seiner Freude, etwas mit uns zu unternehmen.»

«Vermutlich hast du recht.»

Im Souvenir-Shop durchstöberte Derek bereits die Mützen, was Julian verwunderlich fand, weil die coolsten Spielzeuge wie Plastikpistolen oder Bumerangs gleich daneben lagen.

Andere Kinder hätten sich über Mützen nicht so gefreut, sondern sich demonstrativ auf das Spielzeug geworfen, damit man ihnen das kaufte. Dereks unverfälschte und überhaupt nicht berechnende Art gefiel ihm sehr.

«Wow! Die ist cool.» Julian nahm ein Basecap aus dem Regal, auf dem ein brüllender Löwe abgebildet war, und setzte sie Derek probeweise aufs Haar.

Der Junge schielte nach oben.

«Nimm lieber den Spiegel», riet er ihm und reichte einen Handspiegel weiter.

Mit strahlenden Augen sah Derek auf den Löwen. «Der sieht gefährlich aus. Nicht wie der faule Löwe im Gehege.»

«Gefällt sie dir?»

Derek nickte.

«Dann nehmen wir sie.»

«Wenn ich darf?» Unsicher blickte der Junge ihn an und wollte verstohlen nach dem Preisschild lugen.

«Natürlich darfst du.» Julian nahm ihm das Cap wieder ab und marschierte zur Kasse, an der Emma gerade etwas bezahlte.

«Oh! Was hast du gekauft?»

«Eine Stoffschildkröte.»

«Wie niedlich.» Julian legte das Cap neben die Kasse und holte sein Portemonnaie aus der hinteren Tasche seiner Bermudashorts hervor.

Emma nahm die Papiertüte des Shops entgegen. «Finde ich auch. Die sind so süß.»

«Wem willst du sie schenken?»

Überrascht blinzelte sie. «Niemanden. Ich will sie neben mein Aquarium stellen.»

«Oh…» Er verbarg sein leichtes Unbehagen darüber, dass eine erwachsene Frau Kuscheltiere zu Dekorationszwecken in die Wohnung stellen wollte, und lächelte schwach.

«Das macht 20 Dollar.» Der Kassierer nahm Julian das Geld ab.

«Können Sie das Preisschild bitte abschneiden?»

«Klar.»

Emma räusperte sich und schaute kurz nach hinten, aber Derek war völlig in ein Buch über den Zoo vertieft. «Findest du nicht, dass es ein wenig zu teuer ist?»

«Was?» Julian nahm das Cap an sich und blickte Emma mit hochgezogener Augenbraue an.

«Das Cap.» Ihre Mundwinkel verzogen sich nach unten. «Die Mentoren sollen ihren Schützlingen keine teuren Geschenke machen, Julian. Es geht um die Qualität eurer Treffen, nicht darum, besonders viel Geld für die Kinder auszugeben.»

«Soll ich ihn mit einem Sonnenbrand nach Hause bringen, oder was?» Unwirsch verschränkte er die Arme vor der Brust.

«Nein.» Sie zog ihn ein wenig abseits. «Aber du vermittelst ihm falsche Werte, wenn du mit materiellen Dingen um dich wirfst.»

Belehrt zu werden hatte er noch nie leiden können. «Der Junge hat jetzt schon einen knallroten Kopf, Emma. Ich werfe nicht mit Geld um mich, sondern habe ihm ein Basecap gekauft. Was kann ich dafür, dass die Sachen in diesem Saftladen überteuert sind?»

«Es geht ja nicht nur um das Cap.» Seufzend fügte sie hinzu: «Du verwöhnst ihn regelrecht.»

Sein Gesicht wurde härter. «Inwiefern verwöhne ich ihn?»

«Was ist mit der Playstation und den Computerspielen bei dir zu Hause?»

Julian biss die Zähne zusammen. «Das ist ja wohl meine Angelegenheit!»

«Du gibst es also zu?»

«Zum Teufel, nein!»

Da sie erschrocken zurückzuckte, wurde seine Stimme wieder ruhiger. «Ich spiele gern mit ihm Autorennen, wenn er bei mir ist. Die meiste Zeit beschäftigt sich sowieso mein Kumpel Brian damit. Warum regst du dich darüber so auf?»

«Es ist die Politik unserer Organisation, dass ihr als Mentoren ein Ehrenamt ausführt. Ihr sollt den Kindern beistehen und für sie da sein, sie aber nicht mit materiellen Dingen abspeisen.»

Julian merkte, dass er fuchsteufelswild wurde. «Findest du etwa, dass ich ihm nicht genug Zeit widme, sondern ihn mit Geld besteche?»

«Das habe ich nicht gesagt.» Emma blickte ihn immer noch ruhig und gelassen an. Anstatt sich einmal richtig zu streiten, blieb sie analytisch und völlig emotionslos. Das hier war keine Geschäftsdebatte, in der man seine Argumente darlegte, sondern ein Streit, verdammt noch mal!

«Dann sag mir doch endlich, was du eigentlich willst!»

«Derek soll lernen, dass er dich als Freund sehen kann – nicht als spendablen Weihnachtsmann.»

Am liebsten hätte er mit dem Fuß aufgestampft. «Ich bin kein Weihnachtsmann, sondern sein Kumpel, der nun einmal Geld hat! Weißt du was? Ich bin gern spendabel und freue mich, ihm etwas Gutes zu tun. Egal, ob wir zusammen kostenlos inlineskaten oder ich hundert Dollar pro Kopf für einen Freizeitpark ausgebe!»

«Du musst nicht gleich schreien», wies sie ihn ruhig zurecht. «Ich habe dir nur gesagt, wie es bei uns in der Organisation geregelt ist.»

Julian atmete tief durch. «Heute bist du unser Gast und nicht die offizielle Repräsentantin dieser Organisation. Gewöhn dich dran.» Er ging zu Derek und setzte ihm die Mütze auf den Kopf. Vielleicht war Julian kindisch und trotzig, aber er kaufte seinem Schützling auch noch das Buch, in dem der Junge die ganze Zeit geblättert hatte, während er Emma provokant den Rücken zudrehte.

Von den Spannungen merkte der Junge während des weiteren Zoobesuchs nichts, er verbrachte einen schönen Nachmittag. Julian regte sich nur langsam wieder ab und war frustriert, weil Emma ihn mit ihrer stoischen Art, über seine Beziehung zu Derek wie eine Psychologin zu richten, wütend gemacht hatte. Ihre Einwände waren zudem falsch.

Der Junge sah keinen Weihnachtsmann in ihm, er bat ja nicht einmal um eine Limo, wenn sie ihm nicht angeboten wurde! Für Julian war es anfangs eine immense Umstellung gewesen, auf Dereks Bedürfnisse Rücksicht zu nehmen, weil er an Zach gewöhnt war, der nach Getränken verlangt hatte, wenn er durstig war, oder ihm ganz einfach gesagt hatte, wenn ihm etwas nicht passte. Derek war dagegen viel zurückhaltender und wagte kaum, nach etwas zu fragen – und wenn es nur eine Limo war.

Er hatte eine tolle Beziehung zu dem Jungen und wollte sich von Emma da nicht reinreden lassen, außerdem fand er die Vorstellung albern, überhaupt kein Geld für seine Unternehmungen mit Derek ausgeben zu sollen. Wenn man mit Kindern unterwegs war, gab man halt Geld aus! Außerdem tat er es gern.

Als sie Derek am Abend nach Hause gebracht hatten, hatte sich Julian bereits auf eine Fortsetzung des Streits eingestellt und sich wunderbare Argumente zurechtgelegt, doch sie nahm ihm jeden Wind aus den Segeln, indem sie sich bei ihm entschuldigte. Er hielt vor seinem Haus an und blickte sie verblüfft an.

«Du hattest recht, Julian. Ich hätte mich nicht einmischen dürfen.»

Unsicher, wie er damit umgehen sollte, drehte er den Kopf zu ihr. «Aha.»

«Ich habe euch den Tag vermiest. Das tut mir leid.»

«Hmm.»

«Vielleicht sollte ich einfach nicht mehr an euren Treffen teilnehmen.»

Das klang wie ein typischer Frauentrick, Mitleid zu schüren, weshalb er seine Augen misstrauisch zusammenkniff.

«Tatsächlich sollen Tandems ihre Zeit zu zweit verbringen, ohne von anderen gestört zu werden.»

Automatisch antwortete er: «Du störst uns nicht.»

«Wie auch immer.» Sie seufzte auf. «Verbringt lieber eure Zeit miteinander. Es ist natürlich okay, wenn ich ab und zu dabei bin. Manchmal», schränkte sie sofort ein.

Nicht wirklich zufrieden, lehnte sich Julian in seinen Sitz zurück.

«Bist du mir nicht mehr böse?»

«Natürlich nicht», erklärte er mit einem dumpfen Unterton, weil er überhaupt nicht böse war, sondern frustriert über den Ausgang dieser Auseinandersetzung. Vielleicht half ja Versöhnungssex, überlegte er und legte seine Hand auf ihren Oberschenkel.

«Komm mit nach oben», forderte er sie heiser auf.

«Ich fahre lieber nach Hause.»

Abrupt zog er seine Hand zurück. «Wieso das denn?»

Unbehaglich wich sie seinem Blick aus. «Ich will einfach nicht, okay?»

«Bist du jetzt sauer auf mich?» Er klang ungläubig und ziemlich gereizt.

«Nein.» Emma biss sich auf die Unterlippe. «Aber ich verstehe nicht ... wie du nach einem Streit an Sex denken kannst.»

«Versöhnungssex macht jede Menge Spaß.»

Sie runzelte unbehaglich die Stirn. «Mir sicher nicht.»

Julian erwiderte lange nichts, bevor er innerlich seufzend den Motor wieder startete. «Dann fahr ich dich eben heim.»

«Nein, ich nehme die U-Bahn.»

«Jetzt sei doch nicht so eingeschnappt, verfluchte Scheiße!», explodierte er wütend und schlug gegen das Lenkrad, worauf ein lautes Hupen ertönte.

Mit seinem Wutanfall kam sie überhaupt nicht zurecht und schnappte verängstigt nach Luft.

«Gott, Emma! Hör auf, dich zu benehmen, als würde ich im nächsten Moment zuschlagen!»

«Was soll ich denn denken, wenn du dich so benimmst?», fragte sie mit Tränen in den Augen.

«Nur weil ich mal schreie und fluche, heißt das nicht, dass ich ein Schläger bin.» Er sah sie mit zorniger Miene an. «Schrei zurück, klatsch mir eine ... und dann haben wir Sex! So geht das.»

«Aber nicht bei mir.» Sie schüttelte den Kopf und drückte sich gegen die Autotür. «So bin ich nicht. Ich streite mich nicht gern und will auch nicht mit dir schlafen, wenn du wütend bist.»

«Ich bin gar nicht wütend!», brüllte er.

Sie erwiderte nichts, sondern starrte ihn mit bleichem Gesicht und verkniffenem Mund an.

Julian war ratlos und fuhr sich durchs Haar. Er war an ein solches Verhalten nicht gewöhnt. Keine Ahnung, wie er darauf reagieren sollte! Liv war ihm ebenbürtig gewesen, hatte zurückgebrüllt und keinen Zweifel daran gelassen, was ihr nicht passte. Wenn er sie zu sehr gereizt hatte, musste er in Deckung gehen, weil sie vortrefflich werfen konnte und auch keine Hemmung hatte, ihn bei großen Verfehlungen zu treten.

«Emma, es tut mir leid.» Er sah sie bedauernd an, obwohl sein Herz wie wild schlug und er immer noch ganz hibbelig vor Anspannung und Gereiztheit war. Lieber hätte er sie gepackt und aufs Bett geworfen, um sich abzureagieren, aber das war bei Emma nicht möglich. Liv hätte mitgemacht, gelacht und ihm den Rücken zerkratzt ...

Verdammt, verdammt, verdammt! Wieso zum Teufel dachte

er plötzlich an Liv? Seit Monaten dachte er kaum an sie, sondern hatte sich auf Emma eingelassen und war auf dem besten Weg, eine harmonische Beziehung zu ihr aufzubauen!

«Julian ...» Ihre Stimme zitterte. «Ich erkenne dich gar nicht wieder.» Sie brach in Tränen aus.

Hilflos saß er daneben und wusste nicht, wohin mit seinen Händen. Bei seinem Glück rief sicherlich gleich jemand die Cops.

«Bitte, Emma ... ich würde dir nie etwas tun! Ich war aufgekratzt und angepisst ...»

«Du hast geschrien», warf sie ihm bitter vor. «Du hast mich angeschrien.»

«Ja, aber ich habe es nicht wirklich böse gemeint.» Er seufzte und tätschelte ihr ungelenk die linke Hand. «Du musst verstehen, dass ich ... dass ich mit körperlicher Aggression mein Geld verdiene. Beim Football geht es halt rauer zu.»

Sie nickte. «Aber ich mag keine Aggression in meiner Beziehung!»

«Es tut mir leid», fuhr er besänftigend fort. «Ich bin an dich noch nicht gewöhnt.»

«Und ich will auch keinen Versöhnungssex!»

«Okay», murmelte er halb niedergeschlagen, halb erleichtert, da sie sich zu beruhigen schien.

«Wenn ich eine Meinungsverschiedenheit habe, diskutiere ich sie in Ruhe aus und entschuldige mich, wenn ich falschlag. Ich schreie nicht, brülle nicht und klatsch dir auch keine.» Sie schniefte in ein Taschentuch.

«Okay», wiederholte er dumpf.

Trotz ihrer kleinlauten Proteste fuhr er sie nach Hause, entschuldigte sich noch zigmal für sein Gebrüll und war am Ende erleichtert, allein bei sich zu sein.

14. Kapitel

«Warum wollten Sie sich denn nicht mit ihm verabreden?»
Liv zuckte unbehaglich mit der Schulter und sah ihre
Therapeutin an. «Das weiß ich nicht. Vielleicht war ich einfach
nur ein wenig überrumpelt, als er mich nach unserem gemeinsamen Lauf um ein Date bat.»

Dr. Beatrice Wiggs blickte sie weiterhin fragend an. «Wie gefiel Ihnen denn der Mann?»

«Er ist nett» – sie machte eine wegwerfende Geste –, «aber es
flogen keine Funken. Ich meine ... wir interessieren uns zwar
beide für das Laufen, aber ansonsten sehe ich keine Gemein-
samkeiten.»

«Woher wissen Sie das?»

«Nun ja, ich besuche diesen Lauftreff bereits einige Zeit und
habe die anderen Mitglieder teilweise schon gut kennengelernt. Thomas ist Informatiker und eher von der ruhigen Sorte.» Sie machte ein entschuldigendes Gesicht. «Humor habe ich
bei ihm noch nicht entdecken können.»

«Ah, ich verstehe.» Die grauhaarige Therapeutin lächelte
wissend.

«Jetzt habe ich Hemmungen, nächsten Samstag zum Lauftreff zu gehen und ihm dort zu begegnen.»

«Warum haben Sie denn Hemmungen? Was könnte Ihrer
Meinung nach passieren?»

Nervös biss sich Liv auf die Lippe. «Er könnte mich schneiden.»

«Fänden Sie das sehr schlimm?»

«Eher unangenehm.»

«Was könnte sonst noch geschehen?»

«Hmm ... ich weiß nicht. Thomas nimmt schon seit zwei Jahren an dem Lauftreff teil, während es bei mir erst wenige Wochen sind. Die Leute sind wirklich lustig – vergangenen Samstagabend waren wir alle abends noch etwas trinken. Da ich ihm einen Korb gegeben habe ...» Sie sah seufzend auf.

«Sie möchten es sich mit ihnen nicht verscherzen.»

«Genau.»

«Wie hat er denn reagiert, als Sie ein Date abgelehnt haben?»

«Er hat genickt und meinte, es sei kein Problem.»

«Und was führt Sie nun zu der Annahme, dass er Sie schneiden könnte?»

Liv lachte kurz auf. «Gar nichts.»

«Sehen Sie», antwortete Dr. Wiggs freundlich. «Wie läuft Ihr Vorhaben sonst, neue Freunde zu finden?»

«Ganz gut.» Liv legte ihre Hände auf die Knie und senkte den Kopf ein wenig. «Meine neue Arbeitskollegin Claire ist bereits eine gute Freundin.»

«Sehr schön.»

«Nach der Arbeit sehen wir uns oft und telefonieren an freien Tagen, wenn wir nicht sowieso schon verabredet sind.» Sie lächelte. «Ich verstehe mich blendend mit ihr. Wir haben den gleichen Humor.»

«Das freut mich zu hören», erwiderte Dr. Wiggs.

«Außerdem habe ich mich bei einem Zeichenkurs angemeldet. Bislang fand der erst zweimal statt, aber die anderen Teilnehmer scheinen sehr nett zu sein.»

«Sie haben sich offenbar wirklich fest vorgenommen, sich einen neuen Freundeskreis aufzubauen», schmunzelte Dr. Wiggs.

Liv lächelte. «Es ist schön, wieder andere Menschen anrufen

zu können und sich mit ihnen auf einen Kaffee zu treffen. Ich fühle mich weniger allein als noch vor Monaten.»

«Darf ich denn fragen, wie es abgesehen von Ihrem Laufpartner um Männerbekanntschaften steht?»

Zögernd sah Liv auf. «Darüber mache ich mir momentan weniger Gedanken.»

«Warum?»

«Ich ... äh ... ich möchte mein Leben erst einmal klären, bevor ich mich auf eine Beziehung einlasse.»

«Denken Sie nicht, dass Sie Ihr Leben bereits ausreichend geklärt haben?»

Unsicher beugte sie sich vor und zupfte nervös an ihrem Ohrläppchen. «Ich bin dabei, aber ... aber ich schätze nicht, dass ich schon für eine Beziehung bereit bin.»

«Können Sie mir sagen, weshalb Sie das meinen?»

Liv schluckte kurz. «Ich habe Ihnen von Harm erzählt, der sich sehr um mich bemüht hat. Es hat nicht geklappt, weil ich ihm gegenüber nicht offen genug war.»

«Und weil sie keine gemeinsamen Interessen hatten.»

Liv nickte zustimmend. «Richtig. Vor allem lag es aber auch daran, dass ich ihm keine Chance gegeben habe. Unsere *Beziehung* war eher einseitig.»

«Was meinen Sie damit?»

«Nun ... er wollte mit mir eine Beziehung führen ... und ich ...» Sie seufzte und gestand ehrlich: «Ich wollte mir beweisen, dass ich über Julian hinweg war.» Liv rutschte in ihrem Sessel hin und her, strich den Jeansrock glatt und zog die bunt gemusterte Sommerbluse gerade. Obwohl sie ihrer Therapeutin gegenüber völlig offen sein konnte, wühlte ein Gespräch, in dem ihr Exmann vorkam, sie dennoch auf.

«Aber?»

«Kein Aber.» Liv kratzte sich an der Handinnenfläche. «Oder vielleicht doch. Harm war wirklich toll, aber ... aber ich konnte nichts mit ihm anfangen ... nichts, was über freundschaftliches Handeln hinausging.»

«Also kein Sex?»

«Kein Sex», bestätigte Liv ruhig.

Intelligente Augen sahen sie bemerkenswert neutral an. «Auch wenn Sie keine Beziehung führen wollen, was spricht gegen Gelegenheitssex ohne Verpflichtungen?»

Liv schoss die Röte ins Gesicht. «Das ist nichts für mich.»

«Warum nicht?»

Komisch war es schon, dass eine sechzigjährige Frau sie fragte, warum sie nicht einfach in eine Bar ging, um einen wildfremden Mann aufzureißen.

Liv kuschelte sich ein wenig in ihren Sessel und schlug die Augen nieder, bevor sie zögerlich erklärte: «Das habe ich einmal getan ... und fand es schrecklich.»

«Bitte erzählen Sie mir davon.»

«Das kann ich nicht», entgegnete Liv mit panischem Unterton.

«Weshalb können Sie davon nicht erzählen, Liv?»

Sie schüttelte hektisch den Kopf.

«Wir sind ganz allein» – Dr. Wiggs schenkte ihr einen beruhigenden Blick –, «niemand wird uns stören. Sie sagen mir nur das, was Sie möchten, Liv.»

«Ich möchte davon eigentlich nicht erzählen.» Sie stockte. «Es ist mir peinlich.»

«Können Sie mir sagen, warum es Ihnen peinlich ist?»

Liv hatte das dringende Bedürfnis, in dem kleinen Raum herumzulaufen, ließ es jedoch bleiben und verschränkte die Hände fest im Schoß. «Weil ich damals nicht ich selbst war ... ich habe ... Dinge gemacht, für die ich mich heute schäme», flüsterte sie mit gesenktem Blick.

«Wenn Sie damals nicht Sie selbst waren, Liv, gibt es keinen Grund, sich heute dafür zu schämen.»

Hart räusperte sie sich. «Ich habe meinen Mann betrogen» – sie korrigierte sich –, «meinen Exmann.»

«Julian.»

Liv nickte und fuhr sich über das Gesicht, bevor sie ihre Hand im Schoß wieder zur Faust ballte. Sie hatte diese Erinnerungen aus ihrem Gedächtnis verbannt und wollte nicht daran denken. Momentan ging es ihr gut, warum sollte sie wieder mit dem alten Thema anfangen und riskieren, dass es ihr schlechter ging?

«Wenn Sie nicht darüber reden, wird es Sie immer belasten.»

«In den letzten Jahren bin ich gut damit klargekommen, einfach nicht daran zu denken.»

Dr. Wiggs lächelte sacht. «Glauben Sie mir, Liv, Sie belügen nur sich selbst, wenn Sie das wirklich denken.» Sie blickte sie verständnisvoll an. «Geschah es nach Sammys Tod?»

Nach etwas längerem Schweigen nickte Liv kurzatmig und hoffte, nicht weinen zu müssen. Sie hatte schon einige Male vor Dr. Wiggs geweint. Jedesmal hatte die Therapeutin ihr lediglich die Papiertuchbox gereicht und gewartet, bis Liv weitersprach. Es hatte ihr gutgetan, nicht vom Trost und Mitleid anderer überwältigt zu werden. Trotzdem war sie nicht unbedingt versessen darauf, noch einmal vor ihr in Tränen auszubrechen.

«Ja.» Sie schluckte hart und musste sich räuspern. «Sammy … war schon vier Monate tot.» Sie wischte sich über die Augen. «Julian war gerade von einem Auswärtsspiel zurück, und Granny war wieder nach Idaho geflogen.» Zitternd verbarg sie die Hände in ihrem Rock. «Ich war ständig zu Hause … und kam kaum noch aus dem Bett heraus. Das Haus … ich hasste es … und wollte es trotzdem nicht verlassen.» Mit einem Seufzer fuhr sie fort: «Julian ging es besser … ich war froh darüber, und gleichzeitig nahm ich es ihm übel … Manchmal lachte er sogar, wenn er telefonierte.» Sie schüttelte gedankenverloren den Kopf. «Er war wundervoll und lieb zu mir, er tröstete mich, hielt mich nachts im Arm und tat alles, was seine Psychologin ihm riet.»

«Er machte eine Therapie?»

Liv nickte. «Gleich nach Sammys Tod.»

«Sie auch?»

«Ich weigerte mich», erklärte sie tonlos, «damals wollte ich nicht mit fremden Menschen über mein Kind sprechen.»

«Und was geschah dann?»

Liv machte eine abwehrende Handbewegung. «Das Haus war voller Erinnerungen, und Julian war eine einzige wandelnde Erinnerung an Sammy. Irgendwie tickte ich plötzlich aus, als Julian beim Training war ... ich weiß nur, dass ich im Auto saß und erst anhielt, als mein Tank fast leer war. Abends» – sie schluckte den aufkommenden Brechreiz hinunter – «machte ich halt in einem Motel – irgendwo. Es war wohl ein Truckstop, weil unzählige LKW auf dem Parkplatz standen. Das Zimmer war schäbig und die Bar neben dem Motel ebenfalls.» Sie schnappte zittrig nach Luft. «Ich fühlte mich völlig leer und war nicht einmal in der Lage, Julian anzurufen, damit er sich keine Sorgen machen musste. Es ... es war so ... als ob ich ... als ob ich innerlich ... gar nicht da war. Ich saß zwar auf einem Barhocker und trank ein Bier, aber ... aber mir kam es vor, als sei ich gar nicht da. Verstehen Sie?» Sie blickte mit erfrorenen Gesichtszügen zu Dr. Wiggs, die sie verständnisvoll ansah.

Betreten senkte Liv den Kopf. «Jemand setzte sich neben mich und spendierte mir einen Drink.» Sie schmiegte sich zitternd in ihren Sessel und biss die Kiefer fest zusammen. «An seinen Namen erinnere ich mich nicht mehr, aber ... aber er war nicht zurückhaltend ...»

Mit abgehackter Stimme erzählte Liv, wie der unbekannte Trucker sie frech taxiert hatte und auf eine Privatparty in seinen Truck einlud. Emotionslos hatte sie ihn bei der Hand gepackt und in ihr Zimmer geführt. Dort hatte er sie sofort ausgezogen und auch sich selbst schließlich die Klamotten heruntergerissen. Liv hatte nackt mitten im Zimmer gestanden und ihm zugehört, wie er grobe Komplimente über ihren Körper von sich gab, während er sie hemmungslos berührte. Er hatte ihre schlaffe Hand genommen und sie an seinen Schwanz geführt. «Erst die Hand, dann der Mund, dann die Muschi und dann der Arsch», hatte er lachend gesagt, während sie ihn unbeteiligt massierte. Er hatte sie nicht geküsst, sondern unter ihrer Massage gestöhnt, während er ihr mit der Hand an den Schoß fasste.

«Furztrocken», hatte er sich beschwert. Wenig zufrieden über ihre Bereitschaft, hatte er ihre Beine auseinandergeschoben, sich mehrmals in die Hand gespuckt und seinen Speichel in ihre Vagina gerieben. Liv hatte unbeteiligt dabeigestanden, als er sich schließlich hinkniete und zu lecken begann. Nicht einmal das kleinste Vergnügen hatte sie dabei empfunden, sondern einen dumpfen Schmerz und eine totale Leere in ihrem Schädel.

Mit erstickter Stimme sagte sie zur Dr. Wiggs: «Irgendwie wusste ich, dass ... dass ich es nicht wollte ... eigentlich wollte ich ihn von mir stoßen, aber ... aber ich konnte mich nicht rühren. Ich stand da ... und ließ es zu.» Verlegen blieb ihr Blick auf ihre Hände fixiert, weil sie die andere Frau vor lauter Scham nicht ansehen konnte.

«Sie ließen zu, dass er mit Ihnen schlief?» Die Stimme der Therapeutin klang beinahe beruhigend, weshalb Liv fortfuhr: «Ich landete auf dem Bett ...»

Grob hatte er sie aufs Bett gestoßen und sich vor sie gekniet. «Gute Arbeit», hatte er sich selbst gelobt und erregt an ihr herumgefingert, ihr stöhnend in den Hintern gekniffen und ebenso grob an ihrer Brust herumgedrückt. Liv hatte ihn machen lassen, auf dem Rücken gelegen, an die Decke gestarrt, an der sich ein schmuddeliger Ventilator drehte, während sich unzählige Fliegen an dem rissigen Putz tummelten, und an gar nichts gedacht. «Jetzt ist deine Muschi heiß und geil», hatte er hingerissen und verschwitzt gekeucht, «am liebsten würde ich ohne Gummi ficken.» Was er nicht tat – aber Liv wäre es völlig gleichgültig gewesen. Sie hatte ihm dabei zugesehen, wie er sich ein Kondom überzog, sich die strähnigen Haare aus dem Gesicht strich und in sie eindrang. Keuchend hatte er sich über ihr abgemüht, das Gesicht leidenschaftlich verzogen. Merkwürdigerweise hatte sie ihn nicht von unten aus beobachtet, sondern sie schwebte über dem Bett und sah auf ihn und sich selbst hinab. Es dauerte nicht lange, bis er kam, er stöhnte dabei fluchend und zog sich anschließend aus ihr zurück. «Mann, Süße», keuchte er, während Schweißtropfen über seinen rundlichen Bauch rannen, «beweg deinen Arsch beim nächsten Mal mehr!» Seine Hand war an den schlaffen Penis gefahren und hatte das Kondom entfernt, um es einfach auf den Boden fallen zu lassen. «Bist du schizo?» Nachdenklich hatte er sich an den Eiern gekratzt und mit den Schultern gezuckt. «Auch egal. Ich geh zum Truck und komm gleich wieder.» Als er in seine dreckigen Jeans schlüpfte, verkündete er grinsend: «Später will ich 'nen Blowjob und 'nen Arschfick.» Bevor er gegangen war, hatte er eine lachende Bemerkung darüber gemacht, dass sie das Kondom ruhig in ihre Muschi stecken könnte, wenn sie ein Balg wollte, dann war er verschwunden.

«Er kam nicht wieder», krächzte Liv mit rauer Stimme, «aber wenn er zurückgekommen wäre ...» Hilflos hob sie die Hände. «Hätte ich mich sicher nicht verweigert. Bestimmt hätte ich wieder mit ihm geschlafen.» Ihre Augen waren staubtrocken, auch wenn Tränen in ihrem Hals brannten.

«Liv», Dr. Wiggs sah sie beinahe mitfühlend an, «Sie haben mit diesem Mann nicht freiwillig geschlafen.»

«Ich habe Julian betrogen», flüsterte sie unglücklich, «vor ihm habe ich nicht einmal einen anderen Mann geküsst.»

«Sie haben Ihren Mann nicht betrogen», antwortete die Therapeutin sanft.

«Doch! Ich habe mit irgendeinem wildfremden Trucker geschlafen», klagte sie mit zerrissener Stimme.

«Liv» – die Ärztin schüttelte ernst den Kopf –, «Sie litten unter einer posttraumatischen Belastungsstörung – nennen Sie es ruhig einen Nervenzusammenbruch. Wie Sie selbst sagten, waren Sie am Geschehen völlig unbeteiligt und konnten von oben auf sich selbst hinunterschauen.»

«Das ist keine Entschuldigung.» Liv griff nach dem dargebotenen Taschentuch und schnäuzte sich. «Ich hätte ihn niemals mit in mein Zimmer nehmen dürfen.»

Dr. Wiggs beugte sich mit ernster Miene vor. «Was haben Sie gedacht, als Sie ihn mit in Ihr Motelzimmer genommen haben?»

Verwirrt und unglücklich sah Liv auf ihre Schuhspitzen. «Gar nichts.»

«Und was haben Sie gefühlt?»

«Nichts ... vielleicht ein dumpfes Gefühl in der Magengegend.» Sie schluckte und unterdrückte einen Weinkrampf. «Es war mir egal ... und wenn die ganze Bar zugeschaut hätte, wäre es mir egal gewesen.» Sie schluchzte und vergrub das Gesicht in ihren Händen. «Es wäre mir sogar egal gewesen ... wenn ... wenn er mir etwas angetan hätte.» Totenbleich nickte sie. «Was mit mir geschah, war ... nicht wichtig.»

«Warum war Ihnen nicht mehr wichtig, was mit Ihnen geschah?»

Liv legte eine Hand an den rasenden Puls in ihrem Hals und hatte das Gefühl, gleich ohnmächtig zu werden. «Ich ... ich weiß nicht. Es war ... wegen Sammy. Er war so klein» – Tränen schimmerten in ihren Augen –, «er war mein Baby ... aber er war tot. Ich wusste nicht ... nicht, wie es weitergehen sollte. Damals dachte ...» Ihre Stimme bebte. «Damals dachte ich immer daran, wie ... wie viel Angst er gehabt haben musste und dass ich nicht richtig aufgepasst hatte.»

«Heute wissen Sie, dass Sie keine Schuld am Unfall hatten, nicht wahr?»

Liv schluckte Galle und flüsterte: «Lange Zeit habe ich mir die Schuld gegeben ... ich war seine Mom und hätte besser auf ihn aufpassen müssen. Ich hatte die Verantwortung.»

«Sammys Unfall war ein Unfall. Ein bedauernswerter, schrecklicher Unfall – nichtsdestotrotz ein Unfall.»

Liv nickte und wischte sich die Tränen von den Wangen. «Niemand war wirklich Schuld. Es war einfach ein Unglück», flüsterte sie, «jemand hatte die Tür nicht wieder abgeschlossen, und Sammy hatte unglücklicherweise eine Lücke in der Kindersicherung am Pool gefunden. Trotzdem denke ich immer daran, dass ich nicht so nachlässig hätte sein dürfen.»

«Sie haben nichts falsch gemacht.»

«Wenn ich ihn nur nicht allein im Wohnzimmer gelassen hätte!» Liv schüttelte fassungslos den Kopf. «Dann ...»

«Belasten Sie sich nicht mit diesen Gedanken», riet die Therapeutin.

«Ich weiß, aber ich kann nicht aufhören, daran zu denken.»

«Sie werden sich immer wieder die Schuld an Sammys Tod geben, wenn Sie solche Szenarien im Kopf ablaufen lassen.» Ihre Stimme wurde sanfter. «Es ist schwer, die Wahrheit zu ertragen, aber keine noch so verzweifelten Gedankengänge darüber, was Sie hätten besser machen sollen, können Ihnen Sammy wiedergeben, Liv. Er ist gestorben, und er kommt nicht wieder.»

«Ich weiß.» Sie presste die Lippen zusammen und holte zitternd Luft.

«Es nutzt Ihnen nichts, sich an seinen Tod zu erinnern, weil Sie sich damit nur selbst bestrafen. Denken Sie lieber an schöne Begebenheiten zurück. Das macht es Ihnen leichter.»

Liv gestand: «Das versuche ich, aber sobald ich an Sammy denke, denke ich an den Unfall, an Julians Gesicht, als er ins Krankenzimmer stürmte, und daran, wie ich mit einem fremden Mann Sex hatte.» Sie fuhr flüsternd fort: «Ich schäme mich so sehr dafür, was ich getan habe. Wie konnte ich nur nach Sammys Tod so etwas tun? Ich bin von mir selbst angeekelt.»

«Liv, Sie wollten sich bestrafen.» Dr. Wiggs lächelte schwach. «Sie wollten sich erniedrigen lassen, weil Sie sich die Schuld an Sammys Tod gaben. Sie haben keinen Grund, sich zu schämen oder von sich selbst angeekelt zu sein.»

Neue Tränen stiegen Liv in die Augen.

Dr. Wiggs legte ihre Hand über Livs. «Was haben Sie gemacht, nachdem der Mann gegangen war?»

Liv verkrampfte sich kurz. «Ich stand stundenlang unter der Dusche ... das Wasser konnte nicht heiß genug sein, ich fühlte mich so schmutzig ...»

«Was Sie beschreiben, tun alle Opfer sexuellen Missbrauchs. In gewisser Weise waren Sie ein Vergewaltigungsopfer ...»

«Aber –»

«Nein», unterbrach sie die Therapeutin, «damals waren Sie nicht in der Lage, etwas aus freien Stücken zu entscheiden. Sie waren traumatisiert und benötigten therapeutische Hilfe, die Sie sich jedoch selbst verweigerten. Als Strafe für Ihren Verlust, weil Sie sich schuldig an Sammys Tod fühlten, wollten Sie sich selbst verletzen. Deshalb ließen Sie diesen Mann mit sich schlafen – dennoch war es kein einvernehmlicher Sex.»

Livs Lippen bebten.

«Bitte, glauben Sie mir. Was Sie getan haben, geschah nicht freiwillig, deshalb dürfen Sie es sich auch nicht vorwerfen.»

«Aber ich habe meinen Mann betrogen.»

«Das haben Sie nicht getan», wiederholte Dr. Wiggs ruhig, «Sie haben ihn weder emotional noch physisch betrogen, sondern waren Opfer Ihres Traumas.»

«Ich habe ihm niemals davon erzählt», beichtete Liv. «Tage später kam ich erst wieder nach Hause. Julian war besorgt, lieb, verständnisvoll und rührend fürsorglich. Einen Tag später habe ich ihn verlassen.»

«Warum haben Sie sich dazu entschlossen, ihn zu verlassen?»

«Weil ich ihn enttäuscht hatte.» Wieder griff sie sich an den Hals und versuchte, die Tränen zu unterdrücken. «Er ließ Sammy in meiner Obhut zurück und kam nach Hause, als sein Sohn bereits tot war. Anschließend hatte er eine labile und depressive Frau am Hals, um die er sich neben seiner Karriere kümmern musste, die dann plötzlich verschwand und sich von einem widerlichen Typen benutzen ließ, während er sich Sorgen um sie machte.» Liv lachte leise und bitter auf. «Wissen Sie, was er sagte, als ich ihn um die Scheidung bat? Er machte sich Vorwürfe, weil er nach Sammys Tod zu wenig Zeit für mich gehabt hätte. Wenn er wüsste, was ich getan habe ...» Sie schüttelte den Kopf. «Er wäre angewidert.»

«Liv» – Dr. Wiggs wirkte nachdenklich –, «vielleicht sollten Sie sich mit Ihrem Exmann aussprechen.»

«Wir haben uns im Guten getrennt.» Liv lächelte traurig. «Julian hat es nicht verdient, damit belästigt zu werden.»

«Wenn Sie sich im Guten getrennt haben, können Sie es ihm erst recht erzählen. Ganz sicher wird er es verstehen.»

Nachdenklich sah Liv die Therapeutin an. «Wissen Sie, ich möchte diese Episode vergessen. Außerdem möchte ich Julian nicht weh tun. Ich kann nicht einfach in sein Leben trampeln und ihn verletzen, indem ich ihm meinen Fehltritt beichte.»

«Nennen Sie es nicht einen Fehltritt. Was damals geschah, Liv, hatte nichts mit Ihrem Charakter oder Ihrem Gewissen zu tun.»

Noch nicht ganz überzeugt, sah Liv sie an.

«Es ist gut, dass Sie sich verändern, dass Sie wieder Freunde haben und über Ihren Verlust sprechen können. Mittlerweile wissen Sie, dass Sammys Tod ein schrecklicher Unfall war, und bestrafen sich nicht mehr selbst.»

«Es hat auch lange genug gedauert.» Liv schenkte ihr ein kleines Lächeln.

«Da haben Sie recht.»

15. Kapitel

Am Morgen des Auftaktspiels der *Titans* gegen die *Saints* rief Emma aus San Francisco an. Nach dem katastrophalen Zoobesuch hatten sie sich zwei Tage später wieder vertragen, auch wenn sie seither nicht mehr so unbekümmert miteinander umgingen.

Am Telefon sprach sie von dem wunderschönen Hotel, von dem tollen Seminarprogramm und den interessanten Teilnehmern, die sie bereits kennengelernt hatte. Julian hörte ihr höflich zu, auch wenn seine Gedanken bereits beim Footballspiel waren, das einige Stunden später beginnen sollte. Normalerweise hätte er sie unterbrochen, als sie begann, das Seminarprogramm vorzulesen, aber nachdem sie auf seinen Wutausbruch dermaßen schockiert reagiert hatte, war er nun der aufmerksame und interessierte Freund, auch wenn er vor Anspannung am liebsten gegen etwas getreten hätte.

Später in der Kabine war die Anspannung ebenfalls zu spüren. Die Spieler waren motiviert und bemüht, die herbe Schlappe der vorherigen Saison wiedergutzumachen und voll durchzustarten. Anstelle von Gegröle, Neckereien und Witzen war es verdächtig ruhig, als die Spieler ihre Monturen anzogen. Der Coach hielt nur eine kleine Ansprache, der Tradition gemäß segnete ein Geistlicher das Team und betete etwas vor. Brian, der normalerweise ein Luftikus par excellence war, entpuppte sich als phantastischer Quarterback, der nicht nur später im Huddle, sondern noch in der Kabine ein paar motivierende Sätze von sich gab.

Der großspurige Dupree bekam Muffensausen vor seinem ersten Spiel in der NFL und übergab sich, bevor sie das Feld betraten. Julian hatte in der NFL mehr Spieler vor Nervosität kotzen sehen als auf dem College betrunkene Studenten, daher machte es ihm wenig aus, und er schlug dem verlegenen Tackle gutmütig auf die Schulter. Die Stimmung im Meadowlands-Stadion war phänomenal, das Publikum kreischte vor Begeisterung und schien es kaum abwarten zu können. Julian freute sich darüber, nach langer Pause endlich wieder eine solche Atmosphäre erleben zu können und für sein neues Team auflaufen zu dürfen. Als die Nummer 86 und sein Name genannt wurden, jubelten ihm die Zuschauer frenetisch zu.

Nachdem die Nationalhymne gesungen worden war, begann auch schon das Spiel, doch die *Saints* hatten Ballbesitz, weshalb Julian in der Offense erst einmal auf der Bank saß und zusehen musste. Konzentriert sah er sich die Taktik der *Saints* an und brüllte der eigenen Defense Aufmunterungen zu.

Irgendwie gelangen den *Saints* kaum Raumgewinne, Interceptions wurden von Cornerbacks der *Titans* abgefangen, und beim vierten Down gelang es den *Titans*, nach einem Fumble den Ball in die gegnerische Endzone zu passen und einen Touchdown zu machen. Das Publikum war begeistert, die Offense klatschte und machte sich für den eigenen Einsatz bereit, während Brennan hochkonzentriert war und sich keinen Jubel erlaubte, schließlich hatte das Spiel gerade erst begonnen. Er rief Brian zu sich, erklärte einen Spielzug und schickte dann die Offense aufs Feld. Der Quarterback war voller Ernst bei der Sache, nannte dem Team den Spielzug und strahlte auf dem Spielfeld absolute Autorität aus. Die *Saints* boten von Anfang an alles auf, was sie in der Defense hatten.

Brian brüllte an der Linie noch einmal den Spielzug durch, einen taktischen Passspielzug, während Julian zwei Safetys fixierte, die es auf ihn abgesehen zu haben schienen. Der Center übergab Brian den Ball und blockte anschließend einen riesigen Tackle, der die Linie durchbrechen wollte, um Brian zu Boden zu reißen, der den Ball an Blake, seinen Runningback, übergab. Julian sprintete los und entwischte seinem grimmigen Gegner flink, wurde dann jedoch vom massigen Cornerback der *Saints* hart zu Boden geworfen. Blake schaffte einen Raumgewinn von 10 Yards, bevor auch er zu Boden ging.

Beim zweiten Down konnte niemand Julian aufhalten, doch ihr Fullback wurde von den gegnerischen Linemen niedergemacht. Beim dritten Down sagte Brian einen langen Pass auf Julian an, der einen Raumgewinn von 15 Yards schaffte, bevor ihn jemand brutal niederrang. Er umklammerte den Ball und blieb keuchend liegen, als der Schiedsrichter endlich pfiff und sich sein Gegner Martin Delaveux, ein riesiger Free Safety, schließlich von ihm erhob. In Julians Kopf klingelte es ein wenig, als Delaveux ihm wie ein fairer Sportsmann die Hand reichte und ihn hochzog.

Im vierten Down starteten die *Titans* einen Blitz, doch Brian ließ sich nicht aus der Ruhe bringen und lief wie ein Hase selbst mit dem Ball, bevor er kurz vor der Endzone doch noch getackelt wurde. Die Offense hatte einen guten Punktestand erreicht und sah anschließend zu, wie die *Saints* ebenfalls punkten konnten, auch wenn die *Titans* weiterhin vorn lagen.

Brennan blieb ruhig, besprach in der Halbzeit die weitere Vorgehensweise und veränderte die Spielzüge. Julians Hand pochte nach dem brutalen Tackle von Delaveux, aber er biss die Zähne zusammen und ächzte nur innerlich über den Schmerz. In den nächsten Minuten drehten die *Saints* richtig auf. Die *Titans* erhielten 15 Yards Raumgewinn für eine Facemask, weil der Cornerback Julian in den Helmschutz packte und so zu Boden riss, aber sie erzielten kaum Raumgewinne, weil ihre Pässe unvollständig waren.

Im vierten Down trickste Brian die Defense mit einem vorgetäuschten Laufspiel aus, passte den Ball weit ins Feld zu Julian, der seinem Block schnell davonlief und einen Touchdown erzielen konnte. Vor Freude brüllend, rissen seine Kollegen ihn in der Endzone um, nachdem er übermütig den Ball auf den Boden geschleudert hatte. Euphorisch, strahlend und glücklich, weil er seinen ersten Touchdown für die *Titans* erzielt hatte, begab sich Julian auf die Bank und sah der Defense zu, die den *Saints* die Suppe versalzte, weil New Orleans kaum Raumgewinne gutmachen konnte. New Orleans nahm eine Auszeit, die Brennan nutzte, um seiner Offense einen weiteren Trickspielzug zu erklären.

Julian spritzte sich aus seiner Flasche Wasser ins Gesicht und in den Mund, wischte sich den Schweiß ab und setzte seinen Helm wieder auf, als es aufs Feld ging.

Bereits beim First Down überwand der Linebacker seinen Block und kam auf Brian zu, der Julian den Ball zupassen wollte. Kurz bevor er zu Boden gerissen wurde, warf er ihm den Ball zu, der jedoch nicht präzise genug durch die Luft flog. Julian rannte los und sprang in die Höhe, um das Ei noch fangen zu können, ergriff es mit den Fingerspitzen, als ihn noch im Sprung jemand hart tackelte. Ungeschützt landete er auf dem Rücken, nachdem er in der Luft beinahe ein Rad geschlagen hatte, hielt zwar das Ei im Arm, sah aber verschwommene Sterne und spürte einen stechenden Schmerz an der Hüfte, an der Schulter und im linken Arm. *Scheiße!*

Undeutlich hörte er den Pfiff des Schiedsrichters. Kurz darauf beugten sich auch schon der Coach und der medizinische Betreuer der *Titans* über ihn.

«Scott! Alles okay?»

Er stöhnte auf, während man ihm den Ball aus dem Arm nahm. «Keine Ahnung», krächzte er und fluchte. «Ich fühle mich, als sei ein Panzer über mich gerollt.»

«Delaveux hat dich erwischt.» Brennan verzog das Gesicht

sorgenvoll – jedenfalls kam es Julian so vor, der ihn nur verschwommen wahrnahm. «Der Typ ist wie ein Panzer gebaut. Wo hast du Schmerzen?»

Wieder stöhnte er auf. «Hüfte, Schulter, linker Arm.» Er biss die Zähne zusammen. «Außerdem sehe ich Sterne, und das nur verschwommen.»

«Nimm ihn raus.» Der Doc sah Brennan kopfschüttelnd an und leuchtete Julian mit einer kleinen Taschenlampe in die Augen. «Könnte eine Gehirnerschütterung sein.»

Brennan fluchte.

«So schlimm ist es sicherlich nicht», wiegelte Julian ächzend ab.

«Fahr mit ihm ins Krankenhaus», wies Brennan den Doc an und gab seinen Assistenten am Spielfeldrand ein Zeichen, die Bahre zu holen. Julian sah das und knurrte: «Ich bin doch kein Invalide!»

«Halt die Klappe.» Der Coach duldete keine Widerworte. «Wir gehen auf Nummer sicher. Doc, du hältst mich auf dem Laufenden, was bei den Untersuchungen herauskommt.» An seinen Wide Receiver gewandt, fügte er hinzu: «Du warst klasse! Die anderen übernehmen den Rest.»

Julian konnte es nicht fassen. Es war sein erstes Spiel, er hatte einen Touchdown gemacht und wurde jetzt auf einer Bahre hinausgetragen. So hatte er sich das Ganze nicht vorgestellt.

Im Krankenhaus wurde er geröntgt, man steckte ihn in die Röhre und schiente wieder einmal sein Handgelenk, das glücklicherweise nur geprellt war. Der Arzt prophezeite ihm riesige blaue Flecken am ganzen Körper und Kopfschmerzen, aber ansonsten war er quicklebendig. Seine Gehirnerschütterung war nur minimal und nicht besorgniserregend, weshalb er am Abend schon wieder gehen durfte. Da die *Titans* die *Saints* locker geschlagen hatten, nahm er es Delaveux nicht allzu krumm, ihn fast ins Koma getackelt zu haben. Sein Sehvermögen hatte sich bereits gebessert, und es war ihm auch nicht mehr schlecht.

Der Doc brachte ihn nach Hause und ließ ihm leichte Schmerzmittel da, die Julian sowieso nicht nehmen würde, obwohl sein Körper sich anfühlte, als sei er stundenlang durch die Mangel gedreht worden. Mühsam schleppte er sich die Treppen hoch, zog sich stöhnend aus und duschte unter heißem Wasser, was gar nicht so einfach war, weil die Handschiene nicht nass werden durfte. Anschließend schlüpfte er nackt ins Bett und versuchte eine halbwegs bequeme Schlafposition einzunehmen. Er konnte von Glück sagen, dass nichts gebrochen und er bald wieder auf dem Damm war und nicht lange ausfallen würde.

Mit zusammengebissenen Zähnen gelobte er sich, Delaveux nie wieder zu unterschätzen.

Liv hatte am Sonntagabend in der regionalen Sportsendung von Julians Verletzung gehört. Erleichtert nahm sie zur Kenntnis, dass es ihn nicht ernsthaft umgehauen hatte, sondern er schon wieder aus dem Krankenhaus entlassen worden war. Sie kannte ihn jedoch gut genug, um zu wissen, wie sauer er garantiert darüber war, bereits in seinem ersten Spiel verletzungsbedingt vom Platz genommen worden zu sein. Früher hatte es ihn immer schon wütend gemacht, wenn er ausgewechselt wurde, weil er sich persönlich für den Sieg oder die Niederlage verantwortlich fühlte. Dass die *Titans* gewonnen hatten, würde an seiner Frustration nichts ändern. Er war halt ehrgeizig, vor allem auf dem Spielfeld.

Am nächsten Nachmittag besuchte sie ihren Zeichenkurs, trank anschließend mit einer netten Teilnehmerin noch etwas in einem Café – und fand sich anschließend plötzlich in Julians Straße wieder. Da der Zeichenkurs in SoHo stattfand, waren es nur wenige Minuten Fußweg zu seinem Haus, und Liv wollte einfach kurz vorbeischauen, um sich nach seiner Verfassung zu erkundigen. Für September war es viel zu heiß, daher trug sie kurze Shorts und ein weißes T-Shirt sowie rote Sneakers. Die Locken hatte sie sich zu einem Pferdeschwanz hochgebunden, damit die Haare ihr beim Zeichnen nicht ständig aufs Papier fielen. Trotz ihrer gemütlichen Kleidung, in der sie sich sehr wohl fühlte, machte sich ein unbehagliches Gefühl in ihr breit, als sie die Stufen zu seinem Haus hochging, und sie zog an ihrem engen T-Shirt herum, über das sie ihre Tasche geschultert hatte, bevor sie klingelte.

Nicht Julian öffnete ihr die Tür, sondern ein gigantischer Mann mit winzigen Rastazöpfchen und einem spektakulären Veilchen. Dass er zudem noch blutjung war, verriet ihr nicht nur die jugendliche Aknehaut, sondern auch das geschmacklose Ed-Hardy-Shirt, das von seinen Muskeln beinahe gesprengt wurde.

«Hi, ist Julian zu Hause?»

«Klar.» Er ließ sie herein und entblößte sein mit Glitzersteinchen verziertes Lächeln.

«Wir sind im Garten» – er deutete nach hinten –, «gehen Sie ruhig vor, Ma'am.»

Dass der bullige Typ sie Ma'am nannte, war ziemlich komisch. «Sagen Sie Liv zu mir.»

«Okay, Liv.» Er nickte ernst. «Ich heiße Dupree.»

Sie sah ihn abschätzend an. «Linebacker oder Tackle?»

«Tackle», verkündete er stolz, «sind Sie Julians Football-Groupie?»

Amüsiert schüttelte sie den Kopf. «Wie kommen Sie denn darauf, Dupree?»

«Sie scheinen was von Football zu verstehen», erwiderte er beinahe ehrfürchtig.

Immer noch amüsiert, ließ sie sich von ihm in den Garten

führen, wo vier weitere bullige Footballspieler saßen und den angeschlagenen Wide Receiver aufmunterten, der in einem Gartensessel lehnte.

«Schau mal, Scott, wer dich da besuchen will!»

Julian sah mit gerunzelter Stirn zur Hintertreppe. Sie erkannte sofort, dass er Schmerzen haben musste, und schenkte ihm ein kleines Willkommenslächeln. Mit Bartschatten, bleichem Gesicht, schwarzen Augenringen, Eispacks an der Schulter und geschienter Hand sah er wirklich ziemlich verletzt aus.

«Liv?» Verdutzt sah er sie den Garten betreten und wollte aufstehen, doch er stöhnte auf und sank wieder zurück.

«Bleib sitzen.» Sie stellte sich zu ihm und tätschelte vorsichtig seine unverletzte Schulter. «O Mann, dich hat es ganz schön erwischt.»

«Halb so schlimm.» Er lächelte schwach und verschob das Eispack.

«Ich war in der Gegend und dachte, ich schau mal vorbei.» Sie zögerte kurz und sah von ihm zu seinen Teamkollegen. «Anscheinend hatte ich nicht als Einzige den Gedanken.»

«Die sind nur vorbeigekommen, um sich über mich lustig zu machen», beschwerte er sich.

Liv sah fragend in die Runde. «Weshalb?» Sie blickte Julian belustigt an. «Weil du mit deinen dunklen Augenringen aussiehst wie Onkel Fester von der Addams Family mit Perücke?»

Seine Kameraden lachten grölend auf und störten damit die himmlische Ruhe der Hintergärten.

«Danke, Liv», grummelte Julian und senkte sein stoppeliges Kinn auf die Brust.

«Nichts zu danken.»

«Setzen Sie sich.» Dupree stellte ihr eifrig einen Gartenstuhl hin und erklärte seinen Kollegen: «Hier seht ihr eine Lady mit Footballverstand.»

«Echt?» Ein Koloss in Netzshirt und Schuhen, die so groß wie ein Kleinwagen waren, beugte sich in seinem Stuhl vor. «Dabei dachte ich, Sie wären Julians persönliche Krankenschwester.» Er zwinkerte ihr zweideutig zu.

«O'Neill», zischte Julian warnend, doch Liv lachte nur, während sie ihre Tasche auf den Boden legte und sich hinsetzte.

«In seinem Zustand könnte ich eh nicht viel mit ihm anfangen.»

Als wieder alle lachten, sah Julian sie seufzend an. «Du weißt, dass sie mich jetzt ständig damit hochnehmen werden, oder?»

«Natürlich.» Sie lächelte kurz und fügte dann an seine Teamkollegen gewandt hinzu: «Lachen Sie nicht, meine Herren. Lange wird es ihn bestimmt nicht außer Gefecht setzen.»

«Zum Glück ist er Rechtshänder», kicherte ein weiteres Schwergewicht, das Shorts in Tarnfarben und ein T-Shirt mit der Aufschrift *Gott kennt Gnade – Rambo nicht* trug.

Gespielt nachdenklich sah Liv zu Julian, der gottergeben die Augen verdrehte. «Das hatte er noch nie nötig. Stimmt doch, oder?»

«Danke, dass du meinen Stolz wieder aufbauen willst.»

«Irgendwie kommt es mir nicht so vor, als sei sie seine Krankenschwester», bemerkte der Rambo-Fan dümmlich.

«Mich kann er sich gar nicht leisten.» Sie deutete auf sein Shirt. «Der dritte Teil ist genial – wie er den Russen in den Arsch tritt.»

«Sie kennen Rambo, Ma'am?»

«Kennen?» Julian schnaubte. «Sie kann alle Dialoge mitsprechen, Eddie.»

Wie zuvor Dupree sah nun auch Eddie ehrfürchtig zu Liv. «Welchen Teil mögen Sie am liebsten?»

Die anderen stöhnten wie aus einem Mund. «Nicht schon wieder!»

Anscheinend war Eddie wirklich fanatischer Rambo-Fan

und schien kein anderes Gesprächsthema zu kennen, schließlich sahen die anderen ziemlich gequält aus.

«Der erste Teil ist mein absolutes Highlight.» Liv ließ sich von den seufzenden Männern nicht einschüchtern. «In der Rückblende sieht man Rambo mit Schnauzer, und er erlegt mit bloßen Händen ein riesiges Wildschwein. Aber der dritte Teil ist ebenfalls klasse! Der Dialog mit dem blauen Licht und sein Kampf gegen die russischen Panzer nur mit Pfeil und Bogen haben echt was.»

«Und was sagen Sie zum zweiten Teil?»

Liv runzelte die Stirn. «Wie er den schrottigen Hubschrauber fliegt und dann Rache an diesem Leutnant nimmt, ist schon super, aber die komische Liebesgeschichte mit der Vietnamesin passt nicht rein. Das ist ein Actionfilm, keine Schnulze.»

«Sie sagen es!» Eddie hielt ihr die Hand zum High-Five hin. Liv tat ihm den Gefallen und grinste zurück.

«Ich dachte, Rambo sei ein Boxer.» Dupree sah dumm aus der Wäsche.

Julian schüttelte den Kopf. «Rocky ist der Boxer, Williams! Außerdem sind die Rocky-Filme um Welten besser als Rambo!»

«Gleich wird er sagen, dass Rocky im Gegensatz zu Rambo sogar einen Oscar gewonnen hat.» Liv schnitt eine Grimasse.

«Das hat er auch! Rocky schlägt Rambo um Klassen, Liv!»

Sie schnaubte auf.

«Rocky hat Tiefgang!»

«Das hat Rambo auch», widersprach sie, «er ist ein perspektivloser Veteran mit Kriegstrauma ...»

«Der mit einem Stirnband und eingeölter Brust durch die Gegend ballert.»

«Rocky boxt Rinderhälften im Kühlhaus», beschwerte sie sich höhnisch.

«Rocky hat einen Oscar gewonnen.»

«Ja, ja, ja», erwiderte sie, als hätten sie das schon hundertmal diskutiert.

O'Neill lachte. «Hört sich an, als gäbe es da ein ungelöstes Problem.»

«Wir haben früher mit der Münze entschieden, ob wir Rambo oder Rocky schauen.» Liv seufzte. «Eine unendliche Geschichte.»

Julian grinste trotz heftiger Kopfschmerzen. «Sie mag Rocky, würde es aber nie zugeben.»

«Ward ihr mal ein Paar, oder was?»

«Hmm», nuschelte Julian unsicher vor sich hin.

Liv faltete die Hände im Schoß und lehnte sich zurück. «Wir waren früher verheiratet.»

«Im Ernst?»

«O'Neill», warnte Julian autoritär, doch der winkte nur ab.

«Man darf ja wohl noch neugierig sein!»

Als es klingelte, seufzte Julian erleichtert.

«Ich mach schon auf.» Eddie erhob sich und huschte ins Haus, um die Tür zu öffnen.

«Sie waren also mit Julian verheiratet?»

«Was soll daran so besonders sein? Oder hat er sich plötzlich geoutet?» Sie sah Julian abschätzend an.

Er schnaubte. «Darauf kannst du lange warten!» Nach einem Blick zum Haus zeichnete sich Erleichterung auf seinem ramponierten Gesicht ab. «Wunderbar! Die Kavallerie ist da!»

Liv folgte seinem Blick und musste lachen. Ein blonder Riese kam die Treppen herunter und trug ein Baby in einem Tragetuch vor seiner Brust.

«Was tut ihr denn hier?», brüllte er ungehalten. «Ihr habt in einer Stunde Lauftraining!»

«Oh, Coach.» Dupree ließ den Kopf hängen.

«Nur weil ihr das Spiel gestern gewonnen habt, könnt ihr euch jetzt doch nicht gleich gehenlassen.» Er stemmte die Hände in die Hüften und blickte eisig auf seine Spieler hinab. Das gurgelnde Baby mit gelbem Mützchen, dessen Arme und Beine vor seiner Brust fröhlich hin und her zappelten, tat seiner Autorität keinen Abbruch.

«Soll ich euch etwa Beine machen?»

«Nein, Coach.» Sie standen murrend auf.

«Wir wollten nur unseren Kumpel aufmuntern», beklagte sich Eddie und strich sich das Rambo-Shirt glatt.

«Mein Wide Receiver braucht Ruhe», herrschte der Coach sie an.

Liv zuckte bei der lauten Stimme zusammen und blickte besorgt auf das Baby, das jedoch dem Gebrüll keine Beachtung schenkte, sondern fröhlich vor sich hin brabbelte.

Kleinlaut verabschiedeten sich die Männer von Liv und Julian, blickten ihrem wütenden Coach nicht in die Augen und schlichen davon. Kaum waren sie verschwunden, lachte der riesige Coach gut gelaunt auf und drückte dem Baby einen Kuss auf den Kopf.

«Gut gemacht, Schätzchen. Nicht weinen, wenn Daddy den Jungs in den Hintern tritt.»

«Haha», krächzte Julian, «gute Show, John.»

«Hoffe ich doch.» Er sah Liv höflich an und streckte ihr die Hand entgegen. «Halten Sie mich bitte nicht für einen Tyrannen.»

«Keine Sorge.» Sie schüttelte seine Hand. «Schön zu sehen, dass Sie die Jungs im Griff haben.»

Der blonde Riese zeigte Grübchen in den Wangen, als er gequält lächelte. «Footballspieler sind überdimensionale Kleinkinder mit dicken Konten und noch größeren Egos.»

«Anwesende ausgenommen», warf Julian ein.

«Klar doch.» Der Coach lachte laut auf.

«Setz dich.»

«Danke.» Vorsichtig setzte er sich hin und hielt die winzige Hand seiner Tochter in seiner Pranke. «Ich wollte nur kurz nachschauen, wie es dir geht.»

Julian verzog sein ramponiertes Gesicht. «Ging schon besser. Aber die Prellungen sind bald vergessen, mein Schädel hat nicht viel abgekriegt, und die Hand ist auch okay.»

«Erhol dich bloß, bevor du wieder aufs Feld gehst.» Brennan sah Liv an. «Er hat ein großartiges Spiel abgeliefert.»

«Das glaube ich unbesehen.»

«Bis ich vom Feld getragen wurde», murrte Julian.

«Das passiert halt», beruhigte ihn sein Coach. «Du bist bald wieder fit und nutzt die Pause, um meine cleveren Spielzüge zu lernen, damit du dich nicht ständig verläufst.» Grinsend streichelte er das kleine Händchen.

«Vielen Dank auch.»

«Dein Orientierungsvermögen ist nicht mehr das, was es mal war.» John rümpfte gespielt streng die Nase.

«Du bist nicht im mindesten witzig.»

«Wenn du meinst.»

Julian deutete auf das Baby. «Was hast du mit der Kleinen eigentlich vor? Nimmst du sie zum Training mit?»

«Sie soll doch keinen Schock fürs Leben kriegen!» Brennan schüttelte den Kopf, holte die Kleine aus dem Tuch heraus und setzte sie auf seinen Schoß. Das Baby war ein richtiger Schelm mit dicken Wangen und blonden Löckchen unter seiner Mütze. Fröhlich krähte es und patschte mit seinen Händchen umher.

«So ist es besser, Jilli, nicht wahr?» Er umfasste den kleinen Brustkorb und glättete das zerknautschte Hemd. «Ich wollte Hanna etwas Ruhe gönnen, bevor ich wieder losmuss, also habe ich Jillian zu einem Spaziergang mitgenommen.»

«Sie ist so süß!» Liv schnitt für das Baby eine Grimasse. «Wie alt ist sie denn?»

«Fast ein halbes Jahr.»

Jillian lachte brabbelnd auf und hielt Liv die Patschehändchen entgegen.

«Sie scheint sehr aktiv zu sein.» Julian schmunzelte, weil das Baby völlig begeistert von Livs wilden Grimassen war.

«Ähh ... wollen Sie vielleicht ...?»

«Gern.» Liv streckte beide Hände aus und nahm das zappelnde Kind entgegen. «Du wirst deinem Dad später schlaflose Nächte bescheren», gluckste sie und ließ Jillian auf ihrem Schoß auf und ab hüpfen.

«Sie scheinen das nicht zum ersten Mal zu machen.» John sah seine begeisterte Tochter glücklich an.

«Stimmt.» Liv kicherte dem Mädchen zu und pustete gegen das runde Bäuchlein, woraufhin das Baby vor Vergnügen aufkreischte.

Julian verzog das Gesicht. «Das Organ hat sie von ihrem Dad.»

«Das sagt meine Frau auch immer.» John lachte leicht verlegen.

«Und ganz wie ihr Dad hat sie wohl keine Berührungsängste vor fremden Menschen.»

«Schäm dich!» Liv gluckste und drückte dem Baby einen Schmatzer auf die Wange.

Sie spielte weiter mit Jillian, während sich die beiden Männer über das gestrige Spiel und Julians Verletzung unterhielten. Das Baby war so niedlich, duftete zart nach purem Glück und hatte Liv schnell bezirzt.

Als Johns Handy klingelte, erhob er sich und ging ins Haus. Jillian machte auch jetzt kein Theater, dass ihr Dad plötzlich fort war, sondern saß auf Livs Schoß und griff nach ihren eigenen Füßen.

«Alles okay, Liv?» Julian sah eilig zum Haus, bevor er sie wieder anschaute.

«Natürlich.» Sie verfrachtete Jillian in den linken Arm und kitzelte das pummelige Knie der Kleinen.

«Ich dachte nur ...» Er sah sie leicht verlegen und besorgt an.

«Schon gut.»

John kehrte zurück. «Vor dem Training haben sie mir jetzt auch noch ein Interview aufs Auge gedrückt.» Er schnitt eine Grimasse.

«Da wirst du dich aber beeilen müssen.»

«Hmm.» Er blickte auf das Baby nieder. «Komm, Mäuschen. Mommy wartet.»

Widerstandslos ließ sich Jillian wieder in das Tragetuch setzen und verteilte einen Sprühregen aus Sabber, als sie von ihrem Dad gekitzelt wurde.

«Julian, bleib anständig und ruh dich aus. Ich komme morgen wieder vorbei.»

«Danke, Coach.» Er reichte ihm von seinem Stuhl aus die Hand.

«Wenn du was brauchst, meldest du dich.»

Julian nickte.

«Es war schön, Sie kennenzulernen, Liv.» John zeigte beim Lächeln wieder Grübchen. «Falls wir einen Babysitter suchen, weiß ich ja, an wen ich mich wenden muss.»

«Machen Sie das.» Liebevoll schüttelte sie die winzige Hand des Babys. «Wir sehen uns, Jillian!»

Die Kleine krähte zum Abschied und verschwand dann mit ihrem Dad.

Plötzlich mit Julian allein zu sein war ein wenig unangenehm. Sie sah zu, wie er umständlich sein Eispack von der Schulter entfernte und dabei versuchte, sich seine Schmerzen nicht anmerken zu lassen.

«Mal im Ernst, hast du große Schmerzen?»

Zögernd blickte er auf, bevor er gestand: «Mörderische.»

«Gib mir das Eispack.» Sie erhob sich und hielt ihm die Hand hin. «Ich hole ein neues.»

Julian schüttelte den Kopf. «Ich komme mit rein.»

«Bleib lieber sitzen ...»

«Ich will mich hinlegen.» Leise stöhnte er auf. In der letzten Stunde hatte er vor seinen Freunden die Schmerzen heruntergespielt, aber bei Liv war das nicht nötig.

«Komm, ich helfe dir.» Sie zog ihn vorsichtig hoch und lief hinter ihm her, als er stöhnend die wenigen Stufen ins Haus hochhumpelte.

«Schaffst du es ins Schlafzimmer?», wollte sie wissen, als er schwerfällig die Küche betrat.

«Die Couch ist okay.» Langsam schlurfte er in Flipflops, seiner blauen Trainingshose und einem weißen T-Shirt zur Couch, auf die er sich ächzend setzte.

Liv stand daneben und blickte ihn an. «Wo hast du deine Salben?»

«Oben. Im linken Badezimmerschrank.» Er lehnte sich vorsichtig zurück, während Liv nach oben ging und seine Salben holte. Dabei versuchte sie nicht zu spionieren und nach pinken Zahnbürsten oder Lippenstiften zu suchen, sondern ergriff einfach die Tuben und das Röhrchen mit Schmerzmitteln, bevor sie wieder ins Wohnzimmer ging.

«Wo hat es dich denn erwischt?»

«Rechte Hüfte, linke Schulter und unterer Rücken.» Er seufzte auf. «So ein Scheiß.»

«Lass mich das T-Shirt hochziehen.» Sie griff nach dem Bund und zog es vorsichtig hoch. Nach einigem Hin und Her, bei dem der geschiente Unterarm im Weg war, konnte sie es ihm über den Kopf ziehen und warf es auf die Couchlehne. Tatsächlich sah er schrecklich aus, und beinahe tat es ihr leid, Witze über seine Ähnlichkeit mit Onkel Fester gemacht zu haben. Doch sie wusste, dass er kein übermäßig eitler Mann war, also hatte er es ihr sicher nicht krummgenommen. Auf seinem ebenmäßigen Oberkörper fanden sich dunkel verfärbte Prellungen und Hautabschürfungen. Sein Gesicht war unter der sonstigen Bräune ziemlich blass, während seine Augen dunkel umrändert waren.

«Was ist eigentlich mit deinen Augen los?»

«Das kommt von der Gehirnerschütterung.»

«O Mann.»

«In ein paar Tagen sollen die Ränder wieder verschwunden sein.»

Liv schraubte eine Tube auf und schmierte sich die bitter riechende Salbe in die linke Handfläche. «Fangen wir mit der Schulter an. Sag mir, wenn es zu weh tut.» Sie setzte sich neben ihn und massierte vorsichtig seine muskulöse Schulter mit der stinkenden Salbe. Zwar stöhnte er dabei auf, aber die Salbe zog schnell ein und linderte die Schmerzen durch ihren kühlenden Effekt. Liv hatte Julians schönen Rücken vor Augen und dachte leicht melancholisch daran, wie oft sie ihn in der Vergangenheit schon eingerieben hatte, wenn er halb massakriert vom Training oder von Spielen nach Hause gekommen war.

«Kannst du dich nach vorn beugen?» Sie nahm eine weitere Portion Salbe. «Dein Rücken ist dran.»

Er gehorchte und beugte sich weiter vor, damit sie seinen unteren Rücken erreichen konnte.

«Gut so?»

«Hmm.»

Liv versuchte das Gefühl, seine warme Haut unter ihren Fingern zu spüren, auszublenden und sich einfach darauf zu konzentrieren, ihn zu behandeln.

Als sie mit dem Rücken fertig war, hieß sie ihn aufstehen. «Im Sitzen kann ich deine Hüfte nicht erreichen, außerdem schmierst du dann die Salbe in die Couch.»

Julian stand unsicher auf beiden Beinen, als sie sich die Prellungen über dem Bund seiner Trainingshose ansah.

«Das kann ich allein, Liv.»

«Red keinen Blödsinn – mit deiner geschienten Hand funktioniert das nicht.»

«Die Prellung reicht weiter nach unten.» Er seufzte. «Bis zur Mitte des Oberschenkels.»

«Schämst du dich etwa?» Erheitert sah sie ihn an.

Julian fühlte Röte in seine Wangen steigen. «Natürlich nicht!»

«Ich schau schon nicht hin.» Amüsiert griff sie nach der Kordel der Hose und öffnete die Schleife.

«Ha!» Trotz seiner Schmerzen grinste er verwegen. «Ich will ja nicht angeben, aber es ist dir nie gelungen, *nicht* hinzuschauen.»

«Sexprotz.» Sie schob seine Hose herunter und war verwundert, dass er keine Unterhose trug. Fragend blickte sie ihn an, bis er unwirsch erklärte: «Du willst nicht wissen, wie ich überhaupt in diese Hose gekommen bin!»

Das amüsierte Kichern wurde von dem Geräusch überdeckt, mit dem sie aus der fast leeren Salbentube den Rest herausquetschte.

Vorsichtig trug sie die Salbe an der Hüfte, seiner Seite und dem oberen Oberschenkel auf, während sich die harten Muskeln unter ihren Fingern anspannten.

Julian grummelte, beschämt darüber, völlig nackt vor seiner Exfrau zu stehen, die seine blauen Flecken behandelte und ein freches Grinsen im Gesicht hatte. «Ich komme mir vor wie ein Pflegefall.»

«Ein sexy Pflegefall.»

«Hahaha», antwortete er mit knirschenden Zähnen, während sie lachend seine Hose wieder hochzog, nachdem sie ihm einen Klaps auf den Allerwertesten gegeben hatte. Anschließend half sie ihm, das T-Shirt wieder anzuziehen, und sorgte dafür, dass er halbwegs bequem auf der Couch liegen konnte.

Dann ging sie in die Küche und machte ihm ein Sandwich,

das sie zusammen mit einem Glas Wasser und zwei Schmerztabletten ins Wohnzimmer trug.

«Hier» – sie reichte ihm den Teller –, «iss das und nimm dann
die Tabletten.»

«Ich hasse Tabletten.»

«Sie helfen dir aber.»

Mürrisch stöhnte er auf, aß aber das Sandwich und seufzte
genießerisch. Liv war nie eine große Köchin gewesen und hatte
ständig etwas anbrennen lassen, aber ihre Sandwiches waren
immer phantastisch gewesen.

«So ist es brav», lobte sie ihn wie einen Schuljungen und
machte sich daran, im Wohnzimmer Ordnung zu schaffen.

Julian schluckte beide Schmerztabletten hinunter und trank
durstig das Wasser. Lahm sagte er zu Liv, die gerade Zeitschrif-
ten einsammelte: «Du musst hier nicht aufräumen.»

«Schon gut. Das mache ich gern.»

Er legte sich vorsichtig auf ein Kissen zurück. Seit ihrem
Scheidungstermin vor fünf Monaten hatte er sie nicht gesehen
oder gesprochen – und heute kam sie einfach zu Besuch, blö-
delte mit seinen Kumpels herum, spielte mit dem Baby seines
Coachs und versorgte ihn. Sie war völlig anders als die Liv, die
er vor Monaten getroffen hatte. Da war sie eine zurückhaltende
und verschlossene Frau gewesen, die ihn mit kummervollen
Augen traurig angeschaut und sich geweigert hatte, ihn wieder
in ihr Leben zu lassen. Nun ähnelte sie wieder dem quirligen
Mädchen, das er mit neunzehn kennengelernt hatte, und der
fröhlichen Frau, die ihn geheiratet und zum Lachen gebracht
hatte. In blauen Shorts, weißem T-Shirt und roten Sneakers
fegte sie gerade durch sein Haus und klapperte anschließend in
der Küche herum. Sie wirkte frisch und sorgenfrei. Wohin war
die streng aussehende Architektin in dunklen Hosenanzügen
verschwunden?

«Liv?»

«Ja?» Sie kam mit fragender Miene aus der Küche und blieb vor der Couch stehen. «Kann ich dir etwas bringen?»

Er schüttelte den Kopf. «Was ist hier eigentlich los?»

Betreten trat sie von einem Fuß auf den anderen. «Was meinst du?»

«Das weißt du doch.» Er seufzte. «Setz dich, sonst muss ich immer zu dir hochschauen.» Außerdem geriet er so nicht in Versuchung, ihre spektakulären Beine zu betrachten, die direkt vor seiner Nase standen.

Unsicher setzte sie sich auf einen kleinen Hocker. «Ich habe mir Sorgen um dich gemacht.» Sie zuckte mit der Schulter. «Mein Zeichenkurs ist hier in der Nähe, deshalb wollte ich auf einen Sprung vorbeischauen.»

«Dein Zeichenkurs?»

«Hmm ... ich musste wieder unter Menschen kommen.» Sie hob die Hände. «Ich besuche einen Zeichenkurs, habe mich einem Lauftreff angeschlossen und lerne dadurch neue Menschen kennen.»

«Du wolltest wieder unter Menschen?»

Liv atmete kurz aus, zupfte dann an ihrem Ohrläppchen und gestand: «Meine Therapeutin hat es vorgeschlagen.»

«Deine Therapeutin?»

Da er ihre Worte wie ein Papagei nachquatschte, lachte sie kurz auf. «Ja, sie sagte, ich solle mein bisheriges Schema ablegen und neue Kontakte knüpfen.»

«Mal ehrlich: Du machst eine Therapie?»

Er war der einzige Mensch, dem sie das erzählen konnte. «Seit einigen Monaten.»

«Okay», er sah sie nachdenklich an, «das finde ich gut.»

«Ich auch.» Ihre Arme umschlangen ihre Knie. «Du hattest recht. Ich war innerlich tot und habe es endlich eingesehen.»

«Das hätte ich nicht sagen dürfen», murmelte er verlegen, «ich war ein Arsch.»

«Nein.» Sie winkte lässig ab. «Es stimmte ja. Ich hatte mich total verändert und alles verdrängt. Mit Dr. Wiggs habe ich lange darüber gesprochen und begreife langsam, was alles falsch gelaufen ist. Was ich falsch gemacht habe.»

Julian blickte sie lange an, bevor er fragte: «Hast du Sammys Tod verwunden?»

Sie schluckte schwer und murmelte: «Verwinden werde ich ihn vielleicht nie, aber ich verdränge ihn nicht mehr. Mittlerweile kann ich wieder an Sammy denken ... und mich darüber freuen. Deshalb würde ich auch gern seinen Handabdruck mitnehmen, falls es okay für dich ist.»

«Liv, das freut mich.»

«Ich weiß. Danke.»

«Du warst heute endlich wieder du selbst» – Julian schenkte ihr ein ruhiges Lächeln –, «fröhlich und albern. Du hast mit Jillian gespielt.»

Unbeholfen legte sie ihre Hände auf die Oberschenkel. «Irgendwann im Frühjahr hatte ich es satt, nicht mehr ich sein zu können, und brauchte eine Veränderung.»

Julian nickte. «Das gefällt mir. Also keine Hosenanzüge mehr?»

Ihr Mund kräuselte sich zu einem spitzbübischen Lächeln. «Die hängen noch in meinem Schrank. Wer weiß, wann ich sie noch einmal gebrauchen kann.»

«Nächsten Monat ist Halloween – dann geh doch als Gomez von der Addams Family, und ich lass mir wieder einen Schlag auf den Kopf geben, damit ich Onkel Fester bin.»

Sie gluckste vor Lachen. «Und Brian kriegt eine Perücke, um Morticia zu sein.»

Erstaunt hob er seine Augenbrauen, bevor er stöhnte, weil ein pochender Schmerz durch seine Stirn fuhr. «Du erinnerst dich an meinen Kumpel Brian?»

«Hat er dir nicht erzählt, dass ich ihn getroffen habe?»

«Kein Wort!» Entgeistert sah er sie an.

«Ach ... das war vor zwei Wochen. Abends in einer Cocktailbar in Uptown. Wir haben uns unterhalten, bis eine Freundin von mir dazukam. Claire erzählt mir, dass Brian sie seither ständig anruft und sich mit ihr verabreden will.»

«Der Penner! Kein Wort hat er mir davon gesagt, und sonst erzählt er mir sogar, was er morgens gegessen hat.»

«Mach dir nichts draus.» Sie schüttelte prustend den Kopf. «Irgendwie hatte er einen schweren Stand, weil er Claire beeindrucken wollte. Sie lässt sich jedoch nur sehr schwer beeindrucken. Kein Wunder, dass er dir das nicht verraten wollte.»

«Er hätte mir erzählen können, dass er dich getroffen hat.»

Sie zuckte mit der Schulter.

«Was macht eigentlich dein Freund?», wollte Julian leichthin wissen.

«Mein Freund?»

«Komm schon.» Er blickte sie finster an. «Ich meine diesen *Schwächling*, der damals die Polizei rufen wollte.»

«Oh» – sie biss sich verlegen auf die Unterlippe –, «du meinst Harm.»

«Genau.»

«Nun ... er ist nicht mehr mein Freund.»

Seine braunen Augen fixierten sie so intensiv, als wollten sie Liv zu weiteren Ausführungen auffordern.

Sie seufzte. «Wenn du es genau wissen willst, Harm und ich haben nie eine richtige Beziehung geführt.»

«Aber du hast mir erzählt, dass ihr ein Paar seid!»

«Ja.» Unsicher wanderte ihr Blick durch den Raum. «Ich wollte, dass du es glaubst ... Es klingt verrückt, ich weiß. Harm ist ein Freund, aber er ist nicht *mein* Freund.»

«Liv, ich verstehe dich einfach nicht.» Frustriert blickte Julian sie an. «Mit Händen und Füßen hast du dich dagegen gewehrt, mich in dein Leben zu lassen ...»

«Es tut mir leid ...»

Er ignorierte ihren Einwurf. «Du wolltest unbedingt die Scheidung, und jetzt kommst du Monate später zu mir, um mir zu sagen, dass es gar keinen anderen Mann gab?»

Als sie nichts antwortete, fragte er müde: «Was versprichst du dir davon?»

«Ich wollte dich einfach sehen.»

«Und warum?»

Hilflos biss sie sich in die Innenseite ihrer Wange. «Weil ich mir Sorgen um dich machte.»

Julian setzte sich mit schmerzverzerrter Miene auf. «Irgendwie glaube ich dir nicht.»

«Ich habe mir wirklich Sorgen gemacht, aber ... aber durch meine Therapie habe ich auch eingesehen, dass wir uns nie ausgesprochen haben.» Sie holte Luft. «Du hast dich phantastisch benommen ... dafür habe ich mich niemals bedankt. Auch ... auch bei der Scheidung warst du toll zu mir.»

«Liv, lass doch die alten Geschichten ruhen.» Er fuhr sich mit der gesunden Hand grob durch das Haar. «Wir beide haben ein neues Leben begonnen.»

«Ja, aber ...»

«Es ist schön, dass es dir wieder bessergeht. Darüber freue ich mich wirklich, aber ich will nicht mehr die alten Geschichten aufwärmen. Wir sind geschieden – du wolltest das so. Und ich habe mich damit arrangiert.» Er seufzte. «Ich habe eine Freundin.»

«Oh.» Liv setzte sich auf und blinzelte irritiert. «Oh ... das wusste ich nicht.»

«Woher auch?», erwiderte er lahm.

«Na ja ... Brian hätte etwas sagen können.»

Julian zögerte, bevor er unbehaglich erklärte: «Ich bin noch nicht lange mit ihr zusammen.»

«Aber es ist etwas Ernstes?»

«Ja, das ist es.» Seine Stimme klang ruhig und irgendwie mit-fühlend.

«Dann» – Liv rang sich ein zittriges Lächeln ab –, «dann freu ich mich für dich.» Eigentlich hatte sie sich Dr. Wiggs' Ratschlag zu Herzen nehmen und ihm erzählen wollen, was damals passiert war, als sie eine Woche lang verschwunden war. Jetzt war sie jedoch verunsichert und auch ein wenig enttäuscht, weil Julian von einer Freundin erzählte. Bislang hatte sie nicht darüber nachgedacht, ob er jemanden kennengelernt haben könnte und wie sie sich damit fühlen würde. Nun, das Gefühl war furchtbar, und sie fürchtete, gleich in Tränen auszubrechen.

«Danke.» Er holte tief Luft. «Ich mag dich, Liv ... aber ich habe ein neues Leben und bin glücklich damit. Versteh mich bitte nicht falsch, ich will dir nicht weh tun, aber unsere Ehe ist vorbei.»

«Das weiß ich doch.» Liv lächelte erneut tapfer. «Ich bin nicht hergekommen, weil ich von dir erwarte, unsere Ehe fortzuführen, Julian, sondern weil ich mit dir über Sammy sprechen wollte ... oder auch nicht.» Sie schüttelte den Kopf. «Eigentlich wollte ich wirklich nur nachschauen, wie es dir geht. Nun ja ... ich muss akzeptieren, wenn du die alten Geschichten hinter dir gelassen hast.»

«Verstehst du das?»

«Voll und ganz.» Sie erhob sich langsam. «Ich werde dann mal wieder gehen, wenn du nichts mehr brauchst.»

«Liv?» Er blickte ernst zu ihr hoch.

«Ja?»

«Rocky ist wirklich besser als Rambo.»

Sie schluckte die Tränen hinunter und lächelte. «Ist er nicht, du Idiot.»

16. Kapitel

Drei Wochen später hatte Julian Geburtstag. Anstatt seines Geburtstags feierte er jedoch die Tatsache, beim letzten Spiel wieder aufgestellt worden zu sein und einen grandiosen Sieg eingefahren zu haben. Er war topfit und lieferte Höchstleistungen ab, indem er riesige Raumgewinne sowie zwei Touchdowns erzielte. Es war eines der besten Spiele seiner Karriere gewesen, und Tage später fühlte er sich immer noch euphorisch.

Anscheinend war die ganze Stadt von dieser Euphorie angesteckt worden, weil er in dem Lokal, in dem Emma und er an seinem Geburtstag essen wollten, bejubelt und gefeiert wurde. Er fand es nicht schlimm, ständig von Fans unterbrochen zu werden, die ihm zum Sieg gratulieren, ein Foto mit ihm machen oder ein Autogramm haben wollten, weil er selbst aufgekratzt war, aber Emma gefielen die Störungen weniger. Natürlich konnte er verstehen, dass es für sie lästig war, kein vernünftiges Gespräch mit ihm führen zu können, weil immer wieder jemand an ihrem Tisch auftauchte, aber er konnte und wollte nichts gegen die begeisterten Störenfriede tun.

Um keinen Streit zu provozieren, hielt er also den Mund und stimmte ihrem Vorschlag zu, vorzeitig zu ihm nach Hause zu fahren. Über den Tisch hinweg flüsterte sie ihm errötend zu, dass sie seinen Geburtstag doch bei ihm zu Hause weiterfeiern könnten, woraufhin Julian sofort bezahlte. Ihre Initiative erstaunte ihn angenehm, weil sie sonst auf seine Annäherungen ziemlich gehemmt reagierte, und er wollte die Gunst der Stunde nutzen.

Bei ihm zu Hause überraschte ihn jedoch fast das ganze Team mit einer Geburtstagsparty. Er lachte begeistert auf, sah Emma dankbar an – und stutzte. Ihm wurde klar, dass sie von der Party nichts gewusst hatte, denn ihr Gesicht war von purem Entsetzen gekennzeichnet.

«Geburtstagskind!» Brian drängelte sich zu ihm durch und überreichte ihm mit einem breiten Grinsen eine Flasche Bier, bevor er ihm gutmütig auf den Rücken schlug. «Was sagst du dazu, altes Haus? Geile Party, oder?»

«Hast du das hier organisiert?» Er schlang Emma einen Arm um die Schulter und spürte ihre Anspannung.

«Zusammen mit Blake und Eddie!», brüllte Brian über den Lärm hinweg, den eine leicht angetrunkene Footballmannschaft auf Erfolgskurs in der NFL verursachte. «Für unseren liebsten und erfolgreichsten Receiver nur das Feinste!»

Beide stießen an, bevor Julian ihm Emma vorstellte.

«Schön, Sie mal kennenzulernen, Emma.» Brian lächelte freundlich. «Wir sind schon alle sehr gespannt auf Sie. Darf ich Ihnen etwas zu trinken bringen?»

«Nein, danke. Das ist lieb, aber ich passe.»

Brian lächelte betörend. «Wir haben nicht nur Bier da, sondern auch Bowle und Sekt für die Damen.»

Emma schüttelte erneut den Kopf. «Das ist ganz zauberhaft, aber ich muss morgen früh arbeiten.»

«Nicht mal ein Schlückchen …?», versuchte es Brian noch einmal, bevor Julian ihn seufzend zurückpfiff.

«Emma hat morgen einen wichtigen Termin.»

«Oh. Schade.» Er lächelte unverbindlich, auch wenn sein Lächeln nicht die Augen erreichte. «Tja … also … in der Küche stehen Pizzen und Salate sowie die Getränke. Wir sehen uns später.» Er stieß mit seinem Bier noch einmal gegen Julians

Flasche und verschwand dann in der Menge hinter ihm. Nach ihm traten weitere Spieler heran, schlugen Julian herzlich auf die Schulter, gratulierten und machten Witze auf seine Kosten.

Er zog Emma mit sich ins Wohnzimmer und begrüßte die anderen Gäste, die nur aus Footballspielern oder weiteren Teammitgliedern und deren Freundinnen bestanden. Es wurde gelacht, getrunken und herumgeblödelt. Sobald seine Flasche leer war, bekam er von einem Kollegen eine neue in die Hand gedrückt. Irgendwann schob er Emma in einen Sessel und setzte sich auf dessen Lehne, während Dupree, Brian, Blake und andere Jungs auf der Couch und auf Hockern Platz nahmen. Mittlerweile waren alle leicht angetrunken und erzählten zotige Witze, über die die anderen lachten. Wie so oft war Brian das Lieblingsopfer seiner Kameraden, die ihn hemmungslos aufzogen.

«Das kommt davon, wenn du hirnlose Models vögelst», amüsierte sich Blake und spielte auf Brians letzte Affäre mit einem brasilianischen Unterwäschemodel an, das öffentlich und in gebrochenem Englisch von ihrer Nacht mit dem Quarterback berichtet hatte. Das Video hatte bei YouTube tagelang ganz oben in der Rangliste gestanden und war unzählige Male angeklickt worden. Die schöne Bruna hatte in die Handykamera gekichert und vertraulich geflüstert, dass Brians Gemächt *minúsculo mas bonitinho* sei, was so viel wie winzig, aber niedlich bedeutete. Selbst angesehene Sportsendungen hatten das Thema aufgegriffen und das amateurhafte Video gezeigt. Selbstverständlich war Brian wenig begeistert darüber, dass ganz Amerika nun über seine Ausstattung munkelte.

Blake war noch nicht fertig. «Die Schnallen nehmen dann Rache und erzählen der Presse von deinem kleinen Schwanz und deiner miesen Leistung zwischen den Laken.» Er lachte schallend.

«Halt dein Maul.» Brian boxte seinen Runningback nicht gerade liebevoll und wütete los: «Wenigstens geht nicht das Gerücht um, dass ich schwul sei – so wie bei dir.»

«Hey!» Blake rieb sich finster die Schulter. «Den Arm brauche ich beim nächsten Spiel noch, wenn ich wieder deinen Arsch retten soll.»

«Komm mit vor die Tür, dann trete ich *dir* in den Arsch!»

Dupree und Julian lachten amüsiert auf, während Emma schwieg. Bislang hatte sie noch kein einziges Wort gesagt, sondern lauschte den Gesprächen wortlos. Leicht besorgt sah Julian sie an und beugte sich zu ihr. «Alles okay?»

Sie nickte schwach.

«Apropos in den Arsch treten» – Dupree ordnete die Goldkettchen um seinen Hals –, «ich hab eine Einladung zu einer Filmpremiere für einen Action-Streifen bekommen. Mit rotem Teppich und dem ganzen Kram.»

«Ganz sicher, dass sie dich nicht mit Mr. T verwechselt haben?» Brian sah den jungen Tackle an und lachte laut. Julian fiel in das Gelächter mit ein, weil der Quarterback recht hatte. Seit Dupree sich einen Irokesenschnitt zugelegt hatte, sah er Mr. T ziemlich ähnlich, vor allem heute, da er ein ärmelloses Shirt und einige Goldkettchen um den Hals trug.

«Haha – sehr witzig.» Er verzog das Gesicht grimmig. «Ihr seid nur neidisch, Jungs, weil ich zur Premiere des neuen Tom-Cruise-Actionfilms eingeladen wurde und ihr nicht.»

Jetzt lachten wieder alle auf und verspotteten Tom Cruise als alten Sack.

«Hey! Ich mag diese Spionagefilme zufällig total gern.» Dupree sah sich nach Beistand um und fragte Emma höflich: «Sie mögen Tom Cruise doch bestimmt auch, Ma'am? Sagen Sie den Wüstlingen, dass die Filme richtig gut und spannend sind.»

Emma blickte den riesigen Tackle nervös und furchtsam an. «Sicher! Sie sind sehr ... äh ... spannend.»

Die anderen räusperten sich, während das Lachen langsam verebbte.

«Welche Filme mögen Sie, Emma?», fragte Brian ebenfalls höflich, um Julians Freundin mit einzubeziehen.

Sie sah Julian an, als erwarte sie Hilfe, bevor sie mit bebender Stimme erklärte: «Actionfilme sind mir zu brutal und zu laut. Komödien finde ich gut.»

«Cool!» Blake nickte ihr fröhlich zu. «Was zum Lachen ist immer gut.»

Kurz darauf entschuldigte sich Emma und huschte in die obere Etage. Julian fing Brians Blick unter den hochgezogenen Augenbrauen auf und verdrehte seinerseits die Augen, bevor er Emma folgte. Sie stand an seinem Schreibtisch und telefonierte.

«Was tust du da?»

Sie legte auf und seufzte verärgert: «Hast du mal auf die Uhr geschaut?»

Automatisch blickte er auf seine Armbanduhr. «Es ist halb elf. Warum?»

«Genau! Es ist halb elf – morgen muss ich früh raus und habe eine Besprechung. Deshalb habe ich mir ein Taxi bestellt.»

«Aber es ist meine Geburtstagsparty», murrte er enttäuscht, «kannst du nicht noch etwas bleiben?» Er umarmte sie, aber Emma machte sich steif.

«Es ist mitten in der Woche, Julian.»

«Eine Ausnahme...»

«Das kann ich nicht tun, wenn morgen...»

«Schon klar», seufzte er, «was hätte ich denn machen sollen? Sie alle rausschmeißen?»

«Natürlich nicht. Bleib du hier und feiere deine Party. Mein Taxi ist in fünf Minuten da.»

«Emma, ich wollte meinen Geburtstag mit dir verbringen.» Da er einige Biere getrunken hatte, wurde er nicht sofort wütend, sondern war eher enttäuscht von ihrem Verhalten. Er verstand einfach nicht, warum sie nicht einmal fünf gerade sein lassen konnte und sich etwas entspannte.

«Eigentlich ist es doch eine perfekte Gelegenheit, meine Freunde kennenzulernen.»

«Du machst mir absichtlich ein schlechtes Gewissen, weil ich gehen will», warf sie ihm vor.

Julian grinste breit. «Funktioniert es denn?»

«Das ist nicht lustig», erwiderte sie leicht überheblich.

«Mein Gott, Emma!» Frustriert fuhr er sich durchs Haar. «Kannst du nicht etwas lockerer sein? Die Jungs haben sich große Mühe gegeben und wollen dich mal kennenlernen. Wieso beteiligst du dich nicht an unseren Gesprächen?»

«Ich bin locker.»

Seine Augenbrauen fuhren in die Höhe.

Sie kniff ihren Mund zusammen, bevor sie steif fortfuhr: «Aber ehrlich gesagt – die Gespräche sind mir zu vulgär.»

«Vulgär?»

«Da fallen ständig vulgäre Worte. Inwiefern soll ich etwas dazu beitragen?»

«Sie foppen sich doch nur.» Julian lachte fassungslos. «Keiner von ihnen meint es ernst. Sie labern Blödsinn – zahl es ihnen einfach heim und erzähl auch irgendeinen Unsinn.»

«Von mir aus sollen sie tun, was sie nicht lassen können, aber das ist nicht meine Welt, mich an Gesprächen über ... über Sex und Witzen darüber zu beteiligen.» Sie fügte hinzu: «Ich kenne deine Teamkollegen nicht einmal. Sex ist Privatsache.»

«Meine Teamkollegen sind sehr höflich zu dir.» Langsam wurde er doch wütend. «Und sie erkundigen sich nach deiner Meinung und deinen Wünschen. Könntest du bitte aufhören, sie als barbarische Asoziale zu beschreiben?»

«Das tue ich nicht!» Entsetzt verschränkte sie die Hände und ruderte sofort zurück. «Ganz sicher sind das nette Männer, Julian, aber ich bin einfach nicht in der Stimmung, dort unten zu sitzen und mir Witze von Betrunkenen anzuhören, wenn ich morgen ein wichtiges Meeting habe.»

«Hmm.»

Plötzlich änderte sich ihre Laune, und sie schmiegte sich lächelnd und entschuldigend an ihn. «Es tut mir leid.»

«Was tut dir leid?»

Sie küsste ihn auf den Hals. «Dass ich eine Spaßbremse bin.»

Irgendwie musste er doch lachen und fuhr ihr durchs Haar. Wenn er betrunken war, konnte er meistens nicht nachtragend sein. «Stimmt ... du Spaßbremse.»

«Das liegt daran, dass ich mich darauf gefreut hatte, den Abend allein mit dir zu verbringen.» Sie verzog schmollend den Mund und streichelte seine Brust. «Sei mir nicht böse, aber eigentlich hatte ich alles etwas anders geplant.»

«Wie denn?» Seine Stimme wurde heiser.

Emma errötete. «Das kann ich nicht sagen.»

Julians Grinsen wurde breiter. «Flüstere es einfach in mein Ohr.»

Er spürte, wie sie verlegen wurde und sich anspannte.

«Lieber nicht.» Sie küsste ihn scheu auf den Mund. «Mein Taxi ist gleich da.»

«Scheiß aufs Taxi.»

Tadelnd blickte sie ihn an, vermutlich weil er wieder ein vulgäres Wort in den Mund genommen hatte. Auch seine heitere Stimmung war zerstört, weil sich Emma niemals aus diesem scheuen, ernsten Verhalten herauslocken ließ und ständig auf pedantisch korrektem Benehmen beharrte.

Grimmig führte er sie zurück ins Wohnzimmer, wo sie sich von seinen Kollegen verabschiedete.

«Wieso gehen Sie schon?» Blake starrte sie entgeistert an.

«Ich muss morgen sehr früh zur Arbeit.»

«Machen Sie doch einfach blau!» Dupree lachte.

Emma kniff nur missbilligend den Mund zusammen und ließ sich von Julian zum Taxi bringen.

Als er zurückkam, verloren seine Kumpel kein Wort über seine Freundin, sondern widmeten sich anderen Themen. Julian bemühte sich, die restliche Party noch zu genießen.

Als die Gäste gegangen waren, halfen ihm Brian und Eddie noch beim Aufräumen und tranken anschließend auf der Vordertreppe ein letztes Bier mit ihm.

«Zum Glück hat niemand die Cops gerufen. Schließlich ist es ein Dienstag.»

«Mittlerweile ist es Mittwoch», sagte Brian seufzend, «wir haben kurz nach eins.»

«Danke, Jungs. Das war echt nett von euch.» Julian stellte seine Bierflasche zwischen seinen Füßen ab.

«Bist du sicher?» Brian sah ihn interessiert an. «Deine Freundin schien es anders zu sehen.»

«Ach», wiegelte Julian rasch ab, «es war einfach nicht ihr Tag. Sie ist gestresst und so weiter.»

Brian und Eddie sahen sich über seinen Kopf hinweg an.

«Was ist?»

«Na ja ... nimm es nicht persönlich, Kumpel, aber ...» – Brian rieb sich verlegen den Nacken – «aber wir fragen uns, ob Emma zu dir passt.»

«Nichts für ungut», fügte Eddie hinzu und trank einen Schluck.

«Wie kommt ihr denn darauf? Ich verstehe mich blendend mit Emma», widersprach Julian sofort.

«Wenn du meinst.» Der Quarterback zuckte unbehaglich mit der Schulter.

Eigentlich hätte Julian das Thema fallenlassen sollen, aber seine Neugier war doch stärker. «Jetzt sagt schon! Warum meint ihr, dass wir nicht zueinander passen?»

«Versteh uns nicht falsch, Julian. Sicher ist sie ein tolles Mädchen, und ganz sicher hat sie ein hübsches Gesicht, aber ... aber ist sie dir nicht zu langweilig? Witzig ist sie wirklich nicht, oder?»

Gerade als Julian darüber nachdenken wollte, fügte dieser Trottel Eddie hinzu: «Nicht wie deine Ex! Die ist echt witzig. Und klug dazu. Mann, ich hab noch nie eine Frau erlebt, die genauso einen Scheiß wie ein Footballspieler labern kann.»

«Wir haben es kapiert, Eddie», fauchte Brian. Eddie sah ihn wegen seines scharfen Tons überrascht an.

«Dann hauen wir mal ab.» Brian stellte seine Flasche beiseite und gab Eddie ein Zeichen. «Um neun geht es mit Aerobic bei Abby los. Leg dich lieber gleich in die Falle.»

Julian sah zu, wie beide die Straße hinunterwankten, und schloss kopfschüttelnd die Haustür ab. Müde und auch frustriert ging er nach oben. Noch auf der Treppe blätterte er in seiner Post und entdeckte eine Postkarte. Erheitert ließ er die restlichen Briefe auf seinen Nachttisch fallen und betrachtete die Karte genauer, auf der ein ölbeschmierter Rambo zwei Kalaschnikows in beiden Armen trug. Der Titel unter diesem grandiosen Foto männlicher Kraft lautete: «Rocky ist ein Weichei.» Lachend drehte Julian die Postkarte um und sah Livs Handschrift. *Irgendwie musste ich sofort an dich denken! Happy Birthday! Liv.*

Julian schlüpfte aus seiner Kleidung und merkte dabei, dass er am Morgen sicherlich einen Kater haben würde. Nur in Boxershorts legte er sich aufs Bett und griff nach seinem Handy, während er sich ein weiteres Mal die Postkarte ansah. Livs Telefonnummer war seit den Scheidungsformalitäten in seinen Kontaktdaten gespeichert, daher wählte er ihre Nummer und vergaß dabei völlig, dass es mitten in der Nacht war. Erst als ihre verschlafene Stimme ertönte, fiel ihm ein, wie spät es war.

«Hi, Liv.»

«Hallo, Geburtstagskind», nuschelte sie, «alles Gute.»

«Genau genommen habe ich gar keinen Geburtstag mehr», kicherte er in den Hörer.

«Du kicherst», stellte sie mit heiserer Stimme fest, die nach einem Gähnen klang. «Dann musst du Bier getrunken haben.»

«Echt?»

«Hmm. Bei härteren Drinks grölst du. Bei Bier kicherst du.»

«Aha.» Er räusperte sich kurz. «Ich wollte mich für die Karte bedanken.»

«Gern geschehen.»

«Entschuldige, dass ich dich geweckt habe...»

«Kein Problem» – sie gähnte erneut –, «ich habe morgen eine Baubesprechung. Meistens schlafe ich dabei sowieso ein.»

«Echt?»

«Und ob... sag es aber nicht meinem Chef.»

«Ehrenwort», gluckste er amüsiert.

«Hattest du einen schönen Geburtstag?»

Julian bemerkte flüchtig, dass er erst jetzt richtig entspannt war – während er mit Liv telefonierte, die er mitten in der Nacht aus dem Schlaf gerissen hatte und die kein böses Wort darüber verlor. «Die Jungs haben für mich eine Überraschungsparty organisiert.»

«Oh! Wie schön.» Ihr Lächeln konnte er durch den Hörer beinahe sehen. «Habt ihr es ordentlich krachen lassen?»

«Wirklich wild war die Party nicht», gestand er, «schließlich ist es mitten in der Woche.»

«Ach, die Polizei hätte euch nicht eingebuchtet, schließlich spielen die *Titans* momentan richtig gut!»

Mit einer Mischung aus Stolz und Verlegenheit fuhr er sich über das stoppelige Kinn. «Wir geben uns Mühe.»

Sie gähnte wieder und fragte anschließend: «Erinnerst du dich an die Überraschungsparty, die du auf dem College für mich geplant hattest?»

Julian gluckste. «Natürlich! Du warst so abgefüllt, dass du am nächsten Tag deine Prüfung verschlafen hast.»

«Wirtschaftsstatistik» – Liv machte ein Würgegeräusch –, «ich musste vorgeben, krank zu sein, um die Prüfung wiederholen zu können. Ich weiß gar nicht mehr, wie ich abgeschnitten habe.»

«Du hattest eine drei minus.»

«Ehrlich?»

Julian schnaubte. «Tagelang sind wir den Stoff durchgegangen. Noch heute könnte ich dir die Anwendungsformeln von Korrelation und Regression für die Konsumfunktion herunterbeten.»

«Du alter Streber.»

«Ich kann nichts dafür, dass ich begabt bin.»

«Ach ...» Sie unterdrückte ein Lachen.

Julian fuhr sich über den trockenen Mund. «Dann lass ich dich mal weiterschlafen.»

«In Ordnung. Schlaf gut.»

«Du auch, Liv.»

17. Kapitel

Es war wieder einmal so weit. Liv saß ihrem Vater gegenüber und löffelte eine sahnige Lauchsuppe, während er eine Krabbensuppe aß. Er hatte sie vor wenigen Tagen angerufen und informiert, dass er für einen Tag in New York sein würde. Das Jahr war demnach fast um, dachte Liv zynisch und beobachtete verstohlen den Mann, den sie meistens nur ein einziges Mal pro Jahr zu Gesicht bekam. Zwar kam es selten auch vor, dass sie sich zweimal im Jahr trafen, wenn er wegen seines Jobs nach New York kam, aber dies blieb eine Ausnahme. Zu ihrem Geburtstag und zu Weihnachten erhielt sie per Post ein Geschenk. Sofern es seine Zeit zuließ, rief er zu diesen Gelegenheiten sogar an, und Liv telefonierte mit ihm an seinem Geburtstag ebenfalls, wenn er daheim war.

Ihr Vater arbeitete für ein globales Erdölunternehmen, wohnte Livs letzter Information nach in Tokio – jedenfalls momentan – und war das ganze Jahr auf Achse. Eine Beziehung zu ihm war kaum vorhanden, was ihr jedoch wenig ausmachte, weil sie es von Kindheit an nicht anders kannte. Ihre Mutter vermisste sie manchmal, auch wenn es nur wenige Erinnerungen an diese heitere und liebevolle Frau gab, die ihr abends Kinderlieder vorgesungen hatte. Natürlich wäre es schöner gewesen, wenn sie einen sich kümmernden und interessierten Vater gehabt hätte, aber die Enttäuschung darüber hatte nach der Teenagerzeit nachgelassen. Liv hatte akzeptiert, dass ihr Vater anders war, und sich damit abgefunden, ihn einmal im Jahr im St. Regis zu treffen, um Lauchsuppe, Krabbencocktail und Entrecôte zu essen, während belanglose Höflichkeiten ausgetauscht wurden.

Auch am heutigen Mittag saßen sie im Restaurant des altehrwürdigen St. Regis Hotel in Manhattan und schwiegen sich die meiste Zeit an. Nach einer steifen Begrüßungsumarmung hatten sie sich gesetzt und still die Speisekarten studiert, obwohl beide immer die gleichen Gerichte bestellten. Liv nutzte das Studieren der Karte dazu, einen unangenehmen Gesprächsbeginn zu vermeiden. Sobald als Aperitif der Kir Royal gereicht wurde, fiel beiden das Reden leichter.

Heute war es nicht anders gewesen. Vor der Suppe hatte ihr Vater von seinem baldigen Umzug nach Katar gesprochen und sie über ihr neuestes Bauprojekt ausgefragt. Damit waren ihre Gesprächsthemen eigentlich schon ausgeschöpft. Liv zerbrach sich den Kopf, worauf sie ihn noch ansprechen konnte.

«Diese Krabbensuppe esse ich immer gern» – mit einem unsicheren Lächeln schob er seinen leeren Teller zur Seite –, «schmeckt dir deine Lauchsuppe?»

«Sie ist sehr lecker, Dad.»

Er wartete, bis sie ebenfalls aufgegessen hatte, und sah sich in dem opulenten Speisesaal des Hotels um, der wie ein Audienzsaal eines hochherrschaftlichen Schlosses in Europa vor zweihundert Jahren aussah.

«Ich denke immer, dass es am Hof von Marie Antoinette so ausgesehen haben muss.»

Ihr Vater nickte amüsiert. «Nur keine Guillotine und kein Blut.»

Als die Suppenteller abgeräumt wurden, setzte sich an den Nebentisch eine Familie mit zwei Teenagern, von denen einer eine Cap der *New York Titans* trug. Obwohl ihr Vater keinerlei Interesse an Football hatte, schien er dennoch über die NFL informiert zu sein, denn er fragte: «Spielt Julian nicht für die New Yorker Footballmannschaft?»

Liv hantierte mit der Serviette auf ihrem Schoss und nickte. «Es gibt in New York die *Jets* und die *Titans.* Julian spielt für die *Titans.*»

«Aha.»

Nachdenklich betrachtete sie ihren Vater. Charles Gallagher war nicht viel größer als Liv und trug sein ergrautes Haar ziemlich kurz, während ihm der graue Schnauzer und die dunkle Hornbrille einen gelehrten Anschein gaben. Sie fand, dass sie ihm überhaupt nicht ähnlich sah oder ähnlich war, denn er war von ruhiger und ziemlich nüchterner Art, hatte ihres Wissens keinen Humor und ging nur in seiner Arbeit auf. Liv liebte ihre Arbeit zwar ebenfalls und hatte sich in den letzten Jahren sehr introvertiert verhalten, war aber im Grunde ihres Herzens immer ein fröhlicher, lauter und lebenslustiger Typ gewesen, der Menschen um sich brauchte. Ihrem Vater schien es ganz anders zu gehen. Er hielt nicht viel von menschlichen Kontakten und hatte ihr auch nie etwas über eine neue Frau in seinem Leben erzählt.

«Hast du denn noch Kontakt zu Julian?»

Liv faltete unbewusst die Hände in ihrem Schoß. «Wir haben uns im Frühjahr scheiden lassen, Dad.»

«Oh.» Ihr Vater sah sie bedauernd an. «Das tut mir leid.»

Fragend hob sie beide Augenbrauen. «Wie meinst du das?»

«Julian war ein guter Junge, Liv, und er hat sich um dich gekümmert. Es hat mir damals sehr leid getan, als ihr euch getrennt habt, weil er ein guter Ehemann war.»

Sie sah ihn fassungslos an und suchte nach Worten. «Woher willst du das wissen, Dad? Du kennst Julian überhaupt nicht.»

Wie sonst auch trug er einen Geschäftsanzug mit perfekt gestärktem Hemd und mit auf die Farbe des Anzugs abgestimmten Manschettenknöpfen. Das Erröten seiner Wangen passte überhaupt nicht zum Eindruck des kontrollierten und mächtigen Vorstandsvorsitzenden. Verlegen nickte er.

«Da hast du recht. Ich hatte von ihm jedoch den Eindruck gewonnen, dass er ein verantwortungsvoller junger Mann war, der sich um dich gesorgt hat.»

Liv wollte weder ihm noch Julian unrecht tun. Seufzend erklärte sie: «Das war er auch.»

Charles senkte den Blick und strich das Tischtuch glatt. «Ich weiß nicht, ob es jetzt der richtige Zeitpunkt ist, Liv, aber ich wollte dir schon sehr lange sagen, wie leid es mir tut, deine Schwiegerfamilie nicht besser kennengelernt zu haben.»

Viel zu schockiert, um etwas sagen zu können, starrte sie ihn über den Tisch hinweg an. Ihr Vater räusperte sich: «Es wäre vernünftiger von mir gewesen, andere Prioritäten zu setzen – dann hätte ich dich zum Beispiel nicht bei deiner Hochzeit enttäuschen müssen.»

«Hmm.» Unbewusst strich sie sich über den Oberschenkel. Wenige Tage vor ihrer Hochzeit war es auf einer Bohrinsel im Pazifik zu einer Explosion gekommen, weshalb ihr Vater einen Tag vor der Trauung aus Singapur angerufen hatte, um abzusagen. Anstatt von ihm war sie von Julians Dad zum Traualtar geführt worden. Damals hatte sie die ganze Nacht lang geweint und mit verquollenen Augen ihr Jawort geben müssen.

«Und als der Kleine gestorben ist ...»

«Dad» – sie schluckte –, «du warst doch bei seiner Beerdigung.»

«Ja, aber ich hätte anschließend nicht sofort nach Südamerika fliegen sollen, sondern mich um dich kümmern müssen», gab er zu. «Es war eine schlimme Zeit für dich. Ich hätte mehr Verständnis zeigen sollen.»

Liv sagte nichts dazu. Dumpf fragte sie sich, ob er sich überhaupt an Sammys Namen erinnerte, weil er ihn lediglich *den Kleinen* nannte. Seinen Enkelsohn hatte er nur zweimal gesehen. Beim ersten Mal hatte er sie für einen Tag besucht, als Sammy bereits ein halbes Jahr alt gewesen war. Bei dieser

Gelegenheit hatte er auch endlich seinen Schwiegersohn kennengelernt, obwohl Julian und Liv bereits ein Jahr verheiratet gewesen waren. Beim zweiten Mal hatte er einen halben Tag Aufenthalt in Seattle gehabt, bevor er nach Europa weiterfliegen wollte. Also hatten Julian und Liv den anderthalbjährigen Sammy ins Auto gepackt und waren fünf Stunden lang von Pullman nach Seattle gefahren, um Charles dort zu treffen.

«Du musst dir wirklich keine Sorgen um mich machen. Mir geht es gut.»

«Das freut mich.»

Liv leckte sich über die Lippen. «Julian geht es ebenfalls gut. Ab und zu reden wir miteinander.»

«Dann bestelle ihm doch bitte schöne Grüße von mir.»

«Das mache ich.»

Da ihr Vater zwischenmenschlichen Konfrontationen gern aus dem Weg ging, wechselte er schnell das Thema und sprach über seinen abendlichen Geschäftstermin. Liv hörte ihm zu, schluckte die aufkeimende Enttäuschung hinunter und erinnerte sich an die Gespräche mit Dr. Wiggs, die ihr geholfen hatten, die verkorkste Beziehung zu ihrem Vater zu verarbeiten. Sie hatte eingesehen, dass sie niemals eine gesunde und normale Beziehung zu ihm führen würde. Dass er wenig Zuneigung für sie oder Interesse an ihrem Leben zeigte, war nicht ihre Schuld. Kein Zauber dieser Welt würde aus ihm plötzlich einen Vatertypen machen, der seiner Tochter mehr als ein höfliches Benehmen und zurückhaltende Umarmungen bieten konnte. Liv musste ihn nehmen, wie er war. Die Tatsache, dass er sich Gedanken um ihre Trauer und ihren Verlust gemacht hatte, versöhnte sie und ließ sie ihn in einem etwas anderen Licht sehen. Vielleicht war er kein perfekter Vater, vielleicht hatte er sich in den vergangenen dreißig Jahren zu wenig Mühe um sie gemacht, aber völlig gleichgültig konnte sie ihm nicht sein, wenn ihre Situation ihm Sorgen bereitet hatte.

Nach dem Essen beglich ihr Vater die Rechnung, versprach, sich zu melden, sobald er nach Katar gezogen war, und verabschiedete sich mit einer ungelenken Umarmung von ihr.

Wie immer war Liv erleichtert, das wunderschöne St. Regis verlassen zu können, und atmete vor dem Eingang erst einmal tief durch. Das hektische Treiben Manhattans machte ihr wenig aus. Anstatt in nachdenkliche Stimmung zu fallen, schloss sie den leichten Mantel über ihrem grauen Strickleid und erinnerte sich wegen des Fröstelns daran, dass sie sich eine neue Laufhose für den kommenden Winter besorgen wollte. Es wurde immer kälter, doch der samstägliche Lauftreff fand weiterhin statt. Liv wollte sich ein wenig mit Shopping ablenken und steuerte Niketown an. Das riesige Sportgeschäft ihrer Lieblingssportmarke lag nur zwei Straßen entfernt.

Bereits am Eingang rätselte Liv, weshalb es an einem ganz normalen Wochentag so ungewöhnlich voll war. Vielleicht waren sportbegeisterte Touristen über New York hergefallen, überlegte sie amüsiert und fuhr mit der Rolltreppe in die erste Etage, wo sie sich viel Zeit ließ, unzählige Laufhosen, Laufjacken und Laufschuhe anzuprobieren. Am Ende entschied sie sich für lange schwarze Lauftights, die etwas dicker waren, Nässe absorbieren konnten und mit Reflektoren an den Nähten versehen waren. Passend dazu wählte sie zwei warme Laufoberteile aus, eines in Orange und das andere in Weiß mit grünen Abnähern, sowie ein neues Paar Laufschuhe, das ein kleines Vermögen kostete. Ein Blick auf ihre Armbanduhr sagte Liv, dass sie anderthalb Stunden mit der Wahl der richtigen Laufbekleidung verplempert hatte. Sie schnitt eine Grimasse und stellte sich brav an der Kasse an.

Gerade als sie ihre Kreditkarte zückte und der hektischen Kassiererin gab, die die Diebstahlsicherungen entfernte und die Preisschilder einscannte, fiel Livs Blick auf den übergroßen Aufsteller neben der Kasse.

«O Mann ...»

Die etwas mollige Kassiererin lächelte und fächerte sich Luft zu, während sie die Kreditkarte durch das Kartenlesegerät zog. «Seit einer Woche schaue ich jeden Tag auf diesen Aufsteller. Ist der Mann nicht heiß?»

«Äh ... ja.» Liv blickte hin- und hergerissen zwischen Belustigung und Entsetzen auf die lebensgroße Pappkopie ihres Exmannes. Auf dem Aufsteller stand er breitbeinig und mit vor der muskulösen Brust verschränkten Armen da, lächelte provozierend in die Kamera und warb anscheinend für das neueste Football-Shirt der *Titans*.

«In natura ist er noch heißer», vertraute ihr die Kassiererin an und hielt ihr eine Quittung zur Unterschrift hin.

Liv ergriff einen Kugelschreiber und unterschrieb. «Das glaube ich gern.»

«Heute gibt er hier im Haus eine Autogrammstunde.» Seufzend schloss die verzückte Angestellte die Kassenschublade und reichte Liv die Tüte. «Diesen Superman würde ich zu gern mal in eine Umkleidekabine locken ...»

Liv unterdrückte ein Prusten und trat einen Schritt beiseite, um dem ungeduldigen Kunden hinter ihr Platz zu machen. Kopfschüttelnd betrachtete sie noch einmal Julians Abbildung und musste der Kassiererin wohl oder übel recht geben. Das Foto von ihm war eindeutig heiß, zeigte sein attraktives Gesicht mit dem schelmischen Lächeln und den verschmitzten Augen sowie seine harten Muskeln, die vorzüglich präsentiert wurden. Auf dem Aufsteller stand, dass er am heutigen Tag eine Autogrammstunde in der obersten Etage geben würde.

Bevor Liv wusste, was sie tat, stand sie auf der Rolltreppe und fuhr hinauf in die Footballabteilung, an deren äußerem Rand ein Tisch aufgestellt worden war. Dort saß Julian vor einer Werbeleinwand, auf der sein Gesicht und das dunkelblaue Shirt zu sehen waren, das durch seinen Auftritt vermarktet werden sollte. Liv reihte sich in die Schlange ein, die glücklicherweise nicht mehr allzu lang war, da seine Autogrammstunde bereits vor einer halben Stunde beendet gewesen sein sollte. Hinter ihr stellten sich noch zwei Teenager sowie eine ältere Frau an, während die Reihe vor ihr immer kürzer wurde. Entgegen ihrer Annahme trug er nicht das zu vermarktende Shirt, sondern hatte sich ein sehr lässiges blau kariertes Jeanshemd angezogen, dessen Ärmel hochgekrempelt waren. Belustigt trat Liv einen weiteren Schritt nach vorn und musterte ihn versonnen, wie er mit leicht durcheinandergebrachtem Haar auf die Autogramm-wünsche einging und fleißig die Postkarten unterschrieb, auf denen er in voller Footballmontur abgebildet war. Bis jetzt hatte er sie nicht entdeckt, und auch als Liv an den Tisch trat, sah er nicht auf, sondern ergriff eine neue Postkarte.

«Was darf ich draufschreiben?»

«Für Rambo, in Liebe, Julian.» Sie biss sich auf die Lippen und beobachtete seinen Schopf, der bereits bei ihrem ersten Wort hochgeschreckt war.

«Liv!» Er lehnte sich überrascht zurück und starrte sie sprachlos an. Liv musste lächeln und hielt ihren Mantel, den sie über ihrem Arm gefaltet hatte, weiterhin vor ihren Bauch.

«Ich stand eine Etage tiefer an der Kasse und habe dein Alter Ego gesehen» – sie deutete auf die auch hier verteilten Pappaufsteller –, «da dachte ich mir, dass ich kurz hallo sagen könnte.»

«Das ist aber nett.»

Sie glaubte ihm sogar, dass er es ernst meinte, denn der Blick aus seinen braunen Augen war ehrlich und offen. Er kratzte sich am Hals und sah an ihr vorbei zu den restlichen drei Autogrammjägern. «Ich bin gleich fertig. Wartest du kurz auf mich?»

Sie nickte und trat beiseite, um sich angelegentlich mit den Footballhelmen zu beschäftigen, die auf den Regalwänden neben ihr angeboten wurden, während er mit der älteren Dame scherzte, die für ihren Enkelsohn ein Autogramm ergattern wollte. Es dauerte nicht lange, und Julian verabschiedete sich von dem Geschäftsführer, winkte einigen Fans, die ihn aus respektvoller Entfernung beobachtet hatten, und kam auf Liv zu.

«Das ist wirklich eine nette Überraschung.» Er drückte ihr leicht verschämt einen Kuss auf die Wange. «Was hast du denn gekauft?»

Liv griff in die Tüte. «Nur ein paar Laufutensilien. Es ist schon etwas kälter geworden, deshalb brauchte ich eine Hose für winterliche Temperaturen.»

«Du läufst?»

Sie stopfte alles zurück in die Tüte. «Ich laufe seit einigen Jahren.»

«Welche Strecke?»

Verlegen strich sie sich das Wollkleid glatt. «Wenn ich mich mehr motivieren würde, könnte ich in einem Jahr sicher einen Halbmarathon schaffen», scherzte sie.

Julian gluckste auf. «Das will ich sehen.»

«Hey, ich war auf dem College im Hochsprungteam!»

Er schlang lachend einen Arm um ihren Nacken. Liv errötete und war froh, als er sich wieder von ihr löste. Seine eigene Verlegenheit überspielte er mit einem Blick auf seine Uhr. «Sollen wir einen Kaffee trinken gehen? Die Straße hinunter gibt es ein kleines Bistro.»

«Gern.» Sie trat einen Schritt beiseite und zog den Mantel an. «Hast du überhaupt Zeit? Schließlich seid ihr Sportler immer schrecklich beschäftigt.»

Er ließ ihr auf der Rolltreppe den Vortritt. «Am Abend habe ich eine Teambesprechung und ein Telefoninterview. Bis dahin kann ich eine Pause sehr gut vertragen.»

Um ihn anzuschauen, musste sie von unten zu ihm aufsehen. Über seinem Kopf schwebten die flackernden Lampen des Kaufhauses, die jedoch völlig umsonst angeschaltet waren, da helles Tageslicht durch das Glasdach über ihnen ins Gebäude schien. In dieser Helligkeit konnte sie jede Pore und jedes Bart-haar auf seinen schmalen Wangen erkennen. Ein mulmiges Gefühl machte sich in ihrem Magen breit.

«Vorsicht, Liv.»

«Hmm?»

«Die Rolltreppe ist gleich zu Ende.»

«Oh.» Sie drehte sich rasch um und machte einen großen Satz auf den Linoleumboden der Etage. Erleichtert atmete sie aus, da sie sich nicht blamiert hatte, indem sie womöglich hin-gefallen wäre. Schweigend fuhren sie bis zum Erdgeschoss hin-unter und verließen das Sportgeschäft.

«Dein Terminkalender ist wirklich sehr voll, oder?»

Julian zuckte mit der Schulter und fuhr in seine gefütterte Jacke, die er jedoch über dem Jeanshemd offen ließ. «Es gibt solche und solche Tage. Manchmal habe ich wenig zu tun, wäh-rend sich an anderen Tagen unzählige Verpflichtungen häufen. Heute ist ein Tag von der nervigen und anstrengenden Sorte.»

Liv wechselte die Tasche in die andere Hand und lief etwas gehemmt neben ihm her. «Das kann ich verstehen.»

«Ich gebe gern Autogramme, das macht mir wenig aus, aber das blöde Posieren vor den Kameras geht mir tierisch auf die Nerven.»

«Du hast anscheinend stundenlang Autogramme gegeben.»

Seine Lippen kräuselten sich. «Wenn Menschen sich brav und geduldig in einer Reihe anstellen, um ein läppisches Au-togramm zu bekommen, kann ich nicht einfach aufstehen und gehen. Das wäre die größte Schweinerei überhaupt, deshalb bleibe ich so lange, bis jeder Fan sein Autogramm bekommen hat.»

«Damit reihst du dich hinter Mutter Teresa ein.»

«Haha.» Er schnitt eine Grimasse.

«Ich hatte an deinem Geburtstag ganz vergessen zu fragen, wie es deiner Verletzung geht. Ist alles wieder okay?» Sie blickte besorgt zu seiner Schulter und erntete ein fröhliches Schnauben.

«In meinem Alter dauert es etwas länger, aber mittlerweile sind die Wehwehchen verheilt.»

«*Wehwehchen?*» Liv zog eine Augenbraue hoch und sah ihn zynisch an. «Du konntest dich kaum bewegen.»

Julian grinste unschuldig und hielt ihr die Tür zu einem Bistro auf. Ein kleiner Tisch in einer gemütlichen Ecke war frei, den sie schnell besetzten, weil es immer voller zu werden schien. Liv zog ihren Mantel aus, ließ sich in einen geblümten Polstersessel sinken und stellte die Tasche sowie die Einkaufstüte neben sich ab. Julian schlüpfte aus seiner Jacke und legte sie über seinen Sessel.

«Hier gibt es nur Selbstbedienung. Was soll ich dir mitbringen?»

Liv blickte zur Theke, die wie die ganze Einrichtung den Charme der 1950er Jahre besaß. Zwar sahen die kleinen Törtchen fabelhaft aus, aber sie war noch satt vom Lunch mit ihrem Vater und hätte keinen Bissen hinunterbekommen.

«Wenn du mir einen Milchkaffee mitbringen könntest...»

«Kein Törtchen?» Er wies mit dem Kopf in Richtung Theke. «Die Apfel-Zimt-Muffins sind göttlich.»

«Nein, danke. Ich habe gerade erst gegessen.»

«Also ein Milchkaffee?»

«Gern.»

Sie sah ihm nach, wie er sich in die Schlange vor der Theke einreihte und gutmütig mit einem älteren Mann sprach, der vor ihm stand. Häufig verrenkte er den Kopf, um in die Auslage zu schauen, und klopfte gegen seinen Oberschenkel. Liv kannte dieses Zeichen von ihm, das leichte Ungeduld ausdrückte, und sie vermutete, dass er Hunger hatte, was nicht verwunderlich war, wenn er stundenlang Autogramme gegeben hatte. Als er an der Reihe war, deutete er mehrmals auf die Auslage, legte den Kopf schief und nannte der Bedienung seine Bestellung, bevor er nach hinten in seine Jeanstasche griff, um das Portemonnaie herauszuholen. Bei der Bewegung fiel Livs Blick auf seine ausgeblichene Jeans, die sich an seine langen Beine schmiegte, und auf den weißen Stoff seines T-Shirts, der kurz unter dem blauen Hemd hervorlugte, als er Geld über die Theke reichte. Seufzend gestand sie sich sein, dass seine lässige Art unglaublich anziehend war. Die Blicke manch anderer Frauen im kleinen Bistro bestätigten ihr dies.

«Es gibt frische Küchlein.» Kurz darauf stellte er ein kleines Tablett vorsichtig auf den niedrigen Tisch zwischen ihren Sesseln ab und reichte ihr eine große Tasse Milchkaffee. «Deshalb habe ich einfach von jeder Sorte eins genommen.»

Liv betrachtete ungläubig den Teller, auf dem sechs kleine Muffins lagen. «Musst du einen Kohldampf haben!»

«Ich konnte einfach nicht widerstehen. Außerdem *musst* du davon probieren.»

Er hielt ihr den Teller auffordernd hin und blickte sie mit beinahe eifrigem Gesichtsausdruck an.

«Ein kleines Stück», gab sie nach und brach von einem hellen Muffin ein Stück ab, um es sich in den Mund zu schieben. Julian tat es ihr nach und seufzte genießerisch auf, während er kaute. Er war schon immer verrückt nach Schokolade gewesen, während Liv gut auf Süßigkeiten verzichten konnte.

«Das schmeckt nach Himbeeren und …» Rätselnd zogen sich seine Augenbrauen zusammen.

«Erdnussbutter.» Liv schluckte das Stück hinunter und nahm einen Schluck des heißen Milchkaffees. «Danke für den Kaffee.»

«Gern geschehen. Du hast recht, es ist Erdnussbutter. Ich hätte nie gedacht, dass Himbeeren und Erdnussbutter zusammenpassen.» Als er ihr wieder den Teller hinhalten wollte, winkte sie ab und verbrannte sich bei der Bewegung beinahe die Oberlippe am heißen Kaffee. Sie stellte die dampfende

Tasse zurück und schlug ihre Beine, die in kniehohen Stiefeln steckten, übereinander.

«Ich kriege nichts mehr hinunter.»

«Schmeckt es dir nicht?» Er biss in den restlichen Muffin und zeigte dabei seine geraden Zähne.

«Doch, es schmeckt wunderbar, aber ich habe einen mehrgängigen Lunch hinter mir und platze womöglich noch.»

Sein Blick wanderte interessiert von den schwarzen Lederstiefeln mit hohem Blockabsatz über das eng anliegende graue Wollkleid mit rundem Halsausschnitt bis zu ihrem dezent geschminkten Gesicht. «Gab es einen besonderen Anlass?»

Liv strich sich über das bestrumpfte Knie. «Mein Dad ist in der Stadt. Wir haben uns getroffen.»

Erstaunt sah er auf.

«Ich soll dir schöne Grüße von ihm ausrichten.»

Julian legte den Kopf schief. «Tatsächlich?»

Auf ihren fragenden Blick hin räusperte er sich verlegen. «Verstehe mich bitte nicht falsch, aber dein Dad und ich ... wir sind uns sehr fremd, deshalb erstaunt es mich, dass er mir Grüße ausrichten lässt.»

Sie fuhr sich über die trockenen Lippen. «Anscheinend hat er von deinem Vertrag mit den *Titans* gehört und wollte sich nach dir erkundigen. Ich habe ihm von der Scheidung erzählt und musste zu meiner absoluten Verwunderung sein Bedauern darüber mit anhören.» Sie schnitt eine Grimasse.

Glücklicherweise unterließ er es, auf dieses Thema einzugehen, sondern fragte ernsthaft: «Ihr seht euch immer noch nicht oft, oder? Schon früher habt ihr euch nicht sehr häufig getroffen.»

«Daran hat sich nichts geändert.» Sie griff nach der Tasse und nahm einen Schluck. Julian tat es ihr nach und trank aus seiner Kaffeetasse.

«Wir sehen uns meistens nur einmal im Jahr» – ihre Stimme

nahm einen gezwungenen Tonfall an – «und reden auch sonst eher selten miteinander.»

«Geht es ihm denn gut?»

Liv nickte und hielt die Tasse in beiden Händen, als müsse sie ihre Hände daran wärmen. «Im nächsten Monat zieht er von Japan nach Katar. Seine Geschäfte laufen wohl prima.»

Sie wollte nicht zugeben, dass sie keine Ahnung hatte, was ihr Vater eigentlich für ein Mensch war und wie sein Privatleben aussah, obwohl Julian sehr gut wusste, wie es zwischen ihr und ihrem Vater stand.

«Nimm es dir nicht zu Herzen.»

Nun war es an ihr, überrascht aufzusehen. «Wie meinst du das?»

Er rieb sich verlegen den Nacken. «Es hat dich immer sehr deprimiert, wenn dein Dad eine Verabredung absagte, deshalb denke ich, du nimmst es dir vielleicht zu sehr zu Herzen, dass ihr euch nicht allzu nahesteht.»

Trotz des schwierigen Themas musste sie beinahe lächeln, denn Julian war leicht errötet. «Danke, aber ich komme damit klar. Früher hat es mir tatsächlich viel ausgemacht, wenn er unsere Treffen nicht einhielt und wenig an mir interessiert war, aber ich bin inzwischen älter geworden und bedaure zwar, dass wir keine normale Vater-Tochter-Beziehung führen, aber ich kann damit leben.»

Sie wirkte dermaßen überzeugend, dass er nicht weiter über dieses Thema sprechen wollte.

«Was gibt es sonst Neues bei dir? Über mich haben wir ja bereits genug gesprochen.»

«Dabei sind deine Geschichten viel interessanter, schließlich bist du derjenige von uns beiden, der im Mittelpunkt der Aufmerksamkeit steht.» Sie deutete grinsend auf ein etwa zehnjähriges Mädchen, das verschüchtert zwei Tische weiter saß und ständig herübersah, während seine Mutter auf es einredete.

«Ah!» Er lächelte der Kleinen zu und hob einladend eine Hand, worauf sie scheu an den Tisch trat, um nach einem Autogramm zu fragen. Geduldig sprach Julian mit dem Mädchen und gab ihm ein Autogramm mit persönlicher Widmung auf eine Serviette, weil er keinen Zettel zur Hand hatte. Liv beobachtete die beiden und unterdrückte das verrückte Bedürfnis, ihren Exmann zu berühren und ihn stolz anzulächeln, weil er so lieb zu dem Kind war. Sobald das Mädchen verschwunden war, wiederholte er seine vorherige Frage. Schnell schüttelte sie ihre Gedanken ab.

«Meine Freundin Claire und ich fliegen für ein paar Tage nach Vegas.»

«Oh …» Seinen leicht fassungslosen Ausruf beantwortete sie mit einem Lachen.

«Ich war noch nie in Las Vegas und will es mir endlich einmal anschauen.»

«Normalerweise fährt man wegen der Stripclubs und Spielcasinos dahin» – er rümpfte gespielt die Nase –, «das weiß ich vom Hörensagen.»

«Ähem …» Sie verdrehte die Augen. «Wer sagt denn, dass Claire und ich nicht genau deshalb nach Vegas wollen? Sie kennt dort einen Stripclub für Frauen, den wir unbedingt besuchen wollen.»

«So, so.»

Lässig lehnte sie sich zurück und legte den Kopf schief. «Außerdem habe ich meinen Exmann bei unserer Scheidung abgezockt und werde sein hart verdientes Geld verspielen.»

«Also, dein Ex muss ja ein Vollidiot sein.» Er grinste breit. «Wenn er dich seine Kohle verzocken lässt.»

Liv zuckte mit der Schulter. «Vielleicht gebe ich ihm etwas ab, wenn ich gewonnen habe, schließlich soll er nicht am Hungertuch nagen müssen.»

Julian lachte schallend. «Du bist eine wahre Heilige.»

Mit einem geheimnisvollen Lächeln hob sie die Tasse an die Lippen.

Gerade wollte er etwas sagen, als sein Handy klingelte. Julian sah Liv entschuldigend an und griff in seine Jackentasche.

Liv wunderte sich darüber, dass er nach einem Blick auf das Display schluckte und sagte: «Ich muss drangehen. Sei mir nicht böse.»

«Sicher.» Irritiert stellte sie fest, dass er den Hörer leicht errötend ans Ohr hielt.

«Hi, äh … hi. Ja, ich bin noch unterwegs.» Er sah absichtlich zur Seite und wirkte nervös. Liv verstand dieses Theater überhaupt nicht und rätselte darüber nach, wer ihn wohl angerufen hatte.

«Nein, heute Abend kann ich leider nicht kommen … weil ich noch Training und dann ein Interview habe … sag deinen Eltern, dass es mir leidtut, aber vor zehn Uhr werde ich keine Zeit haben … hmm … lass uns einfach morgen telefonieren … okay, dann halt übermorgen … ja. Richte ihnen unbekannterweise schöne Grüße aus und sag bitte, dass es mir leidtut.»

Liv reimte sich langsam zusammen, dass seine Freundin am Telefon sein musste. Verstohlen musterte sie Julians gerötetes Gesicht und kämpfte den Drang nieder, sich das Handy zu schnappen und hineinzubrüllen, dass sie die Finger von ihrem Mann lassen sollte. Eifersucht war ein furchtbares Gefühl. Der bittere Geschmack von giftiger Eifersucht, schrecklichem Neid und purer Verzweiflung stieg in ihrer Kehle hoch, während eine Stimme in ihrem Kopf schrie: *Aber er gehört doch mir – mir allein!*

«Nein … das Training fängt erst in zwei Stunden an.» Julian seufzte kurz. «Ich trinke gerade einen Kaffee und esse einen Muffin … nein, Emma, ich bin nicht allein» – er blickte zu Liv, die gespielt amüsiert ihre Augenbrauen hochzog –, «ich habe mich mit meiner Exfrau getroffen. Liv und ich trinken einen Kaffee, bevor ich zur Arbeit muss.»

Erstaunt über seine Offenheit und darüber, dass er nicht einmal den Versuch gestartet hatte, seine Freundin zu belügen, schlug sie die Augen nieder. Er hatte ihr zudem nicht erzählt, dass sie sich zufällig getroffen hatten, sondern sprach von ihrem Treffen, als sei es alltäglich, sie zu einem kleinen Plausch in ein Bistro zu begleiten.

«Dann viel Spaß bei deinen Eltern, Emma. Ja, das mache ich. Tschüs.»

Julian steckte sein Handy wieder weg und sagte unbeholfen: «Das war Emma.»

«Deine Freundin.»

«Ja.» Er strich sich das Haar aus der Stirn.

Bevor peinliches Schweigen entstehen konnte, fragte Liv allzu fröhlich: «Drückst du dich absichtlich davor, ihre Eltern kennenzulernen?»

Julian schnitt eine Grimasse. «Vor zehn Uhr werde ich wirklich nicht zu Hause sein.»

«Okay.»

Er leckte sich unbewusst über die Unterlippe. «Es ist komisch, mit dir darüber zu reden, Liv.»

Liv musste einen Kloß hinunterschlucken, als sie seine ernste Stimme hörte. «Ich weiß.»

«Es ist eine Sache, einem Freund zu erzählen, wie es mit der neuen Freundin läuft, aber es ist halt … merkwürdig, mit dir darüber zu sprechen.»

Als sie nichts antwortete, fuhr er ruhig fort: «Vermutlich ist es einfach noch zu früh dafür. Früher oder später kommen wir sicher an den Punkt, an dem wir über die neuen Partner reden können.»

Liv senkte den Blick auf ihre Hände. «Tut mir leid, Julian, aber ehrlich gesagt will ich überhaupt nicht über deine Freundin sprechen.» Sie sah mit einem bedauernden Ausdruck auf. «Weil es mir einfach zu weh tut.»

Das Mitleid und Erschrecken auf seinem Gesicht ertrug sie kaum.

«Liv ...»

«Ich bin eine Idiotin, Julian, ich weiß» – sie holte tief Luft –, «weil ich jetzt einfach damit anfange, aber ich muss das loswerden. Es tut mir leid, dass ich dir unrecht getan und dich verletzt habe, indem ich dich nach Sammys Tod verließ. Das war furchtbar gefühllos und egoistisch, weil ich nur an meinen Schmerz gedacht habe, ohne auch nur eine Sekunde darüber nachzudenken, wie es dir ging.» Liv sah in sein finsteres Gesicht und verlor beinahe den Mut. «Auch die Scheidung wollte ich ohne Rücksicht auf deine Gefühle durchsetzen ... und jetzt bereue ich es, weil ich immer noch Gefühle für dich habe. Aber ich bin keine komplette Idiotin und weiß, dass es vorbei ist. Bitte, versteh einfach nur, dass ich nicht über deine neue Beziehung reden will.»

Verlegen wandte er den Blick ab.

Liv griff nach ihren Tüten und ihrem Mantel. «Danke für den Kaffee, Julian.»

«Du musst nicht gehen.» Er sah mit beinahe flehenden Augen zu ihr auf. «Wir können doch ...»

«Lass es gut sein.» Entschlossen schüttelte sie den Kopf. «Entschuldige, dass ich einfach so damit herausgeplatzt bin.» Sie rang sich ein schwaches Lächeln ab und tätschelte ungelenk seine Schulter. «Mach es gut.»

18. Kapitel

Am nächsten Wochenende flogen die *Titans* zu einem Auswärtsspiel nach Chicago, wo sie von den *Bears* knapp geschlagen wurden. Die Stimmung im Team war während des zweistündigen Rückflugs gedrückt. Die meisten Spieler brüteten vor sich hin, kühlten Prellungen und hörten über iPods Musik. Nach Siegen fanden im Flieger immer regelrechte Partys statt, doch bei Niederlagen beschränkten sich die Geräusche auf den Motorenlärm des Flugzeugs und ruhiges Flüstern einzelner Spieler.

Nachdem Thunfischsandwiches verteilt worden waren, kam Brennan zu Brian und fragte ihn nach seinem Nacken, weil er kurz vor Schluss einen harten Schlag eingesteckt hatte. Selbst die 15 Yards Strafe, die die *Bears* für übertriebene Härte gegen den Quarterback erhalten hatten, hatten den *Titans* nicht weitergeholfen.

Der Quarterback kühlte seinen malträtierten Nacken und versicherte dem Coach, dass es ihm gutging. Sobald Brennan wieder nach vorn verschwunden war, lehnte sich Brian stöhnend gegen den Sitz.

«Alles okay?» Julian sah ihn von der Seite an.

«Sehe ich so aus?»

«Wir haben uns irgendwann schon einmal darüber unterhalten, dass du generell scheiße aussiehst.»

«Dito.»

Schmunzelnd lehnte auch Julian sich zurück.

«Mann!» Brian zischte zornig. «Ich könnte mir in den Arsch

treten! Wäre der letzte Pass auf Blake nicht so schlecht gewesen, hätten wir gewonnen!»

Julian zuckte mit der Schulter. «Du weißt so gut wie ich, dass du nicht schuld bist. So etwas passiert halt.»

Sein Teamkollege und Freund verzog mürrisch das Gesicht. «Wir hätten die *Bears* locker schlagen können.»

«Das nächste Heimspiel werden wir für uns entscheiden.»

«Das ist ein Wort!» Brian zog das Kühlkissen von seinem Nacken. «Es reicht ja nicht, dass wir verloren haben, nein, jetzt habe ich auch noch Blessuren, wenn ich morgen mit Claire ausgehe.»

«Tja» – Julian grinste fies –, «keine körperliche Aktivität, hat der Doc gesagt. Du sollst deinen Nacken schonen.»

«Ich weiß ja nicht, wie du das machst, Scott, aber ich habe nicht vor, meinen Nacken zu beanspruchen.» Er betonte das Wort *Nacken* und sah ihn anzüglich an.

Julian versetzte ihm einen freundschaftlichen Hieb gegen den Oberarm.

«Dabei dachte ich, dass Claire dich ständig hat abblitzen lassen.»

«Geduld zahlt sich eben aus.»

Julian fragte wie nebenbei: «Sind Claire und Liv nicht in Vegas?»

«Woher weißt du das denn?» Brian sah ihn mit hochgezogenen Augenbrauen an.

«Hmm … ich hab Liv vor kurzem zufällig getroffen. Sie erwähnte es nebenbei.»

«Ach so.» Brian machte eine beiläufige Handbewegung. «Ich weiß nur, dass sie heute Morgen wieder zurückfliegen wollten. Was meinst du? Soll ich sie in ein elegantes oder lieber in ein gemütliches Lokal einladen?»

«Keine Ahnung.»

«Ich dachte, du bist ein Frauenversteher.»

Genervt verdrehte Julian die Augen. «Halt die Klappe, du Sack», beschied er gutmütig. «Da ich Claire nicht kenne, kann ich dir auch nicht helfen.»

«Tja ...» Nachdenklich nagte sein Sitznachbar an seiner Unterlippe herum. «Claire ist echt cool.»

«Sehr hilfreich», murmelte Julian.

«Und sie haut auf den Putz ... ist nicht zurückhaltend oder schüchtern. Und sie lacht gern.»

«Du glaubst, ich könnte dir nach diesen Informationen einen Rat geben, wohin du sie ausführen sollst?» Ungläubig sah Julian den dunkelhaarigen Brian an.

«Hmm ... tja ... warte! Ich hab's.» Brian strahlte. «Wohin bist du mit Liv gegangen, als du sie kennengelernt hast?»

«Was?»

«Claire versteht sich gut mit Liv – die beiden lachen über die gleichen Witze und so weiter. Deshalb frag ich.»

Julians Magen verknotete sich kurz, und das hatte nichts mit dem auf und ab hüpfenden Flugzeug zu tun. Sie durchbrachen gerade die Wolkendecke über New York, und das Anschnallzeichen ertönte.

«Rabbit! Das kannst du nicht vergleichen.»

«Warum nicht? Wenn es bei dir funktioniert hat ...»

Frustriert seufzte er auf. «Damals war ich erst neunzehn und hatte kaum Geld.»

«Na und?»

«Hör zu – ich hatte einen alten Truck, bin mit ihr abends an einen See gefahren und habe auf der Ladefläche ein Picknick angerichtet.»

«Hehe – auf der Ladefläche. Ich verstehe schon.»

«Da kennst du Liv aber schlecht!» Julian klappte die Ablage hoch und schnallte sich an. «Du bist erwachsen und hast Geld, verflucht noch mal. Lade Claire in ein feines Restaurant ein und bestell Champagner.»

«Sei doch nicht gleich angepisst.» Verwirrt sah der Quarterback zu seinem Teamkollegen, dessen Gesicht immer mürrischer wurde und der die Kiefer wütend aufeinanderpresste.

«Schon gut.» Mit finsterer Miene verschränkte Julian die Arme vor der Brust und starrte auf den Sitz vor sich.

Brian stöhnte genervt. «Soll ich dir mal einen Tipp geben?»

Als Antwort schnaubte Julian, aber der Quarterback ließ sich davon nicht bremsen. «An deiner Stelle würde ich intensiver über Liv nachdenken.»

Darauf schien Julian geradezu gewartet zu haben, weil er regelrecht explodierte und den feixenden Brian anfuhr: «Emma ist meine Freundin!»

«Jaaa …» Brian zog den Vokal wenig begeistert in die Länge. «Und du scheinst echt glücklich drüber zu sein.» Sein Ton triefte vor Sarkasmus und Ironie.

Kein Wort wechselte Julian mehr mit ihm, sondern verschwand grußlos zu seinem Auto, sobald sie gelandet waren. Anstatt nach Hause zu fahren, lenkte er sein Auto nach Brooklyn, wo Emma wohnte. Es war bereits später Abend, weshalb sie ihm in Pyjama und Hausschuhen die Tür öffnete.

«Waren wir verabredet?» Sie ließ ihn verwirrt herein und schloss die Tür hinter ihm.

«Kann ich nicht auch so vorbeikommen?» Er lächelte schwach.

«Doch. Natürlich.»

Sie fragte ihn nicht, wie das Spiel gelaufen war, also vermutete er, dass sie von der Niederlage bereits wusste. Unbeholfen stand er in ihrem Flur, während sie keine Anstalten machte, ihn richtig zu begrüßen oder wenigstens ein bisschen Freude über sein Auftauchen zu zeigen. Seit der letzten Woche schmollte sie und zeigte ihm oft die kalte Schulter. Er hatte sie mehrmals gefragt, was los sei, aber Emma beharrte darauf, dass sie nichts habe. Da sie nicht begeistert gewesen war, dass er mit Liv einen Kaffee getrunken hatte, vermutete er, dass sie darüber immer noch verstimmt war. Zwar behauptete sie stets, sich nicht mit ihm streiten zu wollen, hatte aber keine Skrupel, ihren Ärger auf diese Weise an ihm auszulassen.

Julian wollte jetzt nicht daran denken. Und er wollte sich auch nicht über Emma ärgern. Er war frustriert und brauchte den Zuspruch seiner Freundin.

«War das ein beschissener Tag», seufzte er, um auf das Footballspiel zu sprechen zu kommen.

Ahnungslos und auch ein wenig pikiert über seine deftigen Worte sah sie ihn an. «Warum? Was ist passiert?»

Ihm klappte der Mund auf. «Ich war in Chicago, erinnerst du dich? Football?»

«Ach so ... Wie lief es denn?»

«Weißt du noch gar nicht, dass wir verloren haben?»

Sie schüttelte den Kopf und führte ihn endlich in die Wohnung. «Es tut mir leid, dass ich so unhöflich bin. Und so vergesslich», fügte sie hinzu, «aber die letzten beiden Tage waren furchtbar. Ich weiß nicht, wie ich das alles schaffen soll!» Emma sah ihn müde an.

Besorgt setzte er sich zu ihr auf die Couch und legte einen Arm um sie. «Hey, was ist passiert?»

Ihm spukten Bilder von misshandelten Kindern im Kopf herum. Vielleicht arbeitete sie gerade an einer Kampagne gegen Kinderarmut und war daher so abwesend und regelrecht verzweifelt?

«Die Arbeit halt – sie macht mich einfach fertig», erwiderte sie lahm und sah ihn mitfühlend an, «es tut mir leid, dass ihr verloren habt, Julian.»

Er schüttelte den Kopf. «Das ist doch völlig nebensächlich. Was ist denn bei der Arbeit passiert?»

«Ach, nur das Übliche.» Sie machte eine wegwerfende Handbewegung. «Ich sollte mir Urlaub nehmen und mich entspannen, um der ganzen Arbeit und diesem Stress einige Zeit aus dem Weg zu gehen.» Ihre Stimme klang ungewöhnlich müde und verbittert.

«So schlimm?» Zärtlich fuhr er ihr über den Kopf und zog sie sacht an seine Schulter.

«Hmm», murmelte sie, «meine Arbeitskollegin hat sich schon wieder krankgemeldet und mir ihre Aufgaben übertragen. Ich soll eine Tagung für kommenden Mittwoch auf die Beine stellen und habe bisher nicht einmal einen Gastredner!»

«Was?» Er hörte auf, sie zu streicheln, und lehnte sich zurück, um ihr in die Augen schauen zu können.

Mit ernstem Blick nickte sie. «Meine Arbeitskollegin erwartet übermorgen Besuch, deshalb hat sie sich in Wahrheit krankschreiben lassen, auch wenn sie nicht weiß, dass ich es weiß – verstehst du?»

«Deshalb bist du so erledigt?»

«Das ganze Wochenende habe ich im Büro verbracht, um ihre Aufgaben abzuarbeiten. Für Football hatte ich einfach keine Zeit.»

Anstatt sich darüber zu beschweren, dass er sich Sorgen gemacht hatte, sie hätte sich womöglich einen Fall von misshandelten Kindern zu Herzen genommen, wurde sein Gesicht finster. «Du hast also das ganze Wochenende gearbeitet, um deiner Arbeitskollegin aus der Scheiße zu helfen?»

«Julian», beschwerte sie sich über seinen Ton, «sei nicht gleich so vulgär.»

«Wenn du weißt, dass sie gar nicht krank ist, verstehe ich nicht, warum du da überhaupt mitmachst. Geh zu deinem Boss!»

Ihr Gesicht verschloss sich. «Das verstehst du tatsächlich nicht, Julian. So einfach geht das nicht.»

«Natürlich geht das so einfach. Sprich mit ihm!»

«Ich bin sehr glücklich über diesen Job und möchte ihn nicht aufs Spiel setzen, indem ich mich beschwere.»

«Deshalb lässt du dich lieber herumkommandieren?»

Wütend stieß sie den Atem aus. «Darüber werde ich nicht mit dir diskutieren.»

«Und warum nicht?»

«Es geht dich nichts an», erwiderte sie bemüht ruhig.

Er schnaubte. «Du lässt alles mit dir machen, Emma, und bedankst dich hinterher auch noch.»

«Du willst dich nur mit mir streiten», warf sie ihm verletzt vor, «dabei habe ich dir erst letztens gesagt, dass ich mich auf keinen Streit einlassen will.»

Julian rückte von ihr ab. «Wenn du bei deinem Job nicht mal ordentlich aufräumst, werde ich es tun!»

«Untersteh dich!» Sie wurde blass und sah ihn erschrocken an. «Tu das bitte nicht!»

Sofort merkte er, dass er schon wieder einen Fehler begangen hatte. Sie sah ihn mit riesigen Augen verzagt an, weil sie offenbar davon ausging, er könne morgen in ihr Büro platzen und ihren Boss anschreien. Natürlich würde er das nicht tun.

Er wollte eigentlich nur seine Wut abreagieren, die er seit Brians dummen Kommentaren in sich fühlte – aber Emma machte nicht mit. Sie stritt nicht mit ihm, sondern nahm an allen gebrüllten Vorwürfen und kleinsten Schimpfwörtern Anstoß. Anstatt ihm Paroli zu bieten, zog sie sich zurück und war verletzt.

«Es tut mir leid.» Entgegen seinem Naturell schluckte er seine Wut hinunter, um Emma nicht weh zu tun. «Ich wollte nicht laut werden.»

Sie nickte mit bleichen Wangen.

«Es war ein harter Tag», verteidigte er sich und ließ den Kopf hängen.

«Schon gut.» Sie lächelte schwach und rutschte wieder zu ihm. «Jeder hat mal einen schlechten Tag.»

«Vielleicht. Aber ich muss mich bei dir entschuldigen, dass ausgerechnet du das abbekommen hast.»

«Wir vergessen es einfach», erwiderte sie schnell und tätschelte seinen Arm, «möchtest du einen Tee?»

Lieber hätte er einen Drink gehabt, nickte jedoch und sah ihr hinterher, wie sie in die Küche schlich, um ihm einen Tee zu machen. Frustriert lehnte er sich gegen die Lehne und überlegte, ob es nicht besser sei, wieder zu gehen, aber damit würde er Emma vermutlich erneut vor den Kopf stoßen. Im Grunde gab er Brian sogar recht. Emma war ein nettes Mädchen, aber ob sie wirklich zusammenpassten, bezweifelte er mittlerweile sehr. Sie waren grundverschieden, aber Julian mochte sie, und außerdem passte es nicht zu seinem Charakter, die Flinte bei geringsten Schwierigkeiten ins Korn zu werfen. Vermutlich lag es auch an seiner Sturheit, weshalb er immer noch mit ihr ausging, aber er war nun einmal fest entschlossen, wieder eine Beziehung zu haben. Und Beziehungen bedeuteten schließlich auch Kompromisse.

Als müsste sie ihr Desinteresse wiedergutmachen, fragte sie ihn bald ausführlich nach dem Spielverlauf aus und zweifelte empört an den Schiedsrichterentscheidungen, was Julian wieder zum Lächeln brachte, während er an seinem Kräutertee nippte. Sie konnte sehr nett sein und ihn zum Lachen bringen, auch wenn Brian das bezweifelte. Vor allem zu Anfang hatten sie oft lustige und harmonische Unterhaltungen geführt. Damals hatte er ihren Job auch noch ungemein sinnvoll gefunden, was er mittlerweile – wenn er ehrlich war – nicht mehr dachte.

Die junge Frau, die bei einer gemeinnützigen Kinderorganisation arbeitete, hatte ihm gefallen, weil sie liebenswert und charmant gewesen war. Ihre jetzige Fixierung auf Seminare und Tagungen zu Medienkompetenzen innerhalb von Unternehmen – innerlich schauderte ihn – ließ ihn dagegen kalt und interessierte ihn auch nicht. Er war vielleicht egoistisch, aber abends, wenn er mit seiner Freundin Zeit verbrachte, über Medienstrategien und PR-Konzepte informiert zu werden, als säße er im College, gefiel ihm nicht.

Als sie sich irgendwann an ihn schmiegte und ihn zu küssen begann, umfasste sein rechter Arm ihre Taille und zog sie näher. Ihre Küsse waren stets leicht und süß – wenig leidenschaftlich, sondern eher zurückhaltend. Als seine Hand zu ihrem Hintern wanderte, seufzte sie erschrocken auf und griff ihm nur zögerlich an die Brust.

In seinem Kopf rotierte es, weil er sie nicht erschrecken wollte. Jedesmal, wenn sie Sex hatten, verhielt sie sich unsicher und schüchtern. Julian wollte sie nicht überfallen und mit seiner Leidenschaft verschrecken, weshalb er sich ständig zurückhielt und sich nicht gehenließ. Anstatt sie zu packen und schmutzige Dinge mit ihr zu tun, hatten sie Blümchensex – meistens im dunklen Schlafzimmer unter der Bettdecke. Das wird schon, sagte er sich selbst, während er ihr vorsichtig das Pyjama-Oberteil aufknöpfte. Sie musste sich erst an ihn gewöhnen. Immerhin waren sie noch nicht wirklich miteinander vertraut.

Emma zog ihm errötend den Pullover über den Kopf und setzte sich rittlings über seine Hüften, bevor sie sich an ihn schmiegte und den Kopf zu seinem Gesicht senkte. Seufzend umfasste er ihren nackten Rücken und küsste sie. Ihre Hände fuhren langsam über seinen Bauch und entlockten ihm ein Stöhnen. Vorsichtig grub sie ihre Zähne in seinen Hals, was ihn dazu verleitete, einen kolossalen Fehler zu begehen, indem er laut Livs Namen stöhnte.

Er war genauso schockiert wie Emma, die sofort von seinem Schoß hüpfte und nach ihrem Hemd griff. Anders als die meisten Frauen schrie sie ihn jedoch nicht an oder warf einen Ge-

genstand nach ihm, sondern floh schluchzend ins Badezimmer und schloss sich dort ein.

Beschämt, aufgebracht, aber teilweise auch glucksend vergrub Julian den Kopf in seinen Händen und raufte sich die Haare. Es war klar, dass der katastrophale Abend auf diese Weise enden musste. Seine Freundin schloss sich in ihrem Bad ein wie ein kleines Kind, während er mit nacktem Oberkörper auf ihrer Couch saß und dumm aus der Wäsche schaute. Nachdem sie zehn Minuten später immer noch nicht aufgetaucht war, überlegte er kurz, ob er an die Tür klopfen sollte, aber im Grunde war es ihm einerlei. Sie würde sich sowieso nicht mit ihm streiten – und er hatte es satt, ständig zu Kreuze zu kriechen, weil sie nicht in der Lage war, seine Emotionen zu ertragen. Ja, sie war ein nettes Mädchen, aber er sah ein, dass er mit netten Mädchen nichts anfangen konnte.

Ohne sich zu verabschieden, verließ er ihre Wohnung und fuhr nach Hause.

19. Kapitel

Auf Olivia! Sicherlich kann ich im Namen der gesamten Firma sprechen, wenn ich sage, dass wir alle sehr stolz auf Sie sind, meine Liebe.»

«Danke.» Leicht verlegen hob sie ihr Sektglas und schaute ihren Boss an.

«Wir müssen Ihnen danken», erwiderte er jovial, «schließlich arbeitet nun eine preisgekrönte Architektin in unserer Firma.»

«Gehaltserhöhung!», rief Claire fröhlich aus der Menge, woraufhin die meisten Arbeitskollegen lachen mussten.

Mr. Morris ließ sich dadurch nicht ablenken und sprach in seiner kleinen, improvisierten Rede davon, wie bedeutend Olivias Auszeichnung nicht nur für das Projekt, sondern für das Ansehen der Firma war.

Heute Morgen hatte sie die Mitteilung bekommen, dass der AIA ihre Entwürfe für das neue Museum, das momentan in Queens gebaut wurde, zum innovativsten Design des Jahres gewählt hatte. Das war eine überwältigende Nachricht, und Liv konnte es noch gar nicht fassen. Mr. Morris schien der gleichen Auffassung zu sein, weil er am Mittag zu einem kleinen Umtrunk geladen hatte, um ihren Erfolg zu feiern. Ihre Arbeitskollegen freuten sich wahrscheinlich nicht nur für Liv, sondern auch darüber, eine kleine Pause einlegen zu dürfen und kostenlos Häppchen sowie Sekt zu sich zu nehmen. Sie gratulierten Liv, als Mr. Morris seine Ansprache beendet hatte, und stürzten sich eifrig auf die kleinen Sandwiches, die der Caterer gerade brachte.

Harm war ebenfalls da und kam lächelnd auf Liv zu. «Gratulation! Das ist eine wundervolle Nachricht.»

«Danke, Harm.» Sie ließ sich kurz von ihm umarmen und hob anschließend ihr Glas an die Lippen, um ein wenig Abstand zu schaffen. «Schön, dass du gekommen bist.»

«Das habe ich gern getan.»

Liv wich seinem Blick aus und seufzte innerlich. Nach ihrer Aussprache vor einigen Wochen und ihrer Erklärung, dass sie mit ihm keine Beziehung führen konnte, benahm er sich wie ein geprügelter Hund, der sie mit seinen traurigen Augen verfolgte, sobald sie sich trafen. Da er der Auftraggeber des Museumsbaus war, sahen sie sich zwangsläufig ziemlich häufig und sprachen oft miteinander, um offene Fragen zu klären oder den aktuellen Stand des Bauprozesses zu besprechen.

Er sah auf seine Uhr und zupfte an seinem tadellosen Anzug herum. «Ich muss wieder los. Noch einmal herzlichen Glückwunsch zu deinem Erfolg.»

«Danke. Wir sehen uns in ein paar Tagen bei der Baubesprechung.» Im Gegensatz zu seinem akkuraten Äußeren trug Liv eine knallenge schwarze Röhrenjeans, die in hellbraunen Stiefeln mit Absatz steckten, und ein langes Top, über das sie eine lockere Strickjacke geworfen hatte. Sicherlich war es kein Businesskostüm, aber Liv war Architektin und keine Anwältin, weshalb niemand großes Aufheben um ihre Kleidung machen würde.

«Das machen wir.» Harm gab ihr einen Kuss auf die Wange und begrüßte im Vorbeigehen Claire, die sich ein Mini-Sandwich in den Mund schob.

«Hmm ...» Claire verdrehte genießerisch die Augen. «Diese Sandwiches musst du probieren. Das hier war mit Avocado-Creme und Frischkäse.»

«Mach ich gleich.» Liv trank ihr Glas leer und stellte es auf den Schreibtisch hinter sich.

«Wie fühlt man sich als aufgehender Stern am Architekten-himmel?»

Amüsiert vergrub Liv die Hände in ihrer Strickjacke. «Ehrlich gesagt kann ich es noch gar nicht glauben. Aber ich bin hellauf begeistert!»

«Das solltest du auch sein. Lass mich noch einmal das Schreiben sehen.»

Liv schnappte sich den offiziellen Brief und reichte ihn Claire, die ihre Finger an einer Serviette sauber machte. «Wow! Und ein Preisgeld kriegst du auch. Hammer!»

«Ja, der Hammer», kicherte Liv ausgelassen.

Die Auszeichnung für sein Design zu bekommen und von der AIA geehrt zu werden war wohl der Traum jedes amerikanischen Architekten. Da Liv auf ihren Entwurf und das im Bau befindliche Museum sehr stolz war, bedeutete diese Ehrung ihr doppelt so viel. Monatelang hatte sie Herzblut, durchgearbeitete Nächte und Kreativität in das Projekt gesteckt. Sie war das erste Mal ganz allein für einen Entwurf und für dessen Realisierung verantwortlich – dass sie nun dafür einen Preis erhielt, ließ sie vor Freude strahlen.

«Die Einladung für die Gala ist für zwei Personen ausgestellt.»

Neugierig blickte Claire auf und schob sich eine rote Strähne hinter das Ohr, während sie auf Harm deutete, der sich von Mr. Morris verabschiedete. «Nimmst du den Lackaffen mit?»

«Pst!» Liv sah sich schnell um, jedoch stand niemand nah genug, um Claire hören zu können. «Du sollst ihn nicht so nennen.»

Ihre Freundin grinste. «Harm ist okay, aber wenn du mich fragst, ist er ein Lackaffe.»

«Um deine Frage zu beantworten» – sie lehnte sich gegen den Schreibtisch, dessen Kante sie mit den Händen umfasste –, «nein, ich nehme Harm nicht als Begleitung mit.»

«Zum Glück.» Claire schnappte sich ihr Glas. «Solche Abende sind sowieso trocken. Mit Harm würdest du dich zu Tode langweilen.»

Da Liv tatsächlich die Erfahrung gemacht hatte, mit Harm langweilige Abende zu verbringen, konnte sie ihr nicht widersprechen.

«Was ist mit diesem netten Ingenieur, den du auf der Baustelle kennengelernt hast?»

Liv schüttelte sofort den Kopf.

«Ich dachte, du hättest mit ihm einen Kaffee getrunken?»

«Ja» – sie verdrehte die Augen –, «wir haben einen Kaffee getrunken und danach nichts mehr voneinander gehört.»

«Warum nicht?» Claire sah sie über den Rand ihres Glases an.

«Weil es nicht passte.» Sie zuckte mit der Schulter.

«Du meinst, weil er keine schokobraunen Augen und keinen verflucht heißen Körper hatte?»

Ein böses Stirnrunzeln sollte Claire eigentlich von weiteren Kommentaren abhalten, aber die machte sich gar nichts daraus.

«Außerdem hatte der Ingenieur bestimmt keinen Knackarsch, nicht wahr, Liv?»

«Wieso vergleichst du ihn mit Julian?»

Claire lachte. «Ich habe nicht gesagt, dass ich von deinem Ex spreche! Den kenne ich nicht einmal.»

«Hör auf damit!»

«Interessant, interessant. Sobald ich über heiße Männerkörper und Knackärsche spreche, denkst du an deinen Ex.»

«Claire!»

«Hab dich nicht so.» Sie stürzte den Sekt hinunter. «Weil ich eine einfühlsame Freundin bin, höre ich auf.»

«Gut so. Eigentlich wollte ich dich mit zur Gala nehmen, wenn du Lust hast.»

«Echt?» Claire schnappte begeistert nach Luft. «Darf ich mich als deine lesbische Lebenspartnerin ausgeben?»

«Nein!», Liv prustete laut auf. «Bloß nicht! Mr. Morris kommt auch und würde einen Herzinfarkt bekommen.»

«Was willst du anziehen?» Typisch Frau, kam Claire direkt auf den wichtigsten Gesichtspunkt zu sprechen.

«Keine Ahnung.»

«Du bist der Ehrengast!»

«Ich bin keineswegs der Ehrengast, Claire, schließlich vergibt die AIA mehrere Preise.»

«Na schön» – Claire machte eine übertriebene Kopfbewegung –, «du bist *einer* der Ehrengäste. Du brauchst was total Auffälliges!»

Da Claire mit ihrem prächtigen Haar, dem kurvenreichen Körper und den vollen Lippen, um die sie sogar Angelina Jolie beneidet hätte, an Auffälligkeit kaum zu überbieten war, unterschieden sich ihre Ansichten, was spektakuläre Kleidung betraf, ein wenig. Trotzdem konnte Claires Rat niemals falsch sein.

«Wenn du mit mir shoppen gehen könntest, wäre ich auf der sicheren Seite.»

«Wunderbar! Erst letztens habe ich einen Laden entdeckt, in dem ich mir ein traumhaftes Kleid gekauft habe – sexy und doch sehr elegant. Wir werden uns dort mal umschauen.»

«Hört sich gut an.» Liv verschränkte die Arme locker vor ihrem Oberkörper und sah ihre Freundin mit neugieriger Miene an. «Da wir schon einmal dabei sind, über Männer mit heißen Körpern zu sprechen, Claire: Hattest du nicht vor einer Woche ein Date mit Brian Palmer?»

«Hmm.» Gespielt unbeteiligt fummelte Claire an ihrem Glas herum.

«Claire? Was heißt *hmm*? Jetzt erzähl doch mal!»

Normalerweise beherrschte ihre Freundin es meisterlich,

ein Pokerface aufzusetzen und sich neutral zu benehmen, aber jetzt stieg ihr heiße Röte ins Gesicht.

«Ich will nicht darüber reden.»

Liv machte große Augen. «O mein Gott! Du hast mit ihm geschlafen!»

«Pst!» Aufgebracht schob Claire die glucksende Liv in eine entlegene Ecke. «Musst du das denn so laut verkünden?»

«Du wirst sogar rot», kicherte Liv, «nun erzähl! Eigentlich wolltest du gar nicht mit ihm ausgehen. Wieso seid ihr im Bett gelandet?»

Errötet und verlegen knirschte Claire mit den Zähnen. «Liv...»

«Auf die Art kommst du mir nicht davon! Hast du mir nicht noch in Vegas gesagt, er sei ein Aufreißer und großspuriger Sportler?»

«Na ja...» Claire wand sich sichtlich. «Putzig ist er ja.»

«Homer Simpson ist auch putzig, aber deshalb würde ich mich noch lange nicht vor ihm ausziehen.»

Nachdenklich nagte Claire an ihrer Unterlippe. «Es ist irgendwie... irgendwie passiert.»

Zynisch hob ihre Freundin eine Augenbraue hoch. «Ach was!»

«Ja... schon. Eigentlich dachte ich, er würde angeben, mich in ein teures Restaurant ausführen und mit seinem Geld protzen.»

«Bestimmt hattest du eine passende Abfuhr bereits geplant.»

«Sicher.» Claire hob seufzend beide Hände und ließ sie wieder sinken. «Angeber und reiche Säcke finde ich ätzend. So hatte ich auch Brian eingeschätzt.»

«Aber?»

«Er benahm sich völlig normal.» Ihr Mund kräuselte sich amüsiert. «Traf sich in Jeans und Sweatshirt vor einem Kino mit mir, in dem wir eine Komödie ansahen.»

«Gefummel im dunklen Kino?»

«Überhaupt nicht. Danach saßen wir in einer normalen Pizzabude bei Peperonipizza und Bier, unterhielten uns stundenlang und ... und dann habe ich ihn auf einen Kaffee zu mir in die Wohnung gebeten.» Selbst ihre Ohren wurden rot.

«Hahaha!» Liv bekam sich kaum ein. «Du bist eine Schlampe», erwiderte sie liebevoll.

«Vermutlich.» Vertrauensvoll beugte sich Claire vor und flüsterte: «Mal ehrlich, Liv, er war so sexy in diesem roten Sweatshirt ... und küssen kann er!»

«Küssen? Aha ...»

Claires Gesichtsfarbe wurde noch eine Nuance dunkler. «Nicht nur das! Aber im Ernst ... der Mann ist im Bett der helle Wahnsinn.»

Beinahe verschluckte sich Liv an ihrem Lachen. «Frag ihn mal, warum er Rabbit genannt wird! Das heißt ...» Sie sah Claire interessiert an. «Hast du ihn eigentlich wiedergesehen?»

«Äh, ja ... ziemlich oft.»

«Ich fasse es nicht. So etwas verschweigst du mir tagelang?»

Claire schaffte es, beschämt auszusehen. «Es tut mir leid.»

«Sollte es auch. Du musst mir alles erzählen!»

Mr. Morris rief langsam wieder zur Arbeit auf, woraufhin Claire sich mit untypischer Hast an ihren Schreibtisch setzen wollte.

«So einfach kommst du mir nicht davon.» Liv sah sie kopfschüttelnd an.

«Von mir aus! Komm heute Abend bei mir vorbei.» Claire fuhr ihren Computer hoch. «Ich mache eine Flasche Wein auf, wir trinken auf deinen Erfolg und reden über Brian.» Ihr Gesicht verzog sich zu einer Grimasse.

Abends fuhr Liv zu Claire und hatte zwei Flaschen Wein im Gepäck, weil Claires Geschmack in Sachen Alkohol von einem

Extrem ins andere schlug. Ihre Rotweine waren zu süß und die Weißweine zu trocken, daher ging Liv auf Nummer sicher und brachte ihren Lieblingsweißwein mit. Sie war gespannt, alles über die mysteriösen Dates ihrer Freundin mit Brian Palmer zu hören, und zudem hibbelig, weil sie noch trunken vor Glück wegen ihrer Auszeichnung war. Unmöglich hätte sie heute Abend allein zu Hause sitzen können.

Quatschend standen sie in gemütlichen Jogginghosen und Shirts zusammen in Claires Küche und machten sich kleine Snacks, entkorkten den Wein und trugen alles ins Wohnzimmer, wo sie sich im Schneidersitz auf den flauschigen Teppich setzten. Claires Katze streifte um sie herum, bevor sie miauend verschwand.

«Was hat sie denn?»

«Sie ist vermutlich beleidigt.» Claire zuckte mit der Schulter und nippte an ihrem Glas.

«Warum sollte sie beleidigt sein? Sonst mag sie mich auch.» Liv blickte ratlos in Richtung Schlafzimmer, wohin die getigerte Katze verschwunden war.

Mit einem gequälten Lächeln gestand Claire ihrer Freundin: «Mia hat einen Narren an Brian gefressen. Sobald er auftaucht, betet sie ihn an, schlängelt sich verzückt um seine Beine und springt auf seinen Schoß.»

«Ganz das Frauchen.»

«Hey!»

«Und jetzt hör auf abzulenken. Ich will Details.»

Mias Frauchen brauchte beinahe eine Ewigkeit, bis sie sich ein Häppchen vom Teller genommen hatte. «Ja ... also Brian. Er ist ein netter Kerl.»

Genervt verdrehte Liv die Augen.

«Nein, er ist wirklich nett ... und verflucht heiß.»

«Aber?»

«Kein Aber.»

«Also kann ich davon ausgehen, dass meine Freundin Claire jetzt offiziell einen Quarterback datet?»

Unschlüssig schüttelte die Rothaarige den Kopf. «Nein … vielleicht übertreibe ich es auch. Wir haben manchmal Sex, wir schreiben uns Nachrichten … und wir sehen uns. Aber das ist nichts Offizielles, Liv.»

«Ach so.» Sie nickte ernsthaft und übertrieben. «Deine Katze liebt ihn, ihr seht euch ständig, führt jedoch keine Beziehung. Schon verstanden.»

«Du könntest etwas mehr Rücksicht zeigen.»

«Könnte ich», stimmte Liv zu und schob sich ein Stück Käse auf einem Cracker in den Mund, «tue ich aber nicht.»

Als es klingelte, stand Claire rasch auf und lief zur Haustür. Liv lehnte sich gemütlich gegen die Couch hinter sich und trank einen Schluck Wein, während sie überlegte, wie sie Claire noch mehr Details entlocken konnte.

«Hallo, Süße.» Brians Stimme hallte durch die ganze Wohnung. Liv feixte begeistert und trank noch einen Schluck Wein.

«Brian!» Claire klang nervös. «Äh … Du kannst nicht hereinkommen. Ich habe Besuch.»

Interessiert drehte sich Liv um und spähte über die Couchlehne zur Tür.

«Aber ich habe meine Glückssocken bei dir vergessen», beschwerte er sich und fügte in bedrohlichem Ton hinzu: «Außerdem will ich wissen, wer bei dir zu Besuch ist.»

«Ihr heißes Date!» Liv lachte laut und fuhr in der gleichen Lautstärke fort: «Lass ihn schon rein, Claire!»

Mit grimmigem Gesicht betrat Claire das Wohnzimmer, dicht gefolgt von Brian – und Julian, der genauso verwundert war wie sie. Zögernd, unbehaglich und unsicher sahen sie sich an. Ihr letztes Gespräch – das nach der Autogrammstunde geführte – hatte recht peinlich geendet, nun wussten sie nicht, wie sie miteinander umgehen sollten.

«Hallo.» Liv lächelte, machte jedoch keine Anstalten aufzustehen.

«Hi, Liv.» Julian schob seine Hände aus den Taschen seiner Lederjacke.

«Wie geht's dir?»

«Gut. Und selbst?»

«Mein Gott!» Brian blickte angewidert zwischen beiden hin und her und schüttelte sein dunkles Haupt. «Ihr habt euch schon nackt gesehen, also benehmt euch nicht so verklemmt!»

«Hol deine Socken», beschied Claire.

«Nö . . .» Er grinste sie an. «Das sieht nach einer tollen Party aus. Julian und ich leisten euch Gesellschaft.»

«Brian», warnte Claire ihn. Ihr schien es unangenehm zu sein, zwischen den Stühlen zu stehen.

«Komm schon, Palmer, wir wollen die Damen nicht nerven.» Julian blickte Liv entschuldigend an, aber sie winkte mit einem schwachen Lächeln ab.

«Meinetwegen könnt ihr ruhig bleiben.»

«Aber, Liv . . .» Claire warf ihr einen zweifelnden Blick zu.

«Du hast sie doch gehört.» Brian zog seine Jacke aus und legte sie über die Couch. Als wäre er hier zu Hause, schlug er Julian auf den Rücken und meinte jovial: «Mach es dir bequem.»

Claire stapfte in die Küche, um weitere Gläser zu holen, auch wenn sie wenig begeistert schien, während sich ihr potenzieller Freund zu Liv auf den Boden gesellte und im Schneidersitz nach den Häppchen griff. Julian zog ebenfalls seine Jacke aus und enthüllte einen braunen Kaschmirpulli, bevor er sich mit ruhigen Bewegungen Liv gegenüber auf den Boden setzte. Sie vermied einen Blick auf seinen großen, durchtrainierten Körper und das anziehende Gesicht, während sie an ihrem wenig verführerischen Hollister-Sweatshirt zog, um ihre ausgeblichene Jogginghose zu verdecken, die an der Naht über dem Knie ein kleines Loch hatte. Wenn sie gewusst hätte, dass auch nur die geringste Wahrscheinlichkeit bestehen könnte, dass Brian und ausgerechnet Julian hier auftauchten, hätte sie sich vernünftig angezogen. Ungeschminkt, unfrisiert und in den bequemsten, aber auch schäbigsten Joggingklamotten, die sie besaß, musste sie nun Julian gegenübersitzen, der wie ein Model der New York Fashionweek aussah. Selbst die Tatsache, dass er sie früher in viel schlimmeren Zuständen gesehen hatte – schließlich hatte er ihr zum Beispiel mehrmals die Haare hochgehalten, während sie sich übergab –, half nicht darüber hinweg, dass sie gerade schrecklich aussah, während er wie ein junger Gott wirkte. Niemand wollte seinem Ex so begegnen, sondern wie aus dem Ei gepellt aussehen.

«Das ist ein richtiges Sit-in wie bei den Hippies.» Brian schien begeistert. «Hat einer von euch einen Joint?»

«Ausnahmsweise nicht.» Claire hob ironisch eine Augenbraue und hielt ihnen Weingläser entgegen. «Liv hat Weißwein mitgebracht. Ist das okay?»

«Gern.» Julian nickte und sagte dann belustigt: «Apropos! Nett, dich kennenzulernen, Claire.»

«Ebenfalls.» Sie lachte und schenkte ihm ein.

Brian bekam anschließend auch Wein und fragte, während Claire die Flasche neben die Couch stellte: «Was ist der Anlass eures Sit-ins, Mädels?»

«Oh, eigentlich wollte mich Claire über deine Liebhaberqualitäten aufklären, Rabbit. Schade, dass ihr ausgerechnet jetzt gekommen seid.»

Claire blickte erschrocken in die Runde, Brian bekam rote Ohren, während Julian fröhlich gluckste.

«Das darf ich nicht verpassen.» Er lehnte sich in seinem Schneidersitz ein wenig vor und hielt das Weinglas in seiner rechten Hand. «Immer wieder kursieren wilde Gerüchte, aber von einer *Zeugin* zu hören, wie sich Rabbit tatsächlich im Bett anstellt, wäre wie Weihnachten und Ostern zusammen!»

«Scott!», presste Brian zwischen den Zähnen hervor, während er Claire, die sich neben ihn gesetzt hatte, eine Hand auf den Oberschenkel legte.

«Der Begriff *Zeugin* passt nicht.» Liv kicherte.

«Wie wäre es mit *Opfer*?»

«Daran hatte ich auch schon gedacht», konterte sie amüsiert.

«Ihr beiden seid wie Pest und Cholera», sagte Brian verärgert. Leider konnte er keine weitere Drohung ausstoßen, weil Mia ihn gehört hatte und glückselig auf seinen Schoß sprang, um es sich dort gemütlich zu machen.

«Ich weiß ja nicht, was die Damenwelt über dich als Liebhaber sagt, aber Katzen scheinen ein Faible für dich zu haben.» Julian prustete in sein Glas, während Liv in sein Lachen einfiel. Mia schien sich daran nicht zu stören, sondern legte das Köpfchen an Brians Knie und rieb es schnurrend.

Das Schnurren provozierte Julian und Liv zu weiteren Lachattacken, während sich Claire auf die Lippen beißen musste, um nicht ebenfalls in Gelächter auszubrechen.

«Eigentlich stoßen wir auf meine phantastische Arbeitskollegin und Freundin an», wechselte Claire geschickt das Thema, «denn Liv hat den Design-Preis des Jahres für ihren Museumsentwurf vom AIA erhalten.»

Schamesröte stieg Liv in die Wangen.

«AIA?»

«Das American Institute of Architects», erklärte Claire ihrem Freund, «das ist so, als hättest du den Superbowl gewonnen.»

«Ich bin doch nicht doof», beschwerte sich Brian, «ich habe schon kapiert, worum es geht.»

Julian ignorierte die beiden und blickte Liv aus seinen schokoladenfarbenen Augen warm an. «Das freut mich für dich, Liv. Herzlichen Glückwunsch.»

«Danke.» Sie trank einen Schluck Wein und sah verlegen beiseite.

«Von mir auch alles Gute.» Brian neigte respektvoll den Kopf.

«Heute ist nicht ihr Geburtstag, sie hat einen Preis gewonnen.» Claire spielte die Genervte.

«Ja-ha, ich weiß, du Schlauberger», erwiderte Brian spitz.

Das neue Paar in Aktion zu erleben amüsierte Liv extrem, und sie unterdrückte ein Grinsen. Verstohlen sah sie ihnen beim Streiten zu und erhaschte einen Blick von Julian, der ebenso belustigt zu sein schien. Über ihre Gläser hinweg sahen sie sich einvernehmlich an und hoben die Augenbrauen.

«Wir sollten am Wochenende ausgehen und deinen Erfolg feiern.» Claire streichelte Mia, die immer noch auf Brians Schoß lag. «Aber ohne die Jungs.»

«Pech! Wir könnten eh nicht mit euch losziehen, weil wir gegen die *Cowboys* spielen.»

«Die *Cowboys*?» Claire hatte überhaupt keine Ahnung von Football und sah ihn entgeistert an.

«Gegen Dallas», fügte Liv daher schnell hinzu.

«Du verstehst echt gar nichts von Football, oder?» Brians Miene schwankte zwischen Entsetzen und Amüsement, während seine Hand über ihre Wade strich.

Verteidigend rümpfte sie die Nase. «Ich bin eine Frau.»

«Das ist Liv auch. Im Gegensatz zu dir kennt sie sich aber aus.»

Claire biss sich in die Wange. «Mal ehrlich: *Cowboys?* Was ist das für ein bekloppter Name für ein Footballteam.»

«Sag das bloß keinen Texanern.» Liv schüttelte heftig den Kopf. «Sie würden dich lynchen.»

«Das würden sie tun – ohne mit der Wimper zu zucken.» Brians Augen funkelten.

«Texaner haben sowieso ein Rad ab», beschied Claire achselzuckend.

Julian sah seinen Freund interessiert an. «Es ist dein erstes

Spiel gegen die *Cowboys*, seit du ihnen einen Korb gegeben hast, oder?»

«Ja, sie werden mir das Leben zur Hölle machen wollen.» Irgendwie schien Brian von dieser Vorstellung regelrecht begeistert zu sein.

«Was meinst du damit? Wieso hat Brian ihnen einen Korb gegeben?»

An Claire gewandt, erklärte Julian: «In der letzten Saison hat Dallas Brian umworben, um ihn von New York wegzuholen. Die *Titans* hatten eine miese Spielzeit, aber Brian hat alle Angebote aus Texas abgelehnt.»

«Ehrlich?»

Der Quarterback lächelte wenig bescheiden. «Ich bin ein begehrter Mann, Süße.»

«Jedenfalls», fügte Julian hinzu, «liebt ihn New York dafür, während in Dallas ein Kopfgeld auf ihn ausgesetzt wurde.»

Wegen Claires leicht erschrockenem Gesichtsausdruck sagte Liv: «Im übertragenen Sinn, Claire.»

«Da bin ich mir nicht so sicher», gluckste Julian und zwinkerte ihr zu.

«Ihr könnt sagen, was ihr wollt: Der Name *Cowboys* ist und bleibt albern.»

«Wenigstens tragen sie keine Cowboyhüte auf dem Feld.»

«Und keine Sporen.» Brian lachte. «Jihaa!»

Als die Häppchen beinahe aufgegessen waren, ging Claire in die Küche, um für Nachschub zu sorgen. Bevor Liv aufstehen konnte, um ihr zu helfen, war Brian bereits aufgesprungen und eilte ihr hinterher. Gleich darauf ertönte ein Kichern aus der angrenzenden Küche.

«Wusstest du, dass zwischen den beiden etwas läuft?» Liv lehnte sich flüsternd vor.

«Irgendwie schon» – Julian rieb sich den Nacken –, «Brian ist ein ziemlicher Quatschkopf.»

Bevor sie wieder etwas erwidern konnte, erhob er sich und ließ sich dann neben ihr auf dem Boden nieder. «So ist es besser, dann müssen wir nicht flüstern.»

Liv nickte und nahm einen großen Schluck Wein. Er saß so dicht neben ihr, dass sie nicht nur seinen Geruch wahrnehmen konnte – eine betörende Mischung aus Aftershave und sauberer Haut –, sondern auch die Hitze spürte, die er durch den Pulli ausstrahlte, der die gleiche Farbe wie seine Augen hatte.

Als er sah, dass ihr Glas beinahe leer war, nahm er es mit einer lässigen Selbstverständlichkeit und schenkte ihr nach. Ihre Fingerspitzen berührten sich, als er ihr es wiedergab.

«Erzähl mir von deinem Preis», forderte er sie freundlich auf.

«Das ist keine große Sache», wiegelte sie ab.

«Liv.» Er lächelte. «Mir musst du nichts vormachen. Es ist die AIA! Davon träumt doch jeder Architekt. In deiner Studienzeit hast du dir die Projekte der Preisträger völlig fasziniert und hypnotisiert angeschaut – und insgeheim davon geträumt, selbst einmal geehrt zu werden.»

Fassungslos, dass er sich daran erinnern konnte, lehnte sie sich gegen das Sofa, das hinter ihnen stand. «Das weißt du noch?»

«Natürlich. Hast du den Preis für dein Museumsprojekt bekommen?»

Sie nickte. «Zwar befindet sich das Museum noch im Bau, aber sie haben die Entwürfe gewertet.»

«Also bekommst du einen Preis für ein Gebäude, das nicht mal steht» – er stieß mit seinem Glas gegen ihres –, «Respekt.»

«Danke.» Livs Lippen kräuselten sich vergnügt.

«Wer hätte gedacht, dass die kleine Liv Gallagher, die auf der Uni ständig im betrunkenen Zustand ihre Brüste entblößte, wenige Jahre später eine gefeierte Architektin ist?»

«Ständig?»

«Na ja …»

«Einmal, Julian!» Lachend stieß sie ihn an. «Und das auch nur, weil du mich provoziert hattest.»

«Ach nein!»

«Doch.» Ihr Blick war heiter und ausgelassen. «Du warst ein unverbesserlicher Komiker und furchtbar beliebt wegen deiner Streiche.»

«Also wolltest du es mir nachmachen? Schäm dich!»

«Eigentlich wollte ich dich beeindrucken», gab sie zu und hielt sich verlegen die Hand über die Augen.

«Ha! Was glaubst du denn, weshalb *ich* den ganzen Mist gemacht habe!» Er wurde ernster und fuhr mit seinen Fingerspitzen zärtlich und selbstvergessen über ihre Wange. «Liv, ich bin wirklich stolz auf dich.»

Liv schluckte und sah ihm in die Augen, bevor er sich räusperte und etwas Abstand schuf. Sie verstand den Wink und ahnte, dass er an seine Freundin dachte. Mit einem Tonfall, der glücklicherweise unbeteiligt und harmlos klang, fragte sie: «Was hattet Brian und du eigentlich heute vor?»

«Nichts Besonderes», antwortete er nach einer Weile. «Etwas trinken und reden. Auf dem Weg zur Kneipe fiel ihm ein, dass er bei Claire seine Glückssocken vergessen hatte.» Er verdrehte die samtigen Augen.

Liv kannte die Marotten einiger Footballspieler und antwortete nicht darauf. Julian beispielsweise aß vor jedem Spiel eine Banane, nachdem er seine Unterwäsche angezogen und zweimal auf seinen Helm geschlagen hatte. Dagegen fand sie Glückssocken beinahe harmlos.

«Ich habe das Spiel gegen die *Bears* in der Zusammenfassung gesehen. Einmal wurdest du richtig fies getackelt und bist zu Boden geworfen worden. Deiner Schulter ist aber nichts passiert, oder?»

«Alles okay.»

«Gut zu wissen.» Sie spielte mit den Fingern an ihrem Glas herum. «Für euch sieht es bisher ganz gut aus.»

Julian nickte. «Darüber ist niemand erleichterter als das Team, glaub mir. Die Jungs geben alles und wissen, was sie den Fans schulden.»

«Das heißt sicher, dass ihr euch beim Training monstermäßig die Ärsche aufreißt.» Sie grinste unschuldig. Er schnaubte nur und warf ihr einen ironischen Blick zu.

«Wenn du wüsstest, was wir durchstehen müssen, hättest du mehr Mitleid mit uns.»

«Aber sicher! Ich habe schrecklich viel Mitleid mit euch überbezahlten, begehrten und berühmten Footballspielern.»

«Dann komm doch zu unserer nächsten Yogastunde und lerne Abby kennen.»

«Ihr macht Yoga?»

Er presste sein Kinn auf die Brust und stöhnte. «Leider. Abby quält uns damit.»

«Abby? Worüber beschwerst du dich eigentlich? Ihr bekommt nicht nur traumhafte Massagen nach euren Trainingseinheiten, sondern dürft hinter einer Yogalehrerin stehen und auf ihren Hintern starren.»

«Du hast einen völlig falschen Eindruck von Footballspielern», belehrte er sie amüsiert.

«Dann kläre mich bitte auf.»

«Erstens kriegen wir Massagen nur nach den Spielen ...»

«Herrje!»

Julian schenkte ihr wegen der kleinen Unterbrechung einen lehrerhaften Blick. «Und zweitens würde keiner meiner Teamkollegen Abby auf den Hintern starren wollen.»

Auf ihren fragenden Gesichtsausdruck hin erklärte er grinsend: «Abby trägt pinke Hot Pants, bauchfreie Tops, ist absolut gelenkig und steht auf Footballspieler – leider hat er einen Schwanz und muss sich öfter rasieren als ich mich.»

«Julian!» Liv brach in Gelächter aus und schlug ihn gegen den harten Oberarm. «Ihr habt wirklich einen *schwulen* Yogalehrer?» Sie wischte sich die Tränen aus den Augenwinkeln. «Das ist das reinste Klischee.» Liv schüttelte den Kopf. «Eure Trainer haben einen tollen Sinn für Humor.»

«Das habe ich mir auch das eine oder andere Mal gedacht.»

«Jetzt fehlt eigentlich nur noch eine militante Lesbe mit Schnauzer, die euch nach den Spielen massieren soll.»

Er riss die Augen halb erschrocken, halb scherzend auf. «Sag das nicht zu laut, sonst kommt der Coach noch auf diese Idee!»

«Damit wären die *Titans* sicher die Lachnummer der Liga.»

«Vielen Dank», brummte er und seufzte anschließend.

Beide verstummten für einen Augenblick. Das letzte unangenehme Gespräch stand immer noch zwischen ihnen. Liv hoffte, dass er nicht mehr darauf zu sprechen kommen würde. Sie schämte sich zwar nicht, ihm ihre Gefühle offenbart zu haben, aber sie war nicht wirklich scharf darauf, eine weitere Abfuhr zu kassieren. Leider hatte sie kein Glück.

Mit einem zerknirschten Ausdruck im Gesicht nahm Julian ihre Hand. «Ich sollte mich bei dir entschuldigen.»

«Wofür?» Unbehaglich drehte sie den Kopf in seine Richtung.

Gehemmt spielte er mit ihren Fingern und sah zu Boden. «Du weißt, wofür. Was du gesagt hast ... mir tat die ganze Situation so leid.»

«Es ist okay», erwiderte sie und spürte, wie die Röte in ihre Wangen stieg.

«Nein.» Er schüttelte knapp den Kopf. «Es war scheiße von mir, Emma zu erwähnen.»

«Julian» – Livs Tonfall war leicht und beschwingt, auch wenn sie sich innerlich verkrampfte –, «du hast ein Recht darauf, wieder glücklich zu sein. Ich möchte sogar, dass du wieder glücklich bist. Es ist nur ...» Sie holte leise Luft und gestand flüsternd: «Es ist nur so, dass ich nicht will, dass du mit einer anderen Frau glücklich bist.»

Enttäuscht spürte sie, dass er ihre Finger losließ. Doch gleich darauf umfasste er ihr Gesicht und zog sie an sich, um sie zu küssen. Automatisch berührten ihre Hände durch den kuschligen Kaschmirpulli seine Schultern und fuhren zu seinem Hals.

Süß und zärtlich presste er seine Lippen auf ihren Mund, sanft streichelte er ihre Wangen und stöhnte leise ihren Namen, während Liv seinen Geschmack in sich aufsog und sich an ihn presste. Schauer wie kleine Stromschläge ließen sie zusammenzucken, als seine Zunge sich mit ihrer vereinte und sie aufseufzen ließ. Sein Geruch, der wundervolle Kuss und die Tatsache, dass es Julian war, der sie zärtlich umfing, vertrieben alle Gedanken, bis sie mit wohliger Leere im Kopf seinen Rücken streichelte und ihn leidenschaftlich küsste.

«Brian!» Das laute Geräusch eines zu Boden fallenden Gegenstandes sowie ein Fluch ließen sie auseinanderfahren. Der Zauber war gebrochen. Liv sah Julian beinahe entsetzt an und rückte beiseite.

«Liv…»

«Nein!» Sie spürte flammende Röte ins Gesicht steigen.

«Du hast nichts falsch gemacht», wies er sie auf das Offensichtliche hin.

«Ich muss los.» Beinahe panisch stand sie auf, ignorierte ihre weichen Knie und hätte um ein Haar die Weinflasche umgestoßen, wenn Julian nicht danach gegriffen hätte.

Am liebsten wäre er aufgestanden, aber das hätte sie noch eher in die Flucht getrieben.

«Bitte, bleib…»

«Das ist keine gute Idee.» Sie griff nach ihrer Tasche und rief mit leicht zitternder Stimme in Richtung Küche: «Claire, ich bin weg!»

«Warum das denn?» Mit einem Lappen bewaffnet kam

Claire zurück ins Wohnzimmer und sah sie mit hochgezogener Augenbraue an.

«Äh ... ich –» Mit brennenden Wangen blickte Liv zu ihrer Freundin und dann auf Julian, der ein zerknirschtes Gesicht machte. Im nächsten Moment entdeckte sie auch Brians fragende Miene hinter Claire. «Ich bin müde. Bis bald.» Hastig stürzte sie aus der Wohnung und vergaß sogar ihre Jacke.

«Müde?» Claire drehte sich zu Julian um und verschränkte vorwurfsvoll die Arme vor der Brust.

«Was hast du getan, Scott?» Brian schüttelte amüsiert den Kopf.

20. Kapitel

Liv befestigte gerade die schlichten Goldohrringe und sah sich prüfend im Spiegel an, als es an ihrer Wohnungstür klingelte. Erstaunt blickte sie auf die Uhr. Claire war sogar pünktlich, was bisher noch nie der Fall gewesen war. Da jedoch heute die Preisverleihung stattfinden sollte, hatte sich Claire vermutlich Mühe gegeben, rechtzeitig fertig zu sein. Innerlich gluckste Liv, weil sie ihrer Freundin die falsche Uhrzeit genannt hatte. Um nicht in Zeitbedrängnis zu geraten, hatte sie einfach behauptet, dass die Gala eine Stunde früher anfangen würde. Das bedeutete, dass Claire und sie eine Stunde totschlagen mussten.

«Du bist ja sogar pünktlich!», rief sie lachend, als sie die Tür öffnete.

«Natürlich bin ich pünktlich.» Julian stand in der Tür und schien verwirrt zu sein.

«Was tust du denn hier?», fragte Liv fassungslos, nachdem sie ihre Sprache wiedergefunden hatte.

Julian lachte und trat wie selbstverständlich ein. «Ich begleite dich auf die Gala, was sonst?»

Nervös und mehr als irritiert schloss Liv die Tür. Seit der letzten Woche, als sie sich auf Claires Fußboden geküsst hatten, hatte sie ihn weder gesehen noch von ihm gehört. Sie verstand nicht, weshalb er in einem dunklen, eleganten Anzug vor ihr stand und anscheinend davon ausging, sie am heutigen Samstagabend auf die Gala zu begleiten.

«Das war doch mit Claire abgemacht.» Nun runzelte auch

er die Stirn. «Sie hat mich gestern angerufen, weil sie doch die Grippe hat.»

«Moment.» Liv sah ihn sprachlos an. «Vor drei Stunden habe ich mit ihr telefoniert, Julian. Da erzählte sie mir noch von der Frisur, die sie sich heute machen wollte.»

«Und Brian hat mir heute Morgen beim Training erzählt, dass die arme Claire hohes Fieber und Husten wie eine Tuberkulosekranke hätte.» Zynisch hob er eine Augenbraue. «Kann es sein, dass diese Amateurgauner uns ausgetrickst haben?»

Liv stöhnte. Eigentlich hätte es sie sofort misstrauisch machen sollen, dass Claire sie nicht wegen ihres hastigen Aufbruchs in der letzten Woche gelöchert hatte. Was hatte sie sich bloß dabei gedacht, Julian anzubetteln, seine Exfrau zu begleiten? Sie war kein Fall für die Wohlfahrt! Was musste er jetzt von ihr denken? Dass sie keine männliche Begleitung für eine Preisverleihung gefunden hatte? Aufgebracht schoss ihr die Frage in den Kopf, was seine Freundin wohl davon hielt, dass er seine Exfrau begleiten musste. Sicherlich lachte sie sich über Liv halbtot, oder – was noch schlimmer war – sie hatte Mitleid mit ihr.

«Es tut mir leid, dass sie dich angelogen haben.»

«Muss es nicht.» Grinsend lehnte er sich mit der Hüfte gegen die Wand und betrachtete sie von oben bis unten.

Sofort errötete sie. «Du musst nicht mitkommen ...»

«Es ist mir eine Ehre», versicherte er ihr ernst, nahm ihre Hand und drückte einen bewundernden Kuss darauf. «Liv, du siehst phantastisch aus!»

«Danke.» Sie biss sich auf die Lippen und fluchte sofort innerlich, weil sie an den roten Lippenstift dachte, den sie gerade aufgetragen hatte. «Entschuldigst du mich kurz?»

«Natürlich.» Galant ließ er ihre Hand los.

Liv floh in ihr Schlafzimmer und schnappte sich dort aus der bereits gepackten Clutch ihr Handy, mit dem sie das Badezimmer betrat. Nach dem ersten Klingeln hörte sie schon die fröhliche Stimme ihrer Freundin.

«Das ist nicht witzig!»

«Komm schon. Wir wollten dir nur einen Gefallen tun.» Claire gluckste amüsiert und schien sich in der Rolle der Kupplerin zu gefallen.

«Es ist nicht witzig», wiederholte Liv und lief Gefahr, gleich in Tränen auszubrechen.

«Hey, Schätzchen.» Claire klang beunruhigt. «Was ist los?»

Tief durchatmend starrte Liv ihr Spiegelbild an und klagte mit bebender Stimme: «Verstehst du nicht, dass es mir nicht leichtfällt, den Abend mit Julian zu verbringen? Allein?»

«Das ist doch eine wunderbare Gelegenheit –»

«Wir sind geschieden», zischte sie in den Hörer und hoffte nur, dass Julian nichts hören konnte.

«Viele geschiedene Ehepaare sind noch Freunde. Manche verlieben sich auch wieder ineinander.»

«Claire!» Mit beherrschter Stimme bat sie: «Misch dich da nicht ein!»

«Zu spät.» Ihre Freundin klang beinahe schadenfroh.

«Das verzeihe ich dir nicht!» Wütend legte Liv auf und stellte das Handy auf lautlos. Als keine zwei Sekunden später Claires Name im Display erschien, ignorierte Liv es und machte sich daran, ihr Make-up zu überprüfen. Nicht nur wegen dieser eingefädelten Farce verfluchte sie die Freundin, sondern auch dafür, sie zu diesem Kleid und dieser Frisur überredet zu haben. Mittlerweile war sie sich nicht mehr sicher, passend gekleidet zu sein.

Das knappe Kleid reichte nur gerade bis zu den Knien, hatte lediglich minimale Ärmel und bestand aus vielen unregelmäßigen Stoffbahnen, die wie metallene Plättchen aussahen und locker übereinanderfielen. Zwar war es hochgeschlossen und verdeckte sogar das Schlüsselbein, aber mit den offenen

Locken, den roten Lippen, dunklen Strümpfen und unerhört hohen schwarzen Schuhen hätte sie auch auf ein Rockkonzert gehen können. Das Kleid mit dem Metallicton, der eine Mischung aus Gold und rötlichem Kupfer war, hatte ihr bereits auf dem Bügel im Geschäft gefallen. Ohne Claires Zuspruch hätte sie es jedoch niemals für diesen Anlass gekauft. Ihr Boss würde mit ihr am Tisch sitzen ebenso wie Harm ... O Gott! Was hatte sich Claire dabei bloß gedacht? Julian hatte Harm bei ihrer letzten und einzigen Begegnung als Pisser beschimpft und ihm mit Schlägen gedroht, sollte er sie, Liv, anfassen. Am Ende des Abends wäre sie sicher arbeitslos!

Mit einem unguten Gefühl nahm sie den Lippenstift von der Ablage und steckte ihn zusammen mit dem Handy in ihre schwarze Clutch, bevor sie wieder ins Wohnzimmer ging, wo Julian gerade sein Handy in der Manteltasche verschwinden ließ.

«Brian hat angerufen und gesagt, du willst nicht, dass ich dich begleite», sagte er ohne Einleitung und sah sie fragend an.

Es ging hier bestimmt nicht darum, was sie wollte. Denn was sie im Grunde ihres Herzens wollte, war, ihm die schmale schwarze Krawatte aus dem Kragen seines weißen Hemdes zu ziehen, das Sakko herunterzureißen, ihn auf die Couch zu stoßen und zu küssen, bis sie beide nach Luft schnappen mussten.

«Ich bin nur sauer, dass Claire und Brian solche Spielchen spielen.» Sie seufzte. «Du musst dich nicht verpflichtet fühlen, meine Begleitung zu spielen, weil Claire dir auf die Mitleidstour kam.»

Er trat mit grimmiger Miene auf sie zu. «Irgendwie komme ich zu der Ansicht, dass du mich nicht dabeihaben willst.»

Und ob sie das wollte! Aber Liv wusste auch, dass ihr sehnsüchtiger Wunsch, Julian bei sich zu haben, ein Wunsch bleiben würde. Er war mit jemandem liiert und hatte die Scheidung überwunden. Dass er sie heute begleitete, hieß nur, dass er vorübergehend bei ihr war – als ihr Kumpel, ohne dass es etwas bedeutete.

«So ist das nicht. Ich möchte dir nur keine Umstände bereiten.»

«Liv», sagte er ernsthaft, «darf ich dich bitte heute Abend begleiten?»

Sie nickte nach kurzem Zögern. Was machte es jetzt noch aus?

«Wunderbar.» Julian schien erleichtert zu sein. «Hast du alles?»

«Wir sind sehr früh dran», gestand sie, «Claire kommt immer zu spät, deshalb habe ich ihr eine frühere Zeit genannt.»

Schelmisch reichte er ihr einen Arm. «Unten wartet ein Wagen auf uns. Dass wir früh dran sind, stört mich nicht. Dann kann ich länger mit dir angeben.»

«Julian ...» Sie sah ihn unsicher an und musste sich mit Macht davon abhalten, auf der Unterlippe zu nagen, um den Lippenstift nicht zu verschmieren. «Mal ehrlich, bitte. Ist das Kleid nicht zu unpassend für eine Gala?»

Er blieb stehen und ließ seine Blicke nachdenklich über die langen Beine und das aufregende Kleid wandern. «Nein.»

Verzweifelt packte sie seinen Unterarm. «Ich will mich nicht blamieren!»

«Baby» – sein Gesicht drückte Ernst und gleichzeitig Amüsement aus –, «du bist wunderschön, absolut passend gekleidet und die schärfste Architektin, die ich mir vorstellen kann.»

Trotz ihrer Verzweiflung musste sie am Rande einer hysterischen Panik lachen. «O Gott! Der Abend wird ein Desaster!»

Formvollendet hielt er ihr den Mantel hin, öffnete jede Tür für sie und hatte eine schwarze Limousine bestellt, die sie zur Gala nach Downtown brachte. Obwohl sie relativ früh da waren, füllte sich der Saal bereits, und auch an der Garderobe gab es eine Schlange, in die sie sich einreihten, um ihre Mäntel abzugeben. Julians Erscheinung war generell eine Attraktion, weil gut aussehende, muskulöse Männer mit einer Größe von über 1,90 Meter und schokoladenbraunen Augen nicht auf den Bäumen wuchsen. Aber bekleidet mit einem schwarzen Maßanzug und dezent zerzausten blonden Haaren zog er mehr bewundernde und lechzende Blicke auf sich als eine Sahnetorte bei einem Weightwatchers-Treffen.

Dass er Liv seine volle Aufmerksamkeit schenkte, ließ sie innerlich verglühen.

«Möchtest du an der Bar etwas trinken?»

Ein Drink klang himmlisch, also nickte sie und spürte seine Hand an ihrem Rücken, als er sie durch das Gedränge eskortierte. An der Bar bestellte er einen Cosmopolitan für sie und einen Wodka Tonic für sich selbst. Liv nippte nervös an ihrem Glas und sah sich unbehaglich um. Bis jetzt hatte sie verdrängen können, dass alle Menschen hier sie auf der Bühne anstarren würden, während sie sich beim Komitee bedanken und eine kurze Rede halten würde. Plötzlich fühlte sie sich wieder wie Anfang zwanzig, als sie das erste Referat halten musste und vorher vor Aufregung beinahe gebrochen hätte.

«Du wirst doch kein Lampenfieber bekommen?» Julians Lippen verzogen sich zu einem sinnlichen Lächeln, als könnte er ihre Gedanken lesen. «Das ist dein Abend. Genieße es.»

«Hmm … ich schlottere vor Angst», gestand sie.

«Das musst du nicht.» Lässig hielt er sein Glas in der einen Hand und streichelte mit der anderen über ihr Handgelenk. «Du hast den Preis verdient, du siehst phantastisch aus und musst nichts anderes tun als dich kurz und knapp bedanken.»

Sie lächelte schwach. «Bist du dir sicher?»

«Glaub mir» – seufzend trank er seinen Drink aus und bestellte einen neuen –, «in den letzten Jahren musste ich an mehr Galas, Abendveranstaltungen und Preisverleihungen teilnehmen, als ein einziger Mensch eigentlich verkraftet. Die meisten Anwesenden hier wollen einfach nur gesehen werden und erhoffen sich, mit einem Bild in der Zeitung zu landen. Je länger du oben stehst und sprichst, desto länger hältst du sie vom Essen ab. Mach es kurz und knackig, dann werden sie dir zu Füßen liegen.»

«Du machst mir wirklich Mut!» Lachend entfernte sie einen kleinen Fussel von seinem Ärmel. «Aber danke für den Tipp.»

Wenig später gingen sie zu ihrem Tisch, an dem bereits Mr. Morris mit seiner Frau sowie Harm nebst Begleitung saßen. Ihr Chef sah mit seiner roten Fliege, dem weißen Hemd, unter dem sich ein enormer Bauch versteckte, und einem schwarzen Blazer eher wie der Direktor eines Zirkus aus, aber sein herzliches Wesen und die warmen Augen dominierten seine Erscheinung zu sehr, als dass man seiner Kleidung größere Beachtung geschenkt hätte. Seine Frau versteckte die zusätzlichen Pfunde in einem schwarzen Kleid, das ihr unglaublich gut stand. Liv fand, dass Adele Morris für eine Frau von Mitte sechzig sehr gut aussah und wesentlich jünger wirkte.

Harms Begleitung dagegen fiel unangenehm auf. Ihr wasserstoffgefärbtes Haar trug sie zu einer aufgebauschten Frisur, die durch den grellen Farbton sehr künstlich wirkte. Künstlich wirkten auch die zu volle Oberlippe und die zu großen Brüste, die schier aus dem tiefen Ausschnitt des dunkelroten Abendkleids zu fallen drohten. Neben Harm und seiner dezenten Abendgarderobe fiel die stark geschminkte Blondine an seiner Seite wie ein bunter Hund auf.

Liv stellte ihren Tischnachbarn Julian vor, unterließ es jedoch, ihn als ihren Exmann zu bezeichnen, und bemerkte mit Vergnügen, wie höflich und charmant er ihrem Boss und seiner Frau gegenüber war. Plötzlich war sie Claire dankbar, Julian gebeten zu haben, sie zu begleiten.

Mr. Morris schien hellauf begeistert zu sein, Julian an seinem Tisch sitzen zu haben, weil er *Titans*-Fan war, während seine Frau sich von Julians Charme becircen ließ. Harm dagegen begrüßte ihn zwar, beobachtete ihn jedoch kritisch und zweifelnd, bevor er ihnen seine Begleitung vorstellte, die sich als die Schwester seiner Freundin Meredith entpuppte. Dass Liv die familiären Bande nicht gleich aufgefallen waren, schien nicht weiter verwunderlich, da beide Schwestern anscheinend Anhängerinnen von kosmetischer Chirurgie waren, die jegliche Familienähnlichkeit beseitigt haben musste.

«Oh, Sie sind Merediths Schwester.» Liv sah die Blondine über den Tisch hinweg neugierig an, während Julian ihr den Stuhl zurechtrückte und sich anschließend neben sie setzte.

«Ja.» Sie lächelte mit viel zu großen Zähnen unnatürlich. «Meredith hat mir schon viel von Ihnen erzählt.» Sie wirkte bemüht freundlich, konnte jedoch ihre abschätzigen Blicke kaum verbergen. Anstatt sich um Harm zu kümmern, machte sie lieber Julian schöne Augen und vergaß ihren Begleiter, dessen Gesicht immer finsterer wurde. Julian jedoch ignorierte die Blondine mit dem spektakulären Vorbau, der sicher einiges gekostet hatte, soweit es die Höflichkeit zuließ, und plauderte unverfänglich mit den anderen Gästen.

Liv wusste nicht, was sie davon halten sollte, dass er irgendwann seinen Arm auf die Rückenlehne ihres Stuhls legte und gedankenverloren ihren Oberarm streichelte, während Mr. Morris ihn über das letzte Spiel, das erst vorgestern ausgetragen worden war, befragte. Als sie den giftigen Blick der Blondine bemerkte, hätte sie vor Freude beinahe gejubelt und rückte automatisch näher zu ihrem Begleiter, der eine lässige Ungezwungenheit ausstrahlte und unverfänglich mit ihrem Chef plauderte. Julian bestellte einen Weißwein für sie und lenkte das Thema dann auf Livs Auszeichnung, um sie zu loben.

Mr. Morris, den Julian bereits Gregor nennen sollte, und Harm lobten Livs Arbeit und ihr Engagement für das Museum, wobei sie eher den Eindruck hatte, als täte Harm es lediglich, um Julian in nichts nachzustehen. Immer wieder schien sich sein Gesicht zu verfinstern, wenn Julian das Wort hatte oder ihm eine Frage gestellt wurde.

Erleichtert stellte Liv fest, dass von Julians Seite aus keine Gefahr drohte und er Harm völlig normal behandelte. Die Angst, dass es zu einem Skandal kommen könnte, verschwand urplötzlich, und sie konnte sich entspannen, denn trotz des schmollenden Harm und der biestigen Blondine herrschte eine ausgelassene und heitere Stimmung am Tisch.

Kurz darauf wurde die Veranstaltung mit einer längeren Rede über die Organisation und die Bedeutung der Architektur New Yorks eröffnet. Anscheinend fand die Preisverleihung vor dem Essen statt, was Liv sehr recht war, weil sie dann nicht die ganze Zeit wie auf heißen Kohlen saß. Als sie als letzte Preisträgerin aufgerufen wurde, war ihr Kopf wie leergefegt. Panisch überlegte sie, was sie gleich sagen sollte, und erhob sich, während Julian ihr den Stuhl nach hinten rückte. «Du machst das schon», flüsterte er ihr aufmunternd zu.

Mit einem gequälten Gesichtsausdruck lächelte sie ihm zu und machte sich mit zitternden Beinen auf den Weg zur Bühne.

Julian lehnte sich auf seinem Stuhl zurück und betrachtete wohlwollend seine Exfrau, die mit glühenden Wangen auf der Bühne stand und ihren Preis entgegennahm. Gegen die Wärme, die in ihm aufstieg, konnte er nichts tun, also blickte er weiterhin nach vorn, um Liv zu beobachten. Sie sah wunderschön aus und übertraf seiner Meinung nach alle anwesenden Frauen, was Ausstrahlung und Aussehen betraf, um Längen. Ihr unkonventionelles Kleid ließ sie regelrecht erstrahlen und gefiel ihm nicht nur durch die spektakuläre Sicht auf ihre schlanken Beine, sondern weil es ihren übersprudelnden Charakter unterstrich, den er endlich wieder in ihr erkennen konnte. Sie war wieder sie selbst – eine aufgeweckte, humorvolle und quicklebendige Frau mit funkelnden Augen und einem breiten Lächeln auf den Lippen. Wie sehr er sie vermisst hatte, wurde ihm schon seit einiger Zeit immer bewusster. Anfangs hatte er sich dagegen gewehrt, weil er sich eingeredet hatte, mit Liv abgeschlossen zu haben und ein neues Leben beginnen zu wollen. Aber der heutige Abend öffnete ihm einmal mehr die Augen, dass Liv ihm immer noch etwas bedeutete.

Als sie ans Podium trat, um ihre Dankesrede vorzutragen, suchte sie seinen Blick, was ein seltsames Flattern in seiner Brust auslöste. Aufmunternd zwinkerte er ihr zu und sah sofort, wie sich Erleichterung auf ihrem Gesicht ausbreitete. Dass sie seine Unterstützung brauchte, machte ihn froh, obwohl er nicht sagen konnte, weshalb das so war. Brians Bitte, Liv anstelle von Claire zu begleiten, hatte er natürlich nicht abschlagen können, aber er war unsicher gewesen, wie sie sich beide nach dem missglückten Abend, an dem Liv wegen seines Kusses geflohen war, verhalten würden.

Fasziniert starrte Julian auf ihren lächelnden Mund, während sie ihre Dankesworte vortrug, und rutschte auf seinem Stuhl hin und her, weil Liv ein heißes Prickeln in seinem Unterleib verursachte. Um sich von ihrem zu verführerischen Anblick abzulenken, ließ er den Blick über die anderen Gäste schweifen und blieb an der aufgedonnerten Blondine hängen, die ihn mit glasigen Augen und aufgeworfenen Lippen kokett ansah. Anstatt dem Geschehen auf der Bühne ihre Aufmerksamkeit zu schenken, blickte sie ihn offen an und signalisierte ihre Bereitschaft, ein kleines Schäferstündchen mit ihm einzulegen. Julian griff nach seinem Glas, wendete den Blick von der plötzlich irritierten Femme fatale ab und trank einen Schluck, während er wieder Liv lauschte.

Mit roten Wangen kehrte sie kurz darauf an den Tisch zurück, zeigte zurückhaltend ihre Auszeichnung herum und setzte sich hin, nachdem er ihr den Stuhl zurechtgerückt hatte.

Als würde er dort hingehören, legte Julian seinen Arm um ihre Stuhllehne und beugte sich zu ihr. «Du bist tatsächlich errötet, Süße.»

«Du Flegel.» Verlegen fuhr sie sich über die Wange.

Er lachte rau auf. «Du hast dich phantastisch gemacht.»

«Das sagst du ja nur, um mich zu trösten.»

Amüsiert verdrehte Julian die Augen. «Du glaubst mir nie, wenn ich dir ein Kompliment mache, Liv. Ganz im Ernst, du hast dich sehr gut geschlagen. Abgesehen davon, dass du unglaublich scharf aussiehst und die hübscheste Preisträgerin bist.»

Tiefe Röte schoss ihr erneut ins Gesicht. Bevor sie ihn jedoch anblaffen konnte, wurde der erste Gang serviert. Der Salat mit Meeresfrüchten schmeckte ausgezeichnet. Während Julian seine Artischockenherzen auf Livs Teller verfrachtete, schließlich aß sie die so gern, begann dieser aufgeblasene Harm ein Gespräch über neue Baugenehmigungen, Etatprobleme und Terminverzögerungen. Obwohl Julian wusste, dass Liv keine richtige Beziehung zu dem Mann geführt hatte, stieg rasende Eifersucht in ihm hoch, während er verstohlen diesen wichtigtuerischen Waschlappen beobachtete. Es kribbelte beinahe in seinen Fingern, ihm eins aufs Maul zu geben und das tadellos gepflegte Gesicht mit einem Veilchen zu verzieren. Mit spitzen Fingern hielt dieser Mistkerl sein Weinglas in den Händen und schwadronierte über experimentelle Kunst, während seine perfekt manikürten Fingernägel sichtbar wurden. Männer, die zur Maniküre gingen, sich die Haare gelten und Kunstliebhaber waren, mussten – sofern sie nicht schwul waren – absolute Weicheier sein. Julian waren Männer, die nicht ordentlich fluchen konnten, nicht gern einen über den Durst tranken und zu großen Wert auf ihre äußere Erscheinung legten, ziemlich suspekt. Harm schien genau in diese Kategorie zu fallen.

Mr. Morris hörte seinem Geschäftspartner zwar zu, aber an seinem leicht genervten Blick erkannte Julian deutlich, dass er sich ein besseres Gesprächsthema für den heutigen Abend vorgestellt hatte. Aus tiefstem Herzen musste er dem älteren Mann zustimmen.

«Wie macht sich Ihr Coach, Julian?»

Dankbar, dass Mr. Morris das Thema endlich wechselte, zwinkerte Julian. «Er ist ein toller Trainer. Streng auf dem Trainingsplatz und sehr menschlich außerhalb.»

«Gibt es kein Respektproblem innerhalb des Teams? Schließlich ist Brennan nur wenig älter als die meisten Spieler.»

«Er ist unser Coach.» Julian zuckte mit der Schulter und schob seinen Teller von sich. «Das stellt niemand in Frage, weil allein sein Wissen und Können den Spielern Respekt abverlangt. Eigentlich ist sein junges Alter ziemlich nützlich, weil er auf einer Wellenlänge mit uns ist.»

Mrs. Morris sah fragend auf. «Man hört die wildesten Geschichten über John Brennan, Julian. In seiner Ehe soll ja nicht alles glatt laufen. In einem Klatschmagazin stand, dass sie nur wegen des Kindes geheiratet hätten.»

Julian blickte sie wenig überrascht an. «Glauben Sie bitte nicht, was in der Presse alles über ihn geschrieben wird, Adele. Ich möchte ihr Privatleben nicht groß kommentieren, aber John und Hanna Brennan lieben sich sehr.»

«Meine Frau ist leidenschaftliche Leserin von Klatschmagazinen.» Gregor Morris sah seine errötende Ehefrau amüsiert an.

«Da muss ich ja aufpassen, was ich erzähle.» Julian zwinkerte ihr über den Tisch hinweg zu.

«Tun Sie das, mein Junge.» Gregor Morris lachte jovial.

«Gregor, du bist unmöglich!» Entschuldigend sagte Adele zu Julian: «Hören Sie nicht auf meinen Mann. Ich war einfach nur neugierig, ob alles stimmt, was man ständig über die beiden zu hören bekommt.»

«Zwar kenne ich Hanna Brennan nicht sehr gut und habe sie nur einige Male getroffen, aber wenn man den Coach und seine Frau privat erlebt, sieht man, wie gut sie sich verstehen.»

«Angeblich soll er bereits die Scheidung eingereicht haben!» Die Blondine schien glücklich zu sein, endlich etwas zur Unterhaltung am Tisch beitragen zu können, und zog sich sogleich Julians durchdringenden Blick zu.

«Das kann ich mir nicht vorstellen.»

«Aber...»

Liv räusperte sich. «Ich habe John Brennan und seine kleine Tochter kennengelernt. Vermutlich gibt es keinen Mann, der mehr in seine Tochter vernarrt ist und der liebevoller über seine Frau spricht als ihn.»

«Außerdem war er ein grandioser Quarterback», warf Gregor Morris ein, «eine Legende in New York.»

«Wir sind auch sehr froh, ihn unseren Trainer nennen zu können», antwortete Julian diplomatisch, «wenn Sie mal Kartenwünsche haben, Gregor, sagen Sie mir einfach Bescheid – oder richten Sie es mir über Liv aus.»

Der Salat wurde abgeräumt, während sich Mr. Morris überschwänglich für das Ticketangebot bedankte und freudestrahlend nickte.

Sobald der Hauptgang aufgetragen wurde, fragte Adele Morris das andere Paar darüber aus, wie sie sich kennengelernt hatten. Julian bemerkte, dass sie die Aufmerksamkeit anscheinend gerechter verteilen wollte, da ihr Mann ihn wie einen verlorenen Sohn mit Zuneigung überhäufte. Ihm machte es allerdings wenig aus, weil er damit vertraut war, in Gesellschaften über seinen Beruf zu sprechen.

Die Blondine – Julian hatte ihren Namen vergessen – berichtete von ihrer anstrengenden Scheidung und der unvermeidlichen gerichtlichen Auseinandersetzung mit ihrem Exmann in spe, der um das Sorgerecht für den gemeinsamen zweijährigen Sohn Adrian kämpfte. Während ihrer Ausführungen spürte Julian, wie Liv ihn unter dem Tisch anstieß und bedeutungsvoll zu der Blondine hinüberblickte. Er verstand sofort und nickte mit verdrehten Augen.

«Um mich auf andere Gedanken zu bringen, hat also meine liebe Schwester Harm angeschleppt und uns bekanntgemacht.» Sie lachte mit durchdringender Stimme, die Julian in den Ohren wehtat.

«Wie nett.»

«Eine Scheidung ist die Hölle», seufzte die aufgedonnerte Blondine, «vor allem, wenn Kinder im Spiel sind.»

Adele Morris nickte verständnisvoll. «Ja, die armen Kleinen...»

«Puh! Wegen Adrian muss ich immer noch Kontakt zu meinem Ex haben», beschwerte sich die Blondine fast angewidert, «ständig ruft er an und belästigt mich, weil er den Jungen sprechen will. Adrian ist erst zwei und kann noch gar nicht richtig sprechen!»

Man sah Harm, der stoisch auf sein Hühnchen mit Risotto starrte, an, dass er gar nicht glücklich über den Verlauf des Abends war. Julian fand, dass er es nicht anders verdient hatte, wenn er solch eine High-Society-Zicke anschleppte.

«Hmm ...» Adele gab einen unverbindlichen Laut von sich und blickte wieder zu Liv, die gerade Julian ihr restliches Hühnchen auf den Teller schob, weil sie wusste, dass er von der kleinen Portion noch nicht satt sein konnte. Er dankte es ihr mit einem breiten Lächeln.

«Und Sie, meine Liebe? Wie lange kennen Sie Ihren feinen Begleiter bereits?»

«Oh!» Sie lachte und strich sich eine Locke hinter die Ohren. «Mein halbes Leben.»

«Liv, du übertreibst wieder maßlos.» Julian sah höflich in die Runde. «Wir kennen uns seit knapp zwölf Jahren.»

Adele Morris machte große Augen.

Leicht verlegen erklärte Liv lapidar: «Julian und ich waren früher verheiratet.»

Damit schockte sie nicht nur ihren Boss und seine Frau, die den Bürotratsch anscheinend nicht gehört hatten, sondern verwunderte auch Julian, weil er nicht damit gerechnet hätte, dass sie ihre Ehe erwähnen würde.

«Wir waren bereits auf der Universität ein Paar», fügte er hinzu.

«Es ist ganz außergewöhnlich» – Adele sah zwischen beiden hin und her, die harmonisch nebeneinandersaßen –, «dass Sie sich immer noch so gut verstehen.»

«Wir geben uns Mühe», lachte Julian und machte sich über Livs Hühnchen her.

Weder er noch Liv sagten ein weiteres Wort zu dem Thema, was alle anderen am Tisch als Wink mit dem Zaunpfahl verstanden – bis auf die Blondine, die leicht hochnäsig erklärte: «Sich scheiden zu lassen, wenn keine Kinder im Spiel sind, ist auch keine große Angelegenheit.»

Mr. Morris sah sie mit gerunzelter Stirn an. «Scheidungen sind immer schmerzlich.»

«Wenn mein Sohn nicht wäre, würde ich keinen Gedanken mehr an meinen Ex verschwenden.» Sie taxierte den älteren Mann mit einem abschätzigen Blick, den Julian ziemlich dreist und unhöflich fand. «Heutzutage heiraten Menschen und lassen sich problemlos wieder scheiden. Nach einer verkorksten Ehe Freunde zu bleiben, wenn es keine Streitpunkte gibt, ist doch keine große Sache.»

Nun sah Julian interessiert auf und schob seinen leeren Teller beiseite, bevor er die Arme vor der Brust verschränkte.

«Wie meinen Sie das, Camille?», fragte Gregor Morris.

«Wenn mein Ex und ich kein Kind hätten, würden wir uns sicher auch noch verstehen. Ohne Kinder kann man sich schließlich ratzfatz scheiden lassen.»

«Es gibt viele kinderlose Ehen, die nicht problemlos geschieden werden können.»

«Gregor», mahnte seine Frau seufzend, «das Thema ist unpassend bei Tisch.»

Eigentlich fand Julian es gar nicht unpassend, aber er war auch nicht besonders erpicht darauf, dass die dümmliche Blondine namens Camille weiterhin über kinderlose Ehen sprach, weil er sicher war, dass das Thema Liv verletzte. Er wollte nicht, dass ihr Abend dadurch zerstört wurde, dass man sie an Sammy und ihre Scheidung erinnerte.

Anstatt das Thema jedoch fallenzulassen, legte Camille erst richtig los. «Natürlich hasse ich meinen Ex nicht wirklich, aber weil wir uns immer über Adrian streiten, kann ich ihn nicht mehr leiden. Manchmal wünsche ich ihn zum Teufel.»

Liv verschluckte sich an ihrem Wein, woraufhin Julian amüsiert auf ihren Rücken klopfte.

«Camille, meine Gute, möchtest du noch einen Drink?» Ihr Tischnachbar sah sie flehend an.

Der halbherzige und missglückte Versuch dieses Waschlappens, seine nervige Begleitung zu zügeln, rang Julian einen angewiderten Blick ab. Harm Michaels war ein absoluter Warmduscher.

«Nein, danke.» Als hätte sie sich noch nicht genug blamiert, zeigte sie auf ihn. «Nehmen Sie beispielsweise Harm, Mr. Morris. Seine Frau und er streiten sich immer noch über die gemeinsamen Kinder. Sie reden nicht einmal mehr miteinander!»

«Zum Dessert soll auch Kaffee gereicht werden», warf Liv ein, um von dem Thema abzulenken. Julian sah sie spöttisch an und hätte beinahe gelacht.

«Olivia» – Camille sah sie fragend an –, «sehen Sie es nicht auch so?»

«Wie bitte?»

Camille verdrehte die Augen und wiederholte langsam, als spräche sie mit einem zurückgebliebenen Kind: «Glauben Sie nicht auch, dass Kinder eine Scheidung verkomplizieren?»

«Äh ...» Sie blickte verlegen in die Runde. «Da kann ich nicht mitsprechen.»

«Dann stellen Sie es sich einfach vor!»

Bevor Liv etwas antworten konnte, erklärte Julian bestimmt: «Die Diskussion ist jetzt beendet.» Er wollte nicht hier sitzen und mit ansehen, wie diese dumme Frau Liv durch penetrantes Nachfragen verletzte und aufwühlte. Am liebsten hätte er Harm Michaels in den Arsch getreten und befohlen, seiner Begleiterin den aufgespritzten Mund zu stopfen.

Camille runzelte die Stirn. «Nur weil Sie keine Kinder haben und daher eine perfekte Scheidung hatten, müssen Sie sich nicht aufspielen.»

Er spürte, wie er wütend wurde. Wenn er provoziert wurde, konnte er für nichts garantieren. Liv wusste das und legte ihm eine Hand auf den Oberschenkel.

«Liebe Camille», presste er zynisch durch die Zähne, «sprechen Sie nicht von Dingen, von denen Sie keine Ahnung haben.»

«Das gilt auch für Sie!» Camille ließ sich auch von Harm, der ihr etwas ins Ohr flüsterte, nicht bremsen. Vergessen waren die verführerischen Blicke, die sie Julian kurz zuvor noch zugeworfen hatte.

Julian blickte in Livs leicht entsetztes Gesicht und schwieg, obwohl er der Frau gern seine Meinung gesagt hätte. Dankbar drückte sie sein Knie und lächelte.

Wütend stieß Camille aus: «Ohne Kinder ist eine Ehe keine richtige Ehe. Er hat mir gar nichts zu sagen.»

«Wie bitte?»

«Sie waren vielleicht verheiratet, aber Sie können *meine* Scheidung nicht nachvollziehen, weil Sie keine Kinder miteinander haben!» Triumphierend verzog sie den Mund.

Julian holte entsetzt Luft und war kurz davor, dieser Frau ins Gesicht zu sagen, was er von ihr hielt, aber Livs Hand auf seinem Knie drückte fest zu. Er drehte den Kopf zu ihr und sah ihren Blick. Sofort wusste er, dass sie den anderen nicht von Sammy erzählen wollte. Und sie wollte auch nicht, dass er es verriet.

Sein Herzschlag beruhigte sich wieder, und seine Wut legte sich abrupt.

«Entschuldigen Sie uns?» Liv lächelte, stand auf und reichte ihm ihre Hand. «Wir wollen uns kurz die Beine vertreten.»

Julian erhob sich ebenfalls, nahm ihre Hand und zog sie zur abseitsgelegenen Bar. Er konnte sehen, dass sie mühsam ein Zittern unterdrückte.

«Alles okay?»

Sie nickte und schenkte ihm ein wackliges Lächeln. «Danke, dass du nichts gesagt hast. Ich habe dir angesehen, dass du sie am liebsten in der Luft zerrissen hättest.»

«Diese Frau ist ein dummes Miststück», urteilte er und umschloss ihr Kinn mit seiner Hand. «Geht es dir wirklich gut?»

«Ja, mir geht es gut.» Ihre grünen Augen forschten in seinen. «Warum hast du ihr nicht gesagt, dass sie sich irrt – dass wir ein Kind hatten?»

Er senkte den Blick. «Weil es dir vielleicht weh getan hätte.»

Liv biss sich auf die Lippen – überwältigt von Gefühlen, die sie nicht einordnen konnte. Da war das Bedürfnis, sich in seine Arme zu stürzen, weil er sie beschützt hatte, weil er sich um sie sorgte und weil er ihr ein wunderbares Gefühl gab, wenn er sie aus seinen dunkelbraunen Augen ansah. Andererseits zog sich ihr Herz zusammen, wenn sie daran dachte, dass der Abend vergänglich war, weil Julian nicht mit ihr nach Hause gehen, sondern zu seiner Freundin zurückkehren würde.

«Dir wäre es sicher nicht recht gewesen, wenn ich vor allen Leuten von Sammy erzählt hätte», unterbrach seine leise Stimme ihre Gedankengänge.

«Danke.» Sie seufzte.

Er vergrub eine Hand in der Hosentasche. «Die Frau hat mich auf die Palme gebracht.»

«Mich auch.» Liv umfasste ihre Clutch mit beiden Händen. «Ich bin dir dankbar, dass du trotzdem nichts gesagt hast.»

Weil er die Melancholie und Sehnsucht in ihrem Blick sah, fuhr sein Daumen zärtlich über ihre Wange. «Dein großer Abend ist ruiniert.»

«Ein wenig...» Ihre Stimme klang müde und abgespannt.

«Würde es dich aufmuntern, wenn ich vorschlage, mir den Hintern zu versohlen?»

«Das würde vermutlich nur dich aufmuntern.» Sie stieß die Luft aus und musste dann doch lächeln, was Julian erleichtert bemerkte.

Er trat nahe an sie heran, legte seine Hände auf ihren Rücken und senkte den Kopf, um zu flüstern: «Wenn du gehen willst, wird es dein Boss verstehen.» Der liebliche Duft ihres Parfüms stieg ihm in die Nase und benebelte seinen Kopf ein wenig.

«Ich lasse mich nicht in die Flucht schlagen.»

Mit einem bewundernden Blick führte er sie wieder zu dem Tisch, an dem niemand ein Wort sprach. Camille war auf die Toilette gegangen, Harm saß mit unzufriedener Miene da, und das ältere Ehepaar sah sich unsicher an.

Julian gab ein paar lustige Anekdoten von sich, um die Stimmung aufzuheitern, aber das verdrießliche Gesicht von Camille, die sich Unmengen Lipgloss auf den Mund geschmiert hatte und mit schmollender Miene an den Tisch zurückgekehrt war, bremste den allgemeinen Redefluss erheblich. Auch das himmlische Dessert, ein warmes Schokoküchlein mit kandierten Früchten und Karamellsauce, das kurz darauf aufgetischt wurde, hob die Stimmung kaum.

Liv war der Appetit vergangen, weshalb sie Julian ihr Küchlein auf den Teller schob. Genießerisch verschlang er es und sah sie dankbar an. Beim Kaffee unterhielt er sich mit ihrem Chef über die derzeitige Auftragslage in der Baubranche, die unter der Wirtschaftskrise gelitten hatte. Niemand sonst beteiligte sich an dem Gespräch. Glücklicherweise verabschiedete sich Harm bald darauf und nahm seine schreckliche Begleitung mit.

«Hoffentlich bringt er diese Frau kein weiteres Mal mit», urteilte Gregor Morris und sprach den anderen damit aus der Seele.

Das ältere Ehepaar ging wenige Minuten später ebenfalls nach Hause und ließ Liv mit Julian allein zurück. Sie blieben am Tisch sitzen und atmeten beide erst einmal durch.

«Das war ein grandioser Abend.» Julian lehnte sich zurück und verzog mürrisch das Gesicht. «Die Preisverleihung haben wir dir wirklich versaut.»

«Hast du nicht» – auch Liv lehnte sich zurück –, «es war eigentlich ein sehr schöner Abend, abgesehen von Harms schlechtem Frauengeschmack.»

Ironisch zog er eine Augenbraue in die Höhe.

Leicht errötet fuhr sie mit dem Dessertlöffel Kreise auf dem Teller nach. «Wollen wir auch gehen?»

«Gut. Ich bestelle den Wagen.»

Dass sie und Julian Freunde sein konnten und unbeschwert miteinander umgingen, erleichterte Liv ungemein. Als er jedoch im Auto nah an sie heranrückte und den Arm um sie legte, machte sie sich ein wenig steif und runzelte leicht ärgerlich die Stirn.

«Lass das, bitte ...»

Kichernd senkte er den Kopf, strich ihr das Haar beiseite und wollte sie hinter das Ohr küssen. «Liv...»

Zwar fiel es ihr einigermaßen schwer, aber sie drückte ihre Hände gegen seine Brust und brachte ihn auf Abstand. «Was soll das?»

«Ich will dich küssen.»

Ihr nervöser Blick fuhr zum Fahrer, der jedoch nicht zu sehen war, weil er die Trennscheibe hochgefahren hatte.

«Nein, danke.»

«Das nenne ich mal höflich.» Dreist legte er eine Hand auf ihr rechtes Knie.

«Julian!» Sie sog heftig die Luft ein. «Bist du betrunken?»

Er schnaubte amüsiert. «Das müsstest du besser wissen.»

«Bitte lass das.»

«Warum? Willst du mich nicht?»

Liv schluckte. Mit gesenkten Lidern sah er sie hypnotisierend an, ihr Körper kribbelte, und die streichelnde Hand auf ihrem Knie wurde immer schwerer. Zitternd presste sie die Beine zusammen.

«Darum geht es nicht», erwiderte sie mit gepresster Stimme, «du bist mein Exmann. Ich kann nicht einfach mit dir schlafen.»

«Und wieso, bitte, nicht?» Er klang empört, nahm seine Hand jedoch nicht weg.

«Weil du eine Freundin hast», wies sie ihn auf das Offensichtliche hin. «Und weil ich nicht deine Affäre sein will.»

«Du wärst niemals meine Affäre...»

Mit trockenem Mund rief sie unbeherrscht: «Du kannst nicht einfach zu mir kommen und erwarten, dass ich dir in die Arme falle und später zusehe, wie du zurück zu deiner neuen Partnerin gehst!»

Als er leise lachte, hätte sie ihm am liebsten einen Schlag versetzt, merkte jedoch atemlos, wie seine Hand weiter ihr

Knie liebkoste und seine andere Hand zärtlich ihren Nacken streichelte.

«Ich respektiere dich viel zu sehr, um dich zu einer Affäre zu degradieren.»

Ihr Mund wurde immer trockener, und sie brachte atemlos hervor: «Dann hör damit auf.»

Seine Lippen folgten seinen Fingern und hauchten Küsse auf ihren Nacken. Liv schauerte vor Wohlbehagen und versuchte vergeblich, nicht von ihrem Standpunkt abzurücken.

«Noch immer habe ich Gefühle für dich» – er küsste sie zwischen Ohr und Hals –, «Liv, es gibt keine andere Frau in meinem Leben.»

Sein heiseres Geständnis und das Schlagloch, über das sie gerade fuhren, holten Liv aus ihrer Trance zurück. «Was?»

«Es hat nicht funktioniert.» Er schluckte schwer und griff ihr sanft an die Wange. «Weil sie nicht du war.»

Livs Augen weiteten sich erschrocken und hoffnungsvoll zugleich.

«Schau mich nicht so an», bat er und gab ihr einen Nasenstüber, «eine neue Beziehung einzugehen war unmöglich, Liv, weil ich immer nur an dich denken musste.»

«Aber du hast gesagt, dass es zwischen euch ernst sei.»

Er verzog den Mund schuldbewusst. «Das habe ich mir eingeredet. Aber sie war nicht du, sondern ein nettes Mädchen, das es nicht mit mir und meinem Temperament aufnehmen konnte und das ich nicht lieben konnte.»

Erleichtert, glücklich und mit pochendem Herzen blickte Liv in sein Gesicht. Julian wirkte unsicher und schien zu warten, wie sie reagieren würde.

Stürmisch kletterte sie auf seinen Schoß, schob seine Hände beiseite und begann seinen Hals zu liebkosen. Überwältigt und ausgeliefert lachte Julian auf, stöhnte anschließend und sank erregt in den Sitz, während Liv das Sakko öffnete und mit der Hand unter sein Hemd fuhr. Sie streichelte seine harten Bauchmuskeln, setzte sich aufrechter hin, fand seinen Mund und küsste ihn enthusiastisch. Wild und hemmungslos stieß sie auf seine Zunge und krallte sich mit den glänzend lackierten Fingernägeln in seine Oberschenkel, was ihn kurz zusammenzucken ließ.

Sie lachte heiser auf und nahm seine Hand, um sie auf ihre Brust zu legen. Unter den steifen Stoffbahnen konnte er ihre harten Brustwarzen fühlen und atmete schwer. Zwischen halb geöffneten Lidern erkannte Liv das sinnliche Funkeln seiner samtigen Augen und erschauerte erregt. Sie rutschte näher an seine Leiste und bemerkte seine Erregung. Langsam lehnte sie sich an seine Brust, legte die Hände an seine Hüften und biss ihn in die Mulde am Schlüsselbein. Augenblicklich stöhnte er ihren Namen.

Das Auto kam zum Stillstand.

Irritiert blickte Liv durch die getönten Fenster. «Wir sind ja bei dir.»

Grinsend stopfte er sein Hemd zurück in die Hose. «Ich bin Optimist.»

Ein wenig zerzaust stiegen sie aus und bewahrten so lange die Beherrschung, bis das Auto weggefahren war und die Haustür sich hinter ihnen schloss. Dann stieß Liv Julian gegen die Tür, zog ihm das Sakko über die Schulter und riss die Krawatte herunter. Das ließ er sich noch gefallen, griff dann jedoch nach ihr und zog sie leidenschaftlich an sich, um sie wild zu küssen. Ohne den Kuss zu unterbrechen, schlüpfte sie aus ihren Schuhen und warf die Clutch auf den Boden. Seine Finger zogen den Reißverschluss ihres Kleides hinunter.

«Das hättest du wohl gern.» Spitzbübisch zupfte sie ihm das Hemd wieder aus der Hose und öffnete den Gürtel. Sie konnte sehen, wie sein Adamsapfel hoch und runter hüpfte, während sie seine Hose öffnete und anschließend hinunterzog.

«Bleib da stehen», raunte sie und trat einen Schritt zurück, um sich das Kleid über den Kopf zu ziehen und auf den Boden zu werfen.

Julian ächzte und sah sie mit einem wilden Blick an und fuhr sich über die trockenen Lippen. In einem schwarzen Spitzen-BH mit passendem Höschen und halterlosen Strümpfen stand Liv vor ihm, lächelte ihn auffordernd an, fuhr sich mit der rechten Hand gedankenverloren über ihren weichen, schlanken Bauch und warf die Locken zurück.

«Den Rest übernehme ich!»

Übermütig lachte sie, weil er sie über seine Schulter legte, aus den Schuhen schlüpfte, die Hose beiseitetrat und Liv die Treppen hochtrug.

«Selbstbeherrschung», forderte sie ihn mit heiserer Stimme auf.

«Scheiß drauf», antwortete er und warf sie auf sein gemachtes Bett. Liv zog sich auf die Knie hoch und streifte ihm eilig das Hemd hinunter, fuhr mit ihren Händen über seine Brust und den Bauch.

«Du bist so sexy», entfuhr es ihr, als sie den muskulösen Brustkorb mit den blonden Haaren bewunderte.

«Dito.»

Seine Finger schoben die BH-Träger beiseite, streichelten ihre glatte Schulter und öffneten anschließend den Verschluss an ihrem Rücken. Genießerisch hielt er ihre Brüste in den Händen, streichelte über die harten Brustwarzen und senkte den Kopf, um sie in seinen Mund zu nehmen.

Liv stöhnte auf und vergrub ihre Finger in seinen Haaren. Hitze stieg in ihrem Bauch auf. Sie merkte, wie sie feucht und kurzatmig wurde.

«Rollentausch», ächzte sie und befreite sich, um ihm die Boxershorts herunterzuziehen und ihn dann aufs Bett zu stoßen. Julian landete auf dem Rücken und stützte sich auf die

Ellbogen, um ihr zuzusehen, wie sie ihm die Socken auszog. Gleich darauf ergriff sie zärtlich seinen Penis und massierte ihn langsam.

Schwer atmend legte sich Julian zurück und spürte, wie ihre Brüste seine Brust streiften, als Liv ihn auf den Mund küsste und ihre Zunge seine Lippen nachfuhr. Ohne Unterlass rieb sie ihn dabei mit ihrer Hand.

«Er ist so hart!» Ihre heisere Stimme durchbrach die Stille seines Schlafzimmers, und er stöhnte erneut. Ihr Mund saugte an seinem Hals, während ihr Daumen über seine Eichel fuhr.

«Liv...»

Kichernd drückte sie kleine Küsse und Bisse auf seine Schulter, die Brust und auf den Bauch. Er atmete immer hektischer und wand sich auf der Matratze, während ihr Mund tiefer kroch.

«Zappele nicht so rum», beschwerte sie sich, «ich weiß doch, wie sehr du das magst.» Sie kniete sich zwischen seine Beine, stützte sich mit der linken Hand auf seinem harten Oberschenkel ab, hielt seinen Penis mit rechts fest und nahm ihn in den Mund.

Stöhnend presste Julian den Kopf in die Matratze und murmelte vor lauter Erregung dummen Unsinn. Ihre Zunge umkreiste seine Eichel, leckte über die Spitze, bis sie ihn tief in den Mund nahm.

«Liv, ich komme gleich, wenn du nicht aufhörst», stieß er kurz darauf ächzend hervor. Mit einem breiten Grinsen ließ sie ihn los und erhob sich. Auch Julian setzte sich auf, um ihr das Höschen herunterzuziehen, aber sie kam ihm zuvor und streifte es ab. Als sie die hauchdünnen schwarzen Strümpfe nach unten schieben wollte, schüttelte er den Kopf.

«Lass sie an», forderte er sie auf, «die machen mich total scharf.»

Kurz darauf fand sie sich rittlings auf seinem Schoß wieder. Bequem lag er auf dem Rücken und strich mit seinen Händen über ihre Hüften, die Taille, zu ihren Oberschenkeln und schließlich zu ihrem Po. Sie nahm seine Hand und führte sie zu ihrem Schoß, während sie ihm tief in die Augen blickte.

«Gefällt dir das?» Seine Stimme war heiser und mehr als verführerisch. Träge stimulierte er ihre Klitoris und streichelte mit der anderen Hand ihren Oberschenkel über dem Bündchen des Strumpfes.

«Hmm», murmelte sie und ließ seine liebkosende Hand los, um sich auf seiner breiten Brust abzustützen und über seine Brustwarzen zu reiben. Sie beugte sich zu ihm und küsste ihn hart auf den Mund, biss ihm übermütig in die Unterlippe, als sie seine tastenden Finger in ihrer Vagina spürte, und flüsterte ihm ins Ohr: «Wenn ich mit dir fertig bin, Scott, wirst du um Gnade winseln.»

Er zahlte es ihr heim, indem er eine empfindliche Stelle fand und sie gnadenlos stimulierte.

Stöhnend setzte sie sich gerade auf und schüttelte den Kopf, als er sie packen wollte. «Du bleibst unten.»

Julian widersprach nicht, sondern knetete sanft ihre Brüste, während sie sich auf die Knie erhob, seinen Penis ergriff und ihn langsam einführte. Mit zusammengebissenen Zähnen fühlte er ihr warmes Inneres, das sich fest um ihn schloss, und umfasste ihre Taille.

«Gott, Liv...», seufzte er.

Langsam hob und senkte sie sich, fand einen erregenden Rhythmus und konnte seinen Penis unglaublich tief in sich spüren.

Julian stöhnte wie rasend auf, als sie den Kopf in den Nacken legte und ihre eigenen Brüste streichelte. Seine Finger gruben sich in ihren Hintern und zogen ihren Unterleib noch fester an sich, woraufhin Liv einen lauten Schrei ausstieß und sich schneller auf ihm bewegte.

Seine Hand fand den Punkt, an dem sie miteinander verbunden waren, und streichelte sie. «Willst du mehr, Baby?» Er setzte sich halb auf, um an ihren Brustwarzen zu saugen.

Als Antwort stöhnte sie nur und krallte sich an seiner Schulter fest. Sobald sie seinen Mund nicht mehr an ihren Brüsten spürte, stieß sie ihn zurück auf den Rücken und setzte ihren schnellen Rhythmus fort. Julians Brust hob sich in heftiger Erregung, während er wie eine Dampflokomotive schnaufte und mit beiden Händen ihren Hintern umfasste.

«Du bist so gut … so hart …» Liv lehnte sich zurück und stützte sich auf seinen Oberschenkeln ab, während sie ihn entfesselt ritt.

Unkontrolliert zuckten seine Hüften. «Liv …»

Über ihre Lippen kamen abgehackte Worte. Julian sah die verletzliche Kurve ihres schlanken Halses, als sie mit einem lauten Schrei den Kopf in den Nacken warf und kam. Sekunden später riss es auch ihn dahin. Stöhnend kam er zum Orgasmus, bewegte zuckend seine Hüften und blieb dann kraftlos, schweißgebadet und nach Atem ringend liegen – nicht mehr in der Lage, auch nur die Augen offen zu halten.

Wenige Sekunden später merkte er zufrieden, dass sie sich an ihn kuschelte, ebenso atemlos wie er, und ihre Hand auf seine Brust legte.

«Winselst du um Gnade?»

«Unbedingt.» Er keuchte.

Sie lachte heiser und schwach auf.

«Jihaa!»

21. Kapitel

Liv wurde nicht durch das sanfte Licht geweckt, das Muster auf der Bettdecke vor ihrer Nase hinterließ, sondern von zärtlichen Lippen, die sich langsam über ihren Rücken hinab-arbeiteten.

«Hmm ...» Sie streckte sich den kosenden Lippen entgegen und schmiegte sich zufrieden ins Bett.

«Deine Haut ist so weich», murmelte Julian verzückt und drückte Küsse auf ihr Rückgrat.

Langsam merkte Liv, dass sie mit gespreizten Beinen auf dem Bauch lag, während sich Julian halb an sie schmiegte und seine Finger zu ihrem Po glitten, um ihn zu streicheln.

«Bist du wach?» Er küsste sie auf den unteren Rücken und liebkoste weiterhin ihre Kehrseite.

«Halbwegs», murmelte sie.

«Gut, dann muss ich mir ja nicht wie ein Perversling vor-kommen.»

Gähnend legte sie die Wange auf das Kissen und genoss mit geschlossenen Augen seine Streicheleinheiten. Da er immer wieder ihren Po liebkoste, warf sie ihm amüsiert vor: «Du bist ein Po-Fetischist.»

«Ich bin ein Liv-Fetischist», widersprach er und fuhr mit sei-ner Hand zwischen die Matratze und sie, um ihren Bauch zu streicheln. Zärtlich küsste er ihren Nacken.

«Ach ... da ist jemand aber schon munter!» Ihre Lippen ver-zogen sich amüsiert, weil sein harter Penis gegen ihre Hüfte drückte.

«Schon lange.» Er küsste ihren Hals, entlockte ihr satte Stöhnlaute und fuhr mit seiner Hand zu ihrer Brust, bevor er sie weiter nach unten gleiten ließ.

«Bleib einfach liegen, mein Liebling», raunte er in ihr Ohr und streichelte sie gekonnt.

«Oh...»

«Du musst nichts machen.» Er schob sich zwischen ihre Beine und zog ihre Hüften langsam zu sich, «ich kümmere mich um alles.»

Eine halbe Stunde später zog er eine entkräftete Liv aus dem Bett und ging mit ihr unter die Dusche. Unter dem heißen Wasser schmiegten sie sich eng aneinander und wuschen sich gegenseitig mit großer Hingabe. Liebevoll tätschelte er ihr shampooniertes Haar und glitt mit seiner glitschigen rechten Hand zwischen ihre Beine.

Sie stöhnte erschöpft auf. «Julian, ich kann nicht mehr.»

«Aber ich liebe diese Laute, die du ausstößt, wenn ich tief in dir bin.» Seine Stimme klang neckend und schelmisch.

Anstatt seine Drohungen wahr zu machen, drückte er sie jedoch lediglich an sich und küsste sie.

Auf dem Weg ins Erdgeschoss stiegen sie über ihre Kleidung, die überall herumlag, und machten sich dann daran, ein Frühstück zu zaubern. Julian stand in Boxershorts am Herd und briet Spiegeleier, während Liv in einem übergroßen Footballhemd, das ihr bis zur Mitte der Oberschenkel reichte, den Küchentisch deckte und Obst in kleine Stücke schnitt.

Lächelnd beobachtete sie seinen nackten Rücken und goss Saft in Gläser.

«Hast du heute Training?»

Er schüttelte den Kopf. «Nein. Heute stehe ich ganz dir zur Verfügung.»

Lächelnd küsste sie ihn auf das Schulterblatt.

«Nach dem Frühstück können wir uns den neuen Rocky-Film ansehen», schlug sie vor.

Ungläubig drehte er sich zu ihr um. «Du willst freiwillig Rocky sehen?»

«Den neuen Film» – sie zuckte mit den Achseln, wodurch das Hemd ein wenig hochrutschte –, «den kenne ich noch nicht. Sicherlich hast du ihn schon auf DVD.»

«Natürlich!» Ein Grinsen stahl sich auf sein Gesicht, sodass er richtig jungenhaft aussah. «Mannomann, ich muss mir in der letzten Nacht wirklich Mühe gegeben haben, wenn du mich mit Rocky belohnst.»

Übermütig warf sie ihm das Küchenhandtuch an den Kopf, das er meisterlich fing. Mit den Spiegeleiern auf ihren Tellern setzten sie sich an den Küchentisch und begannen zu essen. Wie auch früher schob sie ihm das überflüssige Eiweiß auf den Teller und stahl sich dafür seine Bananenstückchen.

Wortlos reichte er ihr die Pfeffermühle, weil sie anstelle von Salz lieber Pfeffer auf die Eier tat. Sie strahlte ihn an, weil er solche Details noch immer wusste, und fuhr mit ihrem Fuß über sein Schienbein.

«Hmm?»

«Soll dein *hmm* heißen, dass du noch nicht genug hast?» Julian blickte interessiert über den Tisch.

Ihr Fuß fuhr zu seinem Oberschenkel hoch. «Darüber können wir uns nach dem Frühstück unterhalten. Momentan bin ich zu ausgehungert.»

Er grinste nur und machte sich über sein Ei her, als sei auch er am Verhungern. Liv reichte ihm das Brotkörbchen und blickte sich interessiert um, bis sie das Foto eines Säuglings an seinem Kühlschrank entdeckte.

Julian war ihrem Blick gefolgt und schluckte eine halbe Brotkante herunter. «Das ist Mattie. Ambers Sohn.»

«Stimmt. Im Frühjahr war sie ja hochschwanger.» Liv lächelte amüsiert über das pausbäckige Baby mit dem spitz zulaufenden Haarschopf. «Er ist total niedlich.»

«Das ist er. Leider scheint er die roten Haare seines Vaters geerbt zu haben.»

«Rot?»

«Feuerrot», bestätigte Julian mit vollem Mund, bevor er durstig den Orangensaft austrank.

Er erzählte von seinem Neffen, den er in den letzten Monaten zweimal besucht hatte, und dass Amber mit ihrem Mann und dem Kleinen mittlerweile in Grannys Haus wohnte. Sie frühstückten eine halbe Ewigkeit, unterhielten sich über Football und die laufende Saison und tausend andere Dinge und saßen bis zum frühen Mittag am Küchentisch.

Den Abwasch erledigten sie gerade zusammen, als Julians Telefon klingelte. Er nahm den Hörer ab und sah Liv dabei zu, wie sie das Geschirr abtrocknete.

«Hey, Scott», begrüßte Brian ihn unwirsch, «warum gehst du nicht ans Telefon?»

«Tue ich doch.»

Sein Kumpel knurrte. «An dein Handy gehst du nicht!»

«Das muss ausgeschaltet sein», erwiderte Julian lapidar.

«Claire macht sich Sorgen um Liv. Ist sie bei dir?»

«Liv? Nein, hier ist sie nicht.» Er legte grinsend seinen freien Arm um ihren Hals und drückte ihr einen stummen Kuss auf die Wange. Lächelnd schmiegte sie ihren Rücken an ihn und sah ihn über die Schulter neugierig an.

«Scheiße», fluchte Brian, «Claire kann sie nicht erreichen!»

«Was ist denn los?»

«Ach … die beiden haben sich gestern wohl am Telefon gestritten. Jetzt rudert Claire zurück und will sich entschuldigen.» Er zögerte. «Wie ist es gestern denn gelaufen?»

«Sehr gut. Sie hat einen hübschen Preis bekommen, und das Essen war gar nicht schlecht.»

Brian klang zunehmend ungeduldig. «Aber zwischen dir und Liv hat sich nichts abgespielt?»

«Wie meinst du das?», fragte Julian wie ein kompletter Vollidiot und streckte Liv anschließend die Zunge heraus.

«Stell dich nicht dümmer, als du bist!»

Liv konnte Brian hören und kicherte rau auf.

«Hast du etwa Besuch?» Sein Teamkollege klang empört.

«Ja klar. Willst du sie sprechen?»

«Aber ...»

Sie nahm den Hörer und stieß fröhlich hervor: «Hallo, Rabbit!»

«Sag ihm, dass er ein Scheißkerl ist, Liv», seufzte Brian nach einer Weile.

«Das mach ich. Und sagst du Claire, sie soll sich keine Sorgen machen? Ich melde mich morgen bei ihr.» Sie legte einfach auf und übergab Julian den Hörer.

«Brian lässt ausrichten, dass du ein Scheißkerl bist.»

Er grinste und küsste ihre Schläfe. «Sollen wir jetzt Rocky schauen, Süße? Du darfst dich gern an mich kuscheln.»

«Kuscheln?» Argwöhnisch blickte sie auf seine Boxershorts. «Dass du nur kuscheln willst, halte ich für ein Gerücht.»

«Du kennst mich einfach zu gut.» Julian gab ihr einen innigen Kuss und glitt mit seiner Hand unter ihr Shirt, um ihren nackten Hintern zu streicheln, bevor er sich langsam löste und sie so zärtlich auf die Stirn küsste, dass ihr Tränen in die Augen stiegen.

«Mit dir auf der Couch zu kuscheln klingt großartig, Liv.»

Im Wohnzimmer schaltete er den Fernseher an und suchte nach der DVD.

«Hast du eine Decke?»

Julian drückte ihr die DVD in die Hand. «Ich hole eine von oben. Leg den Film ruhig schon einmal ein.»

Kaum war er oben verschwunden, klingelte es an der Haus-

tür. Liv kickte Julians Hemd, das direkt hinter dem Hauseingang lag, dezent zur Seite und öffnete die Tür einen Spalt, während sie sein Footballhemd straff hinunterzog, schließlich trug
sie keine Unterwäsche. Vorsichtig blickte sie einer fremden
jungen Frau entgegen, die sie erschrocken musterte.

«Äh ... ja?»

«Ist Julian da?»

«Äh ... ja», wiederholte Liv wie eine Idiotin. Es war unhöflich, die hübsche Blondine mit dem Pferdeschwanz einfach
draußen stehen zu lassen, aber immerhin war sie halbnackt,
und alle Kleidungsstücke des gestrigen Abends lagen im Flur
und auf der Treppe verstreut.

«Darf ich einen Moment hereinkommen?»

«Oh ...» Irritiert und verwirrt ließ Liv die Besucherin rein.
Verstohlen schob sie Julians Sakko mit dem nackten Fuß hinter
sich und presste beide Knie beschämt zusammen. Dann schloss
sie die Tür.

Die Blondine sah fassungslos auf die Kleidungsstücke, die
bis zur Treppe lagen, und musterte Liv mit einem kalten Blick.

Ein schmerzhaftes Gefühl stieg in ihr hoch. Irgendetwas
stimmte hier nicht.

«Ich hab dir auch noch ein Kissen mitgebracht!» Julians
fröhliche Stimme drang die Treppe herunter, und gleich darauf
folgten seine nackten Waden, bis sein ganzer Körper in ihrem
Blickfeld erschien. Als er sie beide im Eingangsbereich stehen
sah, hielt er abrupt inne und glotzte die Besucherin verwirrt an.

«Emma? Was tust du denn hier?» Er kam die letzten Stufen
herunter und stellte sich neben Liv.

«Ich wollte dich sehen», klagte Emma mit weinerlicher
Stimme. Ihr Blick glitt zu Liv, die Julian erwartungsvoll ansah.

«Aber warum?» Er klang ehrlich überrascht und milderte dadurch Livs anfängliche Besorgnis.

Emma verschränkte die zitternden Hände vor ihrem Körper.

«Ein paar Tage war ich nicht da und bin erst gestern wiedergekommen. Heute Morgen lese ich in der Zeitung, dass du gestern auf einer Gala warst, und entdecke ein Foto von dir und von ihr ...» Sie blickte zu Liv. Mit tränenerstickter Stimme flüsterte sie: «Wie ich sehe, hast du mich mit ihr betrogen!»

Julians Fassungslosigkeit wäre fast komisch gewesen, wenn Liv unter den Worten nicht zusammengezuckt wäre.

«Was?» Er schüttelte ungläubig den Kopf. «Emma, wir beide, du und ich, wir sind kein Paar mehr!»

«Natürlich sind wir das», erwiderte sie mit mitleiderregender Stimme. «Ich war einige Tage nicht da ...»

«Wenn du dich daran erinnerst, habe ich dich am Tag nach dem Spiel in Chicago angerufen ...»

«Um dich für deine furchtbare Stimmung am Abend zuvor zu entschuldigen!»

«Ja, und um dir zu sagen, dass es zwischen uns nicht klappt.»

«Du hast nicht mit mir Schluss gemacht!» Sie weinte nun.

Liv trat unbehaglich von einem nackten Fuß auf den anderen.

«Emma» – panisch blickte Julian umher –, «natürlich habe ich Schluss gemacht ...»

Am Telefon?, fragte sich Liv ungläubig und sah ihn strafend an. Hilflos hob er die Schultern.

«Natürlich haben wir Schluss gemacht. Ich war sogar der Meinung, dass du mehr als einverstanden damit warst.» Er runzelte die Augenbrauen. «Hast du nicht noch zu mir gesagt, ich soll dich in Ruhe lassen?»

«Ja, aber nur für einige Tage! Ich konnte doch nicht ahnen, dass du es ernst meinst!»

Fast hätte Julian gelacht. «Wieso sollte ich es nicht ernst meinen?»

«Um mir Zeit zu geben, damit ich mich beruhigen kann.»

Es schien ihm unangenehm zu sein, mit Emma in Livs Anwesenheit darüber zu sprechen, also erklärte er in ruhigem und leicht mitleidigem Ton: «Das meinte ich schon am Telefon. Ich habe etwas gegen das tagelange Herumtaktieren, anstatt einfach mal Tacheles zu reden.»

«Aber ich will mich nicht streiten.»

«Und ich habe mit dir Schluss gemacht.» Anscheinend wollte er das Gespräch beenden. Liv hätte sich normalerweise in einen anderen Raum zurückgezogen, war aber zu neugierig und auch nicht besonders erpicht darauf, Julians Exfreundin die blanke Kehrseite zu präsentieren.

«Mir hat es sich anders dargestellt. Ich dachte, du würdest mich einige Zeit in Ruhe lassen und über ... über deine Fehler nachdenken ...»

«So bin ich nicht», erwiderte er leicht ärgerlich.

«Ich konnte doch nicht wissen, dass du gleich eine Fremde abschleppen würdest!» Sie blickte Liv wieder eiskalt an, auch wenn der Blick aus verheulten Augen wenig wirkungsvoll war.

«Eine Fremde?» Liv sah ihn erheitert an, während sie verstand, was Julian gestern gemeint hatte, als er davon sprach, dass es mit Emma nicht geklappt hatte. Er mochte keine weinerlichen Frauen, die durch Tränen ihren Willen durchsetzten, sondern liebte es, sich ordentlich zu streiten. Obwohl sie natürlich nicht neutral war, erkannte Liv sofort, dass Julian und diese Emma ein katastrophales Paar abgegeben haben mussten.

«Sie ist keine Fremde» – Julian seufzte verärgert –, «das ist meine Exfrau ... Liv.»

Als Emma diesen Namen hörte, wurde sie erschreckend bleich, wirbelte herum und stürzte aus dem Haus.

«Was war das denn?»

Julian schloss die offene Tür, sah seiner Exfreundin jedoch nicht einmal nach, sondern seufzte.

«Das war Emma.»

«Aha.» Liv fixierte ihn, konnte jedoch nicht wirklich wütend werden. «Ich dachte, zwischen euch sei alles geklärt.»

«Das dachte ich auch.» Vorsichtig blickte er auf sie hinunter. «Na los, schrei mich an.»

«Warum?», fragte sie ehrlich erstaunt.

Er wirkte verlegen. «Das war eine beschissene Situation.»

«Das war sie tatsächlich.» Liv sah ihn auffordernd an. «Aber nicht deine Schuld.»

Julian schien erstaunt zu sein.

«Vielleicht ist es nicht die feine englische Art, am Telefon Schluss zu machen, aber ansonsten hast du nichts falsch gemacht.»

«Eigentlich habe ich gar nicht am Telefon Schluss gemacht.» Er legte die Decke auf das Treppengeländer.

«Nicht?»

Kopfschüttelnd erklärte er: «Am Abend zuvor war es schon aus. Ich wollte mich nur für meinen Auftritt entschuldigen.»

«Sie scheint es anders aufgefasst zu haben. Was hattest du denn angestellt?»

Seine Begeisterung über dieses Gespräch hielt sich in Grenzen, aber er fuhr mit seinen Ausführungen fort. «Von Anfang an hat es nicht gestimmt, Liv. Sie ist nett, aber ich war nicht verliebt und auch nicht glücklich.»

Da sie ihn sehr gut kannte, murmelte sie belustigt: «Du Dickschädel wusstest vermutlich von Anfang an, dass ihr nicht zueinander gepasst habt.»

«Das stimmt.» Er schlang seine Arme um sie. «Irgendwie hatte ich mir eingeredet, dass ich einfach nur Zeit bräuchte, um mich an sie zu gewöhnen. Du warst vorangekommen und schienst eine neue Beziehung zu haben» – er schnitt eine Grimasse –, «ich wollte dem in nichts nachstehen und sehnte mich danach, wieder verliebt zu sein.»

«Hmm.» Liv blickte auf seinen Bartschatten und ließ die Augen weiter hochwandern.

Julian lächelte auf sie hinab. «Eigentlich war mir von Anfang an bewusst, dass ich mich nicht in sie verlieben konnte. Sie war nicht wie du.»

«Schön zu hören, dass du nicht in sie verliebt warst.» Liv schmiegte sich an ihn. Der Gedanke an seine Freundin hatte ihr bis gerade eben großen Schmerz zugefügt, weil sie sich nicht vorstellen wollte, dass er einer anderen Frau liebevolle Gefühle entgegenbrachte. Sein Geständnis tat ihr gut, weil sie nun nicht eifersüchtig sein musste. Er hatte sich lediglich *verlaufen* und sich in die Idee von einer Beziehung mit Emma verrannt. Zwar war Emma sehr hübsch und bestimmt auch nett, aber sie hatte ihm nichts bedeutet. Livs angeknackstes Ego war versöhnt. Innerlich glühte sie vor Glück.

Julian drückte ihr einen Kuss aufs Haar und erklärte leise: «Dich wiederzuhaben macht mich glücklich, Liv.»

«Wirklich?»

Er nickte. «Du machst mich sehr glücklich.»

«Und Rocky auch?», fragte sie, während sie die Nase an seinem Hals vergrub und lächelte.

«Und Rocky auch» – er schnaubte stöhnend auf –, «solange ich ihn mit dir schauen kann.»

22. Kapitel

*I*n den nächsten Wochen schwebte Liv im siebten Himmel. Sie war bis über beide Ohren verliebt und verbrachte die meiste Zeit mit ihrem Exmann, der anscheinend genauso verliebt war wie sie. Nach seinem morgendlichen Training kam er mittags oft in ihr Büro, brachte Lunch mit oder aß mit ihr einen Happen in der Kantine. Ihre Sekretärin betete ihn an, sobald er auftauchte, und unzählige Kollegen verirrten sich plötzlich in ihr Büro, um ihn nach der Saison zu fragen. Julian amüsierte sich königlich darüber und verteilte großzügig Tickets für die kommenden Spiele.

Zusammen mit Claire besuchte Liv ihn ab und zu beim Training und saß am Spielfeldrand, um ihm zuzusehen, mit seinen Teamkollegen zu scherzen und den Coach nach Baby Jillian zu fragen. Jede Nacht verbrachte sie bei ihm und ging nur in die eigene Wohnung zurück, um frische Kleidung zu holen, die Pflanzen zu gießen und nach der Post zu schauen. Selbst wenn er Auswärtsspiele hatte, schlief sie bei ihm in der Wohnung und sah auf seinem Fernseher zu, wie er mit seinem Team gewann oder auch verlor, was zugegeben sehr selten passierte.

In seinem Haus fühlte sie sich wohl und heimisch – sie liebte die Architektur, liebte die Wohlfühlatmosphäre, die Julian geschaffen hatte, und liebte das Haus einfach aufgrund der Tatsache, dass es Julians Heim war.

Nahtlos fanden sie in ihre alte Beziehung zurück. Dieses Verliebtsein war anders, weil sie sich nicht erst kennenlernen mussten, sondern sich bereits in- und auswendig kannten.

Sie konnten sie selbst sein, ohne dass sie sich verstellen mussten, um sich in einem möglichst guten Licht zu präsentieren. Nichtsdestotrotz gaben sie sich große Mühe, dem anderen zu zeigen, wie viel er ihm oder ihr bedeutete. Julian ließ ihr ins Büro Blumensträuße schicken, wenn er nicht in der Stadt war, woraufhin sich Liv revanchierte, indem sie ihm schmutzige Nachrichten auf sein Handy sandte und ihn splitternackt erwartete, wenn er nach Hause kam. Beide konnten nicht die Finger voneinander lassen, hatten ein erfülltes Sexleben und schliefen jede Nacht eng aneinandergeschmiegt ein, nachdem sie sich ausdauernd geliebt hatten.

Er stellte ihr Derek vor, der oft vorbeikam und mit ihnen aß oder Liv mit kindlicher Begeisterung bei Vorschlägen zu Bauprojekten half, wenn sie im Esszimmer arbeitete. Zusammen machten Julian und Liv den Garten winterfest, da es mittlerweile unglaublich kalt geworden war, und kauften Möbel für das Gästezimmer in der oberen Etage. Der Großteil von Livs Garderobe fand den Weg in Julians Kleiderschrank, wie auch Kosmetikartikel und andere persönliche Habe.

Zu Halloween veranstalteten sie eine Party und luden Julians Teammitglieder sowie Livs neue Freunde ein, wodurch das Haus bald aus allen Nähten zu platzen drohte. Derek durfte ebenfalls in den Anfangsstunden dabei sein und war als Gomez Addams verkleidet, während Julian Onkel Fester und Liv Morticia Addams spielten. Da sie außer Konkurrenz liefen, gewannen Brian und Claire den Preis für die originellsten Kostüme, da sie als Pater Merrin und Regan MacNeil aus dem Exorzisten verkleidet waren. Dass Brian nicht den Pater mimte, sondern ein mit unechter Kotze beschmiertes Nachthemd angezogen hatte, trug zur Erheiterung und zu seinem Sieg bei. Um bei Julian und seinen Freunden zu punkten, hatte Liv tagelang mit Rezepten und Gerichten experimentiert – schließlich war sie nicht gerade für ihre Kochkünste berühmt – und schaffte es, ein anständiges Buffet zu kreieren. Julian war gerührt, dass sie sich solche Mühe gab, anstatt einfach etwas zu bestellen, und schlang stolz seinen Arm um ihre Taille, während Dupree in einem gefährlich aussehenden Zombie-Kostüm und mit einem heraushängenden Plastikauge ihre Fleischklößchen lobte.

Trotz der Kälte und Julians straffem Trainingsplan liefen sie mehrmals in der Woche zusammen am Hudson entlang, bevor Liv zur Arbeit ging, oder sie joggten durch den Central Park, wenn sie mehr Zeit hatten. Selbstverständlich hatte Julian eine deutlich größere Ausdauer als Liv, aber er passte sich ihrem Lauf an und überredete sie zur gemeinsamen Teilnahme am nächsten New York Marathon. Sie stimmte zu, denn schließlich sollte der nächste Marathon erst in einem Jahr stattfinden. Da das Wetter in diesem Jahr schlecht und regnerisch war, sahen sie sich das Laufevent lieber im Fernsehen an, anstatt an der Strecke zu stehen, und kuschelten sich auf der Couch aneinander, während im Kamin ein Feuer prasselte.

Eines Nachmittags saßen sie gerade in einem Starbucks und teilten sich einen köstlichen Double Chocolate Brownie und tranken Kaffee mit Karamellgeschmack, als Liv Julian fragte: «Wann bist du heute Abend zu Hause, Schatz?»

Als er nicht sofort antwortete, blickte sie auf und entfernte lächelnd einen Krümel von seiner Oberlippe.

«Da du davon sprichst, Liv» – er stützte die Ellenbogen lässig auf dem kleinen Tisch ab –, «wann kündigst du eigentlich endlich deine Wohnung und ziehst offiziell zu mir?»

Sie ließ sich von seinem gespielt beiläufigen Ton nicht täuschen. «Wie kommst du denn jetzt auf dieses Thema?»

Seine Mundwinkel zogen sich nach oben. «Du sprichst selbst von unserem Zuhause, wenn du mein Haus meinst.»

Nervös zupfte sie an ihrem Ohrläppchen. «Das ist keine gute Idee – noch nicht.»

«Du wohnst doch eh schon bei mir.» Er griff nach ihrer Hand

und streichelte ihre Finger. «Deine Klamotten hängen bei mir im Schrank, du kommst jeden Tag nach der Arbeit zu mir und fährst morgens von meinem Haus ins Büro. Mal abgesehen davon, dass du deinen eigenen Schlüssel hast.»

Liv schluckte verlegen und ließ ihn weiter mit ihren Fingern spielen. «Ist es nicht zu früh dafür?»

Ironisch zog er eine Augenbraue hoch. «Zu früh?»

«Du weißt, wie ich das meine», murmelte sie errötend, «wir sind erst seit wenigen Wochen wieder zusammen.»

Seufzend lehnte er sich zurück. «Es ist doch nicht so, dass wir uns erst richtig kennenlernen müssen. Du kennst alle meine Macken. Ich weiß, dass du ein Morgenmuffel bist und immer einen Vorrat an Ginger Ale im Haus haben musst.»

Trotz ihrer Bedenken musste sie lachen.

«Ich meine es ernst», konterte er mit ruhiger Stimme, die jedoch keine Widerworte erlaubte, «denk darüber nach, aber ich möchte, dass du spätestens zu Weihnachten offiziell eingezogen bist.»

Sie lachte auf, hin- und hergerissen zwischen Erheiterung über seinen autoritären Auftritt und Widerstand gegen seine Kompromisslosigkeit.

«Das ist schon in ein paar Wochen!»

«Eben.» Er trank einen Schluck Kaffee. «Dann können wir auch überlegen, was wir zu Weihnachten machen möchten. Wir spielen am Weihnachtsabend hier gegen die *Broncos*, aber für den folgenden Tag können wir etwas planen.»

«Moment, Julian.» Liv schüttelte den Kopf. «Das mit dem Einzug in dein Haus …»

«Das Haus ist groß genug. Oben kannst du dir ein Arbeitszimmer einrichten oder meines mitbenutzen.»

«Darum geht es überhaupt nicht.»

Seine braunen Augen funkelten. «Du hast nur ein paar Wochen Bedenkzeit, Liv. Trödel also nicht rum!»

«Julian!»

Er beugte sich über den Tisch und gab ihr einen fast schon rauen Kuss auf den Mund, der sie atemlos machte.

«Ich muss jetzt los zum Training.» Seine Stimme klang triumphierend. «Und heute Abend besprechen wir unser Thanksgiving-Essen.»

«Was für ein Thanksgiving-Essen?» Sie hätte nicht verwirrter sein können.

«Mom, Dad, Amber, Marten und Mattie kommen nach New York, um Thanksgiving mit uns zu feiern. Im Arbeitszimmer steht eine Klappcouch, also können wir auch aus diesem Raum ein Gästezimmer machen. Ich habe spielfrei und kann dir beim Kochen helfen.»

Während er nach seinen Autoschlüsseln kramte, kam sich Liv vor, als sei ein LKW über sie hinweggerast. «Das ist in einer Woche!»

«Es wurde ganz spontan entschieden. Bevor ich dich abgeholt habe, rief Mom mich an.»

«Julian» – sie atmete tief durch –, «du überfällst mich einfach mit deinen Plänen.»

«Dann koche ich halt allein.»

Liv knirschte mit den Zähnen, weil er sie auf die Palme brachte. «Du entscheidest solche wichtigen Angelegenheiten einfach über meinen Kopf hinweg. So geht das nicht!»

Er lehnte sich zurück, sah sie erwartungsvoll an und hob frustriert seine Hände. «Okay, Liv. Du hast gewonnen. Wie soll es laufen?»

Überrumpelt über sein plötzliches Zugeständnis fuhr sie sich mit der Zunge über die Lippen. «Was meinst du?»

«Soll ich das Thanksgiving-Essen absagen?»

Da sie sich wie eine absolute Spielverderberin vorkam, schüttelte sie den Kopf. «Natürlich nicht!»

«Was hat dich dann so auf die Palme gebracht?»

«Julian, wir haben uns erst im Frühjahr scheiden lassen.» Unsicher verschränkte sie die Arme vor der Brust. «Wir waren sechs Jahre getrennt. Jetzt kommt deine Familie her, um dich zu besuchen, und findet mich an deinem Esstisch und in deinem Haus? Das ist sicher merkwürdig.»

«Sprich doch nicht immer von meinem Haus, Liv. Mittlerweile ist es genauso dein Haus.»

«Aber deine Eltern...»

«Meine Eltern wissen schon längst von uns. Ich habe es ihnen gleich nach unserer Versöhnung erzählt, Liv.»

Das hatte Liv zwar gewusst, aber ihren ehemaligen Schwiegereltern zu begegnen, wenn sie sich dem Exmann wieder angenähert hatte und erneut mit ihm zusammen war, kam ihr dennoch merkwürdig und unangenehm vor.

Als könnte Julian ihre Gedanken lesen, fuhr er leise fort: «Liebling, sie sind verständnisvoll und würden sich niemals einmischen. Im Gegenteil – ich hatte eher den Eindruck, dass sie erleichtert waren, als sie von unserer Versöhnung hörten.»

«Das sagst du jetzt nur so», schmollte sie.

Julian verdrehte die Augen. «Genau! Meine Eltern haben dich noch nie gemocht und sind entsetzt darüber, dass ihr Sohn mit seiner Exfrau, mit der er glücklich war und eine wundervolle Ehe führte, wieder eine Beziehung eingegangen ist.»

«Du machst dich über mich lustig.»

«Ja.» Ein wenig schelmisch rieb er ihr Handgelenk. «Das macht mir besonders großen Spaß.»

«Ich dachte, du hast Training?»

Fluchend sah er auf seine Armbanduhr. «Scheiße! Lass uns heute Abend drüber sprechen.»

Sie nickte, verabschiedete sich mit einem Kuss von ihm und sah ihm ein wenig unglücklich hinterher. Eigentlich hätte sie Luftsprünge machen sollen, dass es mit Julian wieder so gut klappte, doch stattdessen geriet sie immer wieder ins Grübeln.

Sie konnte nicht zu ihm ziehen, wenn es noch immer eine Sache gab, die ihr auf der Seele lag.

Zwischenzeitlich hatte sie sogar vergessen, dass sie ihn angelogen hatte. Dass sie ihm bisher verschwiegen hatte, was sie nach Sammys Tod getan hatte – dass sie ihn betrogen hatte.

Mit einem schmerzhaften Kloß im Hals starrte sie in ihre leere Kaffeetasse. Es war mehr als verführerisch, diese Episode nicht nur aus ihrer Erinnerung zu streichen, sondern auch Julian niemals davon zu erzählen. Er hätte keinen Grund, sich von ihr abzuwenden, wenn er es einfach nicht wüsste.

Panik stieg in ihr hoch, als sie sich ausmalte, wie er reagieren würde, wenn sie ihm beichtete, ihn mit einem Fremden betrogen zu haben. Er war generell ein eifersüchtiger Mann und hatte sich auf dem College sogar wegen ihr geprügelt, als ein Mitstudent sie auf einer Party zu sehr bedrängt hatte und gegen ihren Willen mit ihr hatte tanzen wollen. Damals hatte Julian rotgesehen, obwohl gar nichts passiert war. Wenn er von dem Mann in Arizona erfuhr, würde es viel schlimmer enden. Sicherlich würde er nichts mehr mit ihr zu tun haben wollen oder – was ihr noch schlimmer vorkam – sie weiterhin tolerieren, sie jedoch mit anderen Augen sehen und insgeheim verabscheuen.

Ihre Beichte würde alles kaputtmachen und diese tiefe Liebe, die sie zu ihm empfand, zerstören.

Andererseits konnte sie sich nicht heiter mit seiner Familie an einen Tisch setzen und bedenkenlos in sein Haus einziehen, wenn sie ihn im Unklaren ließ und dieses Geheimnis verschwieg.

Liv liebte Julian. Sie sehnte sich mit jeder Faser ihres Herzens danach, bei ihm zu bleiben und ihn bis an ihr Lebensende lieben zu dürfen. Er machte sie glücklich. Und Liv wollte endlich wieder glücklich sein.

Irgendwie lief alles schief. Frustriert und kurz vor einem Tränenausbruch, stand Liv in Julians Küche, las im aufgeschlagenen Rezeptbuch nach, wie weiße Mousse au Chocolat zubereitet wurde, und sah verzweifelt ins Wasserbad, in dem weiße Schokoladenklümpchen und trüber Cognac schwammen. Sie nahm den Kochlöffel zur Hand und versuchte das ganze Elend umzurühren, nur um festzustellen, dass die Masse nach kurzer Zeit so fest war, dass der Löffel wie in Beton feststeckte.

Die Mousse war nur die Spitze des Eisbergs.

Da Julians Familie morgen in aller Frühe ankommen würde, hatte sich Liv heute freigenommen, um das Haus auf Hochglanz zu polieren, das Gästezimmer vorzubereiten und es im leerstehenden Zimmer gemütlich zu machen. Zusammen mit Julian wollte sie später die Schlafcouch im Arbeitszimmer ausziehen und den Schreibtisch an die Wand stellen, damit ihre Gäste mehr Platz hatten. Die kulinarischen Besonderheiten, die man vorbereiten konnte – wie die weiße Mousse au Chocolat, die auf dem Foto im Kochbuch köstlich aussah –, wollte sie ebenfalls schon kochen und bis morgen in den Kühlschrank stellen. Sie hatte sich einiges vorgenommen, während Julian beim Training war. Eigentlich hätte er längst zurück sein sollen.

Sie war nervös und fürchtete sich vor dem nächsten Tag. Mit zitternden Fingern hatte sie den Boden der unteren Etage gewischt, anschließend den Eimer mit dem schmutzigen Wasser umgestoßen und von neuem anfangen müssen. Beim Staubwischen war ein Fotorahmen auf den Boden gefallen, das Glas war in tausend Einzelteile zersprungen, und als sie es aufhob, schnitt sie sich dabei in den Daumen. Der Truthahn kam ihr plötzlich zu klein vor, die Süßkartoffeln waren zu matschig, und im Supermarkt hatten sie nicht die richtigen Bohnen für ihren Auflauf, das einzige Gericht, das sie wirklich beherrschte. Beim Öffnen der Preiselbeerdose hatte es an der Tür geklingelt, wodurch sie erschrocken war und prompt die Dose in den Ausguss hatte fallen lassen. Die halbe Küche war mit roter Soße beschmiert gewesen, und Liv hatte noch einmal losgehen müssen, um neue Preiselbeeren zu kaufen.

Jetzt bekam sie die Mousse nicht hin, und Julian war immer noch nicht da. Sie hatte bisher noch nichts gekocht, musste noch zwei Dutzend Dinge erledigen, war mit den Nerven fertig und bekam zu allem Überfluss ihre Periode.

Verdammt noch mal! Warum wurde die Schokolade nicht endlich cremig und flüssig? Sie hatte alles genau so gemacht, wie es im Rezeptbuch stand!

«Hallo?» Julians Stimme erklang gut gelaunt aus dem vorderen Teil des Hauses. Gleich darauf stand er in der Küchentür und ließ seine Sporttasche auf den frischgebohnerten Fußboden fallen.

«Vielleicht kommt Brian gleich noch auf ein Bier vorbei.» Er tätschelte im Vorbeigehen Livs Hintern, küsste sie aufs Ohr und öffnete den Kühlschrank.

«Brian kommt vorbei?»

«Hmm.» Julian griff nach der Schachtel vom Chinesen, die noch von gestern übrig war, nahm eine Gabel und futterte die süßsauren Nudeln im Stehen.

«Das geht nicht! Ich habe noch so viel zu tun – und du musst mir helfen.»

«Er bleibt ja nicht lange», erklärte er kauend. «Hast du den Kürbiskuchen schon fertig?»

Liv fluchte innerlich, als sie sah, dass eine Nudel vom Rand der Pappschachtel auf den Küchenboden fiel, den sie heute bereits zweimal gewischt hatte, und dort einen fettigen Fleck hinterließ.

«Nein, habe ich nicht.»

«Und der Truthahn ist auch noch nicht mariniert.» Er blickte sie interessiert an. Liv überlegte gerade, ob sie ihm den Kürbis nicht an den Kopf schlagen sollte, als er zuvorkommend fragte: «Soll ich das gleich übernehmen?»

Erleichtert nickte sie und wurde etwas ruhiger. «Das wäre wunderbar.»

«Haben wir eigentlich genug Bier da? Marten trinkt keinen Wein.»

«Davon hast du mir nichts gesagt», hielt sie ihm entsetzt vor, «Wein habe ich besorgt sowie Limonade, Säfte und die Schokoladenmilch, auf die du so abfährst!»

«Ruhig Blut, Brauner.» Julian grinste. «Ist doch nicht schlimm – dann besorg ich gleich halt noch Bier.»

«Julian!» Angespannt und kurz vor einer Explosion, zischte sie: «Hier ist noch viel zu tun. Wenn du mich nicht ausflippen sehen willst, mach dich nützlich!»

«Schon gut.» Lässig warf er die Schachtel in den Papierkorb, wobei kleine Ölspritzer auf dem Fußboden haften blieben. Liv kniff die Augen zusammen, als sie das sah. Julian bemerkte es nicht einmal, sondern sagte: «Koch du das da weiter.» Er schaute mit hochgezogener Augenbraue ins Wasserbad. «Ist es genießbar?»

Ihr vor Wut glühendes Gesicht hätte ihn warnen sollen. Nur seinem sportlichen Instinkt und seiner schnellen Wendigkeit war es zu verdanken, dass das heiße Wasserbad nicht an seinem Kopf landete. Stattdessen flog es um Haaresbreite an seinem Ohr vorbei und schepperte auf den Boden des Esszimmers, wo sich eine milchige Fontäne halbflüssiger Schokolade und süßlich duftenden Cognacs über das Parkett ergoss.

Liv schrie Julian aufgebracht an: «Wegen dir muss ich jetzt ein drittes Mal den Boden wischen! Du ... du Arschloch!»

Julians Augen funkelten vergnügt, als hätte er es auf einen Streit angelegt. «Pech!»

«Pech, sagst du?» Am liebsten hätte sie mit dem Kochlöffel auf ihn eingeschlagen.

«Wenn du den ganzen Tag hier vertrödelst ...»

Ihre Augen weiteten sich empört. «Ich habe mir den Arsch aufgerissen! Du marschierst hier rein, saust den Boden voll und machst alles zunichte, womit ich heute beschäftigt war!»

Er runzelte argwöhnisch die Stirn. «Wolltest du Milchsuppe mit Alkohol kochen?»

«Das sollte Mousse au Chocolat werden, du Vollidiot!»

Amüsiert stemmte er die Hände in die Hüften. «Dann sei froh, dass es morgen nicht auf den Tisch kommt. Wäre doch schade, den Abend wegen einer Lebensmittelvergiftung im Krankenhaus zu verbringen.»

Eigentlich hatte er mit Geschrei und vielleicht mit einer Ohrfeige gerechnet – hatte sich sogar darauf gefreut, weil ein Streit mit Liv ein besonderes Highlight war, aber sie sank schluchzend auf einen Hocker und schlug die Hände vors Gesicht.

Erschrocken und hilflos stand er vor ihr, während sie weinte und ihre Schultern heftig bebten.

«O verdammt.» Er kniete sich vor sie und zog ihre Hände beiseite. Erst jetzt entdeckte er ein blutiges Pflaster an ihrem Daumen. «Baby ... so habe ich das nicht gemeint. Scheiße, was ist denn los?»

Ihr verheultes Gesicht verhieß nichts Gutes, genauso wie ihre Weigerung, sich von ihm in den Arm nehmen zu lassen.

Schluchzend und nach Atem ringend erzählte sie von dem umgekippten Putzeimer, dem kaputten Bilderrahmen, dem zu kleinen Truthahn, den matschigen Süßkartoffeln, den fehlenden Bohnen und dem vermasselten Versuch, eine weiße Mousse zu zaubern.

«Und meine Periode kriege ich auch noch», heulte sie.

Amüsiert presste er die Lippen aufeinander, als verstünde er jetzt, weshalb sie sich so aufführte.

«Das Haus ist ein Schlachtfeld», brachte sie mühsam über die Lippen, «das Essen wird furchtbar werden und niemandem schmecken. Deine Eltern ...» – ihre Stimme zitterte – «nicht einmal ihr Bett ist bezogen!» Wieder schluchzte sie auf.

«Aber ...» Julian sah sie verunsichert an.

Ihr letztes gemeinsames Thanksgiving vor einigen Jahren war eine absolute Katastrophe gewesen. Seine Eltern waren nach Arizona gekommen, um sie in ihrem Mietshaus zu besuchen, in das sie gerade erst von Pullman aus gezogen waren. Julian war nur wenige Stunden vor dem Eintreffen seiner Eltern von einem einwöchigen Trainingslager zurückgekommen, sodass Liv alles allein hatte organisieren müssen. Die meisten Kartons waren noch nicht ausgepackt, die Möbel hatten kreuz und quer in den Räumen gestanden, Sammy hatte unter Fieber und einer Grippe gelitten, während Liv wie eine Wahnsinnige aussah, die nicht einmal Zeit gefunden hatte, den mit Kleinkindkotze beschmierten Pulli zu wechseln. Selbstverständlich war der Truthahn angebrannt, weshalb sie der Einfachheit halber Truthahnsandwiches in einem geöffneten Supermarkt gekauft und aus Plastikbechern Cola getrunken hatten, weil auch das meiste Geschirr noch in den unzähligen Kartons steckte. Und doch war es eines der schönsten Thanksgivings gewesen, die er in seinem Leben gefeiert hatte. Damals schien das pure Chaos Liv wenig ausgemacht zu haben, während sie jetzt wegen nicht bezogener Betten schluchzte.

«Aber das macht doch nichts», tröstete er sie. Weil sie sich immer noch nicht beruhigte, schlug er vor: «Einige Blocks entfernt gibt es ein Delikatessengeschäft. Wir fahren hin und kaufen einfach da das Essen.»

«Nein!» Sie wischte sich mit dem Ärmel ihres schmutzigen Shirts über die Wangen. «Ich will selber kochen.»

«Hmm ...»

Mit zitternden Lippen sah sie auf. Normalerweise war er von heulenden Frauen nur genervt, aber Livs bebende Lippen rührten sein Herz.

«Für deine Eltern wollte ich mir besonders viel Mühe geben.»
Eine Träne nach der anderen rollte ihre Wangen hinab. «Aber
ich bekomme es einfach nicht hin!»

«Liv...»

«Sie werden enttäuscht sein ... und du auch!» Eine wahre
Tränenflut löste sich aus ihren Augen, und er schmolz dahin.

Julian fühlte sich absolut hilflos, nahm sie in die Arme und
sah sich das Chaos in der Küche an. Er begriff vielleicht nicht
viel von der weiblichen Psyche, aber Livs panisches Beharren
darauf, alles perfekt organisieren und ein Essen zaubern zu
wollten, bei dem sogar Paul Bocuse und Jamie Oliver begeistert gewesen wären, verstand er plötzlich. Sie hatte Angst vor
dem Wiedersehen mit seinen Eltern und war von dem Gedanken besessen, sich in einem guten Licht zu präsentieren. Ihm
bedeutete das mehr, als es ihr Umzug in sein Haus getan hätte.

«Was wolltest du denn kochen, Liebling?»

Noch immer zitterte ihre Unterlippe. «Maissuppe mit selbst-
gemachten Croutons, Truthahn mit einer Kastanienfüllung,
Süßkartoffelauflauf» – sie schnappte nach Luft –, «Kartoffelbrei
und Buttermöhren, Preiselbeersauce, selbstgebackene Bröt-
chen, Kürbiskuchen, Bohnenauflauf» – wieder wackelte ihre
Stimme gefährlich –, «einen Schinkenauflauf mit Äpfeln und
Nüssen sowie eine weiße Mousse mit Birnenkompott.»

«Das hört sich wunderbar an.» *Und völlig utopisch, fügte er in
Gedanken hinzu.*

«Ich kriege es aber einfach nicht hin.» Verzweifelt senkte sie
den Kopf.

Zärtlich und tröstend streichelte er ihren Nacken. «Pass auf.
Du setzt dich hier an den Tisch und machst eine Liste mit den
Dingen, die wir noch erledigen müssen, und eine zweite Liste
mit den Sachen, die wir noch einkaufen müssen, wie Martens
Bier. Ich rufe Brian an, damit er die Sachen besorgt, und wische
den Boden.»

Zitternd holte sie Luft und setzte sich verzagt an den Tisch, während Julian heißes Wasser in den Putzeimer gab und anschließend die Sauerei im Esszimmer beseitigte, bevor er Brian anrief und seine Einkaufsliste durchgab.

Dann packte er das schmutzige Geschirr in die Spülmaschine und versicherte ihr, dass sie gut in der Zeit lagen. Sobald der Geschirrspüler lief, sah er sich ihre endlose Liste an und lächelte ihr mit gespielter Fröhlichkeit zu.

«Das kriegen wir problemlos hin. Wir fangen mit dem Truthahn an, machen die Füllung, setzen die Suppe auf und bereiten anschließend den Kürbiskuchen vor.»

Stumm und verheult stand sie neben ihm, schälte und schnitt den Kürbis, während Julian in Windeseile den Truthahn marinierte. Glücklicherweise hatte sie eine Marinade gekauft und ein einfaches Rezept für die Füllung ausgesucht. Als Kinder hatten Amber und er immer das Thanksgiving-Essen mit ihrer Mom zubereitet, weshalb er sich nicht allzu dumm anstellte. Die Suppe war kein Problem, weil er für das Gemüse und die Kartoffeln einfach die Küchenmaschine anstellte – genauso erging es dem Kürbis, der auf dem bereits gekauften Mürbeteig verteilt wurde.

«Der Pie ist fertig.» Er stellte ihn rasch in den Kühlschrank, warf danach die Truthahnfüllung in die Küchenmaschine und stopfte sie im Schweiße seines Angesichts anschließend in den Vogel, den er ebenfalls in den Kühlschrank quetschte. Die Suppe kochte bereits vor sich hin und verströmte einen köstlichen Duft.

Als es etwa eine Stunde später klingelte, ließ Julian die immer noch stumme Liv in der Küche zurück und öffnete Brian die Tür. Sein Freund hielt zwei Papiertüten in den Händen.

«O Mann, Scott! Ich war wegen der Bohnen in drei Geschäften», beschwerte er sich, übergab Julian eine Tüte und zischte aufgebracht: «Du lässt mich *Tampons* kaufen?»

«Es tut mir leid ...»

Brian fuhr sich mit der freien Hand durch den vollen Haarschopf. «Wie ein Trottel stand ich an der Kasse – mit Bohnen, Tampons und Schlagsahne in den Händen.»

Julian machte ein zerknirschtes Gesicht. «Es ist ein Notfall.»

«Das hoffe ich!»

«Danke, danke, danke.» Julian zog die Bohnen heraus und stellte erleichtert fest, dass es tatsächlich die richtigen waren.

«Was ist hier eigentlich los?» Brian blickte verwirrt auf das leicht chaotische Gesicht seines Kumpels, der einen Finger an den Mund hielt und mit dem Kopf in Richtung Küche zeigte.

«Ach so», flüsterte Brian und schnitt eine erschrockene Grimasse.

«Komm! Du musst mir helfen.»

Brian folgte ihm in die Küche, sah dort die aufgelöste Liv und schlang einen Arm um ihre Schulter, während sie sich verlegen über die verheulten Augen rieb.

«Hey, Kleines. Wie kann ich dir helfen?»

«Brian hat die Bohnen mitgebracht», erklärte Julian in einem Ton, als würde er eine tickende Zeitbombe betrachten und fürchten, den falschen Draht durchgeschnitten zu haben.

«Danke», flüsterte sie.

«Mach doch einfach schon mal deinen Bohnenauflauf, während Brian und ich oben das Arbeitszimmer vorbereiten.»

Wieder nickte sie nur und nahm die Bohnen entgegen. Julian zog seinen Kumpel in die obere Etage, wo sie in Windeseile mehrere Punkte von Livs Liste abarbeiteten. Julian erklärte währenddessen, dass Liv anscheinend eine Heidenangst davor hatte, Thanksgiving mit seiner Familie zu feiern, und alles perfekt haben wollte.

Als sie die Betten bezogen, seufzte Brian ungläubig auf. «Ich hätte nie gedacht, dass ich mal Betten beziehen muss, um einer Lady einen Gefallen zu tun.»

323

«Wenn du willst, kannst du ja auch noch das Bad putzen. Liv würde sich sicherlich sehr freuen.»

«Haha.» Brian verzog den Mund und folgte Julian gleich darauf die Treppe hinunter.

Mittlerweile war es draußen stockfinster. Liv schien sich ein wenig gefangen zu haben und verteilte gerade Röstzwiebeln auf dem Bohnenauflauf in einer großen Kasserolle.

«Was steht noch an?» Julian legte seine Hand auf ihren Rücken und rieb die Stelle dort.

«Der Schinkenauflauf und … und die Mousse.» Sie sah ihn zweifelnd an.

«Den Schinkenauflauf übernehme ich», erklärte er, «und wo hast du das Rezept für die Mousse?»

«Im großen Kochbuch, aber …» – sie seufzte – «das Rezept hat nicht funktioniert.»

Brian griff nach seinem Handy. «Was ist das für eine Mousse?»

«Eine weiße Mousse au Chocolat», erklärte Liv dumpf.

«Na, da wollen wir mal schauen.» Er runzelte die Stirn und gab das gesuchte Wort in die Internetfunktion seines Handys ein.

«Aha … also hier steht: Schmelzen Sie die weiße Kuvertüre im Wasserbad, erhitzen Sie separat etwas Cognac mit Gelatine und geben Sie dieses Gemisch vorsichtig in die flüssige Kuvertüre. Dann schlagen Sie die Eier mit dem Zucker schaumig auf und heben die Masse mit der geschlagenen Sahne unter.» Er wackelte mit dem Kopf. «Das Rezept hat nur gute Bewertungen.»

«In meinem Rezept stand nichts von Gelatine.»

Gottergeben blickte Brian zu Julian. «Soll ich los und welche kaufen?»

«Nein, Gelatine haben wir im Haus.»

Julian räumte die fertige Spülmaschine aus und das schmutzige Geschirr wieder ein. Währenddessen versuchten sich Brian und Liv an der Mousse, rührten vorsichtig die Kuvertüre auf kleiner Flamme zu einer flüssigen Masse und gaben zaghaft die Gelatine-Mischung in den Topf. Es dauerte eine halbe Ewigkeit, aber am Ende kam eine wunderbare Konsistenz heraus, die mit dem Eierschaum und anschließend mit der Sahne zu einer richtig leckeren Mousse wurde.

Langsam blühte Liv wieder auf und sah sich zufrieden die vorbereiteten Gerichte im Kühlschrank an, während es ein Uhr nachts schlug. Brian und Julian hingen erschöpft auf der Couch, als Liv ihnen dankbar zwei Bier brachte.

«Das vergesse ich dir nie, Brian.» Sie setzte sich zu Julian und sah seinen Kumpel dankbar an. «Ohne eure Hilfe wäre ich verzweifelt.»

«Gern geschehen.» Er schlug ein Bein über das andere. «Einer Lady in Nöten helfe ich immer gern.»

Julian stützte sich auf einen Ellenbogen, strich Liv über die Hüften und fragte seinen Kumpel: «Du willst morgen wirklich nicht zum Essen kommen?»

«Nein, danke. Meine Tante wohnt in New Jersey und erwartet meinen Besuch» – er verzog genervt das Gesicht, bevor er vielsagend grinste –, «außerdem treffe ich abends Claire, weil wir es uns gemütlich machen wollen. Wenn du Reste hast, vertilge ich die gerne.»

«Kommt gar nicht in die Tüte», widersprach Julian sofort. «Aus den Resten mache ich mir ein Sandwich.»

Sein Teamkollege verdrehte die Augen.

«Grüß Claire bitte von mir, Brian.» Liv räusperte sich, stand auf, küsste den schwarzhaarigen Footballspieler auf die Wange und verabschiedete sich. «Jungs, seid mir nicht böse, aber ich muss oben noch das Gästebad sauber machen.»

Brian winkte lässig mit zwei Fingern.

«Ich komme gleich nach und helfe dir», versprach Julian und

verrenkte sich beinahe den Hals, um sie zu beobachten, als sie die Treppe hinaufstieg.

Mit zwei Schlucken hatte Brian sein Bier ausgetrunken und erhob sich gähnend. «Wenn du dem Team jemals erzählst, ich sei abends losgelaufen, um Tampons, Bohnen und Bier für euch zu besorgen, hat dein letztes Stündlein geschlagen, Scott.»

«Ab heute bist du mein Held», versicherte Julian, stand auf und brachte seinen Kumpel zur Tür.

Nachdem Brian verschwunden war, schaltete Julian todmüde und erschöpft das Licht in der unteren Etage aus, bevor er die Treppen hinaufstieg. Liv war damit beschäftigt, die Spiegel im Bad zu putzen.

«Du solltest schlafen gehen.» Sanft nahm er ihr den Putzlappen weg. «Es ist perfekt, Liv. Selbst im *Four Seasons* strahlt das Badezimmer nicht so.»

Mit einem abschließenden Seufzer verließ sie das Bad und folgte ihm ins Schlafzimmer. Gerade als sie ihre gestreifte Baumwollhose und ihr Tanktop angezogen hatte, fiel ihr siedend heiß ein, dass sie das Bier nicht kalt gestellt hatte.

Julian war unter die Decke geschlüpft und sah Liv dabei zu, wie sie ihre Locken zu einem Zopf flocht und gedankenverloren in Richtung Flur gehen wollte.

«Wohin willst du?»

«Das Bier kalt stellen.»

Julian hob einladend die Decke hoch. «Das habe ich schon getan. Komm ins Bett.»

Nachdenklich schlüpfte sie neben ihm ins Bett, legte den Kopf auf seine Schulter und schlang einen Arm um seine Brust.

Er bewegte seinen Kopf hin und her, bis ihre Haare ihn nicht mehr an der Nase kitzelten.

«Irgendetwas habe ich vergessen.»

«Es ist alles wunderbar», erwiderte er schläfrig.

«Deine Familie soll sich hier wohl fühlen», sagte sie leise und blickte zu seinem Kinn hoch, auf dem dunkle Bartstoppeln zu sehen waren.

«Mach dir keine Sorgen», murmelte er schon im Halbschlaf, «du hast alles perfekt vorbereitet.» Er gähnte und nuschelte: «Du wirst niemanden enttäuschen, mein Schatz.»

Während er einschlief, presste sie sich ganz fest an ihn und schloss die brennenden Augen. Wie enttäuscht würde er von ihr sein, wenn er die ganze Wahrheit wüsste?

23. Kapitel

Julian saß mit seinem Schwager und seinem Vater auf der Couch, trank ein Glas Eistee und blickte leicht nervös in Richtung Küche, wo Liv und seine Mom standen, um das Essen vorzubereiten. Lieber hätte er gegen seine Anspannung ein Bier oder sogar noch etwas Härteres getrunken, aber es war erst Vormittag, und er wollte nicht als Säufer gelten, daher hielt er sich brav an seinen Eistee.

Am Morgen hatte er seine Eltern vom Flughafen abgeholt, die trotz des mehrstündigen Fluges topfit waren, und sie zu seinem Haus gefahren, in dem Liv bereits wieder herumgewerkelt hatte. Auf der Fahrt vom Flughafen war es aus ihm herausgebrochen, wie nervös und unsicher Liv wegen des Familientreffens war, und seine Eltern hatten ihm versichert, dass er sich keine Sorgen zu machen bräuchte. Tatsächlich begrüßten sie Liv liebevoll und herzlich, erwähnten die Scheidung und anschließende Versöhnung mit keinem Wort und lobten das hübsche Gästezimmer sowie die ganze Mühe, die sich Julian und Liv gegeben hatten. Am Esstisch hatten sie ein paar Snacks zum Frühstück verspeist, Liv nach ihrer Arbeit und der kürzlich erhaltenen Auszeichnung gefragt, von der Julian bereits berichtet hatte, und sich dann das Haus zeigen lassen.

Vor etwa einer Stunde war Amber mit Marten und dem Kleinen erschienen, hatte ein heilloses Chaos mit ihrem übermäßigen Gepäck veranstaltet, bevor sie sich mit dem Baby ins Gästezimmer verzogen hatte, weil sie von der langen Fahrt übermüdet war. Verstohlen und besorgt hatte Julian Liv beobachtet, als ihr Marten und Mattie vorgestellt wurden. Sie war ein wenig zurückhaltend gewesen, hatte seinen Neffen jedoch angelächelt und Amber bestätigt, dass er ein absolut süßes Kind sei.

Eigentlich hätte er sich jetzt entspannen können, aber Livs gestriger an Hysterie grenzender Weinkrampf hatte ihn ziemlich aus der Fassung gebracht. Mit gespitzten Ohren hörte er seine Mom lachen und verrenkte sich beinahe den Hals, um einen Blick in die Küche zu erhaschen. Als er Livs fröhliches Lachen hörte, lehnte er sich beruhigt zurück und fing den amüsierten Blick seines Vaters auf.

«Deine Mom frisst sie schon nicht auf.»

«Ich weiß.»

Sein Dad trank ebenfalls einen Schluck seines Eistees und begann von typischen Kleinstadtgeschichten zu berichten, wobei er besonders von Julians alten Schulfreunden erzählte, die noch immer in seiner Heimatstadt lebten. Seit er auf das College gegangen war, hatte er niemals länger als einige Tage bei seinen Eltern verbracht, daher hatte er kaum noch Kontakt zu alten Schulfreunden. Jedoch hörte er seinem Dad höflich zu, lauschte währenddessen aufmerksam nach den Geräuschen aus der Küche und fragte anschließend Marten nach seiner Arbeit als Bankier. Marten arbeitete mittlerweile in einer Bank in Vermont. Er war ein patenter Mann, der seine Schwester glücklich zu machen schien, auch wenn er nach Julians Geschmack ein wenig langweilig war. Bis jetzt kannte er seinen Schwager noch nicht gut genug, aber solange Amber zufrieden war, hörte sich Julian gern Details über Sparanleihen, Hedgefonds und Zinslasten an.

Als sie keinen Eistee mehr hatten, schlich er in die Küche, um aus dem Kühlschrank neue Getränke zu holen. Seine Mom und Liv schienen eine Menge Spaß zu haben, kochten die bereits vorbereiteten Gerichte fertig und schickten ihn wieder hinaus, weil er ihnen angeblich im Weg stand.

Amber kam zwei Stunden später mit Mattie nach unten. Sie

sah total geschafft aus und trug den Kleinen im Arm, der zusätzlich zu seinem feuerroten, spitz zulaufenden Haarschopf eine knallrote Birne bekommen hatte.

«Kannst du nicht schlafen?»

Sie sah ihren Dad betrübt an. «Nein. Er schreit, wenn er hingelegt wird, schreit, wenn er hochgenommen wird ...» Seufzend verlagerte sie ihn auf ihrem Arm. «Vielleicht hilft ja ein Fläschchen.»

«Gib ihn mir.» Julian streckte die Hände nach seinem Neffen aus und verfrachtete ihn in seine Armbeuge, obwohl seine Schwester ihn misstrauisch ansah.

«Mach meinem Neffen das Fläschchen», forderte er sie gutmütig auf.

«Hmm ...»

Mattie hörte prompt auf zu schreien, als Julian eine Grimasse schnitt, und gluckste zufrieden.

«Geh in die Küche, Weib! Hier ist frauenfreie Zone.»

«Du Chauvinist.» Amber verdrehte die Augen und rauschte ab.

Julian lachte und setzte seinen Neffen auf seinen Schoß. «Die wären wir los, Mattie.»

Der Kleine gurgelte und griff prompt nach Julians Armbanduhr, die ihn zu faszinieren schien.

«Er ist seit zwei Tagen so quengelig.» Marten sah seinen Sohn seufzend an, der momentan damit beschäftigt war, seinen Onkel fasziniert zu beobachten und über dessen Grimassen und prustende Töne zu lachen.

«Aha.» Ganz der versierte Kleinkindexperte, steckte Julian seinen Zeigefinger in Matties Mund.

«Julian!» Amber steckte ihren Kopf aus der Küche. «Was tust du denn da?»

Ihr Bruder verdrehte die Augen und befühlte Matties zahnlosen, speichelnassen Kiefer.

«Dein Sohn bekommt den ersten Zahn.» Er zog seinen klebrigen Finger wieder aus dem saugenden Mund seines Neffen. «Außerdem hat er Hunger.»

Amber kam mit dem Fläschchen ins Wohnzimmer und sah Mattie ungläubig an. «Er zahnt? Jetzt schon?»

Julian nahm seiner Schwester die Flasche ab und begann den Kleinen zu füttern, der sich vertrauensvoll an seinen Onkel kuschelte und gierig trank.

«Das ist gar nicht ungewöhnlich.» Ihr Vater schenkte seiner besorgten Tochter ein beruhigendes Lächeln.

«Sammy bekam seinen ersten Zahn bereits mit drei Monaten.» Den kleinen Kloß im Hals lächelte Julian tapfer weg und strich Mattie eine rote Strähne aus der Stirn. «Gib ihm seinen Beißring, wenn er unruhig ist.»

«Oder reib die Haut über dem Zahn mit etwas Brandy ein.»

«Dad!» Amber sah ihren Vater entsetzt an.

«Genau, Dad.» Julian lachte glucksend und stützte das Fläschchen weiterhin, auch wenn Mattie es bereits in seinen Händen halten konnte. «Ein Mann kann in dieser Familie nicht früh genug mit dem Alkohol anfangen.»

Vermutlich hätte ihn seine Schwester für seine Worte geschlagen, wenn er nicht den Kleinen im Arm gehalten hätte.

«Jetzt verstehe ich auch, weshalb er in den letzten Nächten ununterbrochen gebrüllt hat.»

Amber sah ihren Mann mit zusammengekniffenen Augen an. «Du hast ja kaum etwas davon mitbekommen, Marten. *Ich* bin diejenige, die nachts immer aufsteht.»

Interessiert sah Julian zu seinem Schwager, der leicht verlegen den Kopf senkte. Wie es aussah, war seine Schwester ein richtiger Hausdrachen.

«Tja, Dad» – er blickte seinen Vater leicht hämisch an –, «da kannst du dich ja auf was gefasst machen, wenn ihr bei Amber und Marten zu Besuch seid. Nächtliches Babygebrüll.»

«Das schreckt mich nicht ab.» Schulterzuckend erhob sich sein Dad, um in die Küche zu schlendern.

Anscheinend hatte Amber ihren Sohn lange genug ihrem Bruder überlassen, weil sie ihn jetzt entschlossen hochnahm und weiter fütterte.

«Mal ehrlich, Amber, warum bleibt ihr nicht übers Wochenende?» Julian runzelte die Stirn. «Wenn ihr morgen wieder zurückfahrt, ist es doch der pure Stress. Mom und Dad würden sich sicherlich auch noch ein wenig hier ausruhen wollen, anstatt morgen stundenlang ins Auto gequetscht zu werden.»

Seine Eltern wollten die Gelegenheit nutzen und nach Thanksgiving mit Amber, Marten und dem Baby für einige Tage nach Vermont fahren, bevor sie wieder nach Idaho flogen. Dass seine Schwester schon morgen nach Hause fahren wollte, fand Julian absolut stressig.

«Ach ... wir haben gar nicht genug dabei, um noch zwei Tage länger zu bleiben.»

Ironisch zog er eine Augenbraue hoch. «Wir mussten dreimal zum Auto gehen, um euer ganzes Zeug ins Haus zu schleppen.»

Julian sah seinen Schwager an, der sich mal wieder aus der Diskussion heraushielt. «Am Wochenende musst du doch sicher nicht arbeiten, oder?»

«Nein, ich muss erst am Montag wieder in die Bank.»

«Wunderbar.» Zufrieden wandte Julian sich an seine Schwester: «Morgen ist Black Friday, Schwesterchen, macht euch einen schönen Tag und geht einkaufen. Liv hat frei und kann euch alles zeigen ...»

«Und du hältst dich raus, oder was?»

«Ich habe morgen Training» – Julian verdrehte die Augen – «und kann erst am späten Nachmittag zu euch stoßen. Wir spielen am Samstag gegen die *Bengals*. Für das Spiel kann ich euch Tickets besorgen ...»

Amber schnaubte. «Mit Mattie gehe ich sicherlich nicht ins Stadion!»

«O Mann.» Über ihre Zickigkeit konnte Julian eigentlich nur lachen. «Erstens meinte ich Logenkarten, Amber, da kannst du ihn problemlos mitnehmen. Oder du lässt ihn bei Mom und gehst ohne Kind mit zum Spiel.» Da seine Mutter kein großer Footballfan war, rechnete er fest damit, dass sie sowieso nicht mitkommen würde. Amber dagegen hatte sich immer gern Footballspiele angeschaut, und Julian hätte schwören können, dass sie nur allzu gern das Spiel sehen würde.

Dass sie nachdenklich die Nase verzog, war ein untrügliches Zeichen dafür.

«Was sagst du dazu, Schatz?» Sie blickte Marten fragend an.

«Wir könnten morgen wirklich ein wenig einkaufen gehen. Außerdem würde ich mir gern ein Footballspiel ansehen», fuhr er an Julian gewandt fort, «ich war noch nie bei einem Spiel live dabei.»

«Dann musst du unbedingt mitkommen!» Julian verbarg sein Entsetzen, dass sein Schwager noch nie in einem Football-stadion gewesen war, hinter einem gutmütigen Lachen. «Hey, Dad! Amber und Marten wollen bis Sonntag bleiben. Über-morgen spielen wir gegen die *Bengals*. Wollt ihr zusehen, wie wir ihnen in den Hintern treten?»

Aaron Scott grinste nur und kam aus der Küche. «Gute Idee. Dann gib dir mal mehr Mühe als bei deinem letzten Spiel, Juni-or. Cincinnati ist nicht zu unterschätzen!»

«Die Defense der *Bengals* ist in den letzten Spielen immer wieder eingebrochen. Die Offense sieht nicht besser aus. Letz-te Woche hat sich ihr Quarterback verletzt, und der Ersatz hat nichts auf dem Kasten.»

Amber stellte das leere Fläschchen auf den Tisch und tät-schelte Matties Rücken, um ein Bäuerchen hervorzulocken.

«Ich weiß nicht ... es ist keine gute Idee, Mattie so lange allein zu lassen.»

«Deine Mom ist doch bei ihm.» Ihr Dad setzte sich wieder. «Marten und du könnt wirklich ohne Bedenken mitkommen.»

«Was ist mit mir?» Seine Mom kam mit einer fleckigen Schürze aus der Küche.

«Wir überlegen nur, ob ihr nicht alle bis Sonntag bleiben wollt.» Julian hob die Hand. «Morgen könnt ihr die Geschäfte unsicher machen, und am Samstag könntet ihr mit ins Stadion kommen.»

«Oh» – sie schüttelte sofort den Kopf –, «beim Shopping bin ich dabei, aber zum Footballspiel komme ich nicht mit.»

«Dann passt du auf Mattie auf.

Seine Mutter grinste ihn an und sagte mit einem ironischen Unterton: «Nett, dass du fragst.»

«Mom ...» Er spielte den Zerknirschten, worauf sie lachen musste.

«Sicher passe ich auf ihn auf. Geht ihr ruhig alle ins Stadion und macht euch einen schönen Tag.»

Ihr Mann warf ihr eine Kusshand zu. «Danke, Liebling.»

Sie verdrehte die Augen, lächelte jedoch liebevoll. «Wir sind mit dem Essen fast fertig. Julian, ist der Tisch gedeckt?»

Feierlich nickte er. «Jawohl, Ma'am.»

Schnaubend ging sie zurück in die Küche, während sich der Rest der Familie erhob, um sich am Tisch zu versammeln.

Karen Scott legte ihrer ehemaligen Schwiegertochter eine Hand auf den Rücken und sagte amüsiert: «Hoffentlich macht es dir nichts aus, aber Julian scheint euer Wochenende soeben verplant zu haben.»

Fragend blickte Liv von der Preiselbeersauce auf.

«Anscheinend bleibt die ganze Familie bis Sonntag. Morgen hast du die Ehre, uns zum Shopping auszuführen, und am Samstag darfst du die anderen ins Stadion begleiten, um Julian beim Footballspiel zu beobachten.» Sie schnitt eine entschuldigende Grimasse. «Der Junge hat von Rücksichtnahme noch nie etwas gehört.»

Dass der Junge zwei Köpfe größer war als seine Mom und kräftetechnisch mit einem Panzer konkurrieren konnte, hielt sie nicht ab, ihn immer noch als Jungen zu bezeichnen, dachte Liv höchst amüsiert.

«Karen, es ist schön, dass ihr noch länger bleibt.» Sie rührte die Soße noch einmal um und legte dann den Löffel beiseite. «Julian ist so glücklich darüber, seine Familie um sich zu haben.»

Die Hand auf ihrem Rücken streichelte sie sanft. «Für dich ist es etwas viel, oder?»

«Nein» – Liv lächelte offen –, «wirklich nicht.»

Karen senkte besorgt die Stimme ein wenig. «Liv ... Schätzchen ... ich weiß nicht, ob ich das einfach so ansprechen soll ...»

«Es ist okay, dass Mattie hier ist.»

Ihre ehemalige Schwiegermutter schien über ihre Offenheit im ersten Moment verblüfft zu sein. «Oh ...»

Liv schluckte kurz. «Mach dir keine Sorgen um mich. Mir geht es gut.»

«Das freut mich.»

«Danke.»

«Amber hat sich in der letzten Woche große Gedanken gemacht, dass dir Matties Anwesenheit weh tun könnte.»

«Das brauchte sie nicht.»

Karen tätschelte ihr liebevoll die Hand. «Ich bin so froh, dass sich zwischen Julian und dir wieder alles eingerenkt hat.»

«Ehrlich?»

«Natürlich.» Karens Stimme war ruhig und sanft. «Du bist Teil unserer Familie, Liv, und wir haben dich in den letzten Jahren sehr vermisst.»

Liv fühlte plötzlich Tränen in ihren Augen hochsteigen und flüsterte spontan: «Ich vermisse Sammy so.»

Karen lächelte ebenfalls unter Tränen und war so rücksichtsvoll, die Küchentür zu schließen, bevor sie Liv in den Arm nahm und schniefte. «Ich weiß, mein Schatz.»

Bisher hatte Liv niemals irgendwem von Julians Familie eingestanden, dass sie ihren Sohn vermisste. Mit Granny hatte sie darüber nie gesprochen, und selbst Julian gegenüber hatte sie es niemals erwähnt. Jetzt klammerte sie sich an ihre frühere Schwiegermutter, die sie tröstend im Arm hielt.

«Ich vermisse diesen kleinen blond gelockten Rabauken auch jeden Tag.»

Der Kloß in Livs Hals wurde immer größer. «Nach seinem Tod war ich so abweisend zu euch ... es tut mir leid.»

«Oh, Liebling.» Karen strich ihr gutmütig über die Haare. «Du musst dich für nichts entschuldigen.»

«Doch», stieß sie zitternd hervor, «ich habe euch vor den Kopf gestoßen.»

«Unsinn.» Karens Stimme war rau. «Du hast getrauert. Wir haben es verstanden.»

«Aber ...»

Julians Mutter drückte sie eng an sich. «Mach dir keine Vorwürfe, Liebes. Wir hätten keine bessere Schwiegertochter haben können. Und Sammy hätte keine bessere Mom haben können.»

Nach Atem ringend schloss Liv die Augen.

«Wir werden Sammy niemals vergessen, Liv.»

«Ich auch nicht.»

«Das weiß ich.» Karen seufzte leise auf. «Aber tu mir den Gefallen und versuche seinen Tod langsam zu überwinden. Du darfst nicht immer daran denken.»

Liv holte zitternd Luft.

«Du warst so tapfer, Liv. Schau doch nur, was aus dir geworden ist! Wir sind sehr stolz auf dich.»

Unsicher und leicht verlegen löste sich Liv von ihr und wischte die unerwünschten Tränen beiseite. Karen dagegen hielt weiterhin Livs linke Hand fest und sah sie lächelnd an.

«Es ist mein voller Ernst. Du bist eine wunderbare Frau. Mein Sohn kann sich glücklich schätzen, dich bekommen zu haben.»

Verzagt biss sich Liv auf die Unterlippe. «Ich glaube, die Soße brennt an.»

Karen lachte, strich ihr kurz über die Wange und nahm den Topf vom Herd.

Liv führte die nächsten Handgriffe wie eine Schlafwandlerin aus. Bis gerade eben war sie glücklich gewesen, zufrieden darüber, ein Teil dieser Familie zu sein, die sie von Anfang an willkommen geheißen hatte, als sie als unsichere Neunzehnjährige in Julians Schlepptau in Idaho aufgetaucht war. Seine Mutter war lieb zu ihr, eine gütige Frau, die ihr nicht vorwarf, sechs Jahre lang einfach von der Bildfläche verschwunden zu sein, sondern verständnisvoll reagierte und sie tröstete.

Liv kam sich wie eine Schwindlerin vor.

Das Essen zu überstehen war die reinste Tortur, weil sie das Gefühl hatte, sich ihren Platz am Familientisch erschlichen zu haben.

Julian tranchierte nach einem inszenierten gutmütigen Streit mit seinem Dad, in dem es darum ging, wer das Fleisch schneiden dürfte, den Truthahn und verteilte den köstlichen Vogel auf die Teller, die Liv ihm hinhielt. Nicht einmal die Tatsache, dass das Essen trotz der gestrigen Hast wirklich gut schmeckte, heiterte Liv auf. Sie saß neben Julian, der gut gelaunt und überglücklich zu sein schien, probierte die Speisen und beteiligte sich an den Gesprächen um sie herum, als sei alles in Ordnung – als hätte sie keine unsäglichen Schuldgefühle ihm gegenüber. Am schlimmsten war der Zeitpunkt vor dem Essen gewesen, als das rituelle Dankesgebet gesprochen wurde und ihr Schwiegervater, der als Ausgleich für das Truthahn-

337

tranchieren das Gebet sprechen durfte, erklärte, er sei dankbar dafür, dass seine Schwiegertochter wieder mit ihnen zusammen am Tisch saß.

Liv lächelte mechanisch und überstand das Essen.

Sie überstand sogar Julian, der im Laufe des Abends durch seinen Weinkonsum immer zärtlicher und anhänglicher wurde. Er setzte sich zu ihr auf die Couch, als sie sich mit Amber unterhielt, und nannte sie ständig *seine Frau*, obwohl sie es rein formal betrachtet nicht mehr war. Eigentlich hätte es ein wundervoller Abend werden können. Im Kamin prasselte ein Feuer, seine Eltern spielten mit Mattie, Amber und Marten lehnten sich entspannt zurück, und Julian zog Liv eng an sich, küsste sie auf die Stirn und lobte ihre Mousse, die sie gerade gegessen hatten. Liv fühlte unter ihrer Hand das Pochen seines Herzens, kuschelte ihren Kopf an seinen Hals und fragte sich bedrückt, was Julian täte, wenn er wüsste, was sie nach Sammys Tod getan hatte.

Das restliche Wochenende verbrachte sie in angespannter Verfassung mit seiner Familie, während sie sich ständig schuldig fühlte. Zwar ging sie mit den anderen einkaufen, kümmerte sich darum, dass Julians Familie sich wohl fühlte und ihren Spaß hatte, spielte mit Mattie und zeigte ihrem ehemaligen Schwiegervater die Baustelle, die bald ein Museum sein sollte, doch der Knoten in ihrem Magen wurde immer größer, weil sie das Gefühl nicht los wurde, diese lieben Menschen anzulügen.

Beim Spiel der *Titans* gegen die *Bengals*, das sie mit Aaron, Amber und Marten besuchte, wurden sie alle zuvorkommend behandelt und hatten traumhafte Plätze. Von der Loge aus feuerten sie New York an und jubelten bei Julians Raumgewinnen sowie beim Sieg der *Titans*. Liv hätte in dieser Atmosphäre, die sie an die glückliche Zeit von Julians unzähligen Collegespielen erinnerte, beinahe ihr schlechtes Gewissen vergessen. Doch als

Julian sie alle kurz nach dem Abpfiff mit einem glückseligen Lächeln in der Loge abholte und nach unten brachte, damit sie mit dem Team feiern konnten, musste sie wieder daran denken, dass er ein völlig falsches Bild von ihr hatte und sie sicher nicht länger im Arm halten wollte, wenn er erst einmal die Wahrheit kannte.

Als seine Familie am Sonntag nach einem gemeinsamen Frühstück Richtung Vermont aufbrach, war Liv zwar traurig, schließlich liebte sie seine Familie, aber auf der anderen Seite war sie erleichtert, dass sie sich jetzt wenigstens nur noch vor Julian verstellen musste.

24. Kapitel

Ich nehme die Chimichangas mit Rindfleisch und extra viel Guacamole, Süße.» Brian zwinkerte der hübschen Bedienung zu und übergab ihr lächelnd die Speisekarte.

Blake schloss sich ihm an, während Dupree und Eddie Chili con Carne bestellten. Die anschließenden Witze über nächtliche Blähungen überhörte die Kellnerin und wandte sich an Julian, der seinen Teamkollegen und Freund Brian finster anstarrte.

Brian hatte es geschafft, Julians komplette Abendgestaltung zu ruinieren, und saß jetzt gut gelaunt und flirtend neben Liv, die an ihrer Margarita nippte und mit roten Wangen über seine Witze lachte. Daran konnte Julian erkennen, dass sie bereits angesäuselt war – was kein Wunder war, wenn Brian sie zu mit Tequila durchsetzten Cocktails überredete.

Anstatt mit ihr in einem noblen Restaurant zu sitzen, edlen Champagner zu trinken und die Woche ruhig ausklingen zu lassen, hatten sich ihm die Jungs nach dem Training angeschlossen, Liv im Büro abgefangen und sie zu einem typischen Mexikaner geschleppt. Im Gegensatz zu Julian, der mäßig begeistert sein Bier trank, fühlte sich Liv anscheinend pudelwohl, naschte an den Nachos mit feuerscharfem Salsa-Dip und spülte die Schärfe mit der pinken Margarita hinunter.

«Sir?» Die Bedienung sah ihn immer noch fragend an.

«Äh ... die Burritos mit Hackfleisch und Sauerrahm.» Er ließ seine Augen nicht von Liv und brütete finster vor sich hin.

Hier mit Brian und seinen Kumpels war sie weitaus fröhlicher als am vergangenen Wochenende, als seine Familie sie besucht hatte. Da war Liv plötzlich verschlossen und zurückhaltend gewesen, hatte unsicher gewirkt und teilweise gar nicht glücklich. Fürsorglich hatte sie seiner Familie die besten Geschäfte gezeigt und sich die ganze Zeit um sie gekümmert, aber sie war ihm dabei irgendwie distanziert vorgekommen. Über den Sieg der *Titans* hatte sie sich gefreut, dem Team gratuliert, mit John geplaudert und Amber von Johns süßer Tochter vorgeschwärmt. Alles in allem hätte er nicht glücklicher sein können. Aber irgendetwas stimmte nicht.

Das war nicht seine Liv, sondern eine zaghafte und distanzierte Version seiner Frau, die eine merkwürdige Scheu an den Tag legte, wenn er sie vor den Augen anderer berührte oder mit ihr über ihren Umzug in sein Haus sprechen wollte.

Julian wusste nicht, woran es lag.

In den vergangenen Wochen, aber ganz besonders am letzten Wochenende, war ihm klargeworden, dass er sie immer noch liebte und sie bei sich haben wollte. Heute hatte er mit ihr darüber reden wollen, aber Brian – dieser Arsch – war ihm dazwischengekommen und saß nun schäkernd mit ihr am Tisch, gab seine besten Witze von sich und machte Julians Pläne zunichte.

In dem Restaurant mit angeschlossener Tanzfläche war es heiß, stickig und laut, weil eine Band ohrenbetäubende Lieder aus Südamerika spielte. Eigentlich hätte Julian die Atmosphäre gefallen, und er wäre mit Liv auf die Tanzfläche verschwunden, um seinen besten Hüftschwung zu präsentieren. Aber jetzt gerade kotzte es ihn an, und er saß wie auf heißen Kohlen.

Als Brian seinen Arm um Livs Schulter legte und ihr etwas ins Ohr flüsterte, war es um seine Fassung geschehen.

«Rabbit, nimm deine Pfoten von meiner Frau!»

Liv sah ihn erschrocken an. Seine Teamkollegen dagegen musterten ihn mit wachsendem Interesse und schoben sich die Nachos in den Mund. Brian feixte lässig. Footballspieler prügelten sich halt gern. Dazu brauchten sie keinen Anlass, sondern ließen schon einmal Dampf ab, indem sie sich grundlos gegenseitig in den Boden rammten. Seine Kameraden wussten das und hofften wohl auf eine handfeste Prügelei zwischen Quarterback und Wide Receiver, während sich Livs Gesicht verfinsterte.

«Hast du den Verstand verloren, Julian?»

Bei Eifersucht hatte er noch nie rational denken können und knurrte auch jetzt: «Halt dich da raus, Liv.»

«Hör mit diesem chauvinistischen Scheiß auf!» Sie funkelte ihn wütend an.

Brian fuhr sich durchs Haar und sah Julian auffordernd an. «Wenn du dich prügeln willst, Scott, dann jetzt! Ich habe Kohldampf und gehe nicht mit dir vor die Tür, wenn meine Chimichangas kommen.»

«Hier prügelt sich niemand», wies Liv ihn zurecht und warf Julian einen trotzigen Blick zu, «du benimmst dich unmöglich.»

Seine Augen musterten böse Brians Arm, der immer noch um Livs Schulter geschlungen war.

Sein Kumpel grinste und zog den Arm endlich beiseite. «Er hat nur sein Revier markiert.»

«Ich bin niemandes Revier!» Nun blickte Liv auch Brian ziemlich böse an.

Lässig zuckte er mit der Schulter, schob sich einen Nacho in den Mund und erklärte kauend: «Du bist seine Frau ...»

«Wir sind geschieden», korrigierte sie ihn und warf Julian einen immer noch wütenden Blick zu.

Dessen Miene wurde noch finsterer. «Liv ...»

Brian wieherte vor Lachen. «Ich schätze, Scott, die heutige Nacht wirst du allein in deinem Bett verbringen.»

Die anderen Teamkollegen lachten ebenfalls auf.

«Footballspieler sind Idioten», beschwerte sich Liv und trank einen großen Schluck ihres Cocktails.

«Heiße Idioten», schränkte Blake ein.

Zweifelnd schüttelte Liv den Kopf. «Meistens machen eure Muckis die vielen Schläge auf eure Köpfe jedenfalls nicht wett.»

Das fanden alle – bis auf Julian – urkomisch und lachten wieder.

«Die Mädels haben sich noch nie beschwert», klagte Brian dann.

Blake grölte: «Rabbit, deine Leistungsbereitschaft im Bett wird auch nicht von deinem Kopf aus gesteuert, sondern hat ihr Zentrum in tieferen Regionen.»

«Deshalb heißt er ja auch Rabbit.» Eddie grinste.

Liv lachte, was ihr jedoch schnell verging, als sie in Julians böses Gesicht blickte. Kaum entschuldigte sich Brian, um auf die Toilette zu gehen, folgte ihm Julian und ignorierte Livs warnende Miene.

In der Männertoilette stand Brian fröhlich pfeifend am Urinal und sagte zu seinem Kumpel, ohne sich umzudrehen: «Ich habe beide Hände voll zu tun. Jetzt kann ich mich nicht wehren.»

Julian schnaubte: «Klar, *beide* Hände. Wer's glaubt...»

«Was ist heute mit dir los?»

«Das könnte ich dich fragen.» Julian ging zum Waschbecken und wusch sich dort die Hände – einfach um etwas zu tun. Wenige Sekunden später folgte ihm Brian und trat an das andere Waschbecken.

«Du weißt genau, dass ich Liv nicht zu nahe treten würde. Warum bist du bloß so eifersüchtig?»

«Ich bin es halt.»

«Aha...» Brian gluckste.

«Pass auf» – Julian seufzte und trocknete sich die Hände mit einem Papiertuch ab –, «ich hatte heute was anderes für Liv und mich geplant.»

«Tja... du hättest etwas sagen sollen.»

Brian klang dermaßen gleichgültig, dass es Julian auf die Palme brachte. «Ich meine es todernst, Palmer, du hast mir den Abend versaut.»

«Liv scheint es anders zu sehen. Sie hat Spaß.» Brian runzelte die Stirn. «Jedenfalls *hatte* sie Spaß, bis du dich wie ein Verrückter aufgeführt hast.»

«Brian...» Seine Stimme wurde warnend.

«Sei keine Pussy! Wenn du eifersüchtig bist und sie von anderen Männern fernhalten willst, dann tu was dagegen und heirate sie noch einmal.»

Julian knirschte mit den Zähnen, griff in seine Hosentasche und zog den Verlobungsring heraus, den er vor zwei Wochen bei einem Juwelier bestellt hatte und seit zwei Tagen mit sich herumschleppte. «Wenn du mir nicht die Tour vermasselt hättest mit deiner grandiosen Idee, zum Mexikaner essen zu gehen, hätte ich sie heute fragen können!»

Brians Augen hatten sich entsetzt geweitet. «O Scheiße...»

In diesem Moment öffnete sich die Tür, und ein älterer Mann mit Rauschebart blieb verwirrt stehen, als er Brian und Julian entdeckte, die sich gegenüberstanden und einen Verlobungsring betrachteten. Er schien die falschen Schlüsse zu ziehen und wurde rot. «Ich wollte nicht stören!»

Brian lachte auf und ließ sich gegen die Wand fallen, als sich die Tür wieder schloss. «Erst muss ich Tampons kaufen gehen, und jetzt werde ich für einen schwulen Footballspieler gehalten, dem sein Wide Receiver auf dem Männerklo einen Antrag macht!»

«Das ist gar nicht witzig.» Julian schob den Ring wieder in seine Jeanstasche und zog am Kragen seines rot karierten Flanellhemdes herum. «Liv ist sauer auf mich. Den Antrag kann ich vergessen.»

«Finesse...» Brian schlug ihm auf den Rücken. «Du brauchst mehr Finesse, mein Freund.»

Als sie zu den anderen zurückkehrten, setzte sich Brian brav auf Julians Stuhl, sodass dieser sich neben Liv setzen konnte. Zwar sah sie beide misstrauisch an, ignorierte jedoch Brians engelsgleichen Gesichtsausdruck und ließ zu, dass Julian ihren Oberschenkel streichelte.

«Es tut mir leid, Baby», raunte er ihr zu und drückte ihr Knie, «ich bin ein eifersüchtiger Idiot.»

Seufzend nahm sie seine Hand. «Ich weiß.»

«Aber du liebst mich trotzdem, nicht wahr?»

Liv schluckte gegen den Kloß in ihrem Hals an und drückte ihm einen Kuss auf die Wange, um ihm keine Antwort geben zu müssen.

Es war schließlich keine Frage von Liebe, weshalb sie ihm die Antwort schuldig blieb, sondern eine Sache von Betrug und schlechtem Gewissen.

Als das Essen gebracht wurde, hatte sich die Stimmung am Tisch deutlich gebessert. Die Jungs fielen heißhungrig über die deftigen Portionen her, schoben sich wahre Fleischberge in die schmatzenden Münder und spülten das scharfe Essen mit Bier, Cocktails und Tequila hinunter. Die bisherige Saison, die gar nicht schlecht lief und ihnen bislang die Chance auf die Play-Offs offenhielt, war natürlich das einzige Gesprächsthema beim Essen. Liv hörte meistens nur zu, während ihre Begleiter mit den enormen Muskelbergen und dem enormen Appetit über ihre Gegner und deren Fähigkeiten auf dem Platz diskutierten.

Julian drosselte seine Teamkollegen ein wenig, dämpfte deren übermotivierten Enthusiasmus und erinnerte daran, dass sie noch lange nicht die Play-Offs erreicht hatten und nicht übermütig werden durften. Vor allem Dupree, der seine erste NFL-Saison spielte, hörte seinem älteren Mannschaftskameraden aufmerksam zu und nahm sich dessen Rat wohl zu Herzen, da er keine großspurigen Äußerungen mehr machte, sondern still sein Chili aß.

Liv hatte sich wieder mit Julians Eifersuchtsausbruch abgefunden und schmiegte sich an ihn, während er über die Defense der *Titans* philosophierte und ihr dabei gedankenverloren über die Hüften streichelte.

Nachdem das Essen abgeräumt worden war, zog Julian Liv auf die Tanzfläche im Nebenraum und freute sich darüber, ihr Lachen zu hören, als er sie herumwirbelte. Seine Hände fuhren zu ihrem Hintern und griffen zu, was sie zu übermütigem Kreischen verleitete. Ihre Arme schlangen sich um seinen Hals, und im Margarita-Rausch küsste sie ihn leidenschaftlich auf den Mund, während *Baila Casanova* in ohrenbetäubender Lautstärke lief und zu flotten Bewegungen animierte.

Selbstvergessen presste sie die Hüften an ihn, küsste ihn mit offenem Mund und keuchte schwer, als er plötzlich den Kuss beendete und ihr ins Ohr flüsterte: «Gott, Liv, ich liebe dich so sehr.»

Atemlos und leicht entsetzt sah sie im nächsten Moment auf den schmalen Diamantring in seinen Fingern, hörte seine belegte Stimme und erkannte am samtigen Funkeln in seinen Augen, wie ernst es ihm war. «Bitte, heirate mich noch einmal.»

Als hätte man Eiswasser über ihren Kopf gegossen, wich sie zurück und befreite sich aus seinem Griff.

Julian sah verwirrt zu, wie sie in den anderen Raum zurückhastete, und folgte ihr dann eilig.

«Hey, was ist denn los?» Brian saß gut gelaunt mit einem Bier am Tisch und blickte auf Liv, die bleich und mit verzerrten Gesichtszügen nach ihrer Tasche und Jacke griff, sowie auf Julian, der verständnislos und grimmig hinter ihr stand.

«Habt ihr euch gestritten?»

Liv antwortete nicht, sondern stürmte aus dem Restaurant.

Julian stand wie ein Vollidiot am Tisch, hielt einen hochkarätigen Ring in der Hand und wusste nicht, was er denken sollte.

«Scott...»

«Übernimm du die Rechnung.» Er schnappte sich seine Jacke von der Stuhllehne und rannte ihr hinterher. Draußen sah er nach rechts und links, fühlte sein Herz hektisch schlagen und ein Dröhnen in seinem Kopf, das nicht vom Tequila kam. Etwa fünf Meter von ihm entfernt hielt Liv gerade ein Taxi an.

«Liv!» Er preschte zu dem Taxi und schlug die Tür wieder zu.

Zitternd stand sie vor ihm. «Ich fahre zu mir nach Hause...»

Er atmete hektisch ein und aus. «Was ist los?»

«Lass uns morgen sprechen.» Sie schluckte und schlang die Arme um sich. Selten hatte er sie dermaßen bleich gesehen.

«Nein.» Er schüttelte autoritär den Kopf. «Ich will sofort wissen, was auf einmal in dich gefahren ist!»

Mit fest zusammengebissenen Lippen stand sie starr vor ihm.

«Verdammt, Liv!» Nach Worten ringend hob er die linke Hand, da er mit der anderen immer noch die Autotür geschlossen hielt. «Sag mir bitte, was mit dir los ist.»

«Das kann ich nicht», flüsterte sie gebrochen, «ich möchte nach Hause. Allein.»

«Auf keinen Fall.» Sein Gesicht nahm einen entschlossenen Ausdruck an. «Das mache ich nicht mehr mit! Damals hast du mich vielleicht mit solchem Verhalten abspeisen können, aber ein zweites Mal lasse ich es nicht zu.»

Als sie Luft holte, klang es wie ein Schluchzen. «Ich kann dich nicht heiraten.»

Julian bemühte sich darum, sich seine Enttäuschung und Verletzung nicht ansehen zu lassen. «Du liebst mich nicht.»

Tränen sammelten sich in ihren Augen. «Darum geht es nicht...»

«Wenn du mich nicht heiraten kannst, muss es daran liegen, dass du mich nicht mehr liebst.»

Die ungebetenen Tränen ließen sich nicht länger zurückhalten. Liv erkannte nur noch seine Umrisse und die dunklen Schatten der Straßenlaternen auf seinem Gesicht. Sie brauchte seinen Trost, brauchte seine Nähe, aber stattdessen schaffte sie eine räumliche Distanz und ging einen Schritt zurück.

Sie hätte ihm einfach sagen sollen, dass sie ihn nicht mehr liebte, um ihn davon abzuhalten, weiter nachzufragen. Doch es wäre unfair gewesen, schließlich war es nicht seine Schuld, dass sie ihn abweisen musste. Es war allein ihre Schuld. Doch niemals sollte er sich vorwerfen können, dass es an ihm gelegen hatte, weshalb es keine gemeinsame Zukunft für sie gab. Das war sie ihm schuldig.

«Ich kann dich nicht heiraten, weil … weil *du* mich nicht liebst, Julian.»

«So ein Blödsinn!» Wütend zog sich seine Stirn zusammen. «Sag mir nicht, was ich fühle, Liv!»

Schwach schüttelte sie den Kopf. «Du denkst, dass … dass du mich liebst, aber … aber wenn du die Wahrheit wüsstest» – sie schluckte schwer und senkte den Blick –, «dann würdest du mich nicht mehr lieben können.»

Kurze Zeit sagte er nichts, bevor er murmelte: «Du sprichst in Rätseln. Geht es um Sammy?»

«Nein.» Ihre Hände ballten sich zu Fäusten.

Der Taxifahrer hupte ungeduldig und fuhr nur wenige Sekunden später einfach weg, als sich keiner von beiden gerührt hatte.

Julian packte Liv am Arm und zog sie von der Straße weg zu einem ruhigen Hauseingang. Besonnen erklärte er ihr: «Wenn es nach mir gegangen wäre, hätte es keine Scheidung gegeben, Liv. Ich liebe dich noch genauso wie damals.» Sanft sprach er weiter und streichelte dabei ihre Wange: «Dich trifft keine Schuld an Sammys Tod. Es war ein furchtbarer Unfall, an dem niemand schuld war. Wir müssen nach vorn sehen, auch wenn es uns schwerfällt, aber das sind wir ihm schuldig, Liv. Unser Sohn hätte bestimmt nicht gewollt, dass wir uns das restliche Leben um ihn grämen.»

Liv sah in sein Gesicht, das einen sanften Ausdruck angenommen hatte.

«Ich möchte dich bei mir haben» – seine Stimme klang plötzlich belegt –, «und ich möchte dich wieder heiraten. Ich will mein restliches Leben mit dir verbringen, und ich möchte wieder ein Baby mit dir haben, Liv – keinen Ersatz für unseren Sohn, sondern ein weiteres Kind ... eine Schwester oder einen Bruder von Sammy. Ich möchte, dass wir wieder eine richtige Familie sind.»

Hätte er sie nicht am Arm gehalten, wäre sie vermutlich in sich zusammengesackt. Er sprach von all den Wünschen und Hoffnungen, die sie ebenfalls hatte, wenn sie in seine braunen Augen sah. Aber diese Wünsche und Hoffnungen konnten sich für sie nicht erfüllen, denn Julian hatte sich in ihr geirrt.

«Liv ...» Er räusperte sich.

Mit riesigen Pupillen starrte sie in seine braunen Augen.

«Liv, ich liebe dich.»

«Es geht nicht», brach es verzweifelt aus ihr heraus, «es geht einfach nicht!» Sie schluchzte auf und wehrte seine Bemühungen ab, sie an sich zu ziehen.

Nur langsam beruhigte sie sich, atmete tief ein und aus, bevor sie unglücklich in sein Gesicht sah. «Du weißt nicht, was ich getan habe, Julian.»

«Was hast du denn getan?», wollte er mit ruhiger Stimme wissen.

«Ich habe dich enttäuscht.» Sie griff sich panisch an den Hals. «Ich bin nicht diejenige, für die du mich hältst.»

«Lass mich das doch einfach selbst entscheiden.»

Seine Ruhe und Gelassenheit brachten sie völlig durcheinander. «Julian ... das kannst du nicht von mir verlangen ...»

Sie wirkte furchtbar erschrocken, als würde sie jeden Moment ohnmächtig werden.

«Du kannst mir alles sagen.» Seine Augen fixierten sie ernsthaft.

Liv betrachtete ihn. Wie ein Fels in der Brandung stand er vor ihr, mit ausgeblichenen Jeans, einem Holzfällerhemd und dicken Lederschuhen, verständnisvollen Augen und einem liebevollen Zug um den wunderschönen Mund. Wenn sie ihm erst einmal gesagt hätte, was mit ihr passiert war, würde sie ihn sicherlich nie wieder so sehen.

Bebend holte sie Luft und vergrub die Fäuste an ihrem Bauch. «Nach Sammys Tod ... war ich völlig außer mir. Ich konnte niemanden Vertrautes in meiner Nähe ertragen. Auch dich nicht. Es war nicht deine Schuld ... niemals deine Schuld, aber» – sie sah todunglücklich auf –, «aber du hast mich so sehr an ihn erinnert, Julian. Er hatte dein Gesicht ... dein Lächeln, und ich habe mich dafür gehasst, dass er ertrunken war.» Liv vergrub kurz das Gesicht in ihren Händen und suchte nach Worten, bevor sie ihn wieder ansah. «Du hattest recht.»

«Womit?»

«Dass ich innerlich tot war.» Ihre Hand fuhr zittrig über ihre Stirn. «Denn ich wollte tot sein ...»

«Liv!» Sein Erschrecken tat ihr weh. Sie wollte ihm doch nicht weh tun.

«Ich war einfach nicht mutig genug ... mir etwas anzutun. Ständig habe ich daran gedacht ... aber ich war zu feige ...»

«Liv!» Er wollte sie an sich ziehen, aber sie schüttelte entschlossen den Kopf.

«Nein, ich kann nicht darüber sprechen, wenn ... wenn du mich berührst.»

«Okay.»

Trostlos blickte sie auf seine Brust. «Erinnerst du dich an die Woche, in der ich verschwunden war?» Ohne auf seine Bestätigung zu warten, fuhr sie fort: «An diesem ersten Abend war ich in einem Motel ... und ... und ich ... ich habe mit einem Fremden ... geschlafen.»

Liv schloss die Augen. Selbsthass und Ekel stiegen in ihr auf. Sie wollte Julians Abscheu nicht sehen und wartete einfach darauf, dass er sie stehenließ und ging. Mit klopfendem Herzen und schmerzendem Magen lauschte sie auf das Geräusch seiner sich entfernenden Schritte, aber er bewegte sich offenbar keinen Zentimeter, also öffnete sie die Augen und sah ihn ängstlich an.

«Und du meinst jetzt, dass ich dich deshalb nicht lieben kann?» Seine Stimme klang nicht wütend, sondern eher belustigt.

Fassungslos schwankte sie ein wenig. «Was?» Ihre aufgerissenen Augen starrten verwirrt in sein Gesicht. Zwar schluckte er schwer, lächelte jedoch sanft.

«Liv, du brauchtest Trost, den ich dir damals nicht gab ...»

«Wag es nicht, dir daran die Schuld zu geben!» Sie schüttelte den Kopf.

Seine Hand fuhr durch ihr Haar. «Wenn du so einsam warst, dass du ...»

«Das hatte nichts mit Einsamkeit zu tun.» Beinahe weinte sie wegen seiner absoluten Unfähigkeit, sie in einem schlechten Licht zu sehen. «Und ich habe auch keinen Trost gesucht ...» Sie schmeckte Galle. «Du missverstehst mich, Julian. Ich wollte mich ... mich dafür bestrafen, dass Sammy tot war ... und habe ... habe einen Fremden mit mir schlafen lassen ... ohne es zu wollen ... oder ... mich daran zu beteiligen.»

Nun schien er schockiert zu sein. «Warum?», flüsterte er.

«Weil ich tot sein wollte.» Sie biss sich so fest auf die Unterlippe, dass sie den metallischen Geschmack von Blut schmecken konnte. «Weil ich mich hasste und weil ich mir selbst weh tun wollte.»

Als sein Gesicht das letzte bisschen Farbe verlor, hatte sie das Gefühl, sich übergeben zu müssen.

«Du wurdest vergewaltigt?»

Erschrocken musterte sie sein Gesicht, das eine mörderische Wut ausstrahlte. So hatte sie ihn noch nie gesehen – seine Gesichtszüge waren brutal verzogen, seine Augenlider zuckten unbeherrscht, und seine Hände waren zu Fäusten geballt. Liv fürchtete, dass er gleich die Kontrolle über sich verlieren würde und auf etwas einschlug. Seine Wut richtete sich verrückterweise jedoch nicht gegen sie.

«Du verstehst mich nicht», erwiderte sie unglücklich.

«Ich verstehe dich sehr gut, Liv» – er atmete zitternd aus und entspannte seine starre Körperhaltung langsam –, «irgendein Mistkerl hat deinen Zustand ausgenutzt. Ich kenne dich ganz genau und weiß, dass du so etwas nicht tun wolltest. Wenn du bei Sinnen gewesen wärst...»

«Das ändert aber nichts an der Tatsache, *dass* ich dich betrogen habe.» Sie begann zu weinen.

«Mein Gott, Liv! Du hast mich nicht betrogen! Denkst du wirklich, ich würde den Unterschied zwischen einvernehmlichen Sex und einer Vergewaltigung nicht kennen? Du hast nichts getan, sondern warst ein Opfer! Wie kann ich dir das vorwerfen?» Er wollte sie in seine Arme ziehen, aber Liv drückte sich von ihm ab.

«Aber...»

«Liv» – seine Stimme vibrierte vor Gefühlen –, «rede dir doch bitte keinen Seitensprung ein! Ich weiß genau, weshalb so etwas passiert ist – und das schmerzt mich zutiefst. Es tut mir so leid, dass du dich selbst verletzen wolltest.»

«Verstehst du denn nicht, weshalb ich nicht zu dir ziehen kann? Weshalb wir nicht heiraten können? Ich bin eine Enttäuschung! Ich bin ein schlechter Mensch.» Sie schluchzte heftig auf.

«Du bist keine Enttäuschung.» Trotz ihrer Proteste zog er sie an sich und hielt sie unerbittlich fest. «Und ein schlechter Mensch bist du erst recht nicht, Liv!»

Schluchzend krallte sie sich an ihm fest.

Seine Beine trugen ihn kaum mehr, also sackte er auf die Stufen eines fremden Hauseingangs und zog sie fest an sich. Seine Hände gruben sich in ihr Haar. Mit tränenerstickter Stimme flüsterte er ihr ins Ohr: «Wenn es dir so schlechtging ... und ich nichts davon gemerkt habe, war *ich* die Enttäuschung in unserer Ehe.»

Liv protestierte natürlich schluchzend, aber Julian hielt ihren Kopf fest.

«Niemals hätte ich dich einfach gehen lassen dürfen.» Er küsste ihren Scheitel. «Ich hätte mehr tun müssen.»

«Julian ...»

Er umfasste ihr Gesicht mit beiden Händen und sah sie mit dunklen Augen an. «Du warst niemals eine Enttäuschung für mich, Liv. Ganz im Gegenteil. Du bist der anständigste Mensch, den ich kenne. Ich ertrage den Gedanken nicht, was du durchgemacht hast, während ich davon nichts bemerkt habe.»

Tränen verschleierten wieder ihren Blick.

«Bitte, gib mir eine zweite Chance ...» Seine heisere Stimme ließ ihr einen Schauer über das Rückgrat laufen.

«Aber ...»

Entschlossen schüttelte er den Kopf und küsste sie zärtlich auf den Mund. «Ich liebe dich, Liv. Daran wird nichts ändern, was du in deiner Verzweiflung getan hast.» Er holte tief Luft. «Nein, ich muss mich dafür entschuldigen, was dir durch meine Nachlässigkeit passiert ist. Wozu du dich gezwungen gefühlt hast, weil ich dich alleingelassen habe.»

Sie hätte am liebsten geschluchzt, um sich getreten und geschrien – stattdessen lag sie ruhig in seinen Armen, sah seinen ehrlichen Blick und atmete tief ein. Wie von selbst legte sich ihre Hand auf seine glattrasierte Wange und zog sein Gesicht zu sich hinunter. Ihre Lippen berührten sich beinahe scheu.

Alle die schönen Bilder, von denen er vorhin gesprochen hatte, stürmten auf sie ein. Bilder von Liebe, Glück, Lachen und vielleicht von einem Baby. Der Wunsch, dass sich diese Träume in Wirklichkeit erfüllen würden, wurde übermächtig – genauso wie der Drang, ihn nicht mehr loszulassen.

«Ich liebe dich, Julian Scott.»

«Heiratest du mich?»

Der ängstliche Unterton in seiner Stimme ließ die traurigen Gedanken plötzlich verschwinden. Er hatte Angst davor, dass sie nein sagen könnte. Das bedeutete, dass er sie wirklich liebte. Glücksgefühle jagten durch ihren Körper, und Freudentränen vertrieben die Trauer aus ihrem Blick. «Ja, ich heirate dich.»

«Und schenkst du mir wieder ein Kind?»

Vor Glück konnte sie kaum sprechen, also nickte sie einfach nur gerührt und nahm seine Hand, um sie an ihre Wange zu führen. Sie küsste seine Handinnenfläche.

Julian zog sie höher und eroberte ihren Mund mit einem zärtlichen Kuss, bevor er erleichtert seine Stirn gegen ihre lehnte. Minutenlang saßen sie einfach nur dort, schmiegten sich aneinander und genossen die friedliche Stille.

«Liv?»

«Hmm?» Sie legte den Kopf ein wenig zur Seite, um ihn anschauen zu können. Mit einem zärtlichen Lächeln strich sie ihm eine blonde Locke aus der Stirn und fuhr seine Wange entlang.

Er unterdrückte ein Lachen, küsste sie kurz auf den Mund und gab ihr anschließend einen Nasenstüber. «Nimm es mir bitte nicht übel, Baby, aber lass uns nach der Hochzeit lieber essen gehen.»

Liv sah ihn verwirrt an, begriff und flüsterte schelmisch: «Soll das heißen, dass ich nicht kochen kann?»

«Da könntest du recht haben.» Als Wiedergutmachung küsste er sie tief und schob gleichzeitig den Ring über ihren Finger.

Epilog

Julian ignorierte die Nachfrage seiner Teamkollegen nach einem Feierabendbier, verabschiedete sich hastig und raste nach dem Training nach Hause. Er war aufgekratzt und hatte Mühe, sich auf den Verkehr zu konzentrieren. Als er kurz vor dem Lincoln Tunnel in einen Stau geriet, fluchte er innerlich und schaltete die Musik in seinem Auto ein, um sich ein wenig zu beruhigen, während er seinen Ehering am Finger herumdrehte. Irgendein Rapper beschrieb in mehr dreckigen Worten, als man vermutlich in einem Gefängnis zu hören bekam, die tollen Hintern von Stripperinnen, woraufhin Julian den nächsten Sender wählte, auf dem ein Medley von Nirvana lief. Die melancholischen Töne passten ebenfalls nicht zu seiner Stimmung, also gab er den Versuch auf und schaltete die Stereoanlage aus. Er blickte zu den unzähligen Rücklichtern der Autos vor ihm und klopfte ungeduldig mit seinen Fingern ans Lenkrad.

Seit einer Woche hatte er seine Frau nicht gesehen und sie schrecklich vermisst. Deshalb wollte er so schnell wie möglich zu Hause sein und sie begrüßen. Zuerst war er drei Tage lang in Chicago gewesen, um dort einen neuen Werbespot zu drehen, und hatte Liv, als er nach New York zurückkehrte, nur knapp verpasst, da sie für vier Tage nach Connecticut gefahren war, um dort ein neues Bauprojekt zu beaufsichtigen.

Eigentlich verbrachten sie momentan sehr viel Zeit zusammen, da die neue Saison noch nicht begonnen hatte, Liv nur kleinere Projekte betreute und sie unzertrennlich waren. Trotzdem hatte er sie rasend vermisst und konnte es kaum erwarten, sie wiederzusehen. Die täglichen Telefonate und ein sexy Strip via Internet vor fünf Tagen hatten seine Sehnsucht nur verstärkt.

Seit ihrer Hochzeit im Dezember war einiges geschehen.

Die *Titans* hatten die NFL-Meisterschaft gewonnen, im Super Bowl jedoch gegen die *Oakland Raiders* verloren. Die *George-Halas-Trophäe*, die momentan bei den *Titans* zu bewundern war, ließ das Team und die Fans jedoch die Niederlage beim Super Bowl verschmerzen. Die Saison war großartig gewesen, auch wenn der plötzliche Schlaganfall des Besitzers George MacLachlan vor drei Wochen den Verein hart getroffen hatte. Bisher wusste niemand etwas Genaueres über seinen Gesundheitszustand, und die derzeitige Ungewissheit war überall zu spüren. George MacLachlan war nicht nur ein großer Sympathieträger, der den Verein mit viel Herz und Verstand geführt hatte, sondern ein wunderbarer Mensch. Da war es nicht verwunderlich, dass sich der gesamte Verein große Sorgen um ihn machte. Momentan hing das Team ein wenig in der Luft, da noch nicht geklärt war, wie es nun weitergehen sollte. Doch bis zur nächsten Saison dauerte es noch eine Weile, und der Verein hoffte, dass sich George MacLachlan wieder erholte, bevor wichtige Entscheidungen gefällt werden mussten.

Julian dachte lieber an erfreuliche Dinge.

Liv hatte ihn nur zwei Wochen nach ihrer Aussprache geheiratet. Es war eine schlichte Zeremonie in einem Standesamt gewesen. Brian und Claire, die mittlerweile kein Paar mehr, jedoch weiterhin befreundet waren, hatten als Trauzeugen fungiert. Nach der Trauung waren Julian und Liv mit ihnen, der Familie und Derek sowie mit Julians engsten Teamkollegen zum Brunch aufgebrochen, während die Flitterwochen auf den März verschoben wurden, schließlich konnte er nicht mitten in der Saison freinehmen. Dafür waren ihre verspäteten Flitterwochen wunderschön und unglaublich entspannend gewesen.

Sie hatten am Strand von Mexiko gefaulenzt, sich in der Sonne braten lassen und stundenlang den phantastischem Whirlpool mit Meeresblick genossen.

Wenn Julian an diese Tage zurückdachte, musste er unwillkürlich lächeln.

In seiner Ehe lief alles bestens. Er hatte eine glückliche Frau, die mit Tellern nach ihm warf, wenn sie wütend war, mit ihm seine heißgeliebten Rocky-Filme sah, wenn sie ihn belohnen wollte, und die leckersten angebrannten Pfannkuchen backte, die er je gegessen hatte. Wenn er richtig viel Glück hatte, brachte sie ihm die Pfannkuchen sogar ans Bett und war dabei nackt.

Brian war weiterhin ein gerngesehener Gast, der viele Abende bei ihnen verbrachte und dann und wann im Gästezimmer schlief, falls er zu betrunken war, um nach Hause zu wanken. Im Gegensatz zu Claire, die einen neuen Freund hatte und ziemlich glücklich wirkte, beschränkte sich Brian wieder auf zwanglose Dates mit Models und Nachwuchsschauspielerinnen, was ihn jedenfalls nicht unglücklich zu machen schien.

Als Julian mit zwanzigminütiger Verspätung endlich zu Hause war, sprang er die Treppen zum Haus hinauf. «Ich bin da!»

«Oben», antwortete Liv aus der ersten Etage.

Julian ließ seine Sporttasche auf den Boden fallen und hechtete die Treppe hoch.

«Hast du ihn schon gemacht?»

«Ich wollte auf dich warten.» Liv kam aus dem Schlafzimmer und sah ihn aufgeregt und gleichzeitig glücklich an. Er umarmte sie stürmisch und küsste sie auf den vollen Mund, der nach Erdbeere schmeckte. Anscheinend hatte sie sich soeben Labello mit Erdbeergeschmack auf die Lippen gestrichen. Julian schob sie ein wenig von sich. Sie trug eins seiner ausgewaschenen al-

358

ten T-Shirts mit dem Universitätslogo der Washington State auf der Brust und eine knielange Jogginghose. Ihre Füße steckten in pink gepunkteten Socken. Er fand sie einfach nur bezaubernd.

«Hast du mich vermisst?»

«Und wie!» Lachend küsste er sie noch einmal und löste sich langsam. «Wo ist der Test?»

«Im Bad.» Nervös zupfte sie sich am Ohrläppchen. «Es sind erst fünf Tage, Julian ...»

Seine Hände legten sich sanft auf ihre Schultern. «Was hat die Ärztin gesagt?»

«Kein Druck.» Sie seufzte. «Aber wir probieren es seit vier Monaten ...»

«Genau» – er grinste und küsste ihre Nasenspitze –, «es sind erst vier Monate.»

«Und wenn sich der Test dieses Mal wieder nicht verfärbt?»

«Dann beim nächsten Mal.»

«Dein Wort in Gottes Ohr.» Ihre grünen Augen erschienen ihm ein wenig traurig, also zog er sie an sich und spürte glücklich, wie sie sich an ihn schmiegte.

«Liebling, du darfst dir keine Sorgen machen.»

Sie nickte nur und ließ sich von ihm ins Bad führen. Gleich nach der Hochzeit hatten sie mit der Babyplanung begonnen. Liv machte sich selbst viel Druck, weil sie nicht gleich schwanger geworden war, obwohl ihre Ärztin das für völlig normal hielt, schließlich dauerte es einige Zeit, bis sich ihr Körper umstellte, nachdem sie die Pille abgesetzt hatte. Gestern Abend hatten sie miteinander telefoniert, und Liv hatte ihm beklommen gestanden, dass sie vier Tage überfällig war. Der Test sollte ihnen jetzt Gewissheit geben.

Ihm gefiel der Gedanke, in diesen zauberhaften Flitterwochen und in romantischer Zweisamkeit ein Baby gezeugt zu haben.

359

Während Liv auf den Teststreifen pinkelte, drehte Julian ihr den Rücken zu und las die Packungsbeschreibung, obwohl er sie bereits auswendig herunterbeten konnte.

Um die angespannte Atmosphäre aufzulockern, fragte er amüsiert: «Hast du Entwässerungstabletten genommen?»

«Das ist nicht komisch.» Trotzdem lachte sie auf.

«Ehrlich, Liebling, Respekt», kicherte er, während sie weiterhin pinkelte, «sicherlich kommst du an den Pinkelrekord heran, den mein Mitbewohner auf dem College aufgestellt hat.»

«Ich kann mich nicht konzentrieren», jammerte sie lachend. Dass sie fröhlich lachen konnte, erleichterte Julian. Er hatte Angst davor, dass sie sich zu sehr auf eine Schwangerschaft fixierte und jeden negativen Schwangerschaftstest als persönliches Versagen betrachtete. Beide wollten ein Baby bekommen und waren auch ein wenig ängstlich, wie sie mit der Situation zurechtkommen würden, ein neues Kind zu haben – ein Kind, das nicht Sammy war –, aber sie wünschten es sich so sehr, dass diese Sorgen in den Hintergrund traten. Sammy würde immer ein Teil ihrer Familie bleiben, Bilder von ihm schmückten mittlerweile das ganze Haus, und sogar auf Livs Schreibtisch in ihrem Büro stand ein gerahmtes Foto von ihnen drei bei einem Picknick, als Sammy zwei Jahre alt gewesen war. Ihr jetziger Wunsch nach einem Kind hatte nichts mit einem Bedürfnis nach Ersatz zu tun, sondern war einfach Ausdruck ihrer tiefen Liebe zueinander.

Sobald sie fertig war, legte sie etwas unsicher den Test auf den Badewannenrand und zog ihre Jogginghose wieder hoch, bevor sie sich die Hände wusch.

«Ich schau auf die Uhr.» Julian zog sie lächelnd an sich und ließ die Uhr nicht aus den Augen.

«O Mann!» Hibbelig schmiegte sie sich an ihn.

«Ruhig, Brauner. Du zappelst herum, als hättest du nicht gerade eben wie ein Weltmeister gestrullert.»

«Ich halt das nicht aus», flüsterte sie verzagt. «Was machen wir, wenn es wieder nicht geklappt hat?»

Julian lenkte sie mit einem langen Kuss ab. Hoffnungsvoll schlang sie die Arme um seinen Hals und erwiderte seinen Kuss mit Inbrunst.

«Ich liebe dich.»

«Das sagst du nur, um mich ins Bett zu kriegen», nuschelte sie an seinen Lippen.

«Du bist einfach zu schlau für mich.» Lächelnd küsste er sie wieder.

Sie seufzte. «Ich weiß. Du bist eben ein Dummkopf.»

«Hey», protestierte er und entzog ihr seinen Mund.

«Ich liebe dich trotzdem», prustete sie vergnügt und küsste ihn wieder.

«Hör mal, Liebling…» Amüsiert verzogen sich seine Lippen an ihrem Mund.

«Ja?»

«Die Minute ist längst vorbei.»

Erschrocken sah sie ihn an und umfasste seine Arme fester. «Schaust du nach?»

«Mach ich.» Er küsste sie schnell auf die Stirn und griff nach dem Teststreifen.

Liv stand hinter ihm und rang die Hände. «Du musst nichts sagen … es hat wieder nicht geklappt.» Nervös drehte sie sich um die eigene Achse. «Lass uns einen Termin bei einem Spezialisten machen.»

«Liv, ich hab noch nicht einmal draufgesehen.»

Sie schluckte. «Vielleicht…»

«Vielleicht solltest du dich einfach ein wenig beruhigen und mich nachsehen lassen.» Seine milde Stimme stand in keinem Einklang zu seinem rasenden Puls. Liv nickte schwach und verschlang die Hände ineinander.

Julian hob den Tester hoch und starrte ein verfärbtes Pluszeichen an, das er wegen Livs Pessimismus gar nicht mehr erwartet hatte. Er spürte, wie seine Augen feucht wurden und sich ein warmes Gefühl in seiner Brust ausbreitete.

«Vielleicht geben wir uns zu wenig Mühe», begann Liv wieder. «Wir sollten mit der Ärztin einen Plan ausarbeiten. Oder eine Hormontherapie ...»

Er drehte sich zu ihr um und breitete die Arme aus. «Du solltest nur eins tun – ganz schnell herkommen.»

Ihre Augen weiteten sich. «Was? Warum?»

«Weil ich meine Frau umarmen will.» Mit bewegter Miene und einem Kloß im Hals hielt er ihr den Teststreifen hin. «Und weil wir bald wieder eine richtige Familie sind.»

Liv sah ihn im ersten Moment sprachlos an, lachte dann schluchzend auf und ließ sich in seine Arme fallen.

Poppy J. Anderson bei rororo

Titans of Love

Verliebt in der Nachspielzeit

Touchdown fürs Glück

Make love und spiel Football
(erscheint im April 2015)

Ein schwerer Fall von Leben

Ellen Homes liebt es, ihre Mitmenschen zu beobachten - sie selbst aber möchte nicht gesehen werden. Sie versteckt sich hinter zu vielen Kilos und ihr Gesicht hinter langen Haaren. Nachts putzt sie in einem Riesensupermarkt.
Eines Tages trifft Ellen im Bus eine junge Frau: Temerity ist blind, sprüht vor Lebensfreude, hat keinerlei Berührungsängste. Sie ist der erste Mensch seit langem, der Ellen «sieht». Die folgt ihr fasziniert und rettet sie prompt vor zwei Handtaschendieben. Fortan ist nichts mehr, wie es war. Temerity lockt Ellen gnadenlos aus der Reserve. Zusammen fangen die beiden ungleichen Freundinnen an, sich einzumischen - immer da, wo jemand sich nicht wehren kann oder wo Unrecht geschieht. Sehr schnell wirbeln sie jede Menge Staub auf...

rororo 26867

Romantik mit Suchtfaktor

Die erste Liebe vergisst man nicht. Niemand weiß das besser als Emely. Nach sieben Jahren trifft sie wieder auf Elyas, der ihr schon einmal das Herz brach. Der Bruder ihrer besten Freundin bringt sie völlig durcheinander. Da lenkt Emely ihre Aufmerksamkeit lieber auf den anonymen E-Mail-Schreiber, der mit seinen sensiblen und romantischen Nachrichten ihr Herz berührt. Aber kann man sich wirklich in einen Unbekannten verlieben?

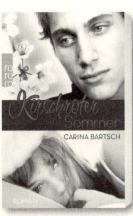

rororo 22784

rororo 22791

Das für dieses Buch verwendete FSC®-zertifizierte Papier
Creamy liefert Stora Enso, Finnland.